U0730300

北岳风·中国原创长篇小说

乡野里的粉桃花

舒迅／著

山西出版传媒集团

北岳文艺出版社

图书在版编目（CIP）数据

乡野里的粉桃花 / 舒迅著. —太原：北岳文艺出版社, 2018.1
ISBN 978-7-5378-5273-9

Ⅰ.①乡… Ⅱ.①舒… Ⅲ.①长篇小说—中国—当代 Ⅳ.①I247.5

中国版本图书馆 CIP 数据核字(2017)第 161357 号

书　　名	乡野里的粉桃花
著　　者	舒　迅
责任编辑	赵　勤
装帧设计	张永文

出版发行	山西出版传媒集团·北岳文艺出版社
地　　址	山西省太原市并州南路 57 号
邮　　编	030012
电　　话	0351-5628696（发行部）
	0351-5628688（总编办）
传　　真	0351-5628680
网　　址	http://www.bywy.com
E - mail	bywycbs@163.com
经 销 商	新华书店
印刷装订	山西人民印刷有限责任公司

开　　本	710mm×1000mm　1/16
字　　数	246 千字
印　　张	17.75
版　　次	2018 年 1 月 第 1 版
印　　次	2018 年 1 月山西第 1 次印刷
书　　号	ISBN 978-7-5378-5273-9
定　　价	39.80 元

《三晋百部长篇小说文库》组织机构

策划

杜学文　张明旺　王宇鸿　梁宝印

专家审读小组

主任:杨占平

副主任:续小强

成员:吕新　晋原平　张石山　王西兰

毛守仁　王春林　孟绍勇　王保忠

编辑出版办公室

主任:杨占平

副主任:续小强

成　员:古卫红　陈学清　闫珊珊　王保忠　潘培江

题材的选择与艺术的精神（代序）

——关于《北岳风·中国原创长篇小说》系列丛书

杨占平

由山西省委宣传部指导，山西省作家协会和山西出版传媒集团主持，北岳文艺出版社编辑出版的《三晋百部长篇小说文库》，是一项意义深远、里程碑式的文化德政工程，也是当代山西文学史上规模较大的一项文学基础建设工程，更是展示山西文化实力、文学魅力的自信工程。

山西长篇小说创作，在当代中国长篇小说格局中占有重要位置，是山西作为文化、文学大省的重要标志之一。以赵树理、马烽等为骨干的"山药蛋派"作家，在长篇小说创作上成绩显著，新时期以成一、李锐、柯云路等为主将的"晋军"作家，代表作也都是长篇小说。从张平的长篇小说《抉择》获"茅盾文学奖"为标志的山西第三次创作高潮，到以刘慈欣、葛水平、李骏虎等为代表的一批中青年作家频频摘得国内外文学大奖，都进一步巩固了山西长篇小说创作作为中国文学重镇的地位。近年来，一批充满朝气、富有理想、敢于探索的生机勃勃的80、90后作家，也都有长篇小说新作问世，表明山西长篇小说创作后继有人。

《三晋百部长篇小说文库》出版工程，坚持正确的方向，务实创新，去伪存真，从2014年启动，三年来具体实施，已经出版了赵树理、马烽、成一等作家的近三十部经典力作，唐晋、浦歌等中青年作家的原创作品近十部。可以说，这些作品比较全面、客观、真实地反映了近百年山西长篇小说创作轨迹，集中展示了山西长篇小说创作实力，在文学界和广大读者中产生了良好的影响。

在实际运作中，有一个环节是公开征集原创长篇小说，作家们出乎意料地踊跃，三年时间竟有一百多部作品应征，作者都是山西省内的老中青作家，显示出大家创作长篇小说的积极性。这么多作品经过专家组的认真审读，只能有十几部入选原创作品之中出版，还有不少作品质量已经达到正常出版水平，却离《三晋百部长篇小说文库》的原创要求有一些距离。为了尊重广大作家的创作热情和付出的努力，专家组经过充分讨论，提出可以将这些达到正常出版水平的作品，以《北岳风·中国原创长篇小说》系列丛书方式出版。省作协党组同意了这个建议，于是，第一批共十部长篇小说入选，经过规范化审读和编辑程序，现在，这套书将出版发行。

一

创作最能体现作家对某一个社会进程生活经历深刻思考和昭示作家艺术追求的长篇小说，是每一位踏上文学写作道路者的良好愿望；而文学史家、批评家和阅读界对某一位作家的成就和价值的评估，长篇小说无疑是重要的一个尺度和参照依据；后代人们评价某个历史时期的文学成就高低，也是要看那个时期是否有一批高质量的长篇小说。因此，近些年来，山西大多数在中、短篇创作上有过一定业绩的作家，都转入了长篇小说的构筑。据有关资料介绍，仅就进入新世纪以来的十多年，每年全国出版或发表的长篇小说大约有近千部，山西省也有几十部。从数量上看，是改革开放以来最为活跃和创纪录的时期；从作者队伍看，中年作家是主力，老作家中也有不少新贡献，青年作家则初露锋芒。

我认为，长篇小说创作出现这种繁荣现象，应该说是文学创作内部发展规律的必然走向。当然，读者对文学的热情逐渐减退和各种文娱形式的兴盛，也促使作家们不必再追赶阅读写短平快作品而沉下来做长篇大活。从创作内部发展规律分析，经过"文革"十多年的严重摧残，使得整个文艺创作园地一派凋零；进入新时期以后，随着社会政策的拨乱反正，作家们爆发出前所未有的热情，显示了十分旺盛的活力，大家多年积蓄的生活感受汹涌喷发，短篇小说自然首先得宠，成为作家们表现形式的最好选择。几年过去后，作家们似乎感觉到短篇小说难以将他们对人性的深层思考和对探索艺术的愿望全部承载，于是，中篇小说以从未有过的显赫登上文坛，为作家们纷飞的思绪和艺术创新的热情提供了最佳工具，也为读者逐步增长的阅读要求提供了机会。随着文学作品在文艺形式中一枝独秀的局面开始衰微，同时，作家们经过十来年的左冲右突，把过去的体验大都宣泄于尽，探索新的艺术表现方法的热情也告一段落，意识到认真地思考一些社会问题和确立自己艺术风格的时候到了，而这种"思考"和"确定"的结果，非长篇小说表现不行，所以，长篇小说创作开始走俏。从20世纪90年代至今，假如你碰到任何一位有过一段创作经历的小说作家，询问他的创作计划，无疑，都会以正在写长篇作答。

从外部条件分析，读者经过十几年的时间，对阅读文学作品的热情逐渐减弱，只当作一种业余生活的消遣方式。随着科技的发展和社会的进步，尤其是互联网横空出世后，娱乐形式越来越丰富多彩，人们的注意力被分散，阅读文学作品一家独大的局面不复存在。再加上现代生活节奏加快，市场经济冲击着一切领域，人们都在为了生计奔波，休闲或余暇时间只想轻松愉快一些，而阅读小说是很难做到这一点的，尤其是新潮小说中所追求的深沉、探索、寓含、意识流、时空交叉等等，让许多读者感觉不是在消遣娱乐而是增加疲惫。另一方面，随着人们观念的改变和与国际交流的加强，大多数人的主动参与意识不断增强，被动地接受作家的思想已经让他们不喜欢，他们也要参与创作，比如风靡一时的卡拉OK、网络小说，就是因为给人们提供了参与自娱的条件，所以倍受欢迎。这些外部条件虽然不是专门为对付文学作品而出现的，但是，它们对作家的自尊、清高、以我为中心等多年形成的意识，却是一个不小的打击，作家的崇高地位开始动摇，职业的优越性转向了危机感。如此，促使作家们开始冷静地思考文学的热情减退之后，创作应当采取什么对策，进而认识到应该从艺术的角度多表现些人生、历史的实在内容，让读者在为了消遣娱乐而阅读文学作品的同时，也不无某种生活的启示。长篇小说的基本属性契合了作家的意愿和社会发展的要求，因此，也就从中、短篇转到了长篇创作。

二

1. 题材丰富多彩

选择何种题材进行创作，是每一位长篇小说家进入写作前必须有的程序。近年来，一些作家和理论家对于题材理论有些异议，认为创作不必拘泥于题材的限制，可以完全凭着感觉和意识去驰骋，宣泄思想是不管题材的。我认为，这种看法对于某些情感型作家突发灵感后进行创作，有时是正确的；而且，也只有写短篇小说或个别中篇小说适合这种理论。相对而言，长篇小说的创作，如果不强调题材的作用，或者有意回避题材界限，那么，作者是很难驾驭整部作品和整个创作过程的，就我迄今阅读到的古今中外长篇小说而言，很少有难以确定题材归属的作品。我之所以特别强调题材这个问题，是因为宏观上研究某一段时期某个地域或者某个文学刊物或者某家出版社长篇小说的走向，首先应当从题材角度去审视，这样，才可能得出合理的结论。

纵观这次出版的《北岳风·中国原创长篇小说》系列丛书，从题材上看，可以说是丰富多彩，多点开花。传统的农村题材、城市题材自然还是占有重要位置，而历史题材、知识分子题材、风俗小说、爱情小说等等，都各具特点，自成体系，构成社会生活的各个方面，都有作品予以反映。无疑，题材的丰富和广泛是值得肯定的，这也是整个国内长篇小说创作在这三十年的一个特点。出现这种现象，最基本的原因是社会生活呈现为前所未有的活跃和多姿，置身于任何一个行业的人们，都有丰富的生活感受，有复杂的人生思考，有变化着的人际关系需要处理，有不断袭来的观念需要更新，这些都为长篇小说创作提供了非常厚实的内容，生活在任何一个职业中间的作家，都会获得他所希望得到的创作素材。

2. 农村题材为主导

在丰富多彩的题材中，农村题材一直占据着山西长篇小说的主导位置。这是因为，中国是一个农业大国，农民，包括工作在城市的农民工，占总人口的一多半，农村社会的变迁和农民思想的动荡，影响着整个国家的发展，标志着民族的文明程度，体现着进步与落后的水平。中国历史上的每一次重大变革，绝大多数是从农村发生、发展，然后才走向城市的。因此，作为社会生活和人类情感全面反映的长篇小说创作，绝对不能不以农村题材为主要选择对象。另外，我们都应当承认的一个事实，当今中国的众多小说作家，特别是山西作家，基本上是以农村为基础成长起来的。他们中的一部分是生在农村、长在农村，以后由于种种原因进了城，写起了小说，但无法抹杀农民的习惯、农民的心理，甚至农民的生活方式；也有一部分作家虽然生长在城市，可他们的父辈却是农民出身，他们跟农村有着千丝万缕的联系，骨子里流动的依然是农民的血液；还有一部分较为年轻的作家，从来没有离开过城市，可是我们都应当承认，中国的几百座城市中，属于真正意义上的城市只是有数的个别几座，大多数城市人的生活传统、思维习性，尤其是文化心理，仍然是农民式的。这几类作家由于上述特点，决定了他们写农村题材小说会感觉轻车熟路，非常顺手，而他们无疑是中国作家群体的主要组成部分。这套《北岳风·中国原创长篇小说》系列丛书中，像《肥田粉》《玉香》《柳暗花明》等，都是典型的农村题材。

3. 城市题材的典型性

与农村题材长篇小说占主导地位相比，这套书中城市题材长篇小说是偏少的，只有《天上有太阳》一部。面对三十年中国城市快速发展现状和内涵丰富的现代工业社会的形成过程，长篇小说创作的步履显得比较乏力。从全国范围看，也很难列举出一系列在读者中引发轰动效应，或者在文学圈子内引人注目的长篇小说的篇目。实际人口已经超过总人口一半的城市人，阅读不到多少真正反映他们丰富生活、复杂感情、追求希冀的长篇佳作。应当说，大多数市民是具有阅读能力和阅读要求的，他们的文化基础已经和他们的前辈不同，不必围在一起听别人读，阅读的选择性越来越明显。

我以为，城市题材长篇小说创作之所以不尽如人意，关键是众多作家对快速发展的城市生活有一种隔膜感，他们还停留在传统的、单调的老式城市生活认知层面，这样，自然难以激发出创作时具备的热烈情绪、流动意识、审美感受等等，人们在现代文明与传统观念发生撞击时爆发出的火花，负载到城市题材中，似乎还进入不了熟悉的境界。另一方面，我们也不排除一个事实：由于熟悉写作对象，作家们更乐于去农村或者历史生活中寻求较为捷径的创作素材，去相对于稳定的农民和古人心态中挖掘民族文化特色，而动荡不定的现代城市生活，让作家们在短时间内就思考出较为深刻的内容来，显然是勉为其难的。这种现象也反映到《北岳风·中国原创长篇小说》系列丛书作品中。

4. 历史题材的启示性

历史题材长篇小说的创作，一直是小说家投入较多的一个方面。这是因为，相对于现实生活的变幻莫测，历史题材更容易被作家们所把握，已经成为历史的人物或者事件，可以承载小说家的诸多艺术手段的尝试，承载小说家关于民族、关于社会、关于人生的多方思考。另一方面，读者对历史题材有着陌生感，求新、求奇的心理，驱使他们对历史题材小说不能不产生兴趣，这种阅读心理自然是作家熟悉的，也就要多在这个题材领域下点功夫。这一点也体现在了《北岳风·中国原创长篇小说》系列丛书作品中，从《中国丈夫》《中国劳工》等几部作品可以看出，作家们都是用新的历史观表现历史人物或历史事件，能够产生较强的启示现代的作用。

三

三十多年来，整个国内长篇小说创作，比较趋向一致的艺术主张，可以概括为：追求平实的叙事风格，直面社会，冷静表达，强调故事的感染力，注意可读性，让读者阅读之后能够获得某种对人生、对社会、对历史，甚至对未来的启示或联想。事实上，这也是山西长篇小说创作的基本艺术特色。

我理解，这种艺术现象表明了这一代长篇小说作家已经开始走向成熟；他们似乎要寻找一条既能充分显示自己关于人生、关于生活、关于艺术的探索，又能唤起读者的阅读兴趣的写作途径。这样的途径按说是不难寻找的，然而，几十年来的长篇小说创作总是把握得不够准确。由于 20 世纪 50 年代、60 年代是被动地适应读者的阅读能力而忽视作家自己的理解，导致 80 年代、90 年代则偏向重视作家个人主体意识的宣泄而忽视读者阅读要求的一端，造成创作与阅读的隔膜。长篇小说创作属于艺术生产的一种方式，存在着生产与消费的过程，如果处理不好生产与消费的关系，会影响到作品的传播力。可喜的是，经过一段时期的探索，长篇小说创作的艺术走向，越来越适应阅读的需求，找到了一条合理的道路。

从《北岳风·中国原创长篇小说》系列丛书作品中可以看出，这些年来作家们切入的角度，往往是凡人俗事较多，更接近普通老百姓的日常生活。我们在20世纪50年代、60年代长篇小说中常常读到的悲壮、英雄、理想主题和宏阔的大场面大冲突等等，已经很少出现在当今的作品中，让读者阅读到的主要是逼真的生活过程，逼真的细枝末节，逼真的人物心态，逼真的文化氛围。

由《北岳风·中国原创长篇小说》系列丛书艺术特点，我产生了一点关于长篇小说创作艺术精神的思考。近三十年来山西的长篇小说创作，数量是创纪录的，一些代表性作家在创作方法上的有益探索也是值得赞赏的。但是，如果我们站在文学史的位置上观照，就会明显地感觉到，真正可以称得上具有突破性意义的扛鼎之作还是少数，大多数作品属于探索之作。

为什么会出现这种乐观的数量与有待提高的质量共存的现象呢？我以为，简单地概括其直接原因，不外乎作家生活经历简单，人生体验不够深刻，感情投入不彻底，艺术积累不厚实等几个方面。实际上，这些直接原因的基本症结在于，作家缺乏一种博大精深的艺术精神。这种艺术精神决定着作家在理解人生、透视历史、叙述故事等过程中，能否具有不同于别人的独特风范。

不难确认，在大多数小说家的思维里，虽然不能说没有急功近利的意念，但是，他们总还是希望自己的作品能跳出平庸的圈子，用艺术的魅力感染读者。那种就事论事的思维方式，那种肤浅单一的生活判断，那种直奔主题的建构形态，都不可能是作家在创作长篇小说时愿意出现的景况。我不否认，由于整个国家的社会环境的冲击，例如随着经济体制改革的不断推进而强化了人们的务实精神，商品经济大潮的席卷使许多人转向了"向钱看"的实惠主义，国外各种思潮的渗透致使部分人的价值观出现了某些失落，等等，这些都会对作家产生一定的影响。但是，长篇小说创作毕竟是一种艺术精神的活动，不能让外界的干扰过多。所以，能否写出优秀作品，关键还是艺术精神本身的体现。

从明、清时期的《红楼梦》《三国演义》《水浒传》等经典大作，到"五四"以来茅盾、巴金、郁达夫、老舍、钱钟书等文学泰斗的长篇代表巨著，之所以能够成为传世之作，成为中国文学发展史上的一个个辉煌纪录，成为长篇小说创作永远的楷模，最根本的一点，就是这些作品有着一种悠远而充满了生命力的博大艺术精神的缘故。当代长篇小说作者，必须要在生活阅历、艺术修养、思想基础、情感投入等方面向经典作家学习，才能逐渐树立自己的艺术精神和品位，创作出优秀作品来。

2017 年 5 月

（杨占平，山西省作家协会副主席、《三晋百部长篇小说文库》专家组组长）

1

记忆的匣子怎样开启？它被尘封了，被人生中的琐事和尘埃封住了。一个快嘴女人叽叽呱呱讲话时溅出来的唾液星子和着那些年久的灰尘，使得装着记忆的匣子布满了污渍。

把一切一切的过往做成梦，就像是制成了一部电影。于是一段一段的旧事纷纷上映。记忆像是钢铁铸成的利器刺穿血肉做的胸膛，瞬时鲜血淋漓；记忆又像是一块破布做的包袱皮，包着一个又一个荒僻的梦——梦里有说不完，诉不尽的不平、遗憾和不可思议。

如果没有一双不怕被沾了一手灰尘的手，在太阳下把这所有的都撕开，这一切将长久地封存，长久地沉默。

那个想忘忘不掉，想忆忆不成的女人的心结就不能打开。

终于有一天，一双已经退却了青春颜色的饱经风霜的手撕开那一切，其实就是一张纸。于是一幅山、水、树、人的画面展现在世人眼前。

有一个小女孩，从她六岁开始，经历过的故事就忘记不了了。因此有了情结，也有了感受。她老感到有一双无形的大手端了一盆子冷水来浇她，浇一下她就打一个冷战，打一个冷战她脸上的肌肉就抽搐一下，她就越感到自身的卑微。她的记忆力很好，越是好越感到身世冰冰凉凉的。

她的世界没有多少颜色，只有一种黑与白的中界——灰色。

小女孩常常想心事，想得多了觉得心懒，后来连手指也懒起来，懒到极点的时候，她的听觉也在时空中凝固——声音也没有了。鸡不再鸣，狗不再叫。阳光在大树下没有影子，什么都没有，胸膛里的心也不知道哪儿去了，连碎片也没有了。天上的云彩，动也不动，没有力气。河里的水也忘记了先前怎样地流了。草尖的露珠一滴一滴"啪，啪"落到哪儿了？天上去了？不知道，反正没有落在地上。一切都是这样不可理喻。树上的叶子掉了，掉到哪儿了？被飞鸟撞碎了。"沙，沙"鸟儿脱落了羽毛，毛儿也不知哪儿去了。走了？隐了？

回忆是无力的。

撕开尘封后的那张纸，画面上有一个女人带着那个最开头露出脸的小女孩，走在一望无际的高原上。

那女人是小女孩的母亲，一路上小女孩看到她母亲脸上的表情没有一点变化，哪怕是扬一下眉毛，或者是皱一下眉头。母亲的眼光不清澈，包含了浑浊的愁，一盘沙子一样粗糙没有表情的脸。有记忆以来，她就这样。

女人留着很短的头发，怀里抱着一个孩子，身边带着小女孩，行走在春未终，夏未始的原野上。

脚下没有多少绿，青草稀少得漫不过孩子的脚跟。黄色的土地上，一条蜿蜒的路一点也不隐秘，她们三个人行走在这条褐色的路上。对面是要落山的太阳，她们朝着太阳走去。

天黑前必须到达目的地，因为天一黑狼就会出来。

朝着太阳走，母亲走得快，走得很快，小女孩匆忙地跟在她母亲的身后。路边的野花开了，稀疏的叶子为小不点点的紫色花儿做陪衬，也有小碗儿形状的粉色花儿点缀在细的藤蔓上。花儿吸引着小女孩的眼光。

路中间飞走过一群黄褐色的"鸡鸟"，它们的模样在鸡和鸟中间，这种鸡鸟叫作"石鸡"。石鸡母亲带着不少的孩子叫着，飞走着，石鸡孩子展开它们小树叶子一样的翅膀，争着抢着追随它们的母亲。小女孩数不清它们有多少只，像路过眼前的羊群，它们相互拥挤没有秩序。

太阳红起来，大起来了，小女孩的母亲在前面不远处等着她，说了一路上唯一的一句话:"快走几步,天就要黑了。"

母亲又在前面等小女孩,她长长地叹了一口气,天已经黑了。她们来到一个墙根下,墙里面黑黝黝地探出半个树的枝叶,在墙的那边还有树木,还有房子,这是一个村庄。这时母亲反而不急着进村,坐在村子边上这户人家墙根下的石头上歇息。这个举动传递给小女孩一个信号:如果不是惧怕狼给吃了,她们是宁肯在黑暗里行路。

她们在墙根下坐了好一阵后才摸黑进了村。

2

她们推开两扇屋门的时候,屋里高高的灯台上放着一盏煤油灯,灯头上的小火苗照着黑夜里的屋子。灯下回娘家的女人半僵半涩的脸,让这个时刻变得难挨起来。她抱着的孩子像只猴子,两只眼睛特别的黑,黑漆漆的,右眼角下一颗不小的黑痣,与她黑的眼睛加起来,越发让人觉得她的不寻常。

把这个孩子丢在炕上,她就睡在那里拿黑漆漆的双眼看人。这孩子家里人都知道,她不能走路,腿骨软歪歪的,支撑不了身子。

众人眼巴巴地看着她,脸上没有多少表情,三岁的孩子走不了路,谁能稀罕呢。

站在地上嘟着嘴巴,不开口说话的小女孩知道自己一行来的三个人就像三个世外的人一样,有尴尬的不适应。

"做些饭去。"这家男主人用浑厚的嗓音说。女主人说:"还有三个三拌饼,将就着吃吧。"女主人用一个粗大瓷碗端上来三个锅贴饼子,玉米面拌糠、拌野菜的三拌饼。

三个三拌饼端上来,女人三下两下吃了两个。还有一个紧握在小女孩手中,她一口一口咬着饼子。

吃糠饼的小女孩,出生在一九六八年的中国,她六岁这一年正是"文化大革命"深入到乡村角角落落的年代。女人回娘家,娘家的主人自然是她孩子们的外公、外婆,家里所有人全都是亲人。外婆说:"云儿呀,喝半碗粥吧,小米粥煮白萝卜丝。"小女孩摇摇头，不说话。外婆说："饼子干得都咽瞪眼了。"外婆刚坐到炕沿边上又站起来，踮着她玉米棒子一样半缠又放的足，走到古色的柜子边，端来一碗稀饭。叫云儿的小女孩就是苏青云，一碗稀饭她和猴一样的孩子分着喝了。

一个躲在被子垛后面的小男孩，这时候钻出头来，看了看云儿的吃相。外婆对着小男孩唠叨起来了："你娘来了，青山你不记得她了？还有你大姐和你二姐。"小男孩躲了起来。女人说："管他呢，记得记不得又怎样。"那个抱来的软猴子一样的孩子，和那个躲起来的小男孩是一对龙凤胎，她是个小女孩，是小男孩的二姐。

外婆"青山，青山"地唤小男孩的名字，外婆还说："不要把被垛子推倒了。"他不理会。要等到天明，初见的难堪才会烟消云散。

外婆是一个中年妇女，她的胖遮了她少许的漂亮。她长着一双星星一样的亮眼睛，鹅蛋一样的脸。外婆生了六个儿女，三个女儿三个儿子，青云的母亲是长女，还有一个二女儿出嫁了，剩下的都在读书。

外公是个高个子，一个和蔼的人。他的骨头缝里，他的汗毛眼里都散发出一种极浓厚的亲情的味道，还有他淳厚的眼神和他说话时厚重的嗓音里。

外公不多说话，由着外婆说东说西，由着孩子们嬉笑，打闹。吃饭时，他端一大碗稀饭，喝着喝着，碗底就剩下稠米拌豆面了，然后倒在青山的碗里，青山吃每顿饭都要坐在他的身边。外婆说自从有了她们母亲开始，外公就爱喝稀饭，每碗的碗底饭都要倒给孩子。直到一个一个长大，现在轮到青山。外公似乎不爱动肝火，高大的身躯撑起一片天空，天空里的云朵都是祥和的。

外婆家每个人在他们生活的每个时期的一切，苏青云都深刻地把他们刻到她记忆的画板上。外公高大的身躯和蔼的脸，和他走起路来外八字的步子。特别是他沉稳的个性，宽阔的胸怀。因为有外公，她眼中的泪都不是那么的苦涩，外公让她能够看到人性里最为美好的一面。外公给予她的，是她的人生里所欠缺的，如果没有这种爱，她会用更多的仇恨来面对人生。这是她长大以后的感悟。

美丽的外婆只有忙碌，没有忧伤，唯有长女是外婆的一块心病，是全家人没有说出口的一种痛。

外婆最小的女儿比苏青云大一点，苏青云和小姨在一起的时光最多。

外婆家是个大院子，有前院和后院，中间一条走廊连着。每个院子都有对称的几间瓦房。前院有一棵巨大的杏树，枝繁叶茂。每天上午大树的影子把房子半遮了，在暑天树下也是一片清凉。院子里杂生着几种树，大都不是有意栽种的，长在檐前屋后。有一棵桃树长在一盘石磨的磨道边上，秋天里树木的叶子落下的时候差一点就落在磨盘上。就因为差那么一点点，它在那儿生长了很多年，没有被伐去。这里的一切显示了自然和悠闲。外公吃过早饭，早早下田劳动。外婆也要下田，也有很多时候推着石磨一圈一圈转，磨盘上慢慢变少变少的玉米、大豆和高粱粒，磨盘下慢慢变多变多的玉米面、大豆面和高粱面。

三月三就穿单布衫了。什么都新鲜，哪怕是青砖院边儿上，缝子里挤上来的草就够看半天。还有树上圆的红的骨朵，小姨指着一棵桃树，说："树上这些花儿，明天一定开，你信不？"小姨长着一双大眼睛，常笑，嘴角有两个深的酒窝，辫着两个小辫子。

外婆村因桃树多，春天里桃花开得不同凡响，得名"桃花屯"。村子依傍着高高的黄土崖，从外婆家院子里攀上去就是村后一望无际的田野。站在大门口朝前望去，对面是一座土山，土山上有一层一层的梯田，土山根下是一条沟，溪水从山里涌出来，奔流在沟里，经过桃花屯。

外婆家依着的土崖上有无尽的乐趣，崖上是一条阶梯接着一条梯阶，每条阶梯上，都生长着不同的树木：椿树、榆树、白杨树，还有核桃树、杏树、桃树，树木是无处不在的。

其实一切的快乐全都在攀崖的阶梯上，这里有松鼠出没，还有黄鼠狼，还有数不尽的鸟儿窝。经常一窝没有长毛的幼鸟，大黄嘴看见人忙着朝人挤着，叫着伸过头来。大鸟看见人怕得要命，这些小鸟不同，它们没有眼力见儿，没有阅历，哪怕是你伸过双手把它们捉了再摔到地上摔死，或者是踩死，它们都要伸个大黄嘴朝着你叫。这样子就像妹妹青松那样，苏青云想，也不分一个好人或者是一个坏人，就朝人那样。小姨吩咐说："看见鸟窝抓了鸟蛋赶紧走，不然大鸟来了能啄瞎眼睛。还有千万不要让松鼠钻进你的衣服里，它会挠你的痒,让人笑死。上'小山'不能黑天上,会遇上暗藏的狼。"小姨上学不在家,她只能一个人闲溜达,没有心思看睡在那里的妹妹。

有一句话马上就验证了。第二天早上起来,满树红骨朵儿展开了,花儿开了。一树开了,另一树也要开,每一树都要开,争着抢着赶趟儿。每当这时你站在树下看花儿,就不想走开,不知道想要从这花儿那里拿走些什么。当发现真的拿不走什么后,就折一枝带走,不然心里不舒服。爱花的人,偶尔看见一小朵都得惊叫,这满满的一树又一树在眼前了,却不知道要怎样叫了。

3

苏青云的祖父年轻时候,在西安做生意。在这一带乡间很有名气,不是因为他有多少财产,而是他有过人的智慧,有过目不忘的记忆力。他为人仗义疏财,留下不少佳话。青云听说她祖父是不怎样积财的商人,最后还落下一个不好的"成分"。她还听说祖父是一名雅士,他和祖母的爱情故事流传在乡间。

"死了的就算了,活着的要交代。"青云听见别人常常这样说,也因此她们家就有些不寻常。父亲被关、被锁在大队的空房里是常有的事,被拉出来批判,她也看见过两回。每听到外婆说起自己家的一点事,她像被人从头泼了冰水,站在没有人的地方要待很久。

青山,陌生人一样,开始这两天不接近青云。他是一个漂亮的小男孩,双眼皮的眼睛,高鼻梁,鹅卵形的脸,小花瓣一样的嘴唇和白洁的皮肤,他长得像极了外婆。他拥有的青云一点也没有,她因此常常羡慕他。

自从那个眼里充满愁意的大女儿回家以后外婆就牙痛,因此眉头不能展开,带着牙痛和愁眉白天去生产队劳动,只有晚上才有时间和她女儿说话。青云看见母亲有一点给外婆脸色的意思,她怨恨她的父母给她包办了这桩婚姻,说:"日子不好过也倒算了,孩子们跟着活受罪,世上男人都死了?给我找这样一个人?别的不说,他们家'成分'不好是明明白白的事,我们贫下中农反而去和他家结亲,自寻倒霉,别的不顾就算了,连国家政策也不顾?只是一味地'推土入窖',哪想过我的死活。"外婆说:"当初,媒人领了他来,我说不见也罢，'成分'不好。你不死心，非要从门缝里看一看，还说'就这样定了罢'。怎样就成了我们给你包办婚姻？前后相亲多少次，不是你看不上人家，就是人家看不上咱。我跟着你相亲，差不多都跑破了鞋。我们做大人的都是尊重你，哪里逼迫过你，都是你自己没主见，怨来怨去怨了多少年。轮到你二妹找婆家，我说什么都不管了，她反而让我省心。"停一下，接着说，"你现在只怨我们当初没有反对，如果当初不让你嫁，是不是现在要怨我们错过了你的好姻缘？"母亲被外婆说得无语了，她隔一些日子后，还要这样埋怨，外婆还是这一番话。外公吸着他去年种在院子里的"小兰花"烟叶，长长的烟杆，发了黑的铜烟锅里忽明忽暗的火星，嘴里、鼻子里冒着蓝色的小烟圈。他烦心的时候就这样默默地吸着。

母亲又提起妹妹青松的事，说："都这么大了，那一个小子会走路快两年了，这一个还是这样。"外婆就又说："不要怨了，云儿下面生的那一个小子，虎头虎脑都会站了，无缘无故一下子就没了。苏家没有德行生了两个又瘦又小的，一个还是这样。"青云外婆的脸就像吃饭用的瓷碗，青云母亲的脸反而像木头做的木头脸，皮肤也是坚硬的。

外婆忙里忙外，中午还要回家做饭。一边做一边说，她自己也是做过媒的，把自己娘家的侄女介绍给了这村里的一个年轻人，这些年侄女的婆婆时常当着她的面嫌弃她自己的儿媳。外婆说："媒是做不得的，娶西施回来，婆婆的嘴照样碎。反过来也一样，女人嫁个皇帝也会有不称心的地方。女人生在这世上遇个好男人是有的，遇个歹男人也是有的。"叹了口气，又说，"只有我自己遇了一个好婆婆，人老实。直至走，也没有给过我脸色看，没有指责过我一字一句。她闭眼了，走的时候，家里穷得连装裹也没有，我把我出嫁时的喜棉裤给她穿上，因为这事本家的六妯娌差点笑话死我。有什么是可笑的，人活得肯计较才让人笑话哩。"生产队里活儿那么多，都没有改变外婆，她是该怎样过就怎样过，照样唠家常。

村里这几天桃树杏树花开了，站在大门口看见每家每户都有几大团的花开在院中，夹在青灰色瓦房中间。一树一树的桃花杏花开了，有的红粉一些，有的淡寡一些。风一吹花瓣落在地上，风再吹，吹到角落里。青云看见过喜鹊啄着那些落在树下的瓣儿。喜鹊的身子比鸡的身子细,比鸡的身子长,她做过估计,抱它在自己怀里是放不下的。

青云也可以到小姨读书的学校去,学校有一间房子是老师住着,一间房子是大孩子们上课,还有一间是小孩子们上课。她可以穿过矮的围墙钻到窗台下,听老师讲课。她是自由的,可以站着听,可以坐着听,也可以趴着听。

春天里大多是艳阳天,太阳光暖暖地洒在地皮上,偶尔一两天洒下一些雨滴,把路边的青草淋得干干净净。大地是最好的医生,前天放羊的大哥带着羊群走过学校门前这条路的时候,苏青云正在路边,羊儿毛茸茸的大肚子,四条细长的腿,羊脚踩在地上有力地发出了声响。她生怕羊儿的小脚踩了她的脚,那是很痛的。她爬上矮墙,看着那些羊儿走远了再下来,低头一看路边刚才还好好的一丛一丛的野草就残断在那里。那些残断的小草遇上这小雨,就又绿茵茵地在路边开花了。

春雨贵如油,外公说这场雨下得好。他高大的身材走在村间的小路上,青云很小的时候就能远远地听出他的步伐,稳稳地迈着大步。他极像一棵大树,蜂儿、鸟儿就连虫儿都可以钻进他的腋下闻他汗水的味道。

外婆门前崖壁下的院子里,三外婆正坐在凳子上捻线,她的脚很小很细,身体也老弱了。她每天坐在那里捻线。村里的房子一家比一家高,就像一层一层的楼房,也像一层一层的阶梯,外婆家住在最高的那一层,出了门,只要低头看,一切尽在眼底。

母亲在唤她的名字:"青云,青云。"她装着听不见,但一会儿就被母亲寻着了。母亲生气地拎着衣服把她拽回去。外婆家来了半生不熟的两个男人,坐在炕沿边上,像是等着谁。

当她知道来的人要带走母亲,青云看见母亲眼里的愁云更浓了。她在这时感受到母亲像囚犯一样被人看押,有无尽的落魄。青云是幼小的,但不是无知的。她们被看押,这时的这种感受像个刽子手一样屠杀了年幼的她的童真,她感受到了一种压抑,这种压抑影响了她的一生。

母亲被带走前抱着青山找到了捻线的三外婆,母亲说:"三大娘,把这孩子交给我娘。"青云还听见青山的叫声:"娘,娘——"还有青山的哭声。

被批判对象的家属，苏青云母亲因为忍不过当时的境况，带着她们逃回了娘家。

青松、青云和母亲三个人现在被来的两个人带走。出门时村里已有人家的烟囱开始冒出做中午饭的炊烟了，这时母亲的脸比木头还要木一些。

4

离桃花屯十里有一个村子——翰村，村子边上的这户人家就是苏青云的家了。

"文化大革命"是大人们的事，小女孩青云每天照看她的妹子。

屋子里潮湿，只有中午一小会儿的一线阳光照进来，外面是树绿天明。有一天，青云把妹妹背出屋子，放着花红柳绿的明亮光景不要，待在阴暗里向往外面世界。把青松放在哪里呢？放在猪窝墙上不好，放在鸡窝顶上不好，放在果树下的泥土里不好，放在一个倒放的破瓮子底子上不好，最后放在一个磨盘上。青松很少见到太阳，脸色苍白，手臂又细又长，像只长臂猿，没有穿鞋的脚像两只鸟爪子，光头没有留头发，像个小尼姑。苏青云以前玩做饭过家家时，捡回来破碗片，小玻璃瓶，平平正正的小石头，现在接着玩。小草是青菜，摘几朵野花做点缀。开头妹妹青松还能待在废弃的磨盘上，后来就在地上爬来爬去，像一条美人鱼，身体在地上拖下一条痕。

母亲下工回来，常常看见小女儿满身的土，说："又在院子里拖，草里会有蛇，青云你认不认得蛇呢？"青云回答说："见过它，细长身子，爬着走和青松一样。"母亲又说："认得就好，小心被它咬，咬了人，人会死，知不知道？""知道了。"

日子一直这样，过得久了会想起青山，青山是高贵的男孩，他是健全的。母亲说："就让他在那儿长大吧。"言下之意，这样的日子她和青松俩跟着过就行了。想一想也就算了，青云发现青松很聪明，至少比青山聪明。在外婆村学校的窗根下，青云偷学会了两个字，一个是"哭"，一个是"笑"，这两个字教青松学习，她一学就会。

胆子大起来的时候，就要到大门外去看一看。下雨的日子是最难熬的，小方块窗子用白色的纸糊着，日子久了要发黄。还有壁上的墙画，也都黄破不堪了，隐隐地有一个青素的女子袅袅娜娜舞着长袖，长颈的仙鹤立在松柏树上。屋子中央墙上挂着一面挂镜，马马虎虎照不清人，点点斑斑都是岁月留下的痕迹。

什么时候能长大呢？青云天天手托着下巴盼望着。

不知道这两天什么原因，常听见孩子们的叫声，老也不停，还看见男孩子爬大树。有时候外面的人往院子里丢土块、石头、瓦片，青云和妹妹被吓得抱了头，缩了身子躲藏在墙角、屋角，每天都是这样的光景，后来听说是放暑假了。有时候无缘无故地有破鞋也丢进院里来。

母亲告诉青云，等暑天过了她上学，妹妹上幼儿园。

学校是什么样子？大概是每个人眼里带着笑意，相互谦让，没有猜测不透的冷漠，每个人都穿洁净的衣服，没有青松衣服上那样的皱折和灰尘，还有好看合脚的鞋子穿在每一双脚上。天空中只有太阳没有乌云，绿纤纤的草长满学校的角落，大家可以坐在绿的草毯上。

终于盼着的那日子来了——上学的日子。

幼儿园在一个大院里。青云放学了来接青松，找呀找，看不见青松在哪里。听见有人说话，寻着声音看去。在一个角落里，两个男孩子，几个女孩子正在拖一个东西，就像村前的几只野狗撕着一块破羊皮。走近一点，看见是青松被拖在地上。青云大怒，破口大喊："滚！做什么？"一下子，那些孩子全跑了。青云费了些力气，找妹妹的头和脸，她找着的是苍白扭曲的脸和苦痛的黑眼睛。

看见了若无其事的胖老太太，她是幼儿园里的园长。苏青云用了最狠毒的眼光看了看她，眼里喷着火苗，很想朝她的脸上吐唾沫。

过年了，正月里，青松老说要长一双翅膀。说得烦了，青云骂她："人怎样能长翅膀？长了翅膀还不得长毛，你愿意长一身毛？"

青松重新说："是原来的人皮，原来的肉身子长一双翅膀。"青云问："谁说会有这种事？"青松说："两个大姐姐。"青云又说："那翅膀上面是长毛呢，还是不长呢？如果不长毛，那么在冬天，不得做件翅膀衣裳，要不然冷得怎样飞？冻得长了冻疮的时候，肉皮就会流脓水。"去年的整个冬天，她们的冻疮一直都在流那种水。如果长翅膀，翅膀一定长有羽毛。这接下来的半年青松就盼望着，讲着人长翅膀的事。

青云在学校认识了一个比她大一点的二年级的女生，她是青云本家大伯的女儿。那女孩说："既然是亲戚为什么不往来？"她自然也姓苏，名字叫"家珍"，自从认识她，青云心里生出一种不很贫贱的感觉。

青松的日子只有凄苦，老是被人拖，最为苦恼。母亲说："不要留长头发，免得被人抓着头发拖。"大人们是精明的，深谋远虑的，青松一直光着头，和小尼姑一样。

家珍是有慈悲心的人，她常和青云去接青松回家。她也是有侠肝义胆的，时常追打骑在青松身上的男孩子、女孩子，她会厉声大骂："你们这些臭猪。"幼儿园那个胖老太太一下子就听见家珍骂人，她说："一个好人家的好孩子，不要跟他们一起起哄。"家珍马上指着她的鼻子，骂她："你瞎眼了吗？这样说话。她们俩是坏人吗？"老太太气急败坏地说："没见过你这样刁的东西，告诉你家大人去。"家珍说："怕你？谁怕你，告诉去黑心婆，她们怕你，我可不怕。"老太太眼都急了，骂道："野，野孩子，野东西。"家珍跳着和她对骂："狠，狠心老太婆，狠心婆。"

青云去幼儿园接青松的时候，她自己先跪在青松的身边，然后是又拖又拽，把青松放在她背上。家珍同来就不一样了，她会伸出双手帮助她们。

青云的母亲常常不在她们身边，或者是早出晚归，早上天不亮就下地劳动，傍晚上了学习班再回家，或者去改造。这时她们村吃的是大队灶上的食堂，整天听见大唱大喊，当时正值"莺歌燕舞"的时代。大字报是白纸黑字，大标语是五色的，青云现在认识了一些字了，自己觉着与以往不大一样了，时常仰了头看那上面认不全的字。

有一天，青云想到近半年看不见的一个人——她的父亲。她很害怕他，怕得要命，她怕父亲的眼睛看人，他的眼里装着很多事情。母亲跟她说过："你小点的时候，因为固执被他摔出去，摔在地上，当时都没有气了，后来又醒过来了。从那以后，你看见他就尿裤子。这两年形势不同，他不理你，你也得小心。"母亲这样告诫着："说你呢，青云，你性子直，一年比一年大了，要懂事，你在外边和人家干部的亲戚别吵嘴，别给他惹事。他要是因为这事遭了罪，可饶不了你。"

这家人有个习惯，谁说话，其他人都不接话茬。青云后来在睡梦中被惊醒，听见父亲回家，索性装着沉睡没有睁开眼睛看他。

5

佛家说，如果正经历迷失，就离觉悟不远了。经历严酷的寒冬后，春天也就不会太远。

天不知从何时就阴暗成这样，云变得乌黑，暗沉沉地好像要下雪。风狂吹着，吼着，把小屋顶上瓦缝里生长着的枯草拦腰折断。被烟熏得焦黑的烟囱，看样子今天的风要把它刮走。风吼啸着从村后来，又吼啸着返回去，不知道究竟要怎样。苏家的两个女儿趴在小窗口望外面，听着院门被风吹得相互拍打着发出猛烈的响声。

天快黑了，妹妹说："我饿了。"青云脸上没有表情，她麻利地、老道地从墙上挂着的藤条做的篮子里取出玉米面窝头，说："一篮子呢，足足够吃三天，不会饿着你。"姐妹俩一人手中拿一个，大口地吃起来。窝头硬而温津津地为她们充饥，因为这是她们母亲早上刚刚做好的，如果等到明天窝头就会又冻又干，没有现在这样容易下咽。

天真的黑下来了，屋里黑得像墨汁一样。两个小女孩蜷在一起，姐姐拿了母亲的一件棉袄盖在自己身上，妹妹和她紧靠着。天越发黑了，黑到姐妹俩的梦中了。

青云一觉醒来，看见从小窗口射进来一点点光亮，她知道又一天开始了。她已经是一天一夜没有看见她们的母亲了，母亲在昨天天不亮起来，做好窝头上了工就再没有回来。

青云依在棉袄里，那里有她们母亲的味道，可以闻得清清楚楚。

青云直着耳朵听，等着院门响，昨天的风在今天停了，没有风的时候院门不会自己响，除非有人来。妹妹说东说西，"不要乱说话"，姐姐大声地责骂她，她有点不安和浮躁了。

青云在家里待得实在是有些心焦——这么久看不见母亲还是头一回。

青云背着妹妹村前村后转，偶尔听见学校里的嘈杂声，除了这些以外就是死一般的寂静，累了就把妹妹放在石头上坐一阵，烈烈的寒流刺得她脸痛。今年冬天以来，青云隔三岔五地不上学，学校有人找上门就去上几天，不来找就在家照看妹妹，妹妹青松也没有怎么上幼儿园，母亲说："冬天不好熬，别死在幼儿园里。"

远远地有三五个人，挤在一起走着，进了她们家。在寂静的小乡村任何事都是一目了然的。朝她家去那么多人，这是一个很不正常的现象，她有点疑惑，有些不解，常年里出进她们家的人累计起来都没有这会儿进门的人多。她背起妹妹往家赶，妹妹在背上向下滑，她使劲驮着。在进院门的时候青松的头被直直地碰在门框上，发出咚的响声。

家里，炕上躺着一个人，头在枕头上，青云看见她满是污垢的头脸，刮破的棉袄露出白的棉絮。青云傻了眼，发着呆看着一动不动的人，明明知道那人就是她们母亲，却没有办法让腿脚走得近一些。她背着妹妹，离母亲不远不近地站着，看见母亲睁着眼看她们，她们又似乎不在母亲的眼中，母亲在长一声短一声地叹气。苏青云面对无法接受的现实，她选择无言。她欲哭无泪，直愣愣地盯着母亲。她很想安慰母亲，可是她一句话也说不出来。

时间是抚平创伤最好的东西，等到天快黑的时候她的恐惧感越来越少，好像又是往昔的日子了。

青松拿一个窝头使劲往嘴里塞，把嘴快要撑破了，有点咽不下去，努力点，使点力气，还是不太行。青云听见她母亲从回家到这时说的第一句话，母亲说："弄些柴火，烧点开水。"

水快要烧开的时候，家里白色的气雾轻轻地飘在头顶上，像极了天上的白云。

青云学会了一个人默想心事，干活的时候心事一来就想一阵，活干完，心事刚好走,什么都不耽误。刚才烧柴火的时候,想起那年春天,那一次走在田野上和在外婆家的日子。姐弟们不相见多久了?那家伙有没有想想这里的日子,那家伙就是弟弟青山。水还没有开,心事等水开时才结束。

"啪,啪"有人敲窗子,青云慌忙地开门去看,是亲戚家珍。家珍很轻声地说:"你跟我来。"说完就身态轻盈地朝外去了。青云拖着一双破棉鞋,也想轻盈地跟在后面,无奈鞋子太大太重,只好是"啪嗒,啪嗒"进了家珍家的门。婶子正在做饭,看见青云眼圈就发了红,问:"丫头,你娘怎样了?"青云不知道该怎样说出母亲被抬回家这件事,就沉默着。婶子叹气,说:"人家是好人家的女儿,贫下中农,嫁进苏家……受尽了委屈。心气不顺,一时想错了,做了那事,幸好那崖不高。"小女孩一个字一个字听着,婶儿的这些话令她很吃惊。家珍说:"不是说是掉下去吗?"婶子说:"哪里是掉下去,是跳下去的,村子里人人都知道,只是没有人敢说。人家一点政治问题也没有,按政策也能为她叫屈,这话在大街上也能说。前些年,你娘刚进苏家门的那些年,和你爹不是打,就是吵,现在又是这样,就没有个盼头,这样活自己下去也不过是可怜你们俩丫头。"婶儿竟然忘记说上青山。其实很少听见人们说起家的事,今天是个例外。

"丫头,拉起衣角。"婶子在青云棉袄的衣襟里放了九个精致好看的鸡蛋,"抱好了快些回去,碰见人,别说话。"

出婶子家门时,青云伸出头向外张望,看一看没有人,闪身出了院门。她生怕自己摔倒,又怕抱着鸡蛋的手使力大了,把鸡蛋按破,她小心地兜着衣襟,风吹着身体,爽过头了有一点痒。她拖了大破鞋子吧嗒吧嗒走回家去。

母亲正手扶着锅台站在地下,青云拉开衣襟露出九颗鸡蛋。母亲问她:"哪儿来的?""婶子给的。""哪个婶子?""家珍娘。"妹妹青松比她抱着鸡蛋回来时路上预料的还要笑得厉害些,她看着鸡蛋都快笑傻了。母亲也该笑一下了,只见她的眼皮抖动几下,大颗的泪掉下来,落在地上溅起了几星星的尘土。大人和孩子最大的不一样,在这件事上是这样区分的。

这个家的男主人青云的父亲时常不在家,母亲也从来不提起他们父亲一个字。父亲的眼壳很薄,与他的瘦脸相称。冷冷的脸,不多说话,而开口时他的声音又低又硬很有分量。他说的每句话她都不敢有一丝丝不听从。

母亲跳崖后的第二天，青云服侍母亲，照看妹妹，正抱些柴火生火做饭。父亲从外面回来，他进家后用冷冷的眼光把破家的四壁扫了一回，突然指了青松的头，发出生硬的声音，说："谁把她碰坏的？"没有人回答。"问你这个丧门星呢。"手指颤颤地指着青云的脸，"说。"他的声音压得很低，发出来的声音很凄厉，青云想开口，反而不能说话。母亲被抬着回家的那天，青云背着妹妹进院门，一不小心把她的头碰在门板上了。

"啪"一个巴掌打在青云头上，她被打得在地上转了两圈，手里还握着一撮柴火没有丢落。"自从看见你就走上背运。"低凄的调子，他的这句话一说出口，就开始不能自控，他从柴火里抽出一根棍子打她，青云用手抱着头。她被她的爹骂："叫你坏心，想死还不容易，叫你不求饶，叫你硬骨头。"他的声音无比泄愤。

这时候青云实在盼望自己娘说一句劝阻的话，那样肯定爹就不再打她，娘没有开口，爹不肯停手，她只能选择承受。

"扑通"一声，妹妹一头从炕上栽下来，无声地趴在地上。她父亲的气愤正好赶在这时候发泄完了，接着抱怨道："跳，再跳，摔不死你！都来和我找不痛快。"青云听见她爹骂她们的话里老有一个"跳"字，说话时还用他眼角的余光，看着坐在那里一言不出的娘。

然后爹背靠着漆黑色调的柜子，吸了一支烟。

青云慢慢爬起来，再把青松抱起来，两个人坐到了屋角。

青云爹用他薄若杏壳的眼睛冷冷地注视眼前这些人，有那么大半天，然后生火做饭。饭熟了一个人独自吃着，屋里凄冷的空气伴着饭被他咽到肚子里，他吧唧着他吃饭的嘴唇，偶尔听得见用牙齿咬着咸菜发出来的声音"嚓，嚓，嚓"。

饭后不久他走了，听得见院中的脚步声愈来愈远，再后来听见院门"吱呀"响了一下。

隔了多少时候不见父亲，青云也不知道。

听见人们说，"跑了""要抓""抓回来""畏罪逃走""抓回来可就没好了"。最近村上还发生两件事，一是有个光棍因为说他与一个女人通奸，然后他就被吊起来打了一整天,第二天这个人就上吊死了。还有一件事是新婚不久的男人奸污了他邻居家三岁半的女儿,被打得欲死,听说还要判刑。接二连三发生一些事,这又不知道是谁逃走了呢?

有一天家珍告诉青云说:"你爹逃走了,逃的时候是黑夜,临走还偷了东西———一件棉袄。"

青云装着若无其事,她知道自己与别人不一样,别人的父母是光荣的无罪的,她不是。家珍有资格说笑,她的父亲和气待人,又是贫农。青云不同,从此她比以往更加寡言,她不会去和任何人接近,哪怕是家珍,生怕自己的卑微辱没了这个好人。

有一天,天刚麻黑,青云很奇怪地发现一个肩膀健壮,身体魁梧,长有一双亮眼睛的人来到她家。青云没有说话,走过去蹲下身子抱住了来人的小腿,看着他的大脚板。

正是掌灯后的夜,她的外公来看她们了。

"二丫头都瘦得没有人样了。"外公看见青松苍白的脸,软弱无力的脖子支着一个小尼姑一样的脑袋。母亲说:"过一天算一天,饿不死就行了。"外公接不起话茬来,沉默着。

外公也知道她们父亲逃走的事,说:"走了也好。"

外公和他大女儿说起大女婿的事,背过身子去用袖子擦着眼睛。

母亲要揭开锅给外公做顿饭,外公说:"吃不下,你娘在家等着呢。"母亲说:"那就早一点走吧,日子就这个样子,横竖都是一色的,没办法。"接下来又是沉默。

送外公出门,天上是一轮寒月,又大又圆。

母亲对外公说:"爹,带一根棍子吧。"她拿来一根三尺长,孩子们手腕粗细的木棍,外公没有说话,提起木棍走了。外公的背影先是在月下晃动着,再后来就消失在茫茫月色当中了。

那些年,狼出没在乡间,伤人伤牲畜的事常有发生,黄昏的时候就在村边对着村子吼叫。

6

自从外公在寒夜悄悄地探望了她们母女仨人以后，青云常常独自去村口，望着那一条通往桃花屯的路，想起在寒气逼人的月夜，外公手提木棍走在那条路上。

不知为什么，在将近除夕的一天里，母亲用锁子锁了她们家所有的门，还带一些东西，母女仨人又走上去桃花屯的路。今天的田野是苍茫的，田地是广阔的褐色，一条发着白的弯曲的蛇一样的路上，她们匆忙地行走着。

她记得上次去外婆家的情景，于此时已经相隔很久。这一次与青山见面，他是不是还看她们像陌生人一样。母亲是不是还要说那些老掉牙的话，外公每一次听到这些怨言就默不作声，低下头，好像找寻思想上遗失了的东西，就在一两秒的时间里，他的脸上掠过悲哀。每次这样青云是恨她的母亲的，她这样一点顾忌也没有地伤外公的心，伤得那样重。母亲她毫无遮拦地向外婆家里的人诉说她的不幸，还有对苏家满满的不屑。

这是她一路上的心事，外公是个好父亲，如果母亲的父亲像自己的父亲一样，那又会怎样？

她们母女三个人来到外婆家，屋里贴了年画，花红草绿全是喜庆的景象。窗户纸变成崭新的白，窗花变成鲜艳的花花绿绿，玻璃窗干净得透过它可以看见飞落的灰尘。

青山远远地躲着她们三个人，甚至会躲到狗窝里去，母亲和姐姐们带来的只有一身的晦气。

听见外婆和母亲说过年的事，好像是乡里有这样一个风俗，凡是出嫁的女儿就一生一世不能再回娘家过年，她的孩子们也不能。外婆不能破了这个风俗，她说："不然就在村西头的旧庙里过罢。"饲养驴骡的饲养员平时就住在那个小屋子里。

还有一件神秘的事，外婆说话时的声音很低，只听见一个字"信"，她和母亲谈话的内容与书信有关。

小姨知道她们这个年要在旧庙里过，开始讲起一些与旧庙有关的故事。

说是有一个人,在庙里上吊死了,女人们因此大白天也不敢进去。庙中间是一个小院落,阳光照得也少,低暗潮湿,大夏天走进去也不会出汗,仰起头是庙宇的檐角,这座庙建在高高的崖边上。青云听说了也不觉得多么惊悚,害怕自然是有一点,再怎么着也比不过她对人的恐惧。她知道这里是一个避难所,如果小姨不说起那些故事,会更好些。

　　除夕来得太快了,快天黑时四个人一起去了旧庙,青山也没有例外。

　　"吱呀,吱呀。"母亲推开庙门。这里的天黑得早,院里光秃秃的,没有种下一棵树,只有高的台阶。爬上去推开两扇屋门,屋里黑得更早,屋墙被旧年的火炉烟熏黑了,屋里更黑,母亲点起油灯。一个大火炕上放着一卷小小的黑色铺盖卷。

　　姐弟仁发一阵呆以后就都依在温暖的黑色铺盖卷边上,就像一窝新孵的小鸡,三个孩子挤在一起取暖。母亲盘腿坐在炕上,一动不动像一尊雕像。一直以来青云不懂母亲血肉做的身躯如何就焕发不出活力?肌肤为何就没有了色泽?她身上的血液流动怎么就没有外婆那么欢快?母亲还是年轻的。这一刻青云有所明白,外婆有外公,母亲没有的东西很多,她缺少的究竟比别人多了多少,青云现在还不会计算。夜深了,她使劲用耳朵听,什么声音也没有,哪怕是风声。青云慢慢地靠着被卷睡着了。

　　青云被推醒时,这里多了两个人:一个是大舅,一个是小姨。从此在她的人生里就落下一个习惯,遇上坎儿过不去了,就睡一觉,等到梦醒时分或者就有了惊人的意外。大舅和小姨带来一条被子,还有一顿年夜饭。

　　小姨的惊恐是挂在脸上的,青云一看就知道,她的脸因为受到惊吓而扭曲,有一种不知该躲到哪里的模样。

　　除夕的这一顿饭是在深夜里吃的,不久就是黎明了。听见不远处有雄鸡啼叫,听说雄鸡一叫,夜里的鬼就都走了。听到鸡叫,天很快要亮了。尽管冬夜长而寒,但天黑前的孤独惆怅随着雄鸡的啼叫就过去了。

　　一夜过去就是新的一年了,每个人都长了一岁,这一岁长下来,青云仿佛觉得自己长了许多岁,她不再是一个孩子。她爱独自想心事,外婆说这个孩子是个人精。她想自己长大后有一张和外婆一样美丽的脸,和外公一样长得帅,还有又高又大的个子,可是不一定能,姨们、舅们都不能全部拥有,何况是她。

过了年,外婆和母亲很焦虑,有时候她们大白天也要躲藏到庙里去。初五过了,小姨说给青云一句话,她说:"你们要走了,走得很远,好像要去千里外的大山里去。"之后的青云时刻支起耳朵听外婆和母亲说的每一句话,听见母亲说:"到那边再说,要是不行就和他一刀两断。青云也大了,青松让她看着,也惨不到哪里去。青山就家吧……或者我很快就能回来。"青云听出母亲那意思,她要丢弃了自己和青松,而留下青山,外婆淡淡的口气,说:"你忍心丢了她姐妹两?这一丢,今生今世怕不能再见面了。再说她爹这几年被批斗的性情也古怪起来,躲在外过的日子也是不见天日,她俩跟着怕是跟乞讨的一样。"青云母亲又开始说:"你们要我怎样?我又能怎样?这门亲害了我一辈子,不能再拖了,苦得够够的了。"外婆说:"女儿呀,谁又想到会是这样呢?你要不从门缝往里那一瞧,哪有今天。"母亲说:"你就会拿这句话堵我的嘴,你们活了半生了就没有个经验,也和我当初年少无知相比,我说愿嫁,你们着急忙慌给我完婚,也不调查,只怕嫁不出去。"外婆这次直摇头,拨浪鼓似的。

青云心里那个冰冷的世界,又下了一场霜雪,她与这里要做一辈子的分别,这里的亲人竟怕是永远不能再相见。

这一晚过去,天明了,她的母亲带上她和青松要上路,青山坐在大舅的肩上被带走了,也不知道哪里去了,没做最后的一别。小姨和外婆送她们到村口,外婆塞了一些熟鸡蛋在青云的口袋里,说:"路上吃。"她的眼睛是赤红的。

外婆站在村口望着,小姨拎着个包袱送她们。已经走了好远,漫漫的一条白色的路,天上是灰淡的云和昏黄的太阳。小姨最终也只能送到这里,母亲向她挥手,说:"回去吧。"

小姨扯着袖口擦脸,站在高原上一望无际的天地中间。外婆和小姨越来越远,越来越小,直到看不见。

7

两年前,青云母女仨投奔了逃往祁连山里的父亲,父亲在一个人口流动很频繁的焦炭炼制场做工，她们与父亲在一个火车站见面，那时几乎认不出父亲。他从手里提的一个尼龙绳编织成的网兜里掏出一个纸包，包里是盖了红色印花的小饼，他小心地拿一个给青松，再拿一个给青云。青云实在是有些不认识父亲，他的脸不很清瘦了，而且稍厚一些的嘴唇显示出了他的老实。

从那时起，苏青云对火车站产生了一种特别的感情。也就在祁连山里她对山产生了一种情感。她还懂得了人世的沧海可以变成桑田。他乡流浪的日子里，青云母亲没有丢弃她的两个女儿。

直到有一天，故乡来了一封信。爹娘决定启程回家乡。

这是谁在捉弄谁，反复无常。

回来的这一天，天下着雨，他们走一路被雨淋了一路。多年后回想起来，青云只记得当时头上顶着一块红色手绢，手绢角儿上掉下来的水滴正好落在她的睫毛上。青松的两只手像钩子，勾着她的脖子。母亲走在前面，背着用绳索绑好的一口大木箱，绳索勒在她肩膀上的肉里，手腕上挎个大包袱。箱子重重压在母亲的身上，她的腿用力撑着，那时青云发现母亲走路也是"外八字"。

大舅的一封书信，召唤他们回家，一封信三转五转在路上走了近半年。信上说，青云的爷爷平反昭雪了，家里被没收走的财物，也要归还，强拆的房子也要给木材作为补偿。

回到桃树屯外婆家的第三天，他们全被接走，这一次连同青山一起回到了翰村。

那一天，家里打扫得很干净，有不少人来坐着说话，他们的眼都是明亮的，没有一双眼睛是不会放光的。青春的女子也有几个，都十分的娇媚。一个说："看眼睛长得有点立，这样的长相有些气概。"她们是这样说笑青云的外貌的。听了这话，青云脸上若无其事，心里在想：同在一个村里住着，从来没有见过。一个又说："肩背挺俏，腰挺细，不是粗手大脚的那一种。"还有人说："个子不很高。"她们悠闲得像有很多时间可以评说青云似的。

院墙上爬进来两个拿棍子的人，一个是男的，一个是女的，每个人都只穿一条裤衩，就像两个野人。他们旁若无人地直朝院中央那两棵青云一家走的时候已经很茂盛的杏树走去。他们袒胸露背，看一眼家中的那些人，举棍子抽打树上如指甲大小的绿杏子。这样一种自在的神仙一样逍遥的打法,恐怕是每天都来打,都养成了习惯,"啪嗒,啪嗒",他们用棍子打着树上青涩的杏子。

本家的婶子大娘原来也不少,走时青云都不认识她们,回来了,这些人都来相见、相认。

"啪嗒,啪嗒",那两个人慢慢地打,慢慢地捡,捡了打,打了捡,地上散落着杏子和杏叶。

"你们这两个不知道丢人的孩子,不是以往了,打自家的杏子呢?就是自家的,你们父母让你们早早地不等熟就打光?十来岁了,不知道穿裤子,去了,去了。"婶子说。但他们俩自顾自地仍在打着,旁若无人。

婶子又走到他们跟前说:"去了,去了,两个傻孩子,再不走折了你们的棍子。"女孩子骂咧咧不肯走,被男孩子拽走了,还是从墙上走的。婶子说:"气人不,两个破孩子,以后不许再来。"女孩子满头的乱发,特别厚、特别多,后来才知道她叫"大叶子",那个男孩子叫"小文子"。

8

青云家得到政府的补偿后,房子盖起来了,他们一家住进了宽敞明亮的新房。青云要上中学,一所离他们村两三里的乡间中学。在乡间,两三里路不算是路程。学校离家不远,站在村口朝东望去,雪白的围墙望得真真切切,围墙中间是绿树掩映着的校舍。

开学的第一天,新的天地,新的学校,很多的少男少女,他们不停地走来走去,也有三三两两站在那里的。看着他们,苏青云有些心跳,她眼中充满憧憬,还有小时候留下的一丝一缕的忧郁也在眼中。

"这一届男生特别多。"一位老师说,"这一届男生的个子都偏高。"

回乡后青云的口音有点南腔北调,她用心去淡化它。她时常一个人一次又一次地想起种种不能消失的回忆,回忆好像要变成卡片、图画、电影不停地变来变去,有时候这种感觉不知道究竟要怎样,她很爱一个人到没有人的地方去想心事。

虽然家离学校不远,中午仍吃在学校,早上到学校,晚上回家。家珍也在这里读书,和青云做着伴,每天放学、上学,青云早一步等在学校的门口和小村口。

家珍,她的母亲生她生得成功,父亲养她也养得成功,她整个人无一处不使人看着心里愉快,使人喜欢。父母爱她如珍宝,她周围的人也是一样,她可以对人使来唤去,别人都心甘情愿,满脸笑意相迎,她可以打男生,男生摸了被打的痛处,假意露出又痛又怕的表情。青云是永远不能,因为不同的经历,她们在这时被定格在不同的性格和命运的框格里。

现在的家珍更是招人爱,她的眼睛放着光彩。看着她,她的光彩会照耀你,青云也爱靠近她,感受她的快乐的气氛。

家珍最近常常和一个男生在一起,经常在乡间的小路上碰见。青云远远地看见几回,开始有意躲避他们。相反,家珍和青云说这个男生的很多事,说他穿着的白衬衫分外白,说他理的短短的头发显得很有精神,说大眼睛的男生不如小眼睛的男生目光似火。这个男生有一双单眼皮的眼睛,他不热情,有时候很冷峻,他的名字叫"郝今生",这三个字听起来特别响亮而且仁和,这些都是家珍说的。

这些天,青云发现老有人在背后看她,当她突然回头时,发现是班里处处抢眼的张文杰。他不是一个文弱的人,手脚干练。他的眼神游来游去,好像有所观望,而且热辣不同平常。他大胆热情,学习成绩不好。

张文杰对她的这种情,她没有想到。张文杰是新环境的代表,还有一双多情眼,加上一张半笑的脸。

某一个下午,张文杰大声喊:"苏青云,有人喜欢你。"当时她和很多人一样不知所措。这个人这样,真大胆,狂极了。他的后面是一个口哨,响响的,青云没有见过这种场面,在梦里也没有这样的人。背地里女同学们都说,苏青云的身上像有一种魔法使男生们狂躁。

这突然来到的一种感受让她摸不着头脑,班里同学对这种事分外敏感,她却独独领了风骚。她躲避着张文杰,怕与他碰面,而常常一抬头总有他在她的身边,突然地让她吓得心跳。

拥有了一个让少年们偷看的年华，她躲着他们，不久她在班里就留下一个名声"太高傲"。男生们公开在她的面前说："你看她，眼里没有人，心里也没有。"高个子说："你敢去拦住她的路？"另一个说："不敢，你敢。"高个子大声说是："算了，敢的是那个家伙。"

每天都有人在她背后悄悄地望着她，她不屑理会。童年时的忧伤经历，时常出现在她的脑海里，不可抹去。

有歌喉的学生不少，课外时常听见一个男生的歌声，唱的是"绿树红墙"，大多数男生是在打球，女生中多数是三两个围在一起说悄悄话，有时也打球。这些她都不太爱，她喜欢上了一种校园文学，一本《中学生文学》杂志，书中是中学生写的小说，诗歌。她停留在小说情节中，常常构思自己小说的情节。有一种文学题材——诗，让她眼睛更明亮。一个有月亮的夜晚，她突然感受到一种意境，在云雾苍茫里，地上长满绿草，从水塘边或明或暗处传来高低不同的蛙声。她马上写下这种心境，就成了诗，这是她的第一首诗。也就是这一首诗，她悄悄寄出去，后来发表在中学生的杂志上。

自从走近文学，她发现自己再也回不到从前。不愿再和女生们说悄悄话消磨时光，她心里有一座高山，在山顶上有文学的硕果，创作是她的脚步，她朝那个目标走去，她艰难学步的苦中也有浓烈的甘甜。

心中那座高山必然要攀登，没有目标的人生她不能要。

听见有人在议论，"家珍过于大胆，一点顾虑也没有，一心一意和那个男生谈恋爱"。有人还说："可惜了家珍，那个男生不怎么样，个性懦弱，没有出息。"这是当时同学们对郝今生和苏家珍的评论。

9

苏青云的祖父母有一个女儿，是青云的亲姑妈，"文革"十年与他们没有往来，自从祖父昭雪，苏家平反，才有书信传来。青云也似乎没有见过她，这些年她常在年关寄些东西或者钱来，有时候连家珍家也得到一些接济，所以这个姑妈，虽然离得很远却是与苏家人有情，苏家人常常以有这样的亲戚自豪。

姑妈是祖母最小的孩子,比青云长十岁,祖母有一个姐姐一生不育,没有一儿半女,姑妈出生后,她视姑妈为自己的骨肉。祖母看自己的姐姐孤单就把姑妈过继给她,跟着祖母的姐姐家姓了张,她稍大一点就没有回过家乡,在那些年中为了不遭受牵连,就连书信也没有。祖父在"文革"开始后的第三年去世,祖母从此离开家乡去西安居住,和女儿、姐姐生活在一起。祖母在祖父去世的第六年也去世了,就葬在外地,至今没有和祖父合葬。这件事在苏家是一件揪心的事,也一直这样着。

　　姑妈在信中常有回乡祭祖的心愿,但因为怕伤了她养母、自己姨妈的心,就一直没有回来。

　　这年年底姑妈寄给青云一条淡黄色的绒毛围巾,让青云很是感受到了姑妈的情分。

　　现在的青山长得与小时候不一样了,连小时候的影子都没有了,他表面看起来老实、怯弱,实际上心里有一个小算盘。每天戴一顶棉帽子,双手叉在袖筒里,打听收兔子的人来了没有,终于在年前的几天,卖了三只肥硕的兔子。青山松口气,说:"明年还是早一些卖了吧,这两天可把我愁坏了。"青山养兔子是跟着三舅学来的,兔仔是三舅送的,养兔的本事是从小就有的。

　　青云越来越喜欢独自想心事,最近常想一个人,想的这个人不是真实存在的,可是又时常在她心中。他的个子要比文杰高一些,头发没有文杰那样长,他稳重可靠,不轻浮。没有相恋的开头,很明显他已经是她朝思暮想的情人了,他不嫌弃她的寡言少语,因为他们不需要语言沟通,他不在意她的不完美,这一点他和文杰一样。

　　苏青云宁肯要钟情于一个幻想里来去的人,不喜欢有血有肉的文杰,文杰的身上没有令她不可抗拒的力量,而这个幻想中的人身上却有一种让她无法自拔的魔力。他是多情的,有一点孤独的。青云常拿文杰和这个人比较,文杰会被比得一无是处。

　　几天前家珍暗地里约了青云,要在某一天午后陪她一起到亲戚家去。

　　这一天家珍打扮得整整齐齐,青云围了姑妈从千里以外寄来的围巾。家珍骑上自行车,青云坐在后架上,走在有些寒意的公路上,家珍兴奋得眉毛都弯得直不起来。

离她们村二十里处有一个镇子,村里人常到镇子上消费,购买他们过日子的必需品。镇子称作"庸城",庸城在解放初期是一座小县城,现在改成镇,去镇上叫作进城。庸城有多么悠久的历史,乡里没有多少人知道。相传在古时候有一位落魄书生流落到这里,白天乞讨,黑夜睡在临街的屋檐下。正赶上是冬天,城中人就在乞丐夜宿的屋檐下泼了水,水结了冰。为此乞丐悲愤交加,当街大呼:"有一日,吾得了天下,此地不封一官。"后来乞丐真的坐了天下,封不封官暂且不说,御笔一挥改原来的"荣城"为现在的"庸城"。

多少岁月后的现在,只见破破烂烂的城墙,断断续续围在城外。

家珍和青云来到城墙底下,家珍说:"这是北门,我们从这儿进去。"城墙差不多有十丈高,老的青灰色的城砖被岁月啃噬得脱落了棱角,墙上洞形的城门顶上写着已经看不清楚的两个老古的字"锦州",或者就根本不是。仰着头看半天后,青云跟着家珍走进门洞,足足走了一阵,门深足见城墙的厚度。

进了城门就是一些商铺,再进一条巷子就是一些人家,有两三棵大槐树,青云跟着家珍往巷里去。

她们停在一户人家的街门口,家珍问青云说:"你进不进去呢?"青云想了一下,说:"就这里等你。"家珍马上打好车子,步子轻快地进了那个大门。青云打量起这个地方来,陌生古老的深巷,最不寻常的是那几棵大槐树,树干上长了洞,树依然长得很茂盛,树身两个人合抱才可以抱得住。

因为是正月里,每家每户大门上艳红的春联还没有褪色,红灯笼高高地挂着。青云被路过的人盯着看,她就右转转左转转,好像要转到哪里似的,她用这种方法躲避着陌生人的目光。

等呀等,等不到家珍出来,她的脚被冻痛了,来来回回地跺着,还不见家珍出来。她一次又一次地心急,又平静,被过路人瞧了又瞧,多半个下午就这样过去了。

等到太阳偏西时,家珍终于出来了,还有一个人送她到门口,半遮半露的身子,门里一半门外一半的脸,这个人是家珍班里的那个郝今生。

青云这才明白了家珍,她怀着对男子无法压抑的情感来探望他。

张文杰的爱，少年的情，在苏青云这里卡住了，她对他视而不见，他反而更轻狂，他大胆地写字条，在她回家路上的墙上写与青云有关的几个字，一句话，唯恐别人不知道她和他的关系。他也和郝今生一样等在路上，等到她真正走近了他，路过他的身边，他反而束手无策。

就这样过了很多日子，她并不害怕他，每天不给他一点冷漠，心上就不舒服。

春天里的一个黄昏，在学校外一户人家围墙根下，文杰挡住了她的去路，两个人面对面地站在一起，远远地还有两个少年吹口哨，关注着他和她，两个女生哧哧低头笑，她们想看一看文杰今天到底要玩什么把戏。

张文杰看上去有些装酷，撑开手挡着路，甩甩他遮了眼睛的头发，动动嘴唇上细嫩的胡子，说："你拧我一把，打也行，不要不理我。"她斜了他一眼，不屑理他，眼里露出恨来。青云原本是不怕他的，是怕远远的女生们笑话，私下再传些闲话，心里就有些着急，想走开，他拦了路不让开。她最后忍不住拎起怀里的书和本子打他，他抓住了她的手腕，触摸到她的肌肤，一切的流里流气的调子再也使不出来，浑身无力地垂下了少年风流的眼睑。在这以后就罢手了，她也走了。

她恨他的胆大、轻率，恨死他了，这件事后的几天里，看见他就恨得牙痒。

苏青云有个无话不说的同学，知己尚凤，她是一个外地人，乡里有她的外公外婆，这两天收到家里的来信，她母亲要她在这个星期天坐上火车回去。这条路尚凤走过不少回了，这一次带些东西，青云送她去车站。乡间有一个小小的站台，站台上的青云看着车窗越来越模糊，火车的影子慢慢消失。小小的分别，似乎失落了不少的东西。

好些天没有看见郝今生。家珍好像病了一样，一整天不说话，也听不到她欢快的笑声了。有一天，家珍突然对青云说："他退学了，他不来了，我不能看到他了。"说完哭丧着脸像要失控，然后转身飞快地跑了，学校后面有一处生了杂草杂树的空园子，她大概是去那里了。

青云十分不理解家珍的情感，看不见今生这个人，她会是这样？这种情分是多么的痴切，又是何等的可怕，以后的日子她怎样过得下去。古代有梁祝，现在家珍真的要效仿？郝今生又没有死。

家珍没有心思学习。一次一次听到老师批评家珍，直到留级。

10

苏青云名字取自于青云直上，祖父给她起这个名，希望她能够飞腾于青天之上。青松和青山出生时，祖父已经去世，祖母给她们取名，青松是松柏常绿，一个女子如同一个男子一样有气概，长绿而不衰，青山的名字是青山不老，如同一座苍翠的大山，稳健、巍峨。

青松病了。母亲早些日子还说，二丫头眼看大了，不管怎么着，她也是一个女儿身，过两年来月经可怎么办。又说等她自己将来老了把青松留给谁呢？话说早了，现在青松就病了。

这一年，青松病得厉害。

春天来了，整日整日的各种鸟不停地叫。院子里的两棵大杏树，就是那一年"大叶子"和"小文子"打青杏的那两棵，杏树上有种鸟哀哀怨怨地整天叫，好像是叫青松一样。

青松原来已经是十三岁的少女了，她曾经认真地听家珍说学校里的事，还有张文杰的事，现在病恹恹的什么都不上心了。

她黑的眼睛越发黑了，脸色苍白，那颗黑痣在脸上显得尤其的黑，尤其的大了。她的腿瘦得拧在一起，因为要方便就不穿裤子，整天用小被子盖了下半身。两只脚像两只死了的鸟直直地仰在那里，细纤纤的两只手臂和手装在袖筒里。

眼睛差不多没有神了，幽幽的，眼珠还是那样黑，黑得有些空了。这个时候，她的颜色只有黑和白，她从小就是一个尼姑头，现在也是一头短发。

有青云在家时，她才会睁开眼睛，此外她常常是模模糊糊地睡着。

母亲约了婶子在家做些奇怪的衣服，一套半大不小的衣服，还做了一双鞋，这双鞋不用针和线，只用糨糊粘在一起。

婶子问："二丫头，这双鞋是做给谁穿的？"青松黯然回答："做给我穿。"母亲无言。三天前,青松和母亲说:"不行了,就快不行了,以后就多亲着青山。"母亲问:"是什么不行了? 谁不行了?"青松说:"是我,快那样了。"

这些日子以前,青松还可以趴在窗台上看窗外。她说:"院里人真多,都在召唤我。"母亲奇怪地趴在窗子上看,什么都没有,明明亮亮的大白天。青松还说:"有不少少年男子,有骑车子的,还有骑驴子的,在院里直叫呢,不停地叫,听见了吧,声音还不小呢!"除她外谁都听不见。

青云白天行走在院子里都有些发怵,整天的,只要是一个人单独行走的时候就疑心被人盯着、追着。

张文杰这些日子有些消沉,不多说话,也不吹口哨,眼睛整天盯着书看,一盯就是很长时间。

因为快要毕业了,学校的课程紧张,时间老是不够用。傍晚回家走着走着,天就晚了,看到天黑又后悔,不该耽误回家的时间,加上鸟叫声凄凄切切的。飕飕的晚风吹来,青云头皮抖动,脚步就慢了,快不起来,前面某种东西令她恐惧,身后有种东西令她汗毛直耸。这个时候她渴望有熟悉的村里人,在田里耕作,或者是路过,四处张望后就心灰起来,在这时候田里没有人,也没有遇上一个行路人。听到了一丝声音,她颤抖的关节"啪,啪"直响,有脚步声,声音大而有力,又有阳光的气味,不陌生,这是他的声音,他真的在她身后了,不远不近地跟来了。她渴望和他离得近一些,好让他的气息赶走恐惧的纠缠,她故意走慢些,再慢一些,希望用眼睛的余光能看见他。他没有,一路无声地送她回去。

青云有点习惯了这样的日子。

每一次回到村口,听见村子里传来狗的叫声时,回头看他,他就停在夜色的天空下。朦朦胧胧里他的样子是静悄悄的,没有胆大的张扬,一个男子宽厚的气度,反而令她不安起来。

内心那个比文杰高一点的大个子,他和文杰时常交替地出现在她的脑子里,就似乎是同时和两个男子在交往。自己也竟然是这样的粗俗,青云暗笑暗恨自己。她能把所有精力放在学习上,更多的其实已经是文学,文学就像一位穿铠甲背银抢的勇士占据了她心灵的城池。对文杰顶多是静静听他的脚步声,心里的那个高个子男生频繁地来到她的身边,他大概是一个博学多才、文韬武功盖世的大男子,而不是文杰这样的小男生。

辍学后的郝今生常常来学校外转悠,他会停留在校门对面的公路上,会坐在操场那边的杂草里的石头上,会站在不远处的小树林的边沿上。他清冷的不带人缘味的脸上始终都是那种不耐烦的表情,无论是喜是忧都少不了那样的表情。

家珍看见他会神魂颠倒,人与人的缘分是奇怪的,不可思议的,这时的青云是不懂的。

那种鸟儿还在叫,常在她家院里的树上叫。青松时常闭着眼,她的呼吸微弱到极点,她的脸还没有来得及生出头发丝那样细的皱纹,尽管是这样,她像极了苍白的垂暮之人。

婶子过来看青松,临走时母亲送到大门外,母亲说:"这个孩子,多年前有不少人劝说,抱出去丢得远远的,我那时也下不了那个狠心,一眨眼,就像刚在昨天听人说那个话,现在都用不着丢她去了,她自己要走了。"

婶子说:"多注意些,不要离开人,说不定哪一时要走。"母亲说:"这些事我是没有一点经验。"婶子说:"谁还不一样。衣服鞋袜准备好。"

……

青松不说话,也不睁眼,她的一生没有辉煌的成功,也似乎没有沮丧的失败,她跟随家人历尽贫穷、苦累,没有一点机缘再去领略富有和丰华,短短的一生。

谁又甘心死去呢?甘心死后的灰飞烟灭,如果没有天道的轮回,怎样安慰今生一点欢乐也没有的青松呢?如果真有来生来世,青松现在就是在等待来生,等待轮回,用来生添补今生的空白。所以宁可相信缥缈的虚幻,不能相信残酷的现实,但真有来生吗?

青松没有像松柏那样傲立,苍翠不老,今生的青松,只能躺着等待,等待今生结束,来生的开始。

青云在学校发表了几首诗,还有一篇小小说登在《中学生文学》上面,一时在学校平静的水面上激起几层浪,在学校她很受推崇,很多人向她投来仰慕的眼光。

回到家,青松在病中,青云是顾不上快乐的。成功后的喜悦被静悄悄地搁置了,没有家人看见她放出的光彩。

有一天,青松睁开眼睛,要穿一件最漂亮的女子的衣裳,最主要是要穿上鞋子,还要洗脸,要梳梳头发,还说最好吃点西瓜,哪怕只是几口。母亲说:"西瓜没处买去。"青松说"那就算了",这四个字,是她最后的一句话。

中午青松悄悄睡着了,在这之后就没有醒过来,身体凉而僵了,她就像一盏放在灯台上青黑的油灯,所有活力在烧得干干净净的时候灭了,油尽灯枯了。原来怕她年岁小,真到那个时候不会自知,走得突然。结果却是不同,她穿上了没有用一针一线就做好的鞋子,上路了。

她走了,没有多少呜呜咽咽的哭声。

把她放在一个纸箱做的箱棺里,是谁和父亲抬出去的,总也不是一个人。放她入棺的那一刻,青云没有痛,没有哭,痛和哭在青松"健康"时候就痛过了哭过了,青云是最平静无情的。

青松没有留任何话给世界,世界亏待了她。她走后,没有人再说起她,甚至没有怀念,解脱是一种结果,怀念反而是过错。

父亲痛哭着,他哆嗦着嘴唇,想说一句话,又终究没有说出来。在青云姐弟三个人中,父亲最疼青松,从没有打过她。他与青松的父女情,痛击了他。

11

毕业考试的日子来了,文杰的心事越来越多,愁绪时常出现在脸上。
青云收到他的一张纸条。

一直以来喜爱着你,遇到你的一次又一次、一年又一年的冷漠,我都不灰心。慢慢地,你的样子,你的冷漠,你的不理睬,却让我越来越放不下,最终形成我们相处的格式。多么想一辈子拥有这一切,可是我知道那是不可能。

不久我和你都要离开学校,你的眼里再不会有我的出现,我也将很难见到你,从此各自东西。今后的日子里你不会想起我,我恐怕想你想得心都会碎。面对你时,爱得义无反顾,离开你时,我会被相思折磨。你是我最初的也是这一辈子的放不开。

你无所谓

我不一样

这一辈子

文杰

最后一次见文杰是他带着东西离开学校的那一天。青云不能不想起他三年来的热情,那种有肉有血的情分。放不下也不会和他怎样,不过是默默地把那种情藏在心里而已。

苏青云的父亲从去年开始赌钱,现在更加投入。

六月,田里的庄禾长得正快。在秋收前还要再锄一次地,还要再施一次肥。青云爹这些日子整天整天赌博,田里的活儿顾不上干。青云娘每天唠叨说:"不锄庄禾,不施肥,秋收后看着吧,一定要减产。"她也赌气不下田,又怕少打粮食,寻着青云爹和他斗气。青云爹因此对青云和青山大发脾气,青山面对他爹吓得哆哆嗦嗦,每天割草,也只能把驴喂得半饱。青云看她爹自己不务正业,一个家被他折腾得家不像家。青山小小年纪累得可怜,嘴里不敢说什么,心里恨着自己的爹。

村里有个二流子,拿钱给青云爹去赌博,从中挣红利。青云听婶子说,那个人惦摸上他们家的黑驴了。等还不了钱,就要牵走驴,青云因此更恨自己爹不争气。

眼看着高粱、玉米抽穗,自家还没钱买化肥。黑驴被养得越来越瘦。青云娘在一天早晨和青云爹打了一架,她伤心地哭起来。青山也被爹扇了一个耳光。他爹还气愤难平,怒骂着:"一个一个馋吃懒做,就等我流血流汗养呢? 一个一个,忘恩负义。"

他又拿着青山穿破的鞋打青云,说:"还想去读书,你是合该成才的,老子我是合该被无缘无故从学校赶到地里劳动的。用得着你穷显摆识文断字，老子我，三村五地有谁赶得上我有文化，有文化又怎样，不种地照样得喝西北风。"

青云觉得，他不过是在给自己把家里仅有的收入拿去赌找借口。现在社会怎么就读不得书，只有种地才能活命？怎么就只能做文盲？自私自利不肯为子女付出才是他的真面目。苏青云听着他刻薄的话，感觉到了彻骨的寒冷。

青山是准备留级的，下一年还在小学里。青云考进了县城的第一中学，和尚凤一起拿到通知书，等着那个新的开始。小的乡村里青云成了有名的才女，人们偷偷地仰慕她。在自己家里却不然，她知道自己爹那些刻薄的话语，不是一时恼怒说出来的，她明白他的想法。只是不肯真正相信爹会因为自己贪赌，而断送她的前程。她还在期望中等待。

日子一天一天地过去，她躲在小屋里，在寂静中等待。

旧壁画上美女跳着婀娜的舞，纤细的腰，都已经破碎淋漓，就像先人们曾经做过的梦，保存至今已经是梦不成梦。

这一天，听见她爹骂她说："你的心比天高，你的命比纸薄，知道了吧？你没有那成器的命。今天明白告诉你，不要枉做白日梦。田地里的活一点也不干，整天耷拉着脸，像是我们欠了你钱一样，告诉你，我欠了谁的，也没有欠着你的。我左看右看你没有做子女的谱，倒很像我的仇人。我认为你是小姐身，奴才命。不想在家里待着做乌鸦，也飞不上高枝做凤凰。"

这两天又是青山卖兔子的日子，他每天到外面打听，收兔子的人来了没有。

这些天，她爹不是摔碗就是扔筷子，而且每次都在吃饭的时候。有一天吃中午饭的时候，他骂："老子是黄牛，被你们吸了血，血干了，现在也轮到你们放血了。"他越骂越气愤，"说你呢，装死听不见？想读书去，想爬高枝去，留下老子做牛马，你在外佯装大小姐。别做梦了，你去不成，死活都得在这个家里。"他的愤怒和仇恨从来都是在无缘无故中产生，一旦产生就长久地不结束。大概是祖母生他成这样，养他成这样，要不然能是什么原因。

……

眼看开学的日子近了，近得不能再近了，好像是在昨天、今天、明天，苏青云不敢抱着幻想了。

家珍娘——婶子来说:"你们家可真奇怪,别人家的孩子不去读书,爹娘求着、央着去读书。你们家可真笑死人,怕孩子读书怕得要命。"母亲说:"他赌钱去我管不了,这件事一样也管不了。再说青云从小心高脾气倔强,这几年长大了,学会和我们对着干。读书不读书的先不说,以后还不知要怎样不服管教呢!"婶子说:"做大人的,不培养子女读书,整天鼓捣些歪门邪道,孩子没太懂事,还不是跟你们硬干。要是孩子想不开,你不担心?""想不开?不能的,能想开,日子就得这样过。"

暑假放尽了,没有了。青云整天整天地绝望,整夜整夜地做噩梦,这样的日子一直拖到秋后。

有一天,娘来找她说:"青云,我知道你的心事,可是你这辈子降生到这个家,念书就是个不可能。你别以为可以在乡里学校读书,就能在县里中学读书。他不给你投那资,还指望你田里去劳动,替他分忧。你如果一直用不说话的方式和他对着干,他会让你没有好日子过。他说对你要来一个'逼上梁山',不会给你一个'顺水推船'。"青云说:"我知道了,你别说了,我对所有的东西都死心了。"

过了几天,青云爹从驴圈里牵出了驴,驴是"文革"后队里分给他家的,是他家从前灰驴的女儿黑驴,把它套在平板车里,拉了一车谷子去卖。卖了一车粮食没拿一分钱回家,又要卖一车。青云娘手握一把粪叉子朝她爹打去,他爹一闪身,粪叉子打在平板车上断成两节。俩人各自握着半节打起来。青山抱着受了惊的黑驴,也不把驴缰绳拴在杏树上。青云闭了嘴,黑着脸坐在碾场的砘辘上。院墙的豁口上趴着村里那个二流子,他在看热闹。青云丢一只青山穿破的鞋子到豁口上。只听见那人骂:"文绉绉的一个狠手。"

第二天,青山正给驴子喂草料,从街门外进来一个人,他亮起嗓子喊:"苏家老兄你出来。"青云爹拖着鞋子一面走,一面抽鞋后跟,说:"劳烦你跑腿,我去你家就好了吗。"那人说:"你不是没去吗?"青云爹说:"这两天,不是为这事正打架呢么!"那人说:"我是来向你要回我的钱,可不是来看热闹,别让你家闺女再拿破鞋丢我。"苏家父亲一听有这种不近情理的事,让青云赔礼道歉。青云没有道歉,回到了她一个人住的小屋里。那人说:"算了,我是来要钱的,没钱就牵了驴子走。不稀罕你们几句好话。"苏家父亲说:"那不行,我是很看重家教的。"

有人趴在院子的墙头上看热闹,人头像一排排成队的鸟,就在大叶子和小文子跳进来打涩杏的那一个墙头的豁口上。

青云爹马上提着木棍,打碎青云小屋的小窗玻璃,骂:"让你装死,你不是爱装,我的死活你不管,要你有什么用?"他打烂旧门冲进屋里,一条木棍,劈头盖脸地打下去,又骂:"老早就服不了你这样子,一天一天地和我为仇,还想从我这里得到好处,现在看清了你狼心狗肺的本性。今天先打折你两条腿,看你怎样兴风作浪。"青云默不作声,没有叫"娘呀",生也可以,死也可以,她连一滴眼泪都掉不下来。小屋里地上,她像被放在菜板上的死鸡,只是头没有低下去。"你这个贱骨头,看看是棍子硬,还是你的骨头硬!"他的话音没有落地,木棒就两段了。

今天怕是免不了要死,她有些抱定死的决心,正好也不想这样苟活了。

小屋门被一只大脚踏得稀碎,进来的人是大伯,他问:"你这样打青云是什么原因?"爹说:"因为她不懂礼数。"大伯说:"我在墙外站着听得清清楚楚,你怎么就欠下别人一头驴钱?"她爹被问得说不出话来,发一下呆,然后说:"我管教她,与你半个屁的相干也没有。"捡起半截棍子又向青云打去。举过头顶的棍子,被大伯夺走了。大伯说:"你打算打死她?"大伯揪了他的衣服,抓到院中一阵数落,"你不是爱作践自己家孩子么,你不是爱跟女人和孩子要恨么,我就叫你要不成。"青云爹问:"你管得着我么?"他嘴上这样说,人却去给黑驴填草料了。要债那人不知道在哪一阵就走了,大伯也就走了。青山早吓得不知躲到哪里去了。青云娘坐在碾轱辘上,木着脸发呆。

这以后的几天里,青云不能下地行走。她继续用冷漠表示她对这个家庭的不满。在炕上躺了半个多月,她身上的青肿都没有完全散尽。深秋了,树上的叶子落尽了,再没有可落的了,光秃秃的。青山和母亲送些饭来就吃一些,不送来就不吃。她娘跟她说:"你的脾气不改,不知哪一时又要遭他一顿打。"

有一天,青云悄悄问青山:"卖兔子的钱还有没有?"

在黄昏的时候,青山两只手托着他所有存下来的钱说:"你拿去。"

她稍缓了一下,急忙抓走了青山手上的钱,掖在自己的衣服里,小声说:"我要走,我走后,你好好地待着。大概会有那样一天,一切都可以变好,你等着那一天。"青山问道:"姐姐,不知道你要到哪里去,是不是去外婆家?"她声音压得更低,说:"先找尚凤,到县城一中找到尚凤。""她可以帮助你?""她至少可以和我共同想点办法,找个地方出力赚钱让自己活下去。等到有了安身处,我写信到大伯家,你偷偷瞧着。你把信寄到县城一中,让尚凤收,我就可以看到你的信。"大概这个计划早就在她心里成熟了,她要逃走。

苏青云等身体又恢复了两天,想想只能这样了。

婶子趴在墙头的还是那个豁口上,和青云娘小声说话,还是担心青云以后的日子,青云娘回答说:"日子就得这样过,不然能怎样?大不了,找个人嫁了。"

青云心里斟酌哪一天走,怎样走。她知道肯定是要从墙上的豁口处走,墙外是野地,她要走小路。

她的家早有一个无人修补的缺口,直到变成一条路。

12

青云找到了尚凤,尚凤虽然是一个学生,青云了解她,她有超常人的能力。尚凤想给青云在学校对面的书店里找些事做,是有方便看书的意思,但书店不招工,没有办法。只好在学校外这条街上一家饭店里给人家洗碗,包吃饭,包住宿。

青云认为洗碗赚钱能够生活下去相当不错,她就开始了这样的生活。

安定下来以后,尚凤常常替她惋惜。青云说:"有这样的日子过,应当知足。"青云写了一封信给青山,寄到大伯家里。

青云一个人的时候,就陷入了无尽哀伤,生活不幸的画面一个片段一个片段,一次一次地在她脑子的最深处上映。

青云听家珍爹说,祖父的家教是严厉的,常有拿木棍在赌场里追打她爹的事发生,他是宁死也要去赌场。在二十年后他也举起木棍向他女儿打下去,大概是在效仿先父。苏青云认为自己没有犯下过分的错误，不该受他的虐待。还有自小就没有感受到多少父爱，这份本来淡寡的亲情就十分脆弱。如今活在没有希望的人生里，她的爹是如此令她不解地折磨她，她恨她的爹，还有她的家。

青云小时候就知道，自己家与家珍家不一样，与外婆家不一样。父亲常用极端的态度面对家庭，用无情面对家人。娘嫌弃爹为人个性僵硬不仁和。原本少有亲情的家里，现在因为他的赌博变得更加雪上加霜。

天气渐渐变冷，青云整天冷得打哆嗦，青紫的脸上，鼻尖常常挂一点点的鼻湿，她等着开工资。过去的时候，她心中有一个马克·吐温笔下那柏拉图式的情人，就是人们说的梦中情人，现在她的心里都开始恨这个人了，恨男人和女人之间的那种事。她胸部小小的也不再发育，月经经常不来，或者来了不走。她知道她的身心正在扭曲，正在变形。

青云每夜必然做梦，梦中会有一个山羊头、人身的怪物反复出现，她被堵在一个很破烂的地方，找不到逃出去的方向。山羊怪物的两个犄角直直朝上，凸的羊嘴念念有词，每次她都吓得要命，惊恐无比，身子哆嗦成一团。有时候惊叫声会惊醒饭店的老板娘。青云心烦，少与人交流，只有尚凤一个朋友。她发现人生原来是这样的苦寒不堪，苦寒中因为有尚凤还有一点点的温暖，尽管这点暖支撑着她，她还是整日郁郁不语。

在深冬的一天，尚凤带着人来了，远远地有一个女子，披着长发。

青云竟然认不出是家珍。她的身后还有今生，他提着一个包。

家珍看见这个被仇恨折磨，苦涩不振的青云，想到她的日子一定不好过。她比上半年瘦小了不少，脸上冷冷清清的，眉宇间打着一个结。见了家珍，青云脸上挤出一些笑来。

家珍给她带来她娘捎给她过冬的棉衣，家珍似乎还有话想说。"青山怎样？"她想到青山，只想听到他的消息。家珍说："青山还那样，那孩子性子好，好得有些懦弱。"家珍从她的包里拿出一封信，交到青云的手上说："青山的。"

今生一直等在老远处，家珍把信和一包东西交到青云手上，她就和今生走了。他俩走出了老远，青云一手拿包，一手拿信飞似的追了两步，又停下。"姐姐"

两个字喊出口,泪就像雨一样泻下来。家珍回头来望,她又返身走开了。何苦要拖住他俩和她一同难受,多一阵的停留不会有一点的喜乐,只有悲伤。

青山的那封信是这样写的。

姐姐:

自从你走后,就没有再见过,很想念你。整天我都盼着有一个年轻的女人高声喊:"青山,青山。"那就是你回家了,但是老也没有。在学校,同学们叫我"细杆杆",我的名字快让人们忘尽了,姐姐,家更不像家了。

爹娘每天都在大争大吵,别人都笑话咱们家,我很伤心。每次吵完了架,爹说要抓你回来,迟早有一天会知道你在哪里。他还说,别人全在这里受罪,单她一个人高飞了,做梦去吧,下辈子千万别投胎在我的家里,投胎在我家就是个不能。他这样说,常这样说。

姐,已经在给你找人家了,让你嫁一个肯出大财礼钱的人,姐,千万记着这件事。

还有一件事,我也很伤心,喂的那两只兔子都死了,绝种了,因为这件事哭了好几天。眼看一动不动的死兔子,什么指望都没有了,我的心难受得不想把它们从窝里拉出来,让它们就死在那里好了。唉,再也养不成兔子了。

姐姐,我有很多心里话想说,因为都是小事又太多,就没有写在信上。我一个人常常想,再看见你会是在哪里? 在哪一年? 哪一天?

姐姐,我很想念你,你不要忘记给我写一封信,让家珍姐姐带回来。还有你在信里要多写一些字,多说一些事,说得仔细一些,就像在家时和我说话那样。

姐姐,我还有很多话想说,又想都是些小事,就比如说有人骂你,你就装着听不见,不要和人争,因为在争的时候,他会说出更让你难受的话。什么时候,我们家能过上别人家那样的日子?

姐姐,信就写到这里吧。

弟弟青山

看这封信的时候,青云找了一个僻静的地方,免得让人看见她看信时那个苦相。看完了这封信,想念青山的泪水流了两天。

家珍走后不久,写来一封信。

信的开头写着"青云妹妹",信中有她苦苦的劝解,要想得开,命不由人,不要作践自己,身子受不了。

信中还写道:"张文杰不错,他在学开车,为人又干练,对你是真正的爱恋,他对我说出了对你的情意,害怕你还不肯接受他。云儿,你从家庭给你的阴影里走出来,走到社会上来,家庭温暖也好,不幸福也罢,迟早有一天要离开它。我不也走出来了,找自己要找的。长大了,娘家的好与不好都不是我们最终的归宿。"

家珍的意思,让她接受文杰的爱,如果和他在一起,或者可以得到他的帮助,也可以谈婚嫁。一方面与家里的矛盾慢慢地减少,另一方面,和文杰在一起也是一个不错的选择。

她认真地考虑过家珍的话,文杰固然不是最完美的,却是真真切切靠近她的人。可是她已经把男女那件事看得很轻,没有了那种活泛的心,她的心里已经装满了恨。如果选择和他在一起,让他接受一个一心一意要恨仇的女人,这样对他也不公平,也一定会因为她固执的个性忽略他,闹出无尽的风波,反而会让他跟着难受,甚至是翻脸,决裂。

更主要的是,如果没有文学创作这么美好的事物陪伴她这一生,她这一辈子不会幸福,甚至不能生活下去。这是别人不能理解,不能体会,不能感受的,只有她明白自己的心。人生要走怎样的一条路,尽管眼前不只是迷惘,甚至是身陷绝处……

13

这个冬天特别寒冷,苏青云一直冻得哆嗦。她丢了家珍带给她的包袱,那里面的一切都能令她想起往事,所有的回忆都使她感到无比的悲伤。她把她的人生仔细地回想了一遍，过去的日子像一本充满离奇又有点险象环生的书，一页一页。人们说，命运顶要紧，她怎么就出生得不迟不早，不偏不正地在苏家。她没有想要过富贵繁华的日子，命运连一个平常百姓的家庭都不给她。没有战火，没有硝烟，本应该拥有最起码的平淡，可是这却成了一种奢望。她的爹可以恨她到这种地步，她回报他的也是恨。

　　这一年的春节来了，过年和平常日子没有多少区别。苏青云一个人住在店里，年夜饭是煮熟了的两颗鸡蛋。除夕夜里，她想洗一辈子碗，不就可以自食其力地生活一辈子吗？命运不让好好活，咱就龌龊地活。命运不让干文字活，咱还绝不放手。

　　她软弱的外表下，是极富挑战性的个性。这是不可更改的人性的一面，哪怕这一面是个缺憾，也没有办法改变。

　　二月里，青云听尚凤说，学校外有一张寻人启事，是这样写的：

　　　寻找苏青云，女。

　　　有认识此人者，请来信告知，有酬谢。

　　　收信人，苏有认。

　　　地址：壶关县庸城镇翰村。

　　启事的左上角还有一张她的照片。

　　不久后，尚凤又来说，她的同学也看见两张这样的寻人启事。几张启事，搅得苏青云没有办法安心洗碗，整天整天地心惊胆战，冒冷汗。洗碗时魂不守舍，她已经是异常恐慌。

　　终于有一天，苏青云撑不住了，就请了假，决定回外婆家去住一些时候。

　　青云回到久别的桃花屯外婆家。外婆村里的马家女儿，也是从桃花屯嫁到翰村的，她来外婆家后，有话想说，又似乎有些张不开嘴，不说话又觉得不安心。外婆看马家女儿迟疑的样子，就说："闺女呀，有话就说给婶听吧，这里不怕说错的。"

　　马家女儿说："是你家女儿的家事，我本不该说长短。同在芝麻大点的小村里住着,谁家有人咳嗽一声都能听得到。苏家那哥,他每遇借不着钱的时候,就吼骂三天。出门挑水,边走边向人数说,张家、李家狗眼看人低,上家去借钱,没有借给他。我也被数落得半月不敢出门。好歹这些闲话也不是个事,不过是闲拉的家常。我是想说那可怜孩子的事,他那儿子,被他赶到砖窑里去背砖,孩子不情愿,就把孩子打得拉在裤裆里。"这个女人红了眼圈,"我活到这么大,没见过这样的爹,没有见过这样的人,这样的事。"外婆拉起自己衣服前襟擦眼睛,说:"青山,连个学也没得上了,我那女儿也不吭声?"马家女儿说:"怎么还能上学,活都有点活不成了。按理说大姐她是可以反抗的,为孩子争一争。大姐怎么就对儿女的苦不上心呢?我是个没胆量的人,可是我有胆量保护我的儿女,婶你说,这怪不怪呢?"她觉得话说得不妥了,又解释说,"婶,你看我一着急,话说得多么难听。"外婆说:"你说得不难听,是一片好意,婶是感激你的。"马家女儿说:"婶,我是想说,快想想办法,看孩子怎样能活得下去。"外婆当下气得直打自己的脸。

马家女儿说:"婶,可别气着你。我来只想为孩子出点力,没有笑话自家姐妹的意思。"外婆说:"婶是知道的。"马家女儿又说:"说起背砖,那是壮男人也不好干的活,一个瘦小的孩子也去干,是为了挣钱呢?还是为了去送命?从大土窑洞里,人得弓着腰把砖一块一块磊起来背着,再从身后反抱着。背着砖出窑,人要微爬着走,站直不行,爬低了也不行。青山就去干这个活了。苏家大哥神经兮兮的,'文化大革命'后他就变得古古怪怪了。开始的时候,村里人以为他是发神经,想不到竟然逼迫孩子一直干下去。快去看看可怜的孩子吧,再没人管,真把一个孩子毁了。"

马家女儿走后,外婆、小姨为青山哭得泪人一样,外公在院里走来走去,苏青云牙咬得"咯咯"响,没有滴出泪来。

外婆气极了,说:"这个下三烂,想不到他顶会用毒招。老天爷呀,谁来管一管呀,可怜我的青山呀!过去'文化大革命'家不成家,现在是谁逼他残害孩子。"

中午了,舅舅们回家听说这件事,大舅的脸最黑,三舅不停地抹眼泪。

天上的太阳正辣辣地照在地上,正是日头硬的时候。大舅狠狠地跺了跺脚，朝门外去了。过一阵三舅也不见了。外婆又担心起两个儿子来，说："这件事没有从缓，说得太着急了，可不会出事吧？"

一个中午，一家人不能安心。

青山的两个舅舅顶着烈日，走了十里路，来到苏家。青山爹娘正吃饭，青山大舅问："青山在哪里？"青山爹说："在砖窑上，挣钱养家，有什么不对吗？"青山大舅拉住正往嘴里塞饭的青山爹，拎着衣服往院子里拽。青山爹拿起碗要砸青山大舅的头，青山三舅一棍子打在了青山爹的手腕上，痛得他大喊："呀，呀，打人呢，要行凶了！"青山大舅说："说对了。为什么打得青山拉在裤子里？"青山爹板着冷冷的脸说："你爹打你，也去你姥姥家和你舅舅商量？"青山大舅说："我爹是人，你没法和他比。"说完举起大手，打下去一个耳光，不偏不正正好落在青山爹的脸上。青山爹喊叫着："你打我？"青山大舅说："不打你，打谁？"青山三舅说："我们替青山讨点公道。"青山爹用冷硬的口气说："少管我的家事。"青山大舅又举起大手，说："我今天管定了。"手刚要落下去，青山爹说："有话好说嘛！"青山大舅听见话软了，手也就软了，没有落下去。青山娘说："三呀，大晌午的，你和你哥怎样就想起这一出？"青山三舅说："听说青山受苦，来看看他。"青山娘说："三呀，青山在咱们家长大，你们都疼他，我是知道的。可也用不着大中午的兴师动众，有话好好说。"青山三舅说："不让青山好好念书，砖窑里的活是他能干得了的？又瘦又小，你不怕他撑不住？"青山娘说："撑不住，还能怎样，不撑了？这些年，我不也是这样过来的，生在这个家中，只能这样。"青山三舅听见这话，长长地叹了一口气。

青山大舅拽着青山爹还在和他理论，青山爹说："大不了，不去背砖。"青山大舅咬着牙说："今儿，我要领走青山，你有什么意见？"青山爹说："意见倒没有。"青山大舅的心软下来。哥俩要走，青山娘跟出来，说："家里炕上坐坐，吃了饭再走。"青山大舅没有作声，走了。青山娘又对青山三舅说："三呀，快叫住你大哥，家里坐会儿再走。"青山三舅说："不用了，砖窑上找青山去。"两只大脚追大哥去了。

青山被找到的时候，他蹲在地上背靠着一垛高的新砖，在投下来的阴凉里吃着一个馒头，地上放一个大碗，碗里是稀饭。他看见他的两个舅舅站在眼前的时候,直眨巴眼睛,没有开口说话,嘴里慢慢地咬嚼着他的馒头。

青山大舅蹲在地上心痛地哭起来,三舅擦着鼻涕和眼泪。围着看的人群里,马家女儿的丈夫也跟着哭。两个彪大的汉子,眼泪流着,哭着,好像受了委屈的孩子。砖窑上的老板娘手拿毛巾,擦着脸上的泪,说:"带回去吧,这孩子可怜。"青山缓过神来,明白两个舅舅要带他走,放下半个没有啃的馒头……

他们离开村子,朝着桃花屯走去。

一路上,青山有老鼠的行径,猛然地疾走一阵后,左右看看,找个大石头靠上一阵子。或者是蹲在沟渠里,待上一阵后,站起来,再蹲一阵子。哪怕是一头汗水也不擦,走一阵,躲一阵,少言寡语。大舅说:"青山,有我们两个人在你身边,有什么好怕的?"青山小声说:"追来了,就是个走不成,他的手劲很大,大到攥铁化泥的地步。"三舅大声说:"毒猴子一样的东西,你就那样怕他?"青山说:"不是你说的那样,掐着脖子可以断了喉骨。"大舅唏嘘着:"不要对着山儿提他了。"

14

三个人半后晌回到桃花屯。一进外婆家院子,青山就躲进了羊圈,不肯出来,说:"这件事没有过去,刚是个开头。"他的举动惹得人生气,这个没志气的孩子。青山正正经经地说:"我在这里躲躲,等天黑再出来,有些事你们不懂。"外婆说:"是不是中邪了,不然哪能是这样。"青山人虽然来了这里,心里全是过去的事。外公说:"由着他,不要惊吓他,这孩子从小就没胆量。现在又经受了他承不动的事。"全家人都不说话了,等着天黑。

天黑了,乡村非常的宁静,看山比白天还要近一些。天上的星星,忽忽闪闪的,月是上弦月,这时挂到了西边天空。河里的水声渐渐响亮起来。一白天调子最高的布谷鸟的叫声停了,天黑了,要睡了。黄昏时小羊儿思念母亲的叫声也停了。伏在羊圈里的青山,还占据着小羊的家,无家可归的小羊跪在羊圈外。外婆家的大门也上锁了,大舅在羊圈外面说:"青山,出来了,天黑了,街门上锁了。"青山慢慢地爬出来,大舅用扇子一样的大手,抚摸着青山的头。青山慢慢靠近大舅,用脸蹭着大舅的腿,大舅的大手抚摸着青山的脊背。大舅稳稳地站在地上,像生了根一样,大舅像座山,蹲在他的面前是安全的。三舅认真地看着青山,他像个郎中,仔细地瞧着,通过青山不寻常的举动,寻找病根,究竟是脑子里的哪根弦出了毛病。小姨偷偷抹泪儿,小姨的泪水就像珍珠散在地下,埋在土中永久不化。等到青云、青山长大了,回头来再拾起还是原来那样的光鲜、湿润、玲珑剔透,含着柔和的亲,永不褪色。

外公吸着旱烟,蹲在屋檐下。

全家人面对青山,每个人都感知到了他内心的痛。直到深夜,青山困得一塌糊涂的时候,大舅拽着他回屋睡了,全家人才松了一口气。

乡村像个孩子,靠在山的脚下。站在外婆家门前看见苍翠的高山上,一块巨大的山石嵌在山坡上,像山胸前的一块玉。人们下田里劳动,村里静得能听见山风吹着山松的声音,再静些的时候能听见山松枝落在地上的声音。小羊儿细碎的牙齿,咬着嫩草儿发出窸窸窣窣声。

青山身上很臭,发出汗臭味、羊尿味、狗骚味,混在一起的酸臭味。他的头发锈在一起像是一堆积怨,大舅给他理发,外婆让他坐在街门外,外婆说:"这是风俗。"青山不肯,大舅说:"不肯就不肯罢,风俗不风俗的有什么要紧。"外婆找出三舅小时候的衣服让青山穿上,找出小姨的衣服让青云换上。

小姨也是一个高个子,青云爱着她大一点点的手和大一点点的脚,这是外婆家人的味道,她没有小姨那种外婆家人的特征。她穿起小姨的衣服,宽宽绰绰的。

小姨带着青山的衣服到小河里去洗,青云也跟着去。

小时候夏天的中午,青云和小姨悄悄地从午睡的舅舅们的鞋子里,拿出鞋垫到村下边的河里去洗,三下两下就洗完了,放在大石头上晒着。然后她们就到树荫下的土地上,找出香头那样粗细的小洞,这种小洞里住着一种"蜜蚊子"。像蚂蚁比蚂蚁大,像蜜蜂比蜜蜂小,小姨用一根长长的小细棍伸进它的洞里,一会工夫再从洞里拉出,蜜蚊子就爬着抱着小棍一起被拉出来。这是一种乐趣,很大的乐趣。如果用水灌,它也能从洞里爬出来,每次都是一只,从来没有遇着空洞。那些被玩弄后的蜜蚊子到哪里去了呢?反正没有杀生,大概是各自回洞去了。

还有一种乐趣,是小姨讲怪事,说是日本人背着枪,从村前进来到村后去了,那是很小时候的事了。青云这时想,那时看见的恐怕是进山打猎的猎人,或者是虚构出来的故事。青云听小姨讲这些,老觉得她有智慧。小姨还说,遇着没有拴牛鼻子的牛和牛群要远一些,牛的脾气很大,牛角和牛蹄子都能要人命。

青云最怕的是外婆家下了羊羔的母羊,带上羊羔从大门跑出去,她去追老也追不上,而且越追越远,除非有人迎头拦下,她再返着追回来。小姨对这种事是有办法对付的,把捕到的小羊羔抱着,母羊就会顺溜溜地跟着回来。

这几天,青山在外婆家崖上的梯阶上用树枝做栅栏,用铁铲挖下不少洞,每个洞都能蹲下一个人。

苏青云有一种不肯就范,不肯逆来顺受的性子,只要急了就会拼命,用各种办法。青山不会,他只肯强忍着。

大舅想让青山去村里学校读书,又怕他的精神不能承受,只好走一步,看一步。

苏青云在她外婆家一住就是很多日子,她的假期早过了。最后还是决定走,和小时候不同了,她该有她的人生了。

青云回到饭店里,整天都没有一丝笑容,欢笑远离了她。对于别人来讲,看到她硬生生、冷冰冰的行为,常常使人不舒服,这使她失去更多。惆怅陪伴她的白天和黑夜。她每天都要头痛,不定时地发作,每次头痛,痛苦、焦虑和忧愁加倍地纠缠她,她不能呼吸,不能生活。

见不到尚凤的日子想着她,见到尚凤的时候又无话可说。

日子一天一天过去,夜晚只要有时间,就想写一写。她觉得写作很不容易,写出来的东西不成句子,这使她更加焦虑不安。曾经可以找到的灵感,没有了踪影。她原来是怀着奋斗的信念的,现在奋斗的力量没有了。吃饭没有了牙齿,可以整吞下饭菜,写作没有了灵感和热情,她觉得比没有牙齿整吞饭菜更难堪。她深陷在极度的苦闷中不能自拔。

这时愤怒支撑了她,她想拼了命也要活下去,留一条命做今生一定要做的事。没有了灵感的笔,就如同没有了翅膀的鸟儿,再顽强也不能展翅飞翔。

是谁强迫她必须这样生活?是命运,是她自己。她每天希望安静,可安静下来更加生恨。她有很多想法,想改了自己的姓,还有名字也不想要,外公家姓刘,她一心想姓刘。她常用一只手的手指掐另一只手和手臂,痛到不能忍的时候,心情反而能暂时平静,两只手臂就有了伤痕。她还想剪去头发,不要再穿她过去穿过的衣服,这一次带来的小姨的衣服,就那样宽绰绰穿着。小姨比她个子高比她膀子宽,腰身壮不少,自己就像一个"瘦猴精"披着一件大披风。

终于有一天,她把头发剪了,很短,男不男,女不女。

原来想要在逆境里成长,现在失败了。为什么这样地经不起?她不知道。清高一场,不过是标标准准的不成器,她恨极了自己。

苏青云羞于见尚凤,整天躲着。

考虑很久以后,她写了一封信给家珍。信上说的是,多少年来,姐姐家珍都帮助着她和青山,还有走了的青松,从小的时候起一直是这样。因为有了她给予的温暖,对人生还不至于完全绝望。

青云想另找一个地方生存,因为她实在惧怕那些寻人启事。活下去是有理由的,青山还活着,她为什么就不。

在文学创作方面,是孕怪胎,生怪胎,这是她所不能承受的。她很想看一看,她的人生究竟要怎样地一直失败下去。青云给弟弟也写了一封信:姐姐我也许要远离你们很久,我会写信给你的,你是不能写信给我了,因为就要收不到了。

青云写了一封信给亲爱的尚凤,信从学校外寄给她。青云开始了她的流浪生活,没有和尚凤最后言别,她没有了勇气。

苏青云走了。

三年后,她流落到西安姑母家。

15

苏青云离开壶关县城的这年年底,腊月过半时,青山娘带些东西去了娘家。她和自己的娘哭诉自己的苦："青云杳无音讯，青山不肯回家。日子怎么过得下去，这是造了什么孽了？论起'造孽'，这世上我是罪孽深重的吗？为什么单我儿女离散，别人家都是团团圆圆的。要不然是我上辈子杀人放火恶业重，今生才被这样折磨。"她的娘跟着她哭天抹泪，她的爹默默地抽着"小兰花"烟叶，她的弟弟妹妹们跟着难过。

乡里的风俗是不能留外孙在外婆家过年的，青山还是被带了回去。

正月里，勤苦的青山叫卖"雪糕"，他推着一个破车子，他的娘倚在大门里求着，说："山儿呀，大正月的，不要卖去了，没有人逼你。再说让你舅舅们听说了，以为是娘真的不疼你了。"青山说："闲着心里难受。"

家珍要结婚了，嫁到古巷子里，大槐树下，新郎是郝今生。也该结这个婚了，订婚已经一年多了。

不知不觉人生又逝去了三年光阴，家珍结婚两年多了，她和苏青云常有书信往来。

青云在回复家珍的一封信里写道，她在西安姑妈那边做了保姆，陪伴一个单身老妇人。日子过得很平静，身体稍微胖了一点，个子也长高了一点。姑妈在三年中两次大病，很长一段时间里她陪在姑妈身边。姑妈的儿子还很小，她与前夫离婚了。姑妈个性与她十分相近，清心寡欲，不避锋芒，内心有时是软弱的，有时候则格外刚强。不会寻乐，只会自苦。她与姑妈已经有深厚的感情了。

这一头，苏家珍接受了青云母亲的委托，写了一封信询问青云对于她的终身大事有什么打算。苏青云在回信中说，城市中、现实中，没有她想要的那种人。对于梦中情人已经不当一回事了，那人原本就是天上人，地上没有。还是那句话，只希望在一个安静幽清的地方生活。如果这家保姆做够了，再找一家，这不也是在活着吗？比起前些年那阵子的活不成，已经是该知足了。

家珍询问她，写作有没有进展。她信里说，三次投稿失败，写作初期可以找到的创作源泉已经枯竭，她本人也是麻木的。

苏青云的人生目标，在她少女时期的某一天定得高远了，使她力所不能及，但始终又不能放下。这是她个性上的谜团，令她自己也不能解释。

她没有家珍那样轻松的生活，自由的恋爱。她把自己关在一个思想的牢笼里，做了命运的囚徒。

青云娘多次找家珍说，青云漂泊在外终究不是个事，回家才是理所当然的。她希望家珍在青云回家这件事上做些帮助。如果青云真的回家了，全家人都得感激她。家珍认为，青云爹还是老样子，青云回家这件事不能抱希望。

有一天，青云娘又来和家珍说："你婆家那边，有没有适合青云的人家？如果有，你给你妹妹找一个婆家，让她回来相亲。"家珍说："给青云说媒，倒没有问题，只怕她不肯回来。"青云娘说："家珍呀，好孩子，云儿没有你的帮助可是不能啊！眼看她一年比一年大了，如果在外边有了人，从此就真不回来了。白养她不算什么，只是将来我走了，留下青山缺少主意又无亲无故。他的老子只肯作践他，可怜的青山怎样活呀？"说着竟然呜咽咽地哭起来。家珍忙说："你说的也是，可是青云她未必肯回来，回来也未必肯相亲。"青云娘说："孩子，只要你能给你妹妹找家好人家就行了。我生的她，她的性子我知道，她爱吃软，你给她上硬，她是万死不从。如果为娘的下跪求她，没有办不成的。青山是她最亲的人，只要青山恳求她，或者让青山使诈说她外公病重，她是不可能不回来的。"家珍就开始给青云寻找合适的人家。

青云娘也谋划着，她到桃花屯找青山的外婆，说："青云这一次回来，一定先奔这里来，到时候大家齐心合力，一定要让她相亲，规劝她。再说，一走几年，在外面风风雨雨，全家人没有不挂念她的。现在眼看到了结婚的年龄，如果不留下来，迟早都是个远嫁，到那时再相聚真就难了。"

外婆说："这倒是一个当娘的一片苦心，不过说她外公生病，究竟起不起作用？"

在桃花屯商定好了，青云娘走十里路回到翰村，找到青山，说服青山。青山正在外面放羊，起先不肯，他说："一辈子不回来才好。"青云娘说："她一辈子不回来，你这辈子就见不着她。如果回来相亲不成再走也行，亲人们也能见一面。"

家珍、今生说媒，离她家不远，一户姓赵的人家。父亲在县城里的电线杆子厂做采购，有一个妹妹，妹妹今年二月新嫁了。家珍说："男方有些相貌，与青云岁数相当,只是男家不算富裕。"青云娘说:"比咱家怎样?"家珍说:"要强些。"青云娘说:"那就行了,有钱人家咱高攀不起。"

青山先是不肯写信骗他姐姐回来,后来经不起母亲的劝导。姐弟们这些年不见面也够想念的了,如果将来青云嫁在外边,更是不能回乡团聚。嫁个好人也就算了,嫁个不良的人,一辈子就苦死了。青山拿了一番主意,哭了两眼,说:"好不容易走了,又要弄回来。"最后决定骗姐姐一回,为的是姐弟们将来有个照应。

青山一封信写过去,又加了一份电报,不久青云回来了,回到外婆的家中。母亲赶了山路,也来到外婆家中。外婆和母亲规劝着,有一户好人家,看一看合适就嫁了吧!

在苏青云心里,外公不是病重,才是最好的。

相亲的那一天,青云要和家珍一同走。她提前一天回到了久别的家,看见了放羊的青山。父亲还是老样子,不管怎样一旦相亲成功,不多不少有三千至四千块的财礼钱,强如音讯没有。在青云心里,也想做一种回报,做一种了结。

多少种滋味涌上了心头。

苏青云当晚病了,婶子说发了"霍乱"。第二天是相亲的日子,很多人都巴不得天亮,能看个究竟,她也打起精神相了亲。

深秋,田里的庄稼收完了,青山赶着驴车,青云坐在驴车上,姐弟俩要去他们的外婆家。

这条路走了数不尽的来回,从小就爱这奔往外婆家的路。今天又走在这条路上,满眼是秋后的景象:路边的野草发着黄,瑟瑟的风一来更是楚楚的秋声,天上的飞鸟大雁居多,一行一行地南去。

驴子慢慢地走着,天是那样空,时间在这个时候变慢了,凝固了。

青山赶着驴车,在平坦的路上他坐在车上,坎儿多时,跳下来,拉着驴缰绳走一段。青山走在前面,青云看见他稍微地驼了背,他的个子没有长高,是男人中的小个子。看着他的背影,看他很久没有洗的头发,都有点生锈了,又用梳子用力梳过,头发上的尘土和着头油,像上了油漆变硬了,定型了,也像戴了一顶油帽子。再不是小时候长在外婆家,像个小女孩的青山了。那时轻盈地跑两步,也能露出娇贵的样子。

一路上他没有吼驴子一声,也没有打驴子一缰绳,任它慢慢走。走在这条路上,快乐的心情是年年岁岁不减退的。他希望这条路再长些,快乐的心情就能久一些,怕是活到八十岁都能够从中找到乐趣,这样一路走向那个令人向往的地方。

……

苏青云在外婆家一住就是一个月,青山用他放羊的不知疲倦的步伐,已经是往返了几次。自从青云回来,他的心情真的很不错。这一次,他是来送家珍的信的,男方家里想把婚订了。这消息显然是喜讯,青云没有态度。记得相亲的那一天,男方家住在古槐巷的大槐树下。多年前她等待家珍时在这户人家门前站了多半个下午,影影绰绰的陌生中有点熟悉。那男人是干干净净的,白的皮肤,身上的男子味也重,人也不太陌生,在尘世当中,他算得上一个英俊男子。

16

苏青云想说些话与人沟通,都是词不达意,想表达的意思自己也搞不清楚,一会儿突然说东边有山,一会儿又说西边有雨,前后矛盾,心声太乱。偶尔心里隐隐有些痛,时而忍不住要放声大笑,时常觉得自己脸上表情古怪。有一天,正好对着镜子,看见自己的脸,双眉中间锁着个结,两只眼睛冷冷清清,鼻子周围平平静静,只有嘴在大笑。

因为青云回来了,青山也常常在家,青云答应了那桩婚事,所有人都等着婚期。

家珍自然是庸城翰村两边跑。青云也常到大伯家坐着。有一天,婶子对她说:"青云呀,照理说你姐姐给你做媒,我不能对这桩婚事说东说西,可是不说憋得肚子难受。你大伯对你姐姐的婚事不满你是知道的,他说,庸城镇上人稠,土地少,过日子就像盖房缺少砖瓦,终究是龌龊,一龌龊就生各种事。这不,你姐结婚后,你姐夫养活不了她,把你大伯愁坏了,常常是唉声叹气。现在又添了你……"青云淡淡地说："哪里能做那么长远的打算。"婶子听了说："由命去吧。"说完又摇头又叹气。

从订婚到结婚典礼只有不到两个月的时间,接下来就是婚姻生活。

苏青云进了赵家门就和家珍离得很近,常去找家珍。因为是深冬,那三棵古槐枝头上光秃秃的。有一天,青云在槐树下看见了一个女人,二十几岁的样子。不知那女人的美是不是因为她眼睛里的忧郁多,楚楚动人的模样,她独自行走在古巷里,孤单的身影。古巷,老槐,还有美女,青云的心里蓦然间生出一种伤感,似乎是前世有未了情,把今生里的愁勾起。她不知走过的女人是谁,却似乎早知道她的曾经。一种奇奇怪怪的感觉,非常的莫名。

古槐巷有一种魔力,在冥冥之中。

青云来赵家的第一个春节过去了。天气慢慢转暖,她在这里没有认识谁,还是时常去家珍那里。遇上姐夫今生带着有身孕的姐姐家珍去玩麻将时,她就一个人返回来独自坐在她的小屋里。日子长了,闷得慌,她就出去走走。这巷子很深,顺着巷子一直走。那一头,是一处残缺的古城墙,护成河里早已没有了水。偶尔看见一两树桃花花蕾已经红起来,要开花就在这两天,或者开在今夜也不一定。青云每次看见桃花,总是要想起桃花屯那又大又红开满村庄的花儿,家家有几树,像粉红色的花雨伞一样。桃花盛开在窗前、屋后,或者在墙根下。整个春天,耕田的黄牛"哞,哞"叫着,炊烟在青砖蓝瓦间升起,无比宁静的日子。

一阵风吹过来,仿佛听见女子低低地吟唱,歌声凄凄冷冷又婉转动人。这时仿佛无意间闯进了悠远的传说里,一时有些忘我:破的古城墙,野的粉桃花,佳人冷凄的调子。她寻着声音走去,来到一个院子外,高高的院墙,紧闭的院门。青云站在墙脚下,不能从心境里走出来。听得清了,唱的是《上西楼》,歌声幽怨清柔。

墙里的女人一次又一次地唱这首歌,青云一直听,从歌声中听得出她的心声,似乎是追忆往昔惆怅的情怀。

有三两个男人走过来,青云只得躲开。一个新妇,久久地站在人家墙根下,怕生出闲话。

后来家珍告诉她,这个唱歌的女子名叫韦尤应。她是一个外地人,原来就是唱歌的,是镇上有名的美人。她的丈夫看上她时,痴迷地要命,这几年就平淡了,已经生有一个女儿,四五岁了。这个女人少言寡语,常在家里唱歌,她的丈夫是反对的,听说因为她唱歌动手打过她,而她不收敛,一直唱。

姐夫今生日常没有收入,婶子和大伯时时接济他们,家珍的公婆已经和她们分家另过日子。小夫妻俩每天打着麻将,等着孩子出生。

家珍前不久回了一次娘家,青云寻到她打听青山的消息。

家珍告诉青云一件事。今年清明节,青云爹娘给逝去的青松配了阴婚,男家给了一些钱,因为这些钱青云爹娘大打了一架。青云爹的赌债催得要人命,指望拿钱去返本。

青云娘坐在村头和过往的人哭诉着,说:"自从进了苏家,孩子们出生的头几年是娘家帮着养。好不容易长大了,一个是赶着出嫁要点钱,一个是逼着去放羊赚钱。这个没了的人,有人给点钱也要拿去赌。这是逼钱呢,还是要命呢? 怎样活下去啊……"婶子又来相劝,说:"只等青山成家罢,二十几年也没挣下什么,挣不下了。"青云娘说:"拿什么给青山成家,谁家女儿白跟我那放羊的儿子? "

青山的消息不听也罢,从今往后,各自顾各自吧。

青云婚后的日子,是寂无声息的。在她心里,能有安稳的日子过已经是不错了,不敢奢求什么。

17

阴历五月,家珍生下一个男婴。孩子一出生,和在娘胎里就不一样了,家里添了丁了,盈着喜气。青云还没有看见这个孩子,她婆婆说,坐月子的人忌讳闲人嘈杂。只是听说,姐夫今生已经接来了婶子,侍候姐姐家珍月子。

等到两周以后,青云带些礼品来看家珍和她的孩子。现在看婶子,她比以往任何时候都令人看着舒服,看着亲切。婶子的身上带着树上刚结出的青色果子的味道,还有晨暮时草尖挂着的露珠的味道。婶子勾起她对家乡的思念,对青山的思念。青山现在还在牧羊,牧羊人的苦,她是知道的。

青云这几天心绪不宁,胃口难受就想吐,饭也吃不下去。整个人疲倦得没有精神,整天躺在床上。她不知道自己为什么突然变得憔悴,或者是看见婶子有些伤感,身子竟然受不了。

青云偶尔在院子里转上一圈,在大门口张望一阵子。槐树上张开的枝叶可以遮住半个巷子的光,站在树下,她冷得起一身鸡皮疙瘩。五月天穿着大厚的衫子。

许多日子懒洋洋的,没有精神。

青云隔些天,再去姐姐家,孩子满月了。姐姐打算满月后回娘家,数着日子。青云沉默着,憔悴的脸上又添几份淡淡的愁。

婶子问青云:"精神不好有些天了,月信是不是准? 找医生看看去。"

婶子提醒了她,想起月经没有来,仔细算这都两个月了。又想起家珍说的怀孕的那些事。当下心里"咯噔"响了一下。

苏青云找到一家妇科诊所,做了一个检查。果然已经有两个月的身孕了,她心里空空地独自回去,一个人蜷缩起来。她的脸色更加苍白起来,吐得一天比一天厉害,不吃饭,吐不出东西,只吐绿水。

家珍的儿子满月,婶子带她们母子回娘家滋养一段日子去。家家户户刚出月子的女儿们都要被母亲接走,一来是女儿在娘的身边可以恢复快一点,少落下月子里的毛病。二来是女人产后要同男人忌床,如果在月子中或者刚刚满月行了房事,会要女人命,得了月子病的女人,是会枯黄至死。母亲们不能放心那些女婿们,往往都要守上一个月,再将女儿外孙带回自家保养。

暑天六月,单被子薄薄地包着孩子,家珍也单单地穿着,大家早早安顿好大人孩子的行李。女人月子坐满了,要到院门里土地公的神位前敬黄色纸三张,烧成灰烬。孩子第一次去外婆家要带一只饭碗,带了碗就算把自己的口粮带到外婆家去了。

大伯与婶子半生了,只生有一个女儿,爱如珍宝。当时大伯不满意今生,家珍死去活来地闹。大伯怕女儿想不开,只得同意,但他从不登郝家门。这一次有了外孙,他要亲自来接,母子三代人早早等着。家珍婆家贫寒,几间低矮的小瓦房里,住在一大家人。小叔子没有成家,父母只为他一人着想。大伯来家,郝家父母没有拿一杯水招待,亲家没有亲家的样子。婶子为此深感心寒。

青云一早过去,这种情景看在眼里,心中苦楚。自己怀着孩子,家里冷冷清清,家珍一去也要住上一些时候。如果自己能回家,今天可以跟着大伯一同回去。可现实是爹不准她进门,进了门也没有好果子给她吃,想一想算了,多少年都过来了。怀了孩子后,老是伤神。人生不能攀比,自己却要一次一次与其他人看齐,命运没有那样安排,反而常常思谋拥有,可见人性是多么的贪婪。

大伯带走了她们祖孙三人,今生也跟着去了。

不管怎么说家珍是幸福的,有父母之爱她这一生就够享用了。

青云悄悄地回家,找了最暗的角落坐下,无奈中寻求静安。静到心里不敢对世俗的缘有一丝渴望,就听见鸟儿在大槐树上叫,细细的声音,还有院墙外人们行走的脚步声和说话声。

18

家珍回了娘家,青云再没有可去的地方,有空闲,精神好的时候,朝着巷子的那一边走走。朝着听到歌声的那边去,慢慢走近那个院子,希望再一次听到歌声,她明白十有九是听不到。她见过这院子里的女人,就是大槐树下遇见过的美少妇,还听别人说起过她的事。韦尤应祖籍在哪里,很多人都不知道。嫁到镇上前以唱歌谋生,因为她长得有些姿色,歌声又动听,曾经有很多人追捧过她。当时她的丈夫在她唱歌的酒吧做服务生,他是眉目清秀的寒门子弟。出乎很多人的预料,韦尤应居然嫁给了他,和他一起回到庸城镇老家,再没有在人前唱过歌。

尤应丈夫的父母在他少年时就各奔东西了。尤应跟随她的丈夫最初回家,满院的荒草高过一人,砸烂院门上生锈的锁,还是进不了院,因为草长得太密把门也堵了。

韦尤应有些积蓄,帮助丈夫做起了生意。慢慢地丈夫变成了一个商人,她也生下一个女儿，已经四五岁了。她爱独来独往，这些年过去，她与巷里人还不太熟识。

苏青云除了琢磨这个神秘女子，就是躲在屋里，看天色从早变晚，从白天变成黑夜。一天下午，正想打个盹，听见有人开院门，又听见脚步声朝着她这边来。来人站在了门口，想不到是青山。

她结婚的时候青山来过一次，这是第二次。她有些发呆，青山唤："姐姐。"两手提两只口袋。她问青山："你来看我，谁替你照料羊群？"青山说："不放了，娘说做些别的吧。村里有人出外打工，我也去。"青云说："那不是一走很久？"青山说："久了才好些，早些年就想走，因为娘不同意就拖下来，跟着羊群住在山上。有些不放心你，来看一看。婶子去家几回，说了你的事。你照顾好自己。"姐弟俩说着话。青云说："出外了要写信……"说话间进来一个人，原来是青云的丈夫回来了。

他进屋后，眼光落在青山的两只口袋上，没有说话。青山站直身子，从衣服口袋里摸出半盒子香烟，抽出两根来。看见姐夫转身走了，怔了一下，把一根烟慢慢地夹在耳朵上，一根自己默默地吸起来。姐弟俩无话可说了。青山听见姐夫出了院子重重关上院门的声音。

沉默一阵，本来要说的话都咽到肚子里去了。看天色不早，青山要走。青云送到大门外，看着他的背影远了鼻子才酸起来。青山回过头来望，他稍微地停留一会儿，接下来扭头走了。青云望着他的背影直到看不清，看不见。

回到院里，青云听见婆婆大声说："没有家教，不懂得四六，怨不得别人说，'宁娶大家的奴，也不娶小家的秀'。那个放羊汉，野地里的货，真是上不了台面。"婆婆这是在骂她和青山。青云身子哆哆嗦嗦，手脚冰冰凉了，慌忙逃回自己屋里。

小时候被自己爹打骂都能平静，今天却一直哆嗦，到底婆婆是外人，不肯心甘情愿忍受。可是，她真的不理解婆婆怎么恨上了青山，难道是嫌青山没有带上礼品上屋问候吗？青山是放羊的野货，只和畜生打交道，赵家的儿子呢？比青山又如何。青云越想越觉得心酸，可怜的姐弟俩，让人给这样的难堪。

她解开了青山带来的口袋，里面是瓜子、花生、红枣、山果，看见这些眼泪流下来,落在果子上。

天黑前,她的丈夫回家来。他带着几分笑意和她说:"咱们巷子里的刘七你认得不? 他今天把媳妇领回家了。巷里人说,我老婆你就像是深山里的'俊鸟',刘七他老婆,就像水沟里的'蛤蟆'。"青云的情绪还在他留给她和青山冷漠的冬天里,他猛然间又站在阳春的温暖里和她说话,她还没有适应过来,丈夫又开门走了。

夜里十点钟丈夫回家来,他和她说:"你平白无故给我脸色看,不怕把我的心伤了?"青云正想说道说道,他已经发出了鼾声。

青云很难摸准丈夫赵成进的心,他的性格阴晴不定。

赵成进是个木匠,在镇上家具厂做点事,很多时候因为忙就不回家,有夜不归巢的习惯。青云费心思考过,大概是因为婚前缺少了解,相互沟通不够。结婚已经大半年了,感觉和他还有些疏远,有些别扭。

从青山来了那一趟后的第二天,他离开家好几天了。他好像是和她闹上了别扭,又好像不是。

青云整天睡着,等到睡得没有睡意时,睁开眼睛。睁眼看得眼发酸,再合上眼躺着。听见有人说:"出事了,是不是? 睡了三天。""是不是病了?""我找我哥去!"婆婆和小姑子趴在窗根下说话。

她再醒来是被人惊醒的,床前有两个人,窗帘被拉开,光线太刺眼,有些睁不开。看清了是丈夫,觉得心冷。

丈夫说:"睡了三天,有病找医生吧?"青云没有听见的样子。她的丈夫顿时用生气的口气说:"成林,你看,我这是和谁说话,难道是和一个死人说话?"他开始在地上走来走去,成林说:"哥,你去请个大夫来。看她这究竟是怎么了,难不成真的有个灾呀病的! 整天整天地睡着,也不嫌躺着累得慌。"随着脚步声就听到了关门声,大颗的眼泪从青云的眼角滚出来。成林说:"嫂子,你也别委屈得什么似的。等会儿大夫来了,看见这场面人家肯定要说我们错待了你。你也算是个新妇,得有新妇的矜持,不要一脸不高兴,我哥是最不喜欢的。想想吧,我去做饭。"小姑子成林走了。

婚后不久,青云发现丈夫的脾气火爆,举止言谈很奇怪,你若是说东,他一定说西。他还说："娶媳妇要娶个能玩到一起的,这个看来是不会的。"这话当时吓了青云一跳。

新婚的时候他每天夜里必须要出门,青云小心劝说过,但他说："你劝我,让我在家守着你? 看来是个不开窍的。"青云被他几句话说得无地自容。

有一天,青云上来倔性了,说："你跟我这日子过得,住店似的。牛呀、羊呀也懂得恋家。"他猛然跳起来,一个耳光打在青云脸上,紧跟着又是几个耳光。苏青云觉得这打挨得真是没想到啊,他们还是新婚的夫妻呢! 不知道他为什么只打几下就住手了,又没有人来劝阻。她坐在地上大概是被打倒的,没有马上起来,寻思婚姻和情谊沾着边不?

终于请来大夫,她睁开眼睛,没有动一动。大夫把了脉,说："三个多月的身孕,大人有些虚脱,对孩子不好。"赵成进听见"孩子"两个字,又在地上来来回回地踱步子,问大夫说："要怎样调理?"大夫说："营养要跟上孩子的成长和母体的需要,内心抑郁会影响到孩子。"他又听见说孩子在肚子里受了委屈,两手摊开抖搂着说："这,这该怎样做?"大夫说："让大人开心点,很简单的。"

大夫笑了,露出洁白整齐的牙齿,说："幸好现在孩子小,记性小,再大一点就会记着没有人给他饱饭吃。"赵成进问："真的假的?"

青云偷偷看大夫,竟然是那样年轻,又是那样的英俊。这一瞬间,她生出一个念头,如果当初嫁了这样的人,现在的日子不知是什么样子。

没有想到,这一次请大夫,传出赵家虐待青云的名声。为此小姑子说他哥不会办事,找个多嘴多舌没有口德的大夫,传赵家的闲话。

有了这份诊断,赵成进挺开心,他很喜欢青云怀着的这个孩子。他和妹妹成林说："咱娘,知不知道你嫂子怀孕这件事? 怎么看她一点也不惊奇,似知非知的样子。娘是个快嘴的人,别人家的媳妇怀孕、坐月子什么的她都要说,为什么单不提青云怀孕这件事?"

19

苏青云怀孕了,她还是常常想起那个医生,想起他,她的心里就滋生出一种温暖。想着他英俊的脸,说话时无比可亲,还有他洁白整齐的牙齿。每一次回想,他都是那样让她心动。

家珍早从娘家回到这边家里,一个人带孩子。

天很冷了,厚的衣帽都穿戴上了。今生不在家,今天是第三天,他也没有托人带个口信回来。家珍认定他是赌钱去了,想到他在外面寻乐,不顾他们母子的饥与饱,她越想越气,越想越恨。青云的身子代替家珍抱孩子已经是不很方便了,家珍孩子的奶水不够吃,一直哭,弄得两个人手忙脚乱。天快黑的时候,今生终于回来了,和他一起回来的还有一个人。外面下雪了,两个人的脚沾满雪泥。同来的那个人说:"嫂子,对不住你了。我哥和我去讨债,你看这一走就是三天,你就多包容。"今生站在地上"踏,踏"地跺着脚上的泥,家珍一言不发,哄着孩子睡觉。青云嗅到家珍家这时的气氛十分尴尬,继续待下去是不合时宜的,她起身离开了。

青云踏着薄雪,走在巷中,脚下一滑跪倒在地,双手托着雪泥撑起身子。她心里发了慌,怕动了胎气,想爬起来,有些吃力。正在为难的时候,有一双手伸进了她的腋下,隔着厚重的衣服,她感到了这双手的温度。青云被扶起来,那人又给她拍去衣服上的雪泥。青云看见那人长长的睫毛,像两把小扇子一动一动。她就是住在城墙脚下唱歌的外地女人韦尤应。她扶着她回家,走过院中薄薄的还没有人踏过的积雪上。青云回到屋中轻轻躺在床上,尤应问:"肚子痛了没有,有没有不舒服?"青云说:"好像没有。"尤应说:"马虎不得,动了胎气可了不得。"

尤应说话时声音很动听,青云觉得与她投缘。

天黑下来了,听见院中有人行走,进屋的是今生,还抱着孩子。他好像是找人,青云问:"姐姐呢?"今生说:"不在你这里,就是走了呗。"

青云听见今生的话很刺耳,不想理会他,自己刚摔了跤担心动了胎气。今生抱着孩子要走,尤应说:"孩子这样小,他的妈妈一定没有走远,在附近找一找。"

这一夜,青云半睡半醒,听窗外的落雪"沙沙"响。她不知道家珍的孩子是在陪伴他的父母争吵,还是被家珍丢下挨着饥饿。

终于等到天明,青云匆匆忙忙赶到家珍家。一进门看见满屋子的破碗,仅有的一只暖水瓶也碎了。家珍抱着孩子睡觉,今生一个人坐在椅子上出神。

昨夜,多亏有那个外地女人的帮忙,才在一家旅店大门口找到了家珍。家珍在外又气又冷又想孩子,看不见今生来找她,只得顺着尤应的规劝回了家。等尤应一走,她把家砸了,今天早晨又砸了一次。

青云内心隐隐恐惧,家珍和今生曾经是多么相爱的两个人,结果是这样。自己的婚姻呢?孩子出生以后会是什么样的局面?

家珍这样地大闹什么都不能改变,今生也不示弱,过几天他又走一天一夜。这一次,家珍带上孩子回了娘家。

家珍家的这件事让青云不能不感叹,常常想到他们如何疯狂地相恋。因此想到了那个整天视线不离开自己的张文杰,直到她的女儿出生。

女儿出生第二天,赵成进请青云娘来侍候青云月子。

这一个月里,青云娘看见姑爷成进三回。这一天娘俩说闲话,娘问:"成进做的那个事就这样忙?他总不是个夜行人,夜里也不歇着罢?"青云说:"他住在加工厂,你也是知道的。"青云娘说:"我还知道,他干活那地方离这槐树巷,不过是十分钟的路程。"良久了,青云说:"随他去,常在一起没有共同的语言,谁都不自在,这样也好。"母亲不作声了,青云也沉默了。她的月子还没有坐满娘就要回去,临走只叮嘱了几句活话。

女儿睡着时,青云静静地躺在那里,听院子里有人行走,有人说话,分析着是什么事,是什么人,什么人引起什么事。这是过日子的方式。院里进来一个人,窸窸窣窣的脚步声是个女子,走得轻中有急,好像是有些瞒着人的心事。朝她这边来,会是谁?家珍正在翰村娘家住着。

开门的是尤应,她进屋后一脸心事,又不开口说话,还有些憋不住。青云默默猜想这究竟是怎么了,尤应终于开口,说:"你家大门外有个人,他说他是你的爹,要你拿三百块钱送到门外。你说这事怪不怪?怕是有人在和你开玩笑。如果说不是,也奇怪,他说得有模有样。"

青云开始动手摸衣服兜,一件一件的,找出她所有的钱,只凑下一百二十元,把钱捏在手中发呆。

尤应问:"你是不愿给他拿钱?"青云苦苦地摇头说:"我是没有,就这样几个钱。"尤应说:"剩下的我拿给他。"她也摸自己的衣兜,一个一个的。尤应又说:"青云,我出去叫他进来拿钱。你大月子里见不得风,再说究竟是个什么人,还不知道呢!"尤应把掏出来的钱铺得平平整整,送到青云手中。尤应从大门外带进一个人来,正是苏青云的爹。他站在房檐下不肯进门,青云只好从门里塞出钱来。他拿了钱,走了,丢下一个冷冷的背影给青云。

像刚做了一场梦一样,在梦里任何事都可以不合情理,不合时宜,一场梦,刚做的。父亲没有点父亲的尊严,女儿没有女儿的仁孝。

从这天起,原来不多的奶水更加少,女儿饿得嗷嗷直哭,都快满月了和出生时没有一点不一样,哭起来涨红的脸上满是折子。

赵成进的父亲要回来,住在木材厂里的他也回了家。他在他母亲那里说了些话,也到青云这里,进屋一看,女儿就像揪了毛的猴子,嗷嗷哭个不停。不见还好,看见了就吃了一惊,说:"女儿怎么越长越小,你娘是怎样照顾你们的,我远天远地地叫她干什么来了?整天挑拨离间,她是来说赵家长短来了。"他抓起桌子上的杯子重重掷下去,一声脆响,玻璃碎片四下里飞溅,青云慌忙用手遮住孩子的脸。他在屋里走来走去,气愤难以平复,大喊道:"从今以后你们家的人,谁也不要再来,不要再来了,听见没有?"门被摔得响响的。他在院中大声喊叫,又去那屋里把门摔得响响的。这样还是不能平息他的愤怒,大喊:"孩子快瘦死了,没有人知道吗?我那活死人老婆,连个孩子也带不了。你们也不去帮衬!"青云听着他愤怒的吼声,觉得他那么的可怕。听着他远去的脚步声,感觉生活真的不容易。一边给孩子吃没有奶水的奶,一边流泪。早先听家珍说,坐月子不能哭,她尽力让眼泪咽回去。

青云时常觉得自己胸口涨得沉沉的,好像有块石头压着。无论遇着什么事都尽力忍着,她不是不想失去这个家,实在是失不起。她还想了很多,估计自己本身可能有问题,不过到目前为止她还是觉得赵成进太坏,如果和她结婚的是一个普通男人,无论如何婚姻生活都不会是现在的局面。

苏青云盼望着,盼着这两天过去,她的月子算是坐满了。

她盼着,盼着月子满了要怎样呢?盼着她能够自由行走。偏偏这两天要比以往的任何两天都要长,长许多。

女儿满月的这一天,青云早早起来。听成林说,孩子她爷爷今天要回家来。家里有了喜讯,也有些欢快的气氛,成林也早早来家。

上午九点钟的时候,小姑子,清清脆脆地在那边喊了一声:"嫂子,洗漱好了吗?敬了纸就抱着孩子过来,爸爸回来了。"

青云早洗了脸,梳了头发。穿先前的裤子都架不住,找了腰带紧紧束好了,上衣撑不起来,又找两件一起穿在里面,总算是穿整齐了。出门时扶了门框,走在院中,觉得脚下一个又一个的东西绊腿,像醉汉一样,跌跌撞撞地跪在大门里,土地公前敬黄纸三张。

青云又跌撞着回到自己那边去,小姑子又喊:"嫂子。"青云高高兴兴地答道:"哎,马上来。""啪,啪"摔倒声发出来。众人站到她窗前,看见青云抱着孩子单腿跪倒在地上,碰倒了椅子,怀里的孩子紧紧抱着。青云努力地想爬起来,孩子又不能放在地上,双膝跪地爬到床前,把孩子放在床边。公婆和小姑子一起进屋来,公公吃了一惊,说:"怎么瘦得没有样了?"婆婆说:"这是亲家母侍候的好结果。"成林说:"孩子没有奶吃。"公公说:"大人都这样了,有奶水才奇怪。成林快去城东,把那位老中医请来。"

请了医生,为青云调理,而且找着下奶方子,不久后总算有了效果。

孩子的爷爷还为她和孩子各带回一份礼物,孩子是一套粉红色的宝宝装,青云是一件藕黄色的风衣。

20

慢慢地青云的脸圆润起来,她穿起了那件藕黄色的风衣,下身配上一条黑色的萝卜裤。薄得捏在手里只有拇指肚大小的肉色丝袜,穿在脚上,搭配着一双尖口露着脚面的黑色高跟皮鞋。头发不觉得已经长长,松松地在脑后梳一个髻子,这也是当下最流行的,结婚的,没有结婚的女子们都梳的一种发型。

女儿还小,不会爬行,整天吃了睡,睡了吃。青云常常一个人在门外的大树下张望,有时也能和尤应见上一面。

这几天,镇南庙会唱戏,下午和晚间偶尔能听见锣鼓、胡乐声。

尤应在这天午后,带着女儿芬芬来找青云。她穿一件白色外套,衣领开得很低,脖子上挂一条细的金链子,棕色的紧身裤子,肉色丝袜把脚的肤色衬托得十分柔和,脚上是一双棕色绒面高跟鞋。白的皮肤上扑了薄薄的粉,又黑又大的眼睛,长睫毛弯弯地上翘,又细又黑的眉毛。尤应女儿芬芬,拽着尤应说:"看戏去,快走。"尤应也不管女儿吵,只和青云在午后暖暖的院中说话。

青云公公看出尤应想找青云一同去看戏,说:"青云,你和新伦媳妇一同去吧,我和你妈看着孩子。"青云婆婆说:"不要去得太久,哭闹起来可招架不住。"

三个人跟着提小木凳的人们走,锣敲声听得更清楚了。再走一阵,听见二胡拉起来了,唢呐吹响了,铿铿锵锵的,戏开场了。

戏台下挤着不少人。路边有卖瓜子的,自行车上绑一根草靶子,上面插着一串一串的糖葫芦。

青云心里沾上了庙会的喜庆,脸上微微地露出不明显的心境来。尤应手拉着嘴里啃糖葫芦的芬芬,三个人在戏场里走着,找一个可以望得着戏台的地方。

这出戏唱得是赵子龙为救刘备儿子,出生入死十分有豪情的一场英雄戏。赵子龙手拿长枪,身穿白色战袍背上插了四面小旗。赵子龙的英雄形象本来就招人爱,又加上他是英俊的武生。

青云正看在兴头上,听见有人说:"这是哪里来的两位美女?"一个回答:"这个穿白衣裳的是陈新伦的老婆,她可不是一位平常的女子,听说也是个会唱的。"有人又问:"那一位什么背景?"有人回答:"不认识。"又有人说:"这样的女子什么样的男人才能消受得起!"轻薄之人,说出轻薄的话。有人提醒:"不要乱说话,她是有夫之妇,咱们这里赵成进的新妇。"有的人只为看人,不为看戏。

这时尤应用小指勾了一下青云的手指,青云看她时,她使出一个眼色。青云不解地往四下里看,就看见了赵成进灿灿的脸,笑意十足地走过来。他轻轻地笑着,打量一会儿,然后逗着芬芬表示亲近,他站在她们的身边。

青云心里十分不自然，因为担心孩子会哭，不一会儿和尤应带着芬芬就回去了。一路上还能听到赵子龙的唱词。

这天傍晚戏散，小姑子成林回家说了一些话："可是不得了了，我嫂子把不少人倾倒了。"孩子的爷爷问："她是怎样出格了？"成林说："那倒没有。"孩子爷爷说："那不就行了，又不能把人活锁在家里。"

这天晚上赵成进早早回家，嬉笑着。

21

公公正式办了退休，每天帮着青云带孩子。他给孙女取名赵颜如。说起名字，公公说："成进的名字是他娘取的，不知道是什么起法。"青云心想这个名字不伦不类，好像他的个性。公公又说："到女儿起名时，因为她命里少木又跟了她哥，顺势取下'赵成林'。"

家珍是姐姐，今生是姐夫，也是旧人，他们俩时常让她记挂，也常令她想起一些往事。

家珍头脑灵光，个性欢快，转来转去的大眼睛，引领着今生的喜怒哀乐。今生自己不肯上进，早早辍学。他爹让他学一门手艺——做个纸匠，他没有好好学艺，常到学校外勾逗家珍和他约会。他长家珍两岁，一些男女事懂得多，没有人时就抱家珍，青云看见好几回，他用嘴唇在家珍脸上滑来滑去，家珍"咻咻"地笑不停。

慢慢地他领着家珍回家去住，那时家珍还是一个学生。家珍的第一次是今生抱她进了学校外的玉米地，有了第一次，就很明目张胆地和他在一起。家珍两次被学校开除，婶子跪地哀求，求着给家珍改过的机会。大伯那时就深恨今生，他太上不了大伯的心了。

他不只是上不了大伯的心，冷脸出进在郝家，讨不到父母的牵挂。又加上家珍在自己家娇生惯养，她怎么能受得了别人的冷眼看待。时常和婆家人有点争吵。

昨日是家珍小叔子订婚的日子，郝家就这么一点地方，低矮的几间瓦房里住着这么多人。

家珍是最爱热闹的,现在也热闹不起来。她等着没有人的时候和青云诉委屈:"福生,不论做什么都要占个上风,现在更不同了。新媳妇还没有进门,刚刚订婚的这一日就不同寻常。婆婆大献殷勤,问长问短,送水递茶的关照不停。就这样新媳妇吃饭时说胃痛,婆婆和福生急坏了。最后说是心上受堵了,发了'霍乱',又是吃药,又是找大夫。"

已经不甘心这样处境的家珍,现在更是不甘。她认识了一位新朋友,一个叫玉贞的女人。家珍常和玉贞在一起。

22

有一天,青云和家珍走到一家珠宝首饰店的门口,听见有人喊:"家珍,家珍。"顺着声音看去,是玉贞十分热情地招呼家珍进去,家珍马上喜笑颜开。

这时,从店里走出一个三十多岁的男人,朝着家珍笑,那个男人热情大方地招呼她们进店去。家珍看看青云有些为难,没朝他们奔去。玉贞一看就过来拉了家珍。青云想离开,又怕家珍,只得跟着走进店里去。

玉贞在看一枚戒指,那男子要家珍选一选,看喜欢什么。家珍不好意思,玉贞帮她选好一枚。家珍把戒指放进衣兜里,揣了东西,她匆忙拉了青云离开。在回家的路上,家珍几次欲言又止。后来还是坦诚地告诉青云,送她戒指的那人叫慧仙,是东北人,在县城做一项工程。经玉贞介绍他们认识,而后在一起了。青云问:"为了他给的东西和钱吗?"家珍说:"那只是一小部分,他比今生强不少,知冷知热会说话。"青云问:"他有家口了?"家珍说:"当然有,不可能是单身。都有两个女儿了,我自己也不是独身。更主要是他不嫌弃圆圆,而且十分爱我。"

家珍从始至终都是一个寻求幸福也可以寻到幸福的人,茫茫人海她是能够占领风骚的那一种。青云只要和家珍在一起,家珍会说慧仙多么爱她,他会给她剪脚指甲。她更爱慧仙,他的一切她都爱,慧仙什么都好。家珍是那样的满足和快乐。至少是现在,假如连眼前的欢爱都没有,还有什么将来。今生没有收入开不了锅的日子常有,自从有了慧仙,家珍买米买面,家里也置办一些东西。今生最喜欢玩麻将,这时家珍也不愿意去管他,任他不回家。

福生刚订婚的媳妇回家住了两天,前脚走人,后脚家里生出了闲话。家珍婆婆说:"她是一个新媳妇,怎么就不能让着她。咱们福生好不容易娶了这个媳妇,如果让人家生了气,闹上脾气,咱们可怎么办呀?媒人说了,福生媳妇前边走,后边家珍用水泼人家,你说这可怎样是好?"家珍公公马上大怒,说:"这个坏东西,她是想毁了福生这门亲事。她和今生一起滚,这小庙留不下大神仙。"

公婆那边屋里说这话,被院子里晾衣服的家珍听见了,进屋就要说个明白:"你们做长辈的不能偏听她的一面之词,她说我泼了她,是不是我就真泼了她,没有进门就搬弄是非,就挑拨家里不和了……"当下公公跳起来,说:"正想找你,你倒来了,怎么就不让福生娶亲了?"家珍哪肯沉默,两个人大吵大叫起来,从屋里吵到院里,从院里要吵到街上去。家珍没有受过这样的气,非要让街邻们评评理。婆婆看事情不妙,大门口都围了看热闹的人们,就劝阻了老头子,自己去找大儿子。

家珍一面哭,一面说,她是怎样被冤枉的,妯娌还没进门就这样欺辱她。她和进门劝架的街邻们诉说着。

今生一进门就劈头盖脸地问家珍:"你是怕福生娶回了媳妇?这样横行霸道,人家敢嫁过来吗?"家珍反驳说:"她敢不敢嫁过来她知道,她捏造事实,搬弄是非,她更知道。她作践我,让全家人一起与我敌对,不就是目的吗?"

今生说:"你再生事,我们在家就住不成了。爹娘说了福生不能不顾,媳妇不能不娶,你就有一万个理也不能在这儿闹。"家珍问:"那我上哪儿闹去?我有一万个理由也不能开口说话?那好,不能这儿住,还能能走吗?你孝顺你的吧,福生娶回了好媳妇,你和他们一起过去,我走……"家珍带上儿子圆圆就要走。

今生一看着了急,拉住家珍的衣服怎样也不放手。这刚刚接回来不久,因为那一次雪天大闹后,很长一段时间家珍不回来。今生拉着家珍,吓得圆圆又哭又叫。她原本是爱这里的,每天把家里院里打扫得干干净净,黄土院子每天早上洒了净水,清清爽爽的。

吵架后的一段日子里，今生带着圆圆，家珍学起了打牌，端端正正坐在牌桌前玩起来。

少年时的光阴极容易无忧无虑地过，光景是不是苦涩，是不是甘甜，都没有多么要紧。擦去眼泪，抓个虫，捕个鸟，捏朵野花，都能笑。饥饿时拾个弃果子也能笑。盼着长大，盼着过年，盼得心焦，心里常常想，长大了就可以做了自己的主。真的长大了，才发现人生有很多无奈。

青云看见别人的生活与她不同，别人的生活可以是多种滋味的，甜、乐、富、丰、爱与被爱。她不同，她的生活是一色的，过日子就是为了活命，为了呼吸。呼吸了才能不停止心跳。

23

青云爱做梦，最近常做。这一个梦比较时显，主要是让她一知半解地懂得了梦的意义。

有一片绿草如茵的草地，不远处有一条清澈见底的小河。那水清得少见，草绿得也是没有见过。顺着水上去有一个山涧，水的源头有一个素衣淡妆的女子。女子一面用手弄水，一面张着嘴说话，虽然身边没有观众，但是青云明白，很多人听不懂，这个女人说："你可以说一些虚假的话，如果一直讲那真实的令人感到压抑痛苦的事就没有了听众。还有你做人也可以假一些，世人爱假而厌真。最主要的是因为你太较真而身受其害，因此说出去的话也失去条理，颠三倒四，不成章节。"

那个素衣女子沉思片刻后又讲了一些人们都听得懂的家长里短。最后，梦中的青云明白了一个道理，"世事洞明皆学问，人情练达即文章"。梦里女子讲出的道理，是她一直以来不懂的。世故也是学问，人情练达了成文章。

这时节寒意很重，青云出外时穿起结婚时置办的一件大衣。这一年又快过去了，岁岁年年的。自从有了女儿，她自己有了不少改变，决定继续朝着一个平凡的做了母亲的女性变去。她洗衣做饭，学着和别人靠近，去唠家长里短。这些必须要学会，要不然日子会过得很孤独。

人生来就有四个字概括，"生老病死"，四个字有三个字使人寒栗，老是必然的，病和死是随其后的。人生苦寒又短暂，要怎样度过这一生，必须学习，她为了颜如学习，学习做一个村妇，学会与人相处。

这一天，颜如的奶奶来找青云，语气平和地说些过日子的话。说着话锋一转，转到赵成进身上："你觉得成进怎么样？"青云想了半天，说："就那样。"婆婆脱口说："他在外面有了女人，你一点也不知道？他被那女人缠住了，半条街的人都知道，你不知道？"青云嘴唇慢慢抖动起来，良久才说："我不知道。"婆婆说："说给你这些，不是图什么热闹，是让你留住他，不要让他成天在外面。一个木匠，难不成摊上了国家大事，忙得一天二十四小时不着家。这一两年的光景，你怎么就没个想法。自以为他在外玩够了就要回来，想不到有了女儿还这样没个完。"婆婆的话字字句句是戳心的针，刺得她心血淋漓，她麻木的身体发着呆。婆婆看见她一言不发，觉得气愤，丢了门走了。

青云脑子里空荡荡的，什么都没有，只觉得身体是僵硬的，脚下是冰冷的。听见颜如哭一阵停一阵。她倒在自己阴暗屋子的床上，像条挨了痛打的狗，一动不动。

这日子也不知道过了多久，好像要过年了，别人都办年货，青云身上没有一分钱。颜如刚刚会走路，她的爸爸去了哪里？偶尔他也回家一趟，青云半死不活的样子他好像看不见，也懒得看见。青云没有说什么，懒得说，懒懒的样子，浑身也没有力气。这样的日子一天一天过下去，脑子和身体一样僵硬呆滞起来。

明天好像是除夕了，颜如爷爷瞒着家人给了青云五十元钱。她拿钱办下年货，买回二斤猪油，一斤花生米。看着这两样东西，她的眼睛一直流泪。她流着泪问自己，要活下去？还是要了结了这样一种不堪入目的人生呢？

除夕了，爆竹声声，颜如穿上了新衣裳，她的爷爷有退休金，养活得起颜如。每天晚上送过来，白天再接走，苏青云一个人要过这个年。除夕，黄昏的时候，赵成进回家了，年夜饭吃在他父母那里，除夕夜在外过的。过了年，有时候也在家里住，两个人只当谁也看不见谁，谁和谁也不用说一句话。

这样的日子能过得下去吗？苏青云活在了人生这个十字路口。她还是自问:要死呢？还是要活？过去的每一天,她都要希望,希望着什么呢？是不是靠着梦想的那一点东西活下去？死是怎样一个死法,不想投身在水中被浸泡得像个白猪。如果让她和他共同燃烧,留下的只有焦黑的架子。她想死去了还能留下活着时的模样。她也恨人们把自己吊起来那种死,只想安静地睡着。她寻思着,留下女儿必然要让别的女人来做娘,这是改变不了的事实。难道只会寻觅一个死法,这样死去值不值得？不去争斗,懦弱的个性多么的悲哀,她牙齿咬得"咯咯"响。穿上两年前的大衣,这大衣突然重起来,重得她穿不起,压得她要趴下,她使尽力气撑着,为了颜如,为了自己。她艰难地走在平日里常去家珍家的路上。

这一天是初五,家珍已经打扮得非常整齐,正给圆圆打扮,要回娘家去。青云站在家珍家地上,猛然鼻子一酸,嘴不由自主地咧开,她觉得这时的嘴真大。张大了的嘴抽搐不停,眼里流泪,鼻子里流涕,身子抖动着喘不过气来,跌坐在家珍家的椅子里。

家珍被她吓了一跳,几天不见,连先前的劲头也没有了。家珍问:"是不是病了,你那丈夫去哪儿了？让他带你看一看去。"听见"丈夫"两个字,她猛然大喊:"不要提他。"声音凄厉厉的,响在新春的喜庆里,响在古巷三棵老槐树的上空。她的心碎了一样。

家珍看她这样,也不能言语了,只得等她慢慢恢复平静。

看着家珍带圆圆要回娘家,自己无处可去,不由得更伤心。眼泪如雨珠一样,没完没了地落。

眼前对颜如的牵挂难舍难分,想念青山比以往任何时候更甚。被父亲打死,强如在这里被气死。一个人被气死的滋味太难受,就是受尽屈辱的她也实在无法承受。

她再不能伪装,真真切切告诉家珍说:"我不想死,丢不下颜如,我想念青山,想念家。"声音尖厉而生硬,是使尽力气的呐喊。

家珍看清了她内心的痛,安慰说:"不要难过,无论什么事也不值得你这样。我回去,告诉青山,他马上就能来接你。大正月的,你爹也不能赶你出门,再说还看着颜如的面呢？"

青云听着家珍的话，就像看见了回家的路。

24

家珍正月初五回了娘家，青山正月初七来接青云，中间只隔了一天。就这一天，青云如坐针毡，在各种猜测中等待。青山来了，青云告辞了赵家的父母，带着颜如走了。

回娘家的路上，青山抱着外甥女走在前面，青云跟在后面。她想她的人生曾经是多么奋发上进，一切都好像是在昨日。她不顾个人感情，努力追求文学事业，结果是失败了，成空了。过去因为不能回家去结婚，现在又因为不能过婚姻生活回娘家，她被命运玩弄了。或者是她也曾玩弄过命运。原来很虚弱的身子，今天充满了力气，有一股一再被玩弄而生出来的恨支撑着她。她和青山、颜如路过乡间中学，想起那段豆蔻年华，想起很多人。想起同学尚凤，还想起那个痴心多年的文杰，真的是在想念他吗？还是在怀念自己曾经的年少青春？仿佛又看见家珍和今生玉米地里约会。一起都来了，仿佛就在眼前。她的思想又回到了过去，而身体永远不能再回去，这是多么令人遗憾。

青山抱着颜如慢慢地走在暖暖的阳光里，青云仿佛看见那个年幼的青山正坐在大舅的肩头上。一晃二十年，光阴最是无情，它带来青春，也要带走青春。它带来什么也要带走什么，匆匆忙忙，人人皆是过客。尽管如此，也不能放下无尽的忧伤。

今天，颜如带了白色兔绒帽子，可人极了。这孩子一路欢笑，也不跟青山生疏，大概是血脉相连的缘故。

青云想，如果爹要赶她出门，带着颜如要何处安身？爹的脸色一定是要看的。

她是硬着头皮进的家门，爹冷冰冰的脸上没有多么大变化。他眼里冷冷的余光落在颜如身上，他打量起颜如来，又仔细地打量一遍，大概是恨不起颜如来。瞧了一瞧，又看了一看，多么新鲜的孩子脸。青山把颜如放在家里最抢眼的地方，青云娘说："我的亲呀，长这样大了，你也是外婆的肉呀！"青云眼睛有点湿,尽管她是惯会掩饰的,感情不外露的。

青云她们是近中午才进的家门。娘做好一桌饭,正等着。

回娘家后的每一天,青云除了吃饭就是睡觉,剩下的时间去找家珍。颜如有她的外婆、她的外公和她的舅舅抱着,带着。青云静下来深思,父亲对待颜如的宽容和慈爱,令她十分的不解,为什么这种爱在他们姐弟的身上就那样稀少?是因为祖父的事吗?父亲被批判,他半夜逃生,逃到祁连山里焦炭窑遍布的矿区安身立命,难道经历的不是九死一生?他的苦没有和谁诉说过,也没有谁体谅过他的心酸,他把所有的苦难都借用仇恨这种方式来发泄,他不知道青云内心是多么怀念那个长长的站台上网兜里印着小红花的小饼。爹又是多么残忍地对待自己的妻儿,他是那么的可恨,他无止境地发泄他的暴力。青云生了颜如后,对她爹有了一点点的体谅,可是每当想起这些年一家人过的心酸日子,她就不想原谅他。在"文化大革命"那样的年代稍有空隙,就殴打青云。青山自小不在家中生活,青松又有病,挨打时青云是骨干,他一点点都不痛惜可怜幼小的青云。十年动荡日子过去,好日子该是开始了,至少是该有平静的日子过了。他有了时间和精力做他想做的事,开始了无休无止的赌博。青松走了,留下青云和青山像活在刀山上一样,举步维艰。

青云把她对婚姻的态度也做了一次剖析,想通过婚姻有一个家,这种想法一定是有的,她并没有怀着不好的心去结婚。婚姻是神秘的,或者它的里面有人生境遇的奇珍异宝,她是做过一些想象的。可是无论如何没有想到她的婚姻竟是这样的一副嘴脸。

她也细细地分析了她的男人,第一次见面时,他白净的肌肤里散发出一种味道,她闻着就决定跟随他。不知道他当时的感受,难道他迎娶自己的女人就是为了玩笑婚姻吗?如果他有一点善良的心肠,至于这样连一点尊严也不给予对方?他真的与别的女人是恩爱非凡,不离不弃?

自己的人生也就算了,还搭上了颜如的幸福。

现在是活不下去也要活,活着为什么?为了给别人看,给自己看。赵成进不在乎她的感受是明明白白的,他不值得她以死来报,虽然是她的一条烂命,他都不值。要留着性命,很多事还没有做。悔恨是无法避免的,人生皆是玩弄,人与人之间，人与命运之间，都是一场游戏。可是又怎样呢？这样一个固执的，不知死活的，一个飞蛾扑火的，死不成器的女人，命运要拿她怎么样呢？青云闭着眼装睡的时候，想到人生的种种。

25

正月里是农闲，青山没有出外打工，在家待着。

青山说："姐，安心住着，我也能养活了你。"听了青山的话，她就觉得自己是富有的，不再是孤独的。

正月里人们玩牌，走亲戚。家家门前的春联还是深红的，没有退去一点颜色，门前红灯笼还挂着。这才刚过元宵节，灯笼要挂到二月二。

青云娘带着颜如到处炫耀，颜如是漂亮的，只是皮肤不很白。她长着一双大眼睛，小嘴巴像桃花瓣一样，她生就一个美人坯子。

天气渐渐暖了，井口的冰开始融化，村边浅浅的河水也发了褐色，而不再是冰白冰白地刺眼。河要开了，远处的白杨树、柳树光秃秃的，可是深冬时那股青灰色的味没有了。不显眼的绿好像在无意识当中，只是不能明显地捕捉到。真的有了绿意，离绿的时节不远了。

青山说，今年不想出外打工，打算承包村里的果园，秋后把宅院修一修。院子的围墙也要新砌，院里造个菜畦，边上围上花畦，把院门修大一点，要宏伟有气象。青山的言语中说自己快能谈论亲事了，他正计划着。

青云除了睡觉就是去找家珍，婶子爱串门子，带了圆圆四处去，留下家珍。青云躺在家珍的床上，听家珍说话。和家珍在一起，家珍首先要说慧仙，这么久了没有见到他，对他充满了思念。说到慧仙就联想起一个人——张文杰，家珍说起他，青云的心动了一下。那时想自己的将来，人生路上有多种多样的男人可以选择，她想要的是一个一见钟情，深情的，充满吸引力的男人。眼神多情而沧桑，感情深厚而执着，至于文杰他是现实中人。也明知现实中的文杰有血肉，有体温，她是感受过的，被他炙热烫过的。想起他，想得多了有点记不清他的样子，记不清他的脸，他不是一个十足圆脸的男人。文杰是轻狂的，青云一辈子能记得他的这一个特点。

家珍与青云谈论起张文杰,说:"他算得上一个优秀男人,他是没有才华,可是咬文嚼字你不觉得酸吗?"她停下来,用她淡粉色的舌头舔了一下嘴唇,继续说:"你至今没有成功的文学事业,害了你,高不成,低不就。而你还在一心一意做着文学梦,别的全然不顾。无论怎样说文杰一定不是一个差劲的人,多少女孩子喜欢他,而他只对你有情,你伤他多么深,都没有改变他的初衷。一个爱你的人,你没有给他一点机会,却敢于和一个陌生的男子结婚,为什么你是这样?"家珍的话是当头的一棒,青云被击得一震。她明显感受到家珍是有意这样做,而且有话还要说。

家珍说:"爱文学难道就不能同时爱男人了,你的心就真的被文学完全占据了?爱上了文学就不食人间烟火了,就没有七情六欲了吗?或者是一定要有文学才能的男子才能相配?人们都说文人酸,真有一个酸文人,你才能爱吗?"

青云被家珍质问得抬不起头,用"不可理喻"四个字来描述她很贴切。

真像家珍说的那样吗?她觉得自己的感情世界一片混乱,其实她从来不懂爱和情是怎样一回事。

"我今天是要骂你,骂醒了你,多少年了我都不忍心这样说你。上进是要的,难道苦得活不下去才是上进?为什么就不懂得迂回,不知道圆才能满,难道你不是一个聪明人?怎么就把自己搞到这种地步,女人的手段你一点都不懂?你怎样活,我都比你自己清楚,一整天地伪装着,只会自苦,别人冷眼旁观,什么不知道。你非要拿了你心中衡量男人的尺子来衡量眼前人。慧仙是很好的一个男人,不也和我这样。人生就是那么一回事,何必太认真。"

青云想,家珍的话有道理,于她自己很适应。可惜自己是个"死心眼",在感情方面人人都是天才,只有她一窍不通。再说了,感情生活是她能够自己选择得了的?她的人生一直以来都是在随波逐流。眼前活得这样零乱,活得这样不易,想要活命还得拼命挣扎,更不要说文章呀、思路呀、感情呀。姐姐说对了很多,自己真不懂得迂回,一味地盲目地执着着。

家珍对青云说:"文杰肯定至今还在记挂着你,放不下你。爱你的人你不要,看你分文不值的人,上赶着要讨好。"青云说:"姐姐,还是那句话,文杰是一个不错的男子，如果我接受他，对他不公。我的心真的不能完全给他，真的是无可奈何。"家珍问："为什么不试一下？"青云说："文杰他试不起，我自己也试不起，谁又能试得起？"

家珍沉默了，青云也无话了。

"姐姐你呢？你与姐夫和慧仙哪个是真心相爱呢？"青云问。家珍说："我对他们都没有假意，要说真心的爱，如果没有真爱难道就不去欢爱了吗？不享受青春了吗？很多人一辈子都摸不着真爱的边，闻不到真爱的味，那他要孤老到死吗？"青云幡然醒悟，自己和家珍对情与爱认识的差距在这里，在自己这里不能真动心，就不能接近男子，而家珍却是不同。

在男女这件事上，青云是一张白纸。她认为事业可以百折不挠，千百次地重来，情感这东西不能。

26

正月里，翰村唱戏，青云和家珍一起看了两场。青山这两年不放羊了，身上没有了羊膻的气味，每天把自己打理得整整齐齐，游走在乡村的戏场里。青云听人说，青山有一个对象相处着。

青云和家珍有了空闲，还要站在村里朝阳湾享受阳光的照耀。没有多少日子青云的脸色不再暗灰。颜如走路更稳了，还学会了跑步，常和圆圆在一起。

家珍又想念慧仙了，她说他处事大方，和他在一起的快乐是今生无法给予的。后悔当初嫁了这样一个懒惰、寡情、死犟、视赌如命的人，跟着他的穷日子过得可怜。和慧仙在一起就不同，慧仙能给她很长时间的快乐，她是离不开他了，要相爱一辈子，永不相弃。慧仙比家珍大十多岁，家珍很喜欢他的成熟稳重，又有情。想起他，她内心火烧火燎地难受。

家珍的话是说给自己听，也是说给青云听的，她说："女人生来就是让男人爱的。男人不爱活得没有意思，男人身上有火有电，女人让他爱过了，人生也会火热。冷冷清清的日子我过不了，这一辈子都不能过那样的日子。如果一个男人负了一个女人，这个女人还是死心眼，不会转弯，那么这个女人所遭受的一切是活该了。"青云听出了这些话的含义。

这个正月家珍听人说,张文杰不知道怎样一直不如意。去年他在公路边,一个铁的小物件飞击过来正好打在他的鼻梁上,打折了鼻梁骨,还做了整容手术。家珍说:"唉,那样一张英俊的脸,多么可惜。"青云意识到她的人生必须得改变,说起改变当然是自己改变,否则可以改变了谁?

正月过去,今生来接家珍回去。家珍走后,青云空余的时间更多了。

她一个人权衡了很多,仔细地把她人生中的点点滴滴想了一遍。家珍说对了一点,自从接近文学,她的人生目标就高了一些,对于男人的要求就高了一些。而且她个性单纯又耿直,找不到欢乐,经常是独自寂寞。如果为了轻松地活,放下曾经追求的,醉里梦里生活一辈子,她是不甘心的,她也绝不。

无论生活是什么样子,她都要沿着自己选择的道路走下去。与赵成进的缘分太浅,放弃在他身上所有的幻想,由着他去吧。不管环境怎样,她要写一部长篇小说,在书里写尽她不得意的人生、情感。她暗暗立下这样一个誓愿。

春风说刮就刮起来了,这些天一直刮着。青山抓阄抓到今年果园的承包权,土地解冻了就去果园里干活。

园子在村后面一个土坡上。出村朝着果园走去,会听到园里果树上传来鸟叫声,细细的清清脆脆的。青云没有看见这种鸟长什么样子,她猜想它是一种嘴儿细细尖尖,身子小却灵活的一种精灵。

野兔子蹲在树底下,猛地什么声音惊动了它,疾驰而去。天上也有大雁飞过,发出长长的鸣叫声。

大地只等冬的气息褪尽。春天深了,才能草绿花红。一年一个轮回。

二月是早春,青山常常在果园里待着,他在修剪果树。这些天差不多每天都是好天气,他蹲在果树下,出一会神,吸上一阵子烟。青云也常在树下,现在是看不到开花的景象的。她知道花开的那一天就快到了,清明节一过就是花的世界。平日里看见一两朵盛开的花都要惊叹好一阵,大自然的神功使得满园的花都盛开,一树挨着一树,一枝连着一枝,一朵挨着一朵,那时站在花间是什么样光景?是什么样的心情?如果一个人可以和自然相厮守而不需要看别人的脸色,不要听流言,不要挨摧残,是一件多么惬意的事情。

天气一暖和起来，蜂儿、蝶儿，在枝头绕着一树的花儿飞，一切叫人惊叹。仔细去看每一朵，粉润如丝绸一样的质地，米黄色的花蕊在中间，淡淡的香是它们的体味。花开的这几天一定要去看，若不去看，花凋了，要后悔的。如果要折一枝，最好枝上带些个花苞，这样才看着舒服。

花落时候，开头的一两天犹可留在树下，到最后花儿惨败，就不要去花下了。

这几天还是光秃秃的枝头，青云没有看见满园花开，是她合上了眼感受到的情景。她见得太多了，这样的情景，花开花落看了好多遍。在白窗纸、红窗花的外婆家窗前。在外婆家门前满眼的是乡野里粉的桃花。现在岁数大了，不同小时候，无缘无故可以留在那里住着，现在都领着颜如了。外婆村春日里的景象，在青云心里的美好是一年胜似一年，它不会随着岁月的增加，褪去一点点颜色。

站在园子边放眼望去，苍茫的大地多么广阔，一棵棵树团抱着一座座房屋那就是一个村庄。看见广大的天地自然，生灵显得那样渺小，人生的点点烦恼更是渺小。

这时青云的思想是自由的，没有压抑，她的灵魂可以畅游在天地之间。

很多时候她想，自己终究不是一个男子，她连青山的这一点点的空间也没有。做了女人去了夫家，由不得自身。她羡慕男人，男人这一生可以独处，女人却不同。就是死后也是孤男不孤女，女人都不能孤着过。无论如何都得找到一个处所，不管生前或者是生后。

直到听见青山呼唤她："嗨，姐姐，回家了。"她才朝着青山走去。

27

青云娘心里暗暗发愁，女儿的婚姻令人担忧。正月初七来家，现在三月了，婆家无人过问。婚后到现在姑爷赵成进极少登门，过年了家家户户姑娘、姑爷、外甥都要来拜年，她家是没有的。因为穷被人看不起，亲家他们也不富有，几间破瓦房，常年里黑沉沉的，还潮湿。姑娘公公赚的几个工资一年下来还不如自己家里种田收入多。脸色难看，日子难过，有了这个孩子，女儿怎样活得下去？

青云爹用冷冷的眼光看着青云、青山这些人，唯独这个外甥女长得带点亲人缘，有时候还会趴在他的膝盖上。他抱着颜如在村里转悠，有时也背着，他的儿女们多少年都没有带给他的天伦之乐现在得到了补偿。

青云想，自己和青山出生时正是家运不好时，怨不得爹心情不好。日子不好过，一年一年磨下来，他骨子里存了恨。他的人生因此就没有一天是快乐的。现在有了颜如，他才尝到亲情的滋味。

青云每天给园子里劳动的青山送水，走在村子后面的坡梁上，她想今后的日子不会好过，很清楚地知道她是找不到一个地方愉快地生活下去。愁云飘在她的头顶上，像围了一块愁巾。站在田间，一眼望去，苍茫茫无边的世界，没有她的一个去处，娘家总归不是常留的地方。

自己漂泊无处去，大不了再去做别人家的保姆。颜如要怎样生活？如果再大一点就可以上学，这件事就好办多了。

每天，苏青云把自己的心拿出来放在搓衣板上搓，心被揉得碎了一样。她想了一个办法，调整自己的心理，想上一些好事，憧憬过上好日子。好日子是什么样子？她成千上万次地设想，无非是有点钱，钱又在哪里？常年里没有钱，活不下去的日子常有。奢望有一个人的肩膀可以让她靠一靠，哪怕是短暂的一刻。这个人又在哪里？

苏青云站在果园的边上，看着广大的世界，她遥遥地望着。从早晨望到中午，从中午望到天快黑的时候，听见羊群回家时羊儿们的叫声和牧羊人的呐喊声，她才和青山一起回家。

第二天上午，青云仍然给果园里的青山送水。不多时她的娘笑嘻嘻地找来了，说："来了，来了，赵家来人了。"青云手中正好拿个水杯和暖水瓶，一听到她娘的话，一齐掉在地上打碎了。泥和土溅了一裤筒，她发了呆。她娘的笑，被搅得没有了趣味。

青云娘说："你往回走吧，人家在家里等着呢！"青云试问："谁来了？"她娘说："是你家小姑子和她丈夫。"

青云走在乡间的小路上，回想起小时候，这条路常走。那时是割羊草、割兔子草，遍地跑。没有想到那时节，却是她人生的好年景。

28

青云站在院门口，脚却不能迈进门，她害怕看见赵家人。她想如果今天不跟成林走，他们肯定要带走颜如，颜如被领走，自己是留在娘家呢？还是要追着回去？留在娘家，父亲肯定是越发生气。

青云主宰不了自己的命运。在大门外无法做出抉择，她知道无论如何都不会有个好归宿等待她，只是考虑怎样才能和女儿在一起。青云娘等不到她回家，又一次出门来看，她也知道娘的心事，还是想让她回赵家。

青云必须在进门之前做了决断，恐慌中想起婶子，就朝着大伯家走去。婶子一个人在家，她向婶子讨教，说："婶子，我家小姑子来接我和颜如，我不想回赵家。我又考虑到他们至少也要带走颜如，我该怎么办呢？"婶子想了想，大眼睛转了转，说："你不回去也不是个理，不让颜如回家去，也说不过去。要么呢就先回去，改日再来，这也没有隔下千山万水的，世上也没有不准女儿回娘家的理儿。"

"再说，"婶子有些语重心长的意思："云儿呀，婚姻这条路上沟沟坎坎的，和一个人朝着白头奔，少不了要吃些亏，受些累。遇着好男人懂得咱女人的心，是你的福，遇不着是咱的命，俗话说'如果没有遮雨的伞，只有自己去淋个透'。"婶子的意思很明白了，颜如总有一天会长大，无非是搭进去青春。

苏青云带着颜如，跟着成林回到了赵家。

好日子谁也想过，过不上好日子，也得活命。过日子在青云这里成了一道巨大的难题。最初回家的那一天，颜如爷爷偷偷给了她一百元钱，这一百元钱在她看来已经是不少了。在精神上活下去同样的艰难，她得忍耐，还得压抑自己。她常去找家珍，家珍常去找玉贞。玉贞的身材是重量级的，她常"咯咯"笑，说话时的声音大而响，看她一眼就让人知道，她干练，有分量。她就是那个和家珍买戒指的女人。

玉贞脸上的皮肤很粗糙,脖颈下面的皮肤却又白又细。她有高高的乳房和宽阔的肩膀,腰身很粗。玉贞说起话来,让人看见她嘴里圆溜溜的牙齿,她是与众不同的,两道浓黑的眉毛一扬一扬。

玉贞为家珍和慧仙牵线,玉贞的丈夫是个包工头,慧仙是工程师,包工头不得巴结工程师吗?这青云是知道的,家珍和她很亲密,每有慧仙的消息都由她传递。

青云怎样看玉贞也不像个粗人,再看也不像个细心人,她是令人迷惑的。

玉贞不喜欢瘦女人,一看见青云就说:"一个女人太瘦经不住男人折腾,没有肉感,没有女人的柔韧性。"她也爱开玩笑。

她说:"女人不一定要好看,留住男人是靠手腕,得学会摆弄床上那些事。"说话间眼睛里流露出某种意思来。青云木木地发怔,她不想听别人说话时的弦外之音。

现在青云清楚地从玉贞嘴里知道,赵成进和那个女人是公开的一对,他常在那女人家。

丈夫的消息传到她的耳朵里,感觉像一把铁榔头一下一下敲打她的头,钻心的痛。她常为自己感到悲哀,冷不丁的婚姻是这样一个不堪入目的面孔,令她羞愧无颜面见世人。

家珍看青云有些恨铁不成钢的意思,女人的手段,女人的本事,是无师自通的。当初把张文杰迷惑得死去活来的一套本领到那里去了?青云也不知道这是怎么一回事。她活得越来越愚钝了。苏青云是个不会周转的人,乡间人称作"死心眼"。她走到人生的这一步,还在抠抠缩缩写字,用笔在纸上叙述她的痛苦。而没有抄起菜刀,舞动拳脚把那种事做个了断。

那种文字营生不是任何人都能玩转的,她非不放手。再说那原本也不是什么东西,哪里比得上活生生的男人,鲜花怒放的女人的青春。家珍有时看她来气,也不屑理会她。她也看出了家珍的心事,被姐姐看不起,她真的感受到笨的含意。

一切都是无可奈何的,算了,随风去,随缘去,随命去。

　　现在的苏青云活得比任何时候都艰难,心头上的肉老是被揪着,被撕扯着。似乎有一双巨大的手蹂躏着她,是一百双手,是一千双手,那么多都来了,伸向她。她活在一个千爪共舞的世界里,使她窒息。

　　过日子是等着死吗?离死好像还有一段很远的路,等着什么?她找不到答案。一切是那样的无奈,她挣扎着。她的日子过得是雪上加霜,没有人来了解她的冷热,所有的一切只能一个人背负,一个人承受。

　　五月了,早过了畜生们发情的日子,还是看见公狗下作的样子,看见母狗弓着腰抽动身子,一副淫像惹得青云恶心不止。无论公狗自己多么大的一个身躯,也和鞋巴子大的小母狗调情,吓得小母狗没命地逃,公狗是那样下作。

　　现在的牲畜们长年累月地调情。不调情,不淫贱就不能活。它们很疯狂。青云时常叮嘱颜如要远离它们,它们的好事是容不得破坏的。如果有谁坏了这种事,它们就恨你恨到咬你的骨头,食你的肉。如此令人恐惧的性欲。

　　晚间,猫儿发情,趴在屋檐上,长声长声地嘶叫着。那声音和小婴儿的哭声是一样的,还要多添一种凄婉的凄厉的调儿。猛然有几只或者是更多一些在屋顶上,墙头上,夹杂着“噼里啪啦”地掉在地上的声音,它们在打斗,在撕咬。今年格外疯狂,整夜这样,听得人都有些心惊胆战。它们是这样热烈地玩命。

　　人与畜生的不同在于,有人疯狂,有人就得沉默。如果没有人肯沉默,世界就会乱得一团糟。

　　没完没了的欲和性勾画着生活,狗猫都这样,都为这事。

　　青云看不见丈夫成进的影子有些日子了。她称作“他”,或者是“那个人”。有时候看着颜如发呆,如果不是生了颜如,这桩婚姻就可以选择结束了。可是现实是她做了颜如的娘,她没有办法解脱。无奈至极,她发着呆,一待就是半天。一想起一些和她丈夫有关的人和事,眉头蹙得像上了锁一样。铁铸的没有钥匙的实心锁,今生今世打不开的锁。

　　青云不时用指甲掐自己的皮肤,好让她的肌肤疼痛起来,忘却内心的痛。

掐得皮肤伤成一片的时候,换一个地方继续掐,她太恨自己,恨得刻骨。她觉得,她快要崩溃了,得找人排遣一下情绪,要不然要疯了。她匆匆地去找家珍,找不到的时候,就去玉贞家里找。

家珍是玉贞家的座上宾客,她们在一起说到男人,男人像猫,会偷嘴,会偷懒,不会忠。男人分两种,一种像鹰一样矫健雄壮,凸着眼睛,女人会喜欢这种人。还有一种男人像软蛋,一跌出鸡肛来就是软蛋。这种男人,上不了女人的心。玉贞哧哧笑着说:"今生就有些像第二种。"说男人犯起贱来特别的令人想不到,自己也想不到,像被鬼迷了心窍那样。男人还很心硬,硬起来除了关心自己不再把别人放在心上。

玉贞家时常有时髦开放的女人来,她们说话都很开放,家珍和她们合得来。

玉贞家的这些人,一看见青云就联想起了赵成进,她们就开始谈论他的风流,她们还要说得十二分的露骨。青云这时就像自己做贼一样,脸上开始抽动,有些挂不住。硬着头皮顶一阵子,如果她们转了话题了,那就好了,不用匆忙地逃走了。她想着大概这也是一种生活,一来二往或者可以习以为常。

有时候,玉贞家也来一些男人。慧仙来过,他是长脸颊凸腮,细长眼睛的丑男人,但很温和,比今生要有财气。家珍心里只有他。

他来一回,家珍就走好些日子,好像说是去娘家了,今生去接没有接回来。

这两天,听说尤应丈夫在外有女人了,已经两年了。在城南租了一处院子,尤应男人和那女人得了空闲就到那里生活。尤应也是有一些姿色的,她们有一个女儿,也不能拴住丈夫。别的女人个个都有这样的本领,尤应这样的女人反倒没有。青云百思不得其解。

青云与家珍相比,青云是愚笨的,不成功的。尤应冰雪聪明,高贵不失和善,又有过人的歌喉,反而和青云成了一路人。

青云在玉贞家常支起耳朵听着尤应丈夫的消息。玉贞有一个朋友常常感叹说:"尤应那个外地女人为她丈夫付出青春、钱财,跟着他过穷日子,放弃了歌唱的舞台。她是世上最痴心也是最被负的苦女人,人们都说新伦迟早要遭报应。现在和他好的这个女人,使手腕弄尽他的钱财,他反而爱得什么似的。女人们看了这个外地女人的遭遇,谁还敢相信男人。"

30

日子是过得快呢,还是过得慢?大概是不快不慢正适中。蹉跎日子不算什么,只盼颜如快快长大一点,哪怕能记事,能识人。如果有一天,母女们无奈分别,将来再相见的时候,颜如会认得她是她生身之母。这一切只能用苏青云无边的寂寞做交换。颜如每天三餐被她的爷爷喊去吃,孩子能够吃到三顿饱饭,作为母亲的青云是感激不尽的。颜如隔一段时间也有新衣服穿。她长得真快,春天时买的裤子,秋天再穿,已经高高地吊在腿上了。孩子没有成了乞丐多亏了她的爷爷奶奶。

苏青云的日子过得窘困,说出来都没有人相信。

有一天,没有盐下锅了。她转来转去,先在屋里转,后来在院子里转。

记得小时候,外婆过日子,家里缺少了什么都会借。外婆吩咐她和小姨去小细脚的三外婆家借过筛粮食用的筛子。现在是没有钱,向谁去借,谁会借给她?街邻全是赵家的老街邻,和她没有交情,如果乱去借,被人碰回来——拒绝了,自己没有脸面不算什么,也会丢了孩子颜如的脸。借钱也要偷着,秘密地去借。家珍回了娘家,她又重新想到了尤应。

说起借钱,上一次父亲找她拿时,尤应帮助了她,那钱到今天也没有还上,现在又去借。青云来到尤应家的门前,琢磨着尤应的心事。

为难了半个上午还是进了尤应家,站在她家还是开不了口,尤应说:"青云,有事吧?"青云说:"也没有。"停了一下,怕冷了场子,脸要再拉不下来就开不了这口,借钱的计划就要落空。没有钱怎么活得下去,穷她是不怕的,穷到这样的地步她是怕极了。青云忽然大声说:"你家里有钱没有?再借我一些,如果没有就借给我两袋子盐吧。"这话说完,心潮起伏不定,脸上不停地发烧,像爬了虫子,痒痒的。

尤应马上说:"有,我有。"她开始在她的包里找,在柜子的抽屉里找。找出六七十元,她把钱整整齐齐叠在一起,问:"够不够?不够的话,过些天再来拿。"青云说:"够了,够了,足够了。"她伸手拿了钱,心里是欣喜的,也是内疚的。她心里说,我很快能还上的,大概会很快,还有先前的一齐还上。她甚至还想说,总有一天我会发达的,到时候会报恩的。这样的话,和父亲赌输后,借钱时常说的一样。这是一个极残酷的讽刺,人生的现实是如此悲劣得让人痛彻心扉。

尤应说:"不要急着还,那些钱现在用不着,就在你那里。哪一天急了,我去向你讨。"尤应暖心的话,使她又感到了人世的温暖,这一线温暖,会暖她很久。青云发现尤应也没钱,但还是把钱拿给她。

青云拿了钱心情不能平静下来,要是以往她会坐上一会儿,现在只想走,慌忙地走。眼睛很不争气,已经湿了,脸上肌肉也不争气,抽搐起来,只是泪珠还没有一颗一颗跌出来。

她慌忙地走出尤应家,跑几步,出了院子。在尤应家大门外,再也忍不住的泪痛痛地落下来。她整个人抽搐着,蹲在尤应家门外。哭了一阵又一阵,觉得内心舒服了一些,泪也不再多了。她的脸前伸过了一只手,纤纤的,手里拿了一块手巾给她。这里还有谁,只有尤应,她抓住了她的手,把她穷困的生活说给尤应听。

尤应安安静静地听着,泪也在眼眶里转起圈儿:"我是孤零零地活在世上,只有女儿芬芬一个亲人,多么希望有个姐妹和我交心,如果你不嫌弃就只当我是你的亲人。"青云把头点得像啄木鸟似的。

这天下午,家珍带着圆圆来找青云,她从娘家回来了,颜如高兴得厉害,她很久没见圆圆的面了。家珍和青云姐妹俩坐下说起了闲话,没有风起云涌的激烈,只有平平静静的午后。

说起尤应的丈夫陈新伦,家珍说:"新伦这个人原来很浪漫,帅气又解风情。他现在的相好,很会纠缠,会在男人面前贱,让男人觉得自己是天,是雄霸的帝王。让男人把过去的贫寒一把抹掉,丢到地狱里去。"家珍停停接着说,"新伦大概是因为这个女人贱而离不开她,男人不会因为你高贵而离不开你。"姐姐越来越懂得男人了。

说着话,家珍忽然想起什么,她说:"邮差小林给尤应送去一张取款单,有背景的女人就是不一样,有人给寄钱。"说完,她哀叹了两声。

现在的家珍正走向成熟。她质问青云:"你这一年来,脸蜡黄着,头发也不修剪,一整天为什么事劳心?"说这话时,她的眉头拧着。青云何尝不知自己容颜憔悴,像个很不上进的女人。

接下来姐妹俩无言。

青云一个人的时候,想起尤应,就想起借钱时的伤心。寂寞的时候还是带上颜如再去玉贞家找家珍。走在玉贞家院中听见屋中很热闹,有男人绘声绘色地讲着,女人们欢快地笑着。

屋里这个男人,一双眼睛热辣辣的,从青云进屋开始他一直打量着。他和玉贞勾肩搭背,不停地"玉姐姐,玉姐姐"叫。

玉贞问他:"你那情人在床上用什么套路?你告诉姐姐,让姐姐也学一点,省得受你姐夫的冷落。"男人笑而不答,玉贞说:"刚才还说得那样有兴致,怎么现在又装起正经来了。"家珍咯咯直笑,男人说:"玉姐姐,尽拿我取笑。"玉贞继续拿他取笑说:"女人不过是件衣裳,你那件衣裳穿得不腻得慌吗?不再换一件了?如果要换,姐姐这里可有人选。你是要,还是不要呢?"男人又说:"姐姐净拿我开心。"家珍又咯咯地笑不停,玉贞也笑。

家珍是一个十足的女人,她是鲜活的,有肉有血的,现在的她更加如此。她会为慧仙流泪,思念慧仙。偶尔有一个男子的眼光,她能够领会,她会因此激动,然后快乐地咯咯笑。

玉贞他们嬉笑了整整一个下午,不疲倦。她们精于此,乐于此。

回家的路上,家珍告诉青云说:"那个男人就是尤应的丈夫,他和尤应的调子不大同吧?"

31

青云多日没见尤应,想去看看她。她的家也是一个令人担忧的家。

尤应家院里几间矮小的青色瓦房,破旧得有点走形。院子里铺的大方青砖磨得凸凹不平了,砖与砖的夹缝里生长着杂草,开着野花,墙角的几处花还开得相当热闹。院子中间有一颗桃树,树下杂草更繁茂。青云进了院子,尤应蹲在那里拔草,手里拿一个铲子。青云看见她脸色苍白,眉宇间带着一种喜庆的信息。她看见青云十分欢喜，丢了铲子，两个人进屋说话。尤应稳稳地举手投足像是另加了小心。

她家的门窗是新换的，和旧的是两种木质，上了橘黄色的油漆做了些遮盖，明净的玻璃窗里面挂着白色窗帘。琴桌上的古琴昭示了她的从前，今天擦得分外净亮。

尤应这里有一种好处，不想多说话，就可以静坐着，不需要做表面的客气。尤应为人不热辣，她说话不会莺莺燕燕。今儿她高兴，眼睛一闪一闪地放亮。她对青云说："趁着身子轻，拔一拔院里的草，要不然身子笨了就弯不了腰了。和怀芬芬不一样了，那时我还年轻。"

青云先是半躺半坐在椅子上，猛然坐得直直的，说："你怎么又怀孕了？"这一叫吓了尤应一跳。"是呀，是怀了。"她欣喜而热切地说："已经三个月了，预产期在明年正月里。先前只当是经期错乱，没有想到这个孩子就这样悄悄地来了。"

尤应说："女人就是这样一个命。我看见过不少男人，活跃在女人场里。只有等到他们老了，就要回家，回到为他生下成群儿女的那个女人身边。我就是新伦在家生儿育女的那个女人。想明白了，人生就是这样一回事，以不以为然代替多少以为然吧。"她皱皱眉头，"不想走我母亲的老路，她不同于一般女人，她是那种春风得意做情人的女人。得意又如何，最后的下场是我父亲放弃我们母女，回到他妻儿那里。我和母亲那悲惨的日子不能回忆，母亲没有生下儿子，没有和他结婚。所以青云，我这一辈子要做一个纯粹的妻子。母亲临终的那一天告诉我说，你的这辈子不要攀高门，找一个贫苦些的没有什么不好。你这一辈子不要走妈妈的老路，生个儿子。"尤应述说着惨痛的人生教训，用酸楚的眼神看着青云。尤应是南方人，她操着南腔说："青云，为了颜如，为了自己，你和成进和好了吧，这样硬下去终究没有好局面。"

青云没有回答，尤应看见她紧锁的眉头，听见她无声的叹息。

尤应家院中的桃树上已经结下不少青涩的桃子，桃子上面长满厚厚的绒毛。两个人说话到黄昏，尤应女儿放学回家了，青云也该走了。

前些天，家珍回了一次娘家。她姨妈的女儿订婚，她和她爹娘被车子接到县城住了几天,今天回到镇上。家珍和青云讲述了她姨妈女儿,她姐姐现在的生活,那是她和青云没有见识过的一种生活。她姐姐十三岁时,上了县里艺校,现在是剧团的当家花旦。家珍羡慕着她花旦姐姐的生活,被那种生活感动得眼角都溢出一滴泪花。她也给青云讲述了青山现在的生活。

今年春天,成林接青云和颜如回到镇上后,到现在她再没有见青山一面,多是从家珍那里听到他的消息。

家珍说青山过得还是很苦。前些天,青云爹输下了他无法偿还的厚债,苏家的天空又被他放上了一片浓黑的乌云。

青山在他的果园里盖了一间泥房子,住在那里。有一天,不知道什么原因,青山被他爹从泥房子里揪出来打,父亲爱打青山的头和脸,青山抱着头,他被打落了一颗牙,青山托家珍带来一封信。家珍说:"青山让我带给你的话,全在信里。"

青山的信,中间有一段话这样写:

> 今年,后悔包下这个园子,明年就转包出去。原来想修理一下家里的老屋和院墙,现在看起来都不能了。今年不能,来年也不能了。姐姐我是软弱的,咱们村里没有我这样的人。隔壁小文子小时候,天天被他爹打,现在小文子都敢把他爹拿起来打他的破鞋丢在地上了,他很快要娶大叶子了。姐姐,我特别想念你和颜如,你的事我也听到一些,自己活下去吧。

有几段话被删了,一封信是写一段删一段。

32

青云和家珍常去玉贞家,一来二去玉贞看见青云亲热起来。这一天,玉贞给青云出主意,说:"青云你就一直这样不声不响下去,任凭自己男人在那女人家里安家落户?打到她家门上去,和她来个大家不好过,为什么单单苦了你一人。那样一个不要脸的女人,街邻们有多少人为你抱不平。"玉贞说到青云丈夫有些激动,把古槐巷人们对他的传言说得仔仔细细,青云听得越仔细,内心的痛苦就越折磨得她厉害。

玉贞给青云出谋划策后的日子里,青云还很想去玉贞家消磨时光,可是她的脚一走到她家门口就颤抖。青云知道人家那里的人个个活得潇洒自在,活得得心应手,她很不入流。再说玉贞的好意她消受不起,自己没有能力和谁拼命,心上的伤疤被一再戳破,痛得自己血泪横流。她知道再怎样努力,始终都不是玉贞和家珍那样快乐的人。青山的事也添了许多忧伤,她回到自己冷清清的家里去,多日不再出门。

这一天,家珍来找青云,她好像有一点不快乐,脸色很憔悴。她的眼里竟然含着一种"伤心说不出口"的情绪,这在过去是从来没有的。

对于家珍,青云是理解的,懂得的,她是一个不爱藏的人,她敢哭,她敢笑,她敢说也敢做。今天她眼里的忧愁是从哪里来的?青云忍不住就问她:"姐姐你是有了什么事了?"家珍内心的洪堤马上就破口了,伤心地说:"慧仙他变心了,我的生活中没有他了。"青云长长地"噢"了一声。她知道,慧仙和家珍的感情,原本就是一片过眼的浮云。家珍为此难过那是一定的。世人只肯接受缘来的美满,不肯忍受缘去的凄凉。

家珍说:"慧仙说变就变得冷漠了,从前的温柔,说没有就没有了,变得竟然这样快。他和别的女人说好就好上了,同样也是多情的,甚至比和我在一起更黏人。他都可以不回避玉贞了。如果没有这个女人出现,他或者会和我好一辈子的。"

是这样的结局,不然结局会是怎样的?千万种可能也会有,可她遇上的是这一种。那个人走过去了,在家珍心里的那一页纸上,慧仙成了历史。

青云想起尤应,借她的钱久久地还不上,那种欠钱还不起的不安情绪涌上她的心头,她把这种情绪按下去,又涌上来,再按下去。

这一天,青云还是走进这个城墙根下的小院门,院里静悄悄。从听到小院凄婉的歌声开始,和尤应从相识到相熟。

她轻轻推开屋门走进去,屋子的后墙上开有一个门,从那里进去就是尤应家的厨房。听到厨房里面轻细的声音,推开门,尤应正在吃饭。看见青云进来,给她搬来一个凳子,她继续吃饭。桌子上一碗稀饭,盘子里放一个馒头。稀饭是清澈见底,她一口一口喝进嘴里。尤应想和着那碗稀饭吃了馒头,她用点力气掰开那个馒头,馒头实在是干,干得皮都发青了。手里拿半个,剩下的半个放进盘子里。青云听到半个馒头碰了盘子一下,"当"。这屋里是安静的,馒头碰盘子的声音听起来很响亮。尤应平静的脸动一下,动一下,咀嚼着吃进嘴里的那一口馒头。

青云想到自己一次一次地向她借钱,她怀着身孕,过着这样清苦的日子。她一次一次帮助她,像极了多年的旧友。尤应令青云不安,令青云感受到她的情谊。

看着尤应一下一下地咀嚼着馒头,青云想如果眼前有一锅新蒸出锅的馒头该多好。想到馒头不禁想咽口水,又怕尤应听见,极力地悄悄地咽下一点,停一会儿再咽一点下去。

尤应问青云说:"你怀颜如那时是几个月开始胎动的?"青云说:"好像七个月以后。"尤应白白的脸上一片欣喜的光芒照射在青云身上,说:"可是不得了,这个小家伙昨天就动了。我奇怪得厉害,芬芬那时八个月了才动。这小家伙,实力可见是相当大的,他是多么好动。生下他这个小小的男子汉以后,他要一直陪在我的身边,直到我老。这个男子汉他的一生纯粹属于我,我给他血肉,他和我血脉相连。我这一生多么缺少男子汉在身边,而他将会充满阳光、朝气,男子汉的一切活力,在我的身边。那时的我是多么踏实。"

尤应摸着肚子,沉浸在她诉说的情景当中:"所以说从现在起该更加节俭些,孩子将来要用钱。青云你说,芬芬到那时会不会对我有想法,说我心偏了。说句真心话,做父母的总会对于某个孩子有点偏疼偏爱,现在我就开始这样。芬芬出生后,没有为她打算过什么。将来等你有了儿子会比我更甚。"

青云不敢在生儿子这个问题上抱幻想,她娘家不是有青山么。

今天尤应高兴,还说了过去的一些事一些人,她说:"我和我的过去纯粹告别了,有了这个儿子后更是这样。我有个好姐妹,无论嗓子、身段都很好,舞跳得也好,几种乐器也比较通。她不离开舞台,现在在省级歌舞团里。没有结婚一个人生活,她的钱存了一些。新伦几次让我向她开口,求她资助一些钱,把生意再转活一下，我没有同意。等生了儿子后，他定了性，那时我会再一次帮助他。"

<h2 style="text-align:center">33</h2>

没有慧仙多久了？家珍的生活是如此的窘迫。圆圆都可以跑得很快了，今生还在纸作店里做学徒，没有出师。今生爱打麻将，每天都在玩，没有多的钱赌，拿一点小钱，赌小一点。日子就这样过。

家珍连给儿子买饮料粉的钱都没有，圆圆喝的是家珍坐月子剩下的红糖。前些天，买不起面和菜，揭不开锅，家珍哭得眼都发了青。不得已咬着牙回了娘家，当然也带走了圆圆。

怎能不怀念慧仙，和慧仙在一起，可以饭店吃饭，可以买得起手纸和化妆品。失去慧仙后，家珍没有洗头膏，头发用洗衣粉来洗。

青云把自己的生活做了一些比喻。她就像一个瞎了眼的女人，被命运的大手抓着衣服，揪着头发抛起来，又掉下去，掉在哪里？两眼一抹黑，心里也不知底。还像只大骆驼，长了两只手指肚那样大的翅膀盯子，一忽一忽地做飞的样子，一切均是徒劳。

现在是什么时节？今年的日子是这样的长。活着图了个什么？都没有条件考虑，拼了命活下去，活到女儿颜如长大。活着是要有勇气和力气的，她的力气在哪里？想到一个方法，可以减轻一些痛，像很多女人那样，去男人场里寻觅乐趣。可是能够安慰她的男人在那里？就像小鸟在沙堆里寻找米粒一样，失望是不可避免的。这个念头的源头在哪里，是从那个给她看病的只有一面之缘的大夫开始呢？还是发现家珍有了慧仙以后呢？可是慧仙已经变心了，人走了。

青云女儿的一日三餐，被她奶奶唤去了吃。日子长了，颜如就像狗一样，只要是肚子饿了，或者闻到了饭香，就去寻吃的了。

苏青云今天没有开火做饭，家里再没有可以拿出来下锅的米和面了。过去常常想，真到这一天该怎样办，真到这一天，她一点都不愁。这时不知心里恨谁,满满存下一腔的恨,并且弥漫到了她的整个身体。恨充胀着她的胸膛,使她透不过气来,恨堵在她的心口上,心被挤得快要碎了。她甚至想要把恨痛痛快快地吐出来,哭诉着骂了出来,不能够,谁会依她这样胡闹呢?反过来会迎来无数的耳光,弱肉是强者来食的,自然规律是这样。过去的那个横生着叛逆心的她,不知哪里去了。她忍受着,强硬地忍着,睡到床上去,来养息一下没有力气的身体。她一方面养息着,一方面压抑着,这就是她的人生。

她睡在床上摆动着没有力气的身体,心里的恨,按下去,又升腾起来,没有完了。

晚风从窗口吹进来,青云闻见了古槐巷人们过日子的气象,那种气象就是锅里冒出饭的香味。家里有几个人吃饭,也有几个人说话。平常人家原来多么像神仙过日子——逍遥。

这一夜,青云没有开灯,也没有拉上窗帘,她很想感受窗外夜的气象,同时她也懒得去做,她都不愿做那些无须再做的琐事了。

生存的方法,今夜以前她想了又想,也想过带上颜如回娘家,她知道娘家不是好回的。投奔青山,青山都不能自保,娘家也不是没有回过。她四处打听过,想做点事,这样可以改变婚姻残破的局面吗?她想在今夜以后,与过去一刀两断,过去的日子一分钟都不能够再有。

真的快要饿到死了,就生出动物的本性来。逃生的欲望使她每分钟都不想再等待,加上心中那些恨,在生死面前理智无力到了极点。

青云在黑的夜空下,咬着牙。人活到今天这个地步,没有什么是可怕的。

她曾用无数的日子等待,等到今天,终究没有等来一个结果。如果她在这一两天之内寻找不到一条生路,母女俩可真是要长别了。如果不离开赵家,就只有用一死来做了结,在死和走之间她又一次做着决定。她想到死后的样子,睡在那里一动不动,颜如拼命叫喊,她听不见,赵家人也只做没有相干的冷漠。还看见青山抚着她涕泪横流,痛断肠子的样子。她甚至看见赵成进一丝浅笑,在脸上走了一回又一回。

她的仇恨深到了骨髓里,牙齿咬得"咯咯"地响。她用牙齿咀嚼着可恨的命运,为什么一次一次地致她于生死两难、骨肉分离的境地?天广地大,竟然容不下她，她不如一只狗，不如一只猫，不如天上的飞鸟，不如地上的牲畜。

她发现很难与这里相融的时候，没有横了心离开，而是一天一天地苦度。到现在想得是孩子，颜如她怎样就能活在没有母亲的日子里。

一夜过去，清早，苏青云走出门，转身返回来。恨的波浪，一浪一浪地打击着她。仿佛眼前有一面无形的大镜子，真真切切地看见她的脸已经变形，眼睛里就要燃起狼性的暴戾，她极力忍住她的愤怒。

青云走出门去，又返回来，她的这一走，能够说生死未卜。颜如带不走，在她屋里玩着一些东西。

恨的火焰燃烧在她心头，同时冷静的生活习惯左右着她。苏青云仰起头问苍天："为什么只有我一个人活不下去，我该怎么做？"同时也自知，她没有屠杀人的残忍。就在一念之间，想到很多事都没有做，还没有看见孩子长大。死是很容易的，生才是艰难的。

青云在院子里出进了两个来回，走不了，留不下。她听见了颜如的自语声，泪不知在哪一阵子就湿了她的前胸。走回去抱了孩子，把她的脸贴在她的腮边，轻轻地拍打着她的背，颜如说："妈，我不要睡。"青云说："孩子，你是乖的。"她轻轻地拍着孩子，轻轻地摇着，直到她睡着了。

从早晨起来，直到中午，颜如睡着了。

终于，苏青云走出了赵家大门，走出了古槐巷，走出了镇子，顺着公路走了。

苏青云听见颜如的哭声和叫声和在一起，一声一声地不间断。颜如是她的心，颜如的哭声和喊声是无数根绳索，她被她的心拽着，她却要向前去。她要去哪里，她不知道。只有一个信念，找到一条生路，逃走了或者可以活下去。

正是秋季，天上成行的大雁飞着，她也大约是和大雁同去，南行呀。走着走着没有一点力气了，就停下来，叹息一阵。一阵后，她又走。她又一次痛恨命运的不人道，这样反复地折磨她。

苏青云一直向前走去，在已经离开的那个家里，最后的一顿饭是熬了小米稀饭，到现在已经是有点远了。她觉得水和饭是同样的遥远，只有泪流下来那一阵嘴里才有咸咸的湿润。她的身子很无力，头向后颈背去，好像有根小绳向后牵着一样。太阳向西坠去。苏青云的腿软得不能听从大脑的安排，她就跪在马路边上,歇一歇。她决定在天黑前走到一个人多的地方去。

人跌落在世上,铿锵的铁石似的。人心比天大,过去的日子没有一天不在希望,心大得差点去追抱太阳,从来没有想到过还会有这一天的活法。人们都说情字美好,看见过书里、戏里多少真情男子,与女子们相遇相爱都不是假,传颂在世上。只有她这一生与那些无缘,今天真的饿死累死了,情爱还没有来得及领略,一切是那么令人感到遗憾。谁能说她是寡欲无情的,在这样惨烈的时候都不忘记想男人。

在残酷生活面前,苏青云从来没有服输,今天她却完全低下了头,彻底地低下卑微的头。不是全因为生死未卜,还有她丢下了可怜的颜如,母女们不得不经受骨从肉里撕裂的痛,她心血滴洒在逃生的路上。

她对人生还能不绝望吗? 同时也是愤怒的,青云不甘心母女们再没有相见的一天,她奋力向前走去。怒火燃烧着她的身体和她的灵魂,她继续走着向前去。

太阳下山后,她看见了一座城市,眼前是壶关县城。还是稀疏零星的建筑,继续奋力向前,终于可以跌撞在一家小饭店的门口。

一个女人被惊吓着了,她喊:"掌柜的,快出来,不知门外睡的一个谁。"青云只有一点糊涂,没有不省人事,女人的叫声她听见了。

她还听见一个男人说:"你把她拖到那一叠废纸片上去吧。这是哪个村疯了的女人乱跑? 说不定是饿晕了。给她端一碗稀饭来,让她喝下去试试看。再不醒,赶在天黑前报了警。"女人的力气真大,手上的肉好厚,一边连拉带拖,一边说:"醒一醒,看你也不是一点都不省人事,不要堵在我门口。这里是一些纸片,你坐在上面等着,我给你舀一碗稀饭去。"青云听见会有稀饭喝,心想,还能活下去。

34

苏青云倒在那里,人家给她喝了一碗稀粥,还有客人吃剩的馒头,店里老板娘也给她吃了。一顿饱饭吃下去,老板娘在餐厅给她打了一个地铺,睡了一个长夜。再睁开眼时，是又一处人生驿站了。

第二天清早，青云洗了脸，去干店里的活，老板说："你倒是不错，只是我们不能留你，你的身世不明不白，我们怕惹上是非。"她听了无语，泪就像秋天里满涨的水池，冷冷地从眼里流出来，洒在衣襟上。老板娘顿时生了同情心，说："你看我们也不是赶你走，如果换了别的人家决不会留下一个陌生人在家住宿。"青云说："这我知道，不过你们放心，决不会让你们惹上麻烦。我就住在身后的那个镇子上，因为我穷得无米下锅，出来找条生路。"女人问："你家男人哪里去了？"青云听见男人两个字，心酸的泪又流起来，说："我没有男人。"老板坐在椅子上吸着半支烟，老板娘看着他的脸说："我看没有什么大不了的，谁还遇不着一个'难'字。如果有什么事，咱们也没有黑心，走到哪儿也不怕，我看留下她算了。"

当家的男人想了一个前后，说："总也是一件善事，暂时留下吧。但你也要再找合适的去处。"话是那样说，她总算被收留下了，有了暂时安身的地方。

青云爹曾经说，你的心比天高，你的命比纸薄。他说过很多，指着青云的鼻子，指着她的脸。当时她怀着恨，一字一句把这些话记在心里。现在想起来，爹没有一句是错的，她的命比纸还要薄上不知多少倍呢？当初是怎样和爹闹翻脸的，夜深人静的时候，青云把她的过去做了千万次分析。世上无论任何事物包括婚姻，它的成和败都不是那样随便。成就是给拥有风和日丽心田的人们的，不会给一个屈屈疤疤恨心长生的人。

青云一想到婚姻，就想起自己的丈夫。离开了他的家，离开了他，她都不能原谅他，他伤透了她的心。她一次又一次问她自己，还问苍天，谁是不孝的，谁是不洁的，谁是不善的，都是我吗？这些折磨，不算什么，彻夜折磨她的是，她摸不着枕边的女儿，梦里常常惊呼，直到心碎地醒来。

有一个带着三四岁女孩的女人来饭店吃饭，青云失魂落魄地看着女人和孩子，丢了盘子，摔破碗。这个时候，她的心就会抽搐成一个小团，让她不能自控。

老板娘发现，孩子是这个女人解不开的心结。除了这样的时刻，她是正常的。只是在闲下来的时候老发呆，常常一个人想心事。

老板娘是个心地善良的女人,她关心着青云,给了她一些自己穿旧的衣服,和她交谈。知道她家里有一个女儿放不下心,想孩子。一说到想孩子,老板娘用她肥厚的手掌,一把一把地抹眼泪,她宽大的脸上泪水抹也抹不干。她原来是没有娘的苦命女人,她的娘在她和弟弟很小的时候就走了,她跟着奶奶长大。后来隔了多年与她娘见过几回,娘早又有了自己的孩子。在她和她弟弟身上也不怎么留恋,母子们见了面掉一些泪水,再后来连泪水都没有了。现在是几年里也不见一面。

老板娘说起她有个弟弟时,破涕为笑,弟弟真是让人开心。苏青云这时像看见青山在眼前一样,眼里也跟着生出笑意来。女人就这样哭了笑,笑了哭。人死了还要遭别人唾骂,是个死心眼,不懂周转,怎么能活成一个人?

这些天与老板娘相处,老板娘让青云喊她“姐姐”,说这样称呼,她听了过瘾些。而且每一天都要说起她弟弟:“你很快就会见到他,他是很不错的男子汉。”

一天,青云正给客人倒茶水,听见饭店外有一个小女孩的喊声:“妈妈,妈妈。”她丢了茶壶撞翻了茶杯,跑出去寻找叫妈妈的孩子。她没有找到自己的女儿,反而又被触痛了内心,难以克制情绪,失去了常态,站在店门外发呆。茶杯里的水洒在了客人的裤子上,客人不依从了,要青云赔裤子。老板娘说尽好话,还赔送一个菜作为补偿。

老板娘知道青云想孩子,她愈是这样,老板娘愈是痛惜她。她是一个恋仔到极端的女人,老板娘最痛恨女人不关爱自己的孩子。老板娘有时候也说:“回家看看孩子去。”她摇了摇头说:“回不去,走了,回不去。”

老板家里年迈的老爹得了重病,他不得不回去。临走时老板和青云说:“从现在起,你赚着工资了,好好在店里干。有事情和老板娘说,我们都会帮助你的。”

这话令青云感到温暖,她的日子就这样过下去了。

35

天色一片灰暗,不一会,天空中落下飞絮一样的雪花。刚刚是午后,好像到了傍晚,觉得天要黑了一样。雪落在地上慢慢积起来,就像把棉花一片一片地叠垒起来,严严实实把世界盖住了。没有风,比平时要安静,汽车的呼啸声变得沙哑起来。赶着马车的老农,变成了一个长着白须眉的仙人。马的蹄子踏在雪地里,就像踏在巨大的雪被子上,毫无声息。车夫把马鞭竖直着抱在怀里,鞭子变作一面旗。一辆大客车像个大馒头,向市区驶去。

青云和老板娘说:"我想出去一趟。"老板娘说:"好天气再去吧!外面这样阴冷。"青云说:"天好时,生意好,有客人,丢不下。"老板娘说:"那就由着你吧。"

又一辆大轿车驶过来,青云站在路边,举起手卖力地摇。车子停在了她的面前,车门朝着她"哗"地打开。

青云望着车窗外雪中那个差点让她绝望的世界,总有一天她要揭去一片一片的洁白,把雪下面隐藏的五光十色的世界展现给世人。她是一个软弱的女子,把握不了自己的命运,曾经无助的感受令她不寒而栗。现在的她不知怎样行走才能找到人生方向。流浪的她没有一个自己的家,无家可归的忧伤她领略得特别真切。她想,她一定在她的人生中犯了错,诸多的深深的错,而且是错得错综复杂,一时半会解释不开,纠在一起让她筋疲力尽。她性格上的缺憾,还有不愿意一味地顺从,在软弱无力的生命里,是巨大的难。所有的看上去是一个命运的悲剧,她正在习惯这一切带给她的冲击,她反抗不了命运给予她的安排。比如说思念,她正在承受着。

车子前行着,青云拿出钱来购买车票,一张票五角钱,她买得起。在购票的一刹那她感到了充实。老板娘给青云发了工资,她体验到了得和失的味道,人生中诸多的得和诸多的失。

几年前,青云对于这个县城就不陌生。这里有一所中学,壶关县城"第一中学",这里有曾经的尚凤。那时的青云还有一些坚强,追赶着梦,不惧俗流。婚姻,男女之间的事,是别人世界里的,她不要。一眨眼什么都颠倒了。曾经看不起姐姐家珍的生活方式,现在是家珍的生活她望尘莫及。

雪天行人稀疏,她的心很容易回到了不至于发黄又有一点古色的记忆里。她寻找着那所中学,仿佛看见了那时的尚凤。现在看见那时的生活,要比真正的那时美许多,生活让她学会只拣美好的回忆,那忧伤的令她窒息的都有点记不起来。站在学校外，一道铁栅栏做的精致围墙外，夏日时郁郁葱葱的影子还在，那些观赏树没有落叶，只是被雪盖了。看见高高的教学大楼和楼前的雕像都在雪中。回忆和现实交错着出现，白雪里的孤独和古色里的旧人，来来回回穿梭着。

青云两次因为无奈逃离现实，来到这个城市，这个城市缓解了她的痛，让她得以暂时安定。一次一次的流离失所，不知道是命运的刻意安排，还是一个懦弱女人对生活的掌控力不够。她爹和她父女缘分注定她命运的一部分是肯定的，她丈夫和她的姻缘注定她的婚姻生活是必然的。

苏青云为人以纯洁自居，正是因为这些所谓的纯和洁让她活不下去，如果能够和红尘合流该是多么气定神闲。那样她就能够和家珍一样找一个男人，让他陪伴，还恨什么赵成进的风流。张文杰是多么合适的人选，她不选择这种生活，是一个谜，现在解不开。对于人生这部大戏，她唱不来。

在这个城市逗留了半个下午，没有人认识她，没有人打扰她，等到回忆尚凤的兴奋僵冷了，她才走。赶上了末班车。回到店里，已经开灯了。她开门关门没有人听到，老板娘和一个男人在厨房的灶火旁说话，说得正有兴致。

他们在说一个女人，这是老板娘的声音："一个软弱的女人被丈夫逼出家门，有家不能回。她是想孩子的那种善良的好女人，我稀罕她，现在有多少风流女人找个男人快活，谁会这样苦苦守等。"男人说："一个好女人的际遇竟然这样糟糕。"老板娘说："唉，我们女人终究是软弱的，连个胜得过男人的体力都没有。女人们得要忍受男人强加给她们的暴力，国家制定《妇女、儿童保护法》是多么的英明。一想到这些，我对咱们娘的冷漠心就少一些，当年的她或者就是现在的她。"两个人沉默了，因为这一句话。

青云静静地坐在餐厅的板凳上，直到他们发现她回来了。老板娘说："青云，安顿些饭菜，再温上一壶酒。"吃饭时，老板娘介绍她弟弟给青云认识。她还倒酒给青云，关照她喝了半杯，说暖暖身子。

老板娘的弟弟是一个三十多岁的成熟男子，他的眼里流露出淡淡的忧伤。苏青云平生第一次和这样的男人坐在一起吃饭。

36

苏青云没有见过老板娘的弟弟,因为这段时间他去了外地。自从他回到县城,隔天就来店里一趟,而且一待就是多半天。老板娘叫邢建华,她的弟弟叫邢建业。他开了一辆白灰色的吉普车,来时车子就放在店门外。

这一天,他又来了,送来两条围巾。一条银白的,一条宝石蓝的。拿在他姐姐的眼前,让她选中间一条,言下之意剩下的一条另有主人。老板娘四十来岁,喜欢深的颜色,就选了蓝色的那一条。另一条白色的拿在手中说:"这一条你收着。"话没有说完,围巾已经在青云怀里了。

他常看见他姐姐和青云出去买菜,每天清早,骑一辆旧的自行车,车上挂几个篮子,老是冻得脸通红。

大概是数九天了,炉火红红的。青云接收了人家的馈赠,好几天不能平静,还有就是真的暖和了不少。

邢建业来店里,坐在柜台前,或者柜台里,店很小,厨子也是老板娘。很多次在黄昏时分,客人走光了,他给他姐姐捶背。苏青云站在一角静静地看。炉火这时火色更艳,黄昏时就是一天中最暖和的时刻。青云的眼睛会湿,如果能够有青山也像她姐弟一样相依为命,那会是一种多么巨大的欢悦。她的眼睛潮湿的时候,喉咙里涩涩的,更加安静地凝视着这一幕。

每当这时老板娘就说:"你是结了婚的人,不要像小时候一样了,把心放在你家里吧。"青云知道,他们在很小的时候就失去了母爱,在这个男人眼里母亲和姐姐差不多是一样。或者是童年生活的缘故,他的眼里有一种忧伤。

这个男人的眼睛,总是有话要说的样子。青云想,这是与他的过去有关,还有与他眼睛长得漂亮有关。

天太冷,老板娘病了,躺在店后面她的屋子里。店里所有活儿都是青云一个人干。她早上起床,比平时要早两个小时。生好了炉火,开始烧开水,打扫卫生,在一口大锅里和好一天要用的面。

太阳光刚刚在天空里洒金线,它的脸还没有出来亮相,青云就骑上车子去买菜,围着他送的围巾,把脸钻在围巾里,只露着眼睛。人生真有不少巧合,多年前姑母也送给她一条围巾，送她围巾不用考虑大小合不合适，肥瘦合不合身，最主要是围了它会特别温暖。

骑上车子走上一阵子，有一个蔬菜、肉食市场。再走一段就是长途汽车站。

苏青云拐进市场按照原来拉好的单子买办着，所有的东西要买齐，至少在市场里转两个圈，要最不贵的还要找好说话的摊主，还要最好的货。

青云听见有人叫她的名字，疑心是自己听错了，县城里她没有熟人。她只顾推着车子向前走。被人拉住时，才明白真的有人找她。这是一个女人，一双大眼睛，大脸盘，嘴唇里吐出两个字"青云"。有些意外，是姐姐家珍。家珍拉住她的手，说："青云，我还怀疑过你是不是被人贩子给拐卖了，或者是想不开把自己怎么了！没想到在这遇上了你。今儿早上一出门喜鹊直叫，你说这种鸟儿多么有灵性，多么生着吉庆。我怎么也不敢想会遇上你。"她上下打量着青云，问道，"你是怎么生活的？"青云说不出话来，有些乱。她问家珍说："只有你一个人？"家珍说："还有圆圆。"她指给青云看，圆圆正被一个陌生男人抱着，这个人大概是家珍最新的依附。看见圆圆，青云的眼泪开始流下来，脸上冰冰得像有冰虫子爬，一颗颗眼泪滚落在她围巾里。家珍怎能不明白，青云想起了她女儿颜如。家珍也不在孩子这件事上做安慰，她知道任何一个消息哪怕是一句话，青云都得心内翻江倒海地难受一回。

家珍一心想知道，青云是在哪里生活的，在哪里安身的，就问她："青云，怎样过日子的？要不然和姐一起走，他（那个抱着圆圆的人）有一个有办法的亲戚，姐求人家给你找个去处。"青云说："不用了，还能活下去。"她告诉家珍，她在那边一个小饭店里做事，店主对她很好。

家珍问："不回去看看青山？管他张、王、李、赵，自己的命运自己做主，自己的亲人怎么不去往来？要不然可真是要过雪上加霜的日子，我时常去大伯和婶子身边，得开心时且开心。一切大概都能过去，有什么是一成不变？把所有的都看成是过眼云烟吧！"青云说："我知道，等过一些时日，心情平静下来再回村去，现在露面只会给青山添加烦恼。"

家珍原来有不少的话要说，忽然脑中空空，想说的话都化作了乌有。这样相遇，想说的话也意外地溜走了。

家珍也是青云常常想念的人，在这里遇着，反而像有人堵住了她的嘴，有话不知道该怎样说起，满肚子的话串子团在一起，找不到一个头儿。青云眼睛出神地望着篮子里买好了的菜，都用塑料袋覆盖着，要不然一会儿就会冻黑了。

这时有人伸过宽大的手来，替她推了车子。青云抬头看，是他，是邢建业。家珍双眼怔怔地发呆。建业看看家珍，看看青云，说："你们好好说会儿话，我把车子和东西放到汽车上去。"

37

家珍用锐利的眼光打量建业，看着他怎样把菜篮子放进车里，把自行车放进汽车后面打开的存物厢里，自行车的半个车轮露在外面。建业的车子停在前面不远，家珍看着他上了车子，然后他朝这边望，是在等青云一起回去。

家珍说："既然有他，还用得着你大冷天推个破车出来买菜？"青云说："我赚着人家的钱，不为人家做事？"家珍意外地问："他只给你工资？"青云说："那是当然，要不然还能有什么？"家珍说："不对吧，既然有不平常的感情，总也有不寻常的对待吧？"青云说："姐姐，你想错了，他是老板娘的弟弟，我从来也没有和人家有什么不寻常的交往。"家珍说："不对吧，我能看走眼？我敢肯定他对你有着不寻常的情。"青云说："可不要乱说，让人家听见了笑话咱们做女人的对男人起不良的心。"家珍"咯咯"一笑说："他不会笑话你，还巴不得你对他不良呢！他心上有了你了。"青云忙说："姐姐不要乱说，人家可是很好的人。"家珍说："你以为对你生情就是个坏人？让他听见这话，会把他笑坏的。"青云说："不管怎样说，绝没有那种事。"家珍"咯咯"笑着说："没有才怪呢，这种事哪里能逃过我的眼睛。"

青云说："姐姐，要不我先回去，店里等着我做事呢。"家珍说："你去吧，我也要走了。"家珍的快乐是无处不在的，走时就没有了初见时的深沉。青云急忙朝着建业奔去。她站在车子边，硬拉车子后面的车门，建业说："那门锁着，前面门开着。"果然前面车门虚掩着，坐在车上看见家珍正和那个人挽着手臂，抱着圆圆走了。

建业问："她是谁?"青云说："我姐姐,我大伯的女儿。"建业说："遇着姐姐怎么三言两语就走开了?"青云说："店里没有人照看。"建业说："钱天天可以赚,姐姐不是天天来。"

开车回去,建业问她："家里几个兄妹?"青云回答："只有一个弟弟。"建业说："听姐姐说你和弟弟感情很深。"青云说："看他和自己孩子差不多。"建业沉默了片刻。

他们回到店里,开了店门,准备迎接客人。青云回到厨房,摘菜、洗菜、切菜。

建业站在她的身边看她忙得团团转,说："你做事,总是这样卖力。"青云说："噢,也平常。"一面说一面提起一个大水桶,这是一桶要倒掉的洗菜水。建业伸手来接这个大桶,他的大手正好握住她冰冷的手。她想抽回去,他没有放手,把这只大水桶又放在地上,拉了她的手。她只顾低着头,不敢抬起眼看人。建业说："手好冰凉。"另一只手抚起她的脸,他用火热的眼神看着她。他低沉而深情地说："从看见你的第一眼,就想拉着你的手。顾虑到姐姐的感受,不得不压抑自己。今天,我再不能也不想克制我自己,错过你,我就不是一个男人。"

青云结结巴巴地说："我……不……配。"

他两手抱了她的腰,把她贴在他身上,告诉她："我再不要你做一只羔羊,你该像上辈子那样地俘虏我。"他停了一下又说,"我曾经奇怪地问自己,我也不是风流债多的男人,多少时候面对美女内心总能平平静静。自从看见你,生出了无尽的欲望,这难道不是有前生缘?在姐姐面前,我压抑着感情,如果换在别处遇见你,我老早就不受这份相思之苦了。"

他的所有的一切都是滚烫的,就在这一瞬间,他唤醒了沉睡在她内心那份等待很久的情。

她朝他倒去,他的肩宽而厚,伏在他胸前,没有什么不应该。

他低下头,嘴唇滚烫,轻轻地触碰她的唇。顿时是翻云覆雨不可控制。听见有人问："老板,有饭没有?"等一会儿又问,"老板,我在问你们呢!"

建业的热火,在很长一阵后才得到缓解。

那个吃饭的人还在等,他头戴一顶大雁形状的棉帽子。老大一个人,有一双孩子一样的眼睛。建业看他对上了眼,笑着说:"让你等了这么久,我今天好好做给你吃,你想吃什么?"说这话时,他又忍不住笑了,像个孩子。他的笑是世上最珍稀的美好。

他称客人"兄弟",人家一顿饭开始吃,他已经和人家说得火热。他多情的眼睛不住地看着青云。青云待在那里感受着心旌荡漾,不舍得动一动,生怕惊飞了这迟到的热烈。

老板娘建华得了重感冒,吃点药见好,药停了还是浑身酸痛。床上躺了几天,还是那样。建业带她去医院找了大夫,上午打吊针,午后回来。店里只有青云一个人支撑。建业每天去医院前,买回饭店里需要的肉和菜。

青云觉得忙不过来,早晨起得更早了。客人来时,她又做菜,又上菜,客人有什么意见她都尽力满足,一个人默默做事。一天下来到饭店关门,累得她倒头就睡,太累了,晚饭都吃不下。

医生开了五天的药,这才是第三天。这天店里关门不久,她就在她小屋的小床上睡得很香甜了。"当,当,当"有人敲她的门。她疑心是梦中,再清醒一点,真是有人敲她的门。开了灯,睡衣外面披了一件棉袄就去开门。开了门还是睡眼惺忪,看见是建业,心里马上明朗起来。

建业端一个带盖的小盆,进屋放在桌子上,从盆里取出一碗蒸鸡蛋糕,还有一把小勺。他对青云说:"吃了它再睡。"她摸着还烫手的碗,拿了小勺慢慢吃起来,他看着她全部吃完。

建业说:"一个人太累了,叫姐夫来吧。这几天,我和姐姐想找个人,真还是没有找到合适的,随便找个不知底细,我不能放心。"青云说:"不用叫老板来,我一个人能行。"老板娘的婆家在长治市外的乡村里,来这里开店是因为建业在这个城市里生活,还有他们小时候的家就在这座城外。

建业把空的小碗、小勺放在小盆里再盖好了,说:"都不肯和我一起喊'姐夫',听着生分。"青云摇摇头说:"我和你贴得太近了,你会不方便的。"

建业离她很近,从她的眼里看见了她的心。靠她再近一些,用一只手摸她的头发,一手托着她的脸,看着她的眼睛,对她说:"你的内心没有虚假,不会做作,用最真的一面给世人。"青云轻声叹一口气,说:"其实这是我个性里的不足。真的过分了，人就没有颜色，没有情调了。"建业说："仅仅是迎合不了放荡、轻浮而已。见多了假、丑、恶的灵魂，特别向往你的纯真。"

青云说："这种个性的另一面是寡淡无味，特别是对于男人们而言。"她说"男人们"三个字时声音低极了。

建业低而有磁的声音说："错了，在那一瞬间，你会把我的命都索了。"他的男人气息，她都闻到了，有点神魂颠倒。

他拥紧她，她只有喘息，不会说话。他是真正有魔力的多情男人，被他爱一回，一生都满足了，依在他怀里任他怎样。他吮吻了她，时间长而久。他的嘴唇力量无边的深而大。他被血液充得喘息起来。

他最终没有失控，克制了自己。

她伏在他的胸前痴痴地待着，像个花痴。他又深吻了她一次，硬了心离开小屋。

第二天，在医院打吊针的时候，建华对建业说："隔壁开烟酒店那女人的弟弟有点感情问题，他姐姐劝他说，'弟弟呀，姐知道你不是放纵声色的人。再说婚姻外的感情是没有结果的，不能当一件正事做。你可不能犯糊涂'。"

建业听后沉默了。

38

老板娘吊针打完，一个感冒折腾了好多天，她又坐在柜台里了。她的身体刚刚恢复，店里生意还是青云做。建业三天没有来。青云望着窗外来来去去的车子，心想，他怎么忽然不来了？后悔和我交往了？难道在一起是做戏，他一点也不想念我吗？

建业不来，老板娘在中午客人多时，不得不下厨房去，尽管青云想干了所有活，但不可能。老板娘的身体还没有复原，几种原因加在一起，老板娘就有些不痛快。

建业在傍晚时又来了店里。青云默默做事，老板娘这几天的不痛快，她全看在眼里。现在他真来了，三个人有点窘迫。

建业看见青云像个受了气的小丫头。姐姐身体虚弱,脸色半阴不晴。他对他姐姐说:"姐,回后面屋里躺着养神去吧!"老板娘说:"不用,不用,在这儿养得就不错。"建业说:"那我就在这儿说几句话,我呢,替姐姐找到一个能干的更好的助手,我们把青云辞了。如果你心上过不去,就把青云交给我,我带她走,不愁再找个吃饭的地方。"老板娘转转眼睛说:"前两天还口声声找不着人,今儿怎么就找着了?"建业说:"噢,是快了点,是巧了点,我马上带她走。"说着就喊:"青云。"老板娘慌忙阻拦说:"用不着,用不着,青云哪里都不用去,在这儿就很好。"建业说:"人都找好了,还是让青云走了好一些。要不然我来店里都不得劲。不来店里呢,又想念姐姐。"老板娘说:"你这个顽皮货,什么时候你不得劲了?你就跟我绕嘴吧。"建业说:"那我天天能来,青云也不用走?"老板娘笑着说:"你这个鬼灵精,姐姐哪里是你的对手,是因为疼你。"建业说:"姐姐这儿我一天不来,心里就慌。"

老板娘明白建业绕着圈儿维护青云,他俩现在正在热劲头上,自己不把青云看住了,保不定建业会把她带到哪里去。所以拿好主意和建业唱缓兵计,看住了青云,也不耽误姐弟们亲近。

有一天午后,天上下起毛毛雪。店里一个客人也没有,青云坐在柜台前的凳子上看外面飘雪的天空,雪像细的丝绒漫天飞舞。突然,她的眼睛亮起来,她看见他了,看见他的车子了。他来了。

眨眼间,建业跳下车子,进了店门。看见只有青云一个人,迎着过来,热烈地把她拥在怀中,说:"和姐姐请个假。"青云说:"怕,不能。"建业说:"小傻瓜,你是自由的,没有卖给谁,姐姐不准也不能。再说姐就不是那心狠手辣的人,我在外面等你。"他说完返回到车上去。

老板娘从后面屋里来到餐厅,问青云:"刚才有人来过?我听见有人说话。"青云回答说:"噢,有。"老板娘问:"哪去了?"青云说:"走了。"老板娘说:"嗯,走了。"

青云说:"建华姐姐,我想请个假。"老板娘说:"噢,想出去一会儿?"青云说:"或者久一点。"老板娘说:"那好,随你吧。"

青云回到屋里做了一些准备,带了一个小包,披了一件枣红色羊绒披肩。

披肩是前不久建业送给她的,今年最流行的款式。裤子和紧身上衣全是黑色,鞋子也是黑色,衣服的颜色搭配一点也不杂。脸上是淡淡的妆,松松地把头发挽起。

老板娘上下打量她,说:"青云呀,穿戴起来姐都不敢认了,真是人靠衣妆,佛靠金妆。再好的女人没有装扮真是不行。"

青云出了店门,走在毛毛雪中。心上像要飞出蝴蝶一样,五彩缤纷的一个心境。

建业等在路边,隔着车玻璃看见他明亮的眼睛,稍尖的下颚,曲线分明的脸,有形的嘴唇。

开了车门,坐在他的身边,毛毛雪散在车玻璃上,刷子一下一下地刷着。建业看着她露出笑意目不转睛地对注一会儿,两个人都笑起来。

进了市区,建业带她进了商场。在手表柜前为青云选了一块最精致的手表,戴在她的手腕上。

衣服区都是女式大衣,建业带着青云走进去,让青云自己选,他也帮着选。他说:"选个三件五件的,一个冬天一件衣裳,怎么像话。"青云拉着他走开了,说:"不需要那么多,有这一件足够了。"来来去去的女人们盯着青云的这件红色披肩看个不停。从大的镜子前走过,她看见自己这件披肩披在肩上,真是漂亮,使人显示出一种别样的气质。建业一手伸进裤兜里,一手搂着她的肩,招来了不少羡慕的眼光。

建业看见什么就想给青云买什么,青云拽着他走出商场。毛毛雪散在地面上,被众人踏得十分光滑,走上去一不小心就是一个跟头。青云为了稳妥,一只手臂伸进了建业的衣服里,揽着他的腰。每走一步都能感到建业的腰有十分的弹力,像山野里青的藤条。

青云看见商场旁边有一个新华书店,就出神地张望,建业拉了她朝着书店走去。建业看各种书,青云只看文学类的,一口气选了《堂吉诃德》《简爱》《茶花女》《鲁迅集》《张爱玲集》,这些书是非买不可的,原来的书少得可怜。建业选了一本等在她的身边。她一进了书店,就有一种忘我的境地。买了这么多的至宝,她很感激建业。

建业驾着车子,朝城外开去,城乡的公路上行人稀疏,两边的地里都是一些塑料膜覆盖的大棚。进了一个村子,车子拐了两个弯停下来,建业说:"这里就是我的家,十三年前离开,再没有在这里住过一天,只偶尔想念时回来看一看。"站在一个院子外,从矮的墙头上看过去,枯黄的草和着数不清的杂树长得密不透风。

建业说:"在我十七岁时,奶奶走了,奶奶心态平和,活出一个大岁数。父亲心胸不宽,奶奶走了两年后,他也走了。我和姐姐就再没有家了。失去家和亲人的我像被人负了的浪子,在外打工,有个机会进了一家厂子做了合同工。心不能安静,纷纷乱乱地度日子。这么一待就是八年,八年里结识了我的兄弟,后来一起做古董生意。大哥博赞现在还经营着一个叫作'山村'的度假村。"

建业接着说:"和他的干劲相比,我有时都有点萎靡,心都有点老了,有时也累。一个身世和我差不多的女人,她神秘地给我的生命里注了一些血液,让我的血流得快起来,也新鲜起来。"青云问:"那女人是你的妻子吗?"建业说:"妻子是一个强横的女人,她把铁注进我的身体。她高大魁梧,在一家私立学校做体育老师。"建业温柔地看着青云说,"有一个给我注了血液的女人,她就像一只小羔羊,也像一个小丫头,因为她我常常不安。"

建业抱住青云的肩头,说:"我都不知道她是谁,她都没有告诉我她的身世,可是她对于我一点也不陌生。"青云看他多情而忧郁的眼睛,他干练多智,有能力。拿什么回报他的知遇恩情,本来不过是一个被人作践的弃子,竟然被他这样高抬。她清澈的眼里,留下他给的永远的记忆。

他拉了她的手,天黑前离开了村子。临走时遇见一个满头大汗奔跑的男孩子,建业看着他说:"小时候的美好,是因为那时长有一颗童心,我十分珍爱童心。如果我能活到八十岁,仍然要惦记着拥有一颗童心。"她喜欢他,没有原因,不管他曾经是怎样走过他的人生。

他俩踏雪来到一个"山村"度假村,停放了车子,两个人走进去。在"山村"里一切都是模仿乡村农家的格局,青砖青瓦小屋子,窗前种一棵树,再做一道篱笆墙。有一个屋顶上披了茅草的小屋,几只蝈蝈爬在窗前的青藤上,有葫芦挂在葫芦藤上。虽然这些都是模仿品,也能感受到一种亲切。

踏着人工铺的青石路，一直走进去。从大玻璃窗上看见两个悠闲的人坐在那里吐着烟圈。

建业推开门带青云进去，这两个人就盯着他俩看，建业拉着青云坐在空余的沙发上。一个人笑着开口说："多日不到我这里来，当是什么事绊了脚呢？原来是情有可原。"另一个也笑着问："建业，她是谁，不介绍给我们？"建业说："苏青云。"那人说："我叫孟凌，那家伙是博赞，当然他也是我和建业的大哥。"建业说："天都黑了，也不给吃饭？"孟凌也说："老大，赶快的，我都饿了，吃了饭，我得快快走，要不然眼睛热得扛不住。"博赞说："快别叫了，腻得紧呢，再眼热，也不走。"他们三人毫无距离地互相打趣。

四个人去了餐厅，三个男人各要一杯泡了枸杞的药酒，建业给青云倒了小小的一杯。孟凌最圆滑，他不停地取笑建业，建业置之不理。孟凌还不停地恭维青云，问："家里有没有姐妹，姐姐妹妹是不是都是美女呢？"建业说："别拿他的话当真，他最花心。"孟凌反讥："没有你那手段，眼看携着美人归，还不许我过过嘴瘾。"

生的鱼片、鸡片、海鲜，各种菜一齐上了，各种佐料调好，汤锅开得热气腾腾。一顿饭吃完，孟凌已经看青云很投缘了。

建业搂了青云的腰走在"山村"灯火通明的夜色里。这里没有村野的寂寞和安静，人来人往。建业带着青云径自去了一个农家小院里。

孟凌看着他们的背影，说："想不到这家伙才是最重色的。"

39

那天夜里，青云看见建业左胸前有道刀伤，不像手术伤。几天后想着这件事去问问谁呢？谁也问不着，还得找个机会问他，怎么就受了刀伤。

建业带她常和博赞、孟凌在一起，四个人泡过几次温泉，建业让她听博赞、孟凌海阔天空的谈论。他们谈养生，谈《中庸》都只是皮毛，但能说得津津有味。说《西游记》《三国》，谈古董、字画就深入多了。

建业带青云去跳舞，青云只要学习，很快就掌握。

建业让她参与社会上各种活动,甚至带着她和孟凌斗嘴。青云如何不知道他的苦心。建业说凡是他参与的都要青云参与,凡是她过去和现在的喜好,他也能产生兴趣。他说,写封信回去让青山进城来,姐弟俩见上一面。如果青山可造就,跟着做生意也不错。

青云沉浸在人生的幸福里。

建华饭店隔壁,开旅店的女人有个儿子,十九岁了,是个二傻子。最近有空闲就来找青云,叫"青云姐姐"。青云常被他逗得笑,建业也老逗二傻,几个人都很开心,老板娘常说:"你看那三个傻子。"

建业不嫌弃青云的身世,他不虚荣,不伪装。他欣赏青云内在的善良,能吃苦,能容忍,不狐媚。

青云身体胖起来后,精力也充沛起来,常常读书到深夜,做了不少笔记。

建华对建业的意见不少,可是不舍得打击他,还是爱着他,也放纵着他。只在私下里和青云悄悄说起他的家庭。建业有一个八岁女儿了,他的妻子十分凶悍,个性喜怒无常,一不小心就惹毛她了,建业深受其害。建华深深为弟弟担心地说:"她在今年春天的时候举刀砍伤建业,刀伤就在胸口上,原因仅仅是话不投机。"

青云深深地叹了一口气,她为建业感到痛心。她也为自己感到痛心,她被丈夫伤害着,被婚姻折磨着。老天把建业给了她,又肯定会招致别人谩骂,唾弃。建业得不到家庭的温暖,她能给予,但他们都会被指责。是非曲直没有明确的定界,谁是谁非纠缠不清,谁能说你的情感是高尚的,别人的情感是猥琐的,人的感情是复杂的,也是微妙的。婚外情拥有太多太多不应该。情感的天空太贫穷太苍白,人的身心也受不了。青云最痛恨的这种情现在却安慰了她。

这种情究竟能不能杜绝? 比任何一种社会风气都棘手。

孟凌说,把《中庸》中的一些观点运用在婚姻感情中,是不是会帮助一些感情迷乱的人们呢? 人类的一多半进入了文明阶段,一少半的一少半呢,还存留了动物的本性。不肯让性欲沉寂下来,而且还做了种种发扬,有一个男人一夜就找过四个女人,比动物更甚,根治这一现象的方法就得依靠人本身素质的提高。

当然那个长期放纵性欲的男人,因为精髓不足,使用了药物,在某一天的夜里暴死在女人床上。他的儿子不给他收尸,是朋友帮助他做了身后事。人在这一方面比动物更加过分,如何要置自己于死地呢?人生非这样就说明享受了人生,人生真正的乐趣不是拥有了美好的感情?

一个好人,他是一张白纸,不能有污点,否则是不伦不类。而人真能至圣至贤吗?比较有难度。

一个坏人,他是一张黑纸,可以有极肮脏的污秽在上面,而坏人身上一旦有一丝的善举,有人就会为他叫好。

所以好与坏有时候只有一念之差,好人也可以做坏事犯错误,坏人也可能有善举。佛家讲"教化",国家提倡"教育",人是需要教化、教育的,人性是可以左右的。所以就离不开有人歌颂真、善、美,批评揭示假、丑、恶。

这是孟凌的一段理论。

建业在这县城里,有两套房子,他妻子和女儿住一处,他自己现在住一处。他妻子无情的刀砍在建业身上,差不多就砍断了他们的感情。现在又有青云介入,这段婚姻摇摇欲坠。

孟凌前些天说,要和建业去一趟北京,这一走要走些时候。行期定下来了,就这两天。建业还没有和青云说起这件事。

这一天,建业要青云收拾行李,要带她一起走。首先遭到博赞的反对,他义正词严地说:"你现在还是有合法妻子的人,必须收敛自己的感情,如果你离婚了,就没有人来干涉你的自由。"孟凌也站出来,说"不行"。这些话传到老板娘的耳朵里,她也极力地反对,最终建业放弃了这个念头。

现在是年底,过了新年已经两个礼拜,离春节很近了。建业回县城恐怕是年后,他留给青云他的呼机号,还有孟凌的号,以防措手不及。他每天在饭店和"山村"两头跑。

不可预料的是,建业的妻子,换了一种姿态,她不再是悍妇的形象,而以一个贤妻良母的形象出现。她听说建业要去北京这件事,去过"山村"两次,还带了他们的女儿。

青云眼看着建业处在两难境地。起身的那一天,他默默地走了。

苏青云在感情上是个极软弱的人,她时常想念女儿颜如,并没有在和建业的交往中中断,有了建业,可以减轻思念带给她的痛是真的,建业相当有魔力。

现在她不仅仅思念颜如,还思念建业,还有青山和家珍,甚至想到过最不想想起的人,和他真的一点感情都没有吗?一段婚姻一半是白纸,空空如也,一半是黑纸,充满了污秽和不堪,她一半白一半黑的婚姻状态下,可怜的颜如成了牺牲品。

二傻每天来店里一阵,二傻并不傻,他比平常人还要有眼力见,还要细心,还要纯真。他的贪欲很少,也很善良。青云不知从何时起,喜欢上了痴一些的人,人痴情能真。

青云和建业在电话里也说过二傻。建业有时候像个孩子,他自走后,心十分乱,乱麻一样。常常疑心青云会被人带走,回来时见不到她。青云告诉他说:"只有你肯和我在一起,而且还想念着我,除了你再没有第二人这样痴。"

建业要青云常呼他,不要忘记。

40

要过年了,店里的客人少起来,活儿也跟着少起来。老板娘说:"青云,我得回家过年,家里有老人。孩子学校放假也回家,不知道你能不能替我看门?"青云说:"正好我也无处可去,我可以看门。"

这一天清早,店门开了,来了客人。青云手里拿块抹布正擦桌子,看见客人,抹布就失手掉在地上,说不出话来。老板娘听见有客人来了,听不见青云招呼,到了餐厅看见青云脸色惨白。

来的是个女人,一声一声叫"青云"。家珍来了,青云从门窗里看见了门外的人,她的丈夫赵成进。家珍说:"你不要怕,没有人会把你怎么样。姐姐想了再三,家里丢下颜如,母女俩总不能从此再不见面。你在外又无亲无故,眼看过年了,和孩子过个团聚年吧。"老板娘听出原因来,回了厨房。

家珍压低声音说:"青云,回去看个究竟,如果不行跟他名正言顺做个了结,他可以再娶好女人,你也再从头来过。"

多种情绪又涌上苏青云的心头,现实又来残暴地折磨她。

家珍说:"和孩子团聚了吧,颜如想念你。"说到颜如,就动了青云的软肋,日日夜夜地想孩子,只要跟他们走,不久就会看见孩子。家珍看见青云咬着牙,脸上的肌肉慢慢抽搐。家珍想,自己是不是又错了?在这件事上是帮助了她呢,还是害了她?

最后苏青云决定返回她的伤心地,为了颜如。她问家珍:"现在就走,不能再等一等?"家珍说:"最好是现在,都等在外面呢。"青云只好向老板娘建华告别。

苏青云跟着这一行人登上客车,风雨飘摇的路程又来了。愁云满面的她知道和前座坐的赵成进之间的关系,迟早都是一个句号。要怎样画上,还得一个过程。过去她一心一意、忍气吞声地跟他过日子都没有过得下去,现在她不想再像过去那样活着了,赵成进会放过她吗?

无论如何她是颜如的母亲,要见孩子,哪怕是从刀山上走过去,她不会惧怕遍体鳞伤。恨又回到了她的眼睛里,让她更钢硬,脸上看不出一丝的表情,她做好了各种准备。

一路上,青云想着孩子。回了庸城镇,赵成进没有让她回赵家。这一趟来的还有他的妹妹、妹夫、姐姐家珍、姐夫今生。下车后,家珍、今生回了自己家。她被带到成林家,赵成进在成林家的地上走来走去,拿起手又放下,张开嘴又合上,锁上眉头马上又笑开来。苏青云脸上没有任何表情,虽然就像坐在针毡上一样。

一直等到天黑,赵成进说:"走吧。"她跟着他趁天黑回到那个冷冰冰的家,家里只有陈旧的一切,灯光是那样的晕黑,一股灰尘的涩味和潮湿的腐味。

她就站在地上,赵成进生着火炉子。

"当,当,当"的小脚步声,仓促的,传进了青云的耳朵里。她马上激动起来,心跳起来,这是颜如的声音,她正急促地朝这儿来。大概是她爷爷奶奶那边没有听到这里厮打、吼叫。慢慢放下心来,才吩咐颜如和她母亲见面。青云等的就是这一刻,真的就看见了孩子,就站在门口,甜涩的眼泪流进她的嘴里,抱住孩子,她的脸贴在颜如的小脸上。她坐在床边,孩子坐在她的膝盖上。颜如两只手抱住了她的脖子,竟然没有喊妈妈,一个秋冬了,这两个字都没有喊过。孩子低着头,她懂得痛和想念了。

当晚颜如睡着后,赵成进拿出一沓子钱放在柜子上说:"明天就上街办些年货。"原来他也知道,人要活命每一天都离不开钱。"我以后赚钱养你和颜如,这几个月来你或者有了什么人了,我也不想追问,问也没有意思。"青云默默地,一个晚上没有开口说话。

后半夜了,赵成进没有一点睡意,坐在床边吸烟。他对苏青云说:"这个冬天我想了很多,也想过和你一刀两断,可是我的心不依从这个决定。我不能放下你,大概是我上辈子怎样过你,或者是得罪过你,你这辈子来惩罚我。整年整年地给我冷脸,整年整年地和我没有欢笑。我不懂是为什么?我更不懂为什么甩不了你。我不能,下不了那样的狠心。你这一次伤我伤得这样重,我都不能。"他说完又点上一支烟,"不知从今以后你能不能和我好好过日子,我们重新开始。"青云不是不想理会他,只是心里有话说不出口,只能沉默着。他又问:"你愿不愿意?"青云还是沉默着,他说,"你好好想一想。"青云看见他有点可怜。过去他是不会这样低声下气的,等到她心里有了建业,他才肯好好说话。他又说:"我低声下气会让你看不起,不过,我现在就想这样和你说话。自从家珍把你介绍给我,真是很感激她。记得那一天初见你,你不是十分的漂亮,可我竟然很高兴。男人要面子,这话一直不对你说,是怕你骄傲自大起来。过去我管你,约束你是想和你过一辈子。"青云有心问他,你对我仅仅是约束吗?一直以来都不习惯反驳他,现在也没问出口。

他似乎要说到天明,停一阵,说一阵。他说:"你在你的心上筑起一堵高墙,不愿意和我心贴心,这我知道。"青云想说,是我不想吗?但想想算了,他那脾气。一个冬天他能改变?不能是肯定的。

他一个人又说:"你时常和我闹别扭,不就是嫌我说话嗓门高吗,我娘生我就这样。再说男人能和女人一样,没有一点力度?"青云想说,你只是嗓门高吗?又想,这是少有的进步,何苦要让他发起飙来。

青云实在是困了,他还说:"你知道,你再给我冷脸,我也拿你没办法。"青云想：他这是怎么了，如此奇怪。青云的心里赵成进还是过去的赵成进。

41

一个冬天，青云与孩子分开，她想，人在很多时候不如畜生。在田园里，农家院里，一只母鸡身后跟着数十只小鸡，母鸡"咯咯，咯咯"地走在前面，丢一只都要返回去找。走过来，返回去，反反复复每天都做这些事。人不同，人有私欲，受不得气，最主要人有时候还不能自食其力。鸡们就不一样，种种想法都没有，它们不会顾虑那么多，没有贫富相差，没有善恶分争，没有美丑较量。

当然在鸡的世界里，也有旦夕祸福，有贼猫攻击它们，野狗会咬杀它们，有无情大脚片子踏杀它们。鸡有鸡的悲哀，但是至少鸡与鸡之间没有人与人之间险恶。

青云带着颜如到小卖部去，听见一个关于鸡的故事。一个长着大饼子脸的女人讲的，她说："家里养的七只鸡，一个早晨吃上了带毒药的种子，直挺挺地死了六只母鸡，只留下一只公鸡活着。这只公鸡围着这些母鸡一直转一直转，一个上午都这样，这只公鸡都哭了，眼里流出眼泪了。你们说公鸡多么有情，最想不到的还在后面。"青云想没有看见过鸡哭，若是真哭了，鸡的泪珠该有多么小，泪线有多么细。女人继续说："这只公鸡从此不吃不喝，最后就死了，殉了情了。"

青云心里想着这只殉情的公鸡，就过了年。

有一天夜里做了一个梦。梦境，很常规，没有什么不合理，张三的身子长着李四的脸，又长出王五的脚来。这个梦暗示她一句话，"没有规律就是无常"。

丈夫赵成进最近很忙，早出晚归，在外夜宿的时候会说："我今儿有事不回来了，他们（父母）给我留了院门，你去关上。"说这话时压低了声音，像是怕人听见就要怎样似的。走上一夜，第二天回来满面春光，也抱一下颜如。

他让她每天熨烫衣裤，要平平整整。晚间十二点回来，还要她打起精神，不要有倦容，说："这么早就困成这样。"让她洗衣服，衣服晾到七成干再熨烫，白色的袜子明天要穿,青云一声不响地做事。偶有一回他兴奋地喊:"这才是我的好老婆。"苏青云被他喊得摸不着头脑。有时候早晨出去中午回来,腮帮子上的红印子,还有黑道子,回家来一转眼的工夫,没有瞧见怎么弄的,脸上就干干净净了。

青云对婚姻不抱有希望,也没有要求,心里只有颜如。颜如只要一看不见她,就扯开嗓子大喊:"妈,妈。"

正月里,大人孩子逛街,走亲戚。青云没有回娘家,带着颜如到街巷里走走。

巷子口水果店里坐着一个男人,他对青云说:"赵成进是一分钟都离不开浪荡女人的。就算你闹到天上去,他也一定还是那样,就算你让他吃了天大的亏他都没有办法改变,改不了的,管不住的。"

青云很想念建业,想到他藤条一样有弹力的身体,宽的肩膀,健壮的腰身,胸前的刀疤,透明的指甲盖。长长大大的手掌里,好像可以放下一个女人,他是男人中的精品。老天怎么就那样意想不到地把他给了她了呢? 这是苏青云的一个疑问。大概是老天安排凡人命运的一种手法,让你苦得活不下去的时候,给你一点甜头尝尝,如果人感受到了做人的乐趣,再从手里拿走,不允许一生享有。如果那样的话,建业不就是上天拿来玩笑自己的吗? 青云认为,美好的情感是一种享受,不是占有。想念建业是一种财富,她不再是一贫如洗。生命里有了他的味道,今生里青云不会觉得索然无味。

这一天是正月十三,过两天就是元宵节。建业在哪里,她都不敢让他知道她的消息。不知他对她失望了没有? 午后太阳朝西坠去,寂寞无声地准备迎接黄昏和漫漫长夜。这一刻,青云再无法控制对建业的思念。

青云走出巷子,拐一道弯是邮电局的电话厅。她呼了建业,站在话机边等待,就像等待和他见面时的心情一样。等着等着,她想建业怕是已经忘记了自己。终于电话响了起来,她怀着深切的思念呼喊:"建业,你在哪里? 还在北京吗? 我是多么想念你。"建业无力地噢了一声。他停了一下,问:"你,好吗?"青云没有回答,他没有再问,两个人在两边都沉默了。青云感到建业对她已经失望了,被她伤了心,不愿意和她说话了。她问:"建业你是累了吗? 你不像过去那样了。"建业说:"累是有一些。听说你回家了,能够的话好好过日子。"青云待了那么一阵,说:"我是软弱的,没有能逃脱这种生活的束缚。"建业说:"谁还不一样,因为太难了。"她听见他话里有安慰的意思,眼里流下了泪,咽喉里涩巴巴地说:"只当是……你……看不起我了。"一句话分开三段说,建业听见了她的哭泣声,马上说:"云,没有那意思,你不要瞎想。"她抽泣起来,说:"你都不愿意和我说话了。"建业安慰说:"你理解错了,真的,我这一辈子都没有不想和你说话的那一天。"青云不理他,低声地抽泣着,建业着急地说:"你不要哭,只要你心里还有我,我们就一如既往,我是永远都放不下你的。"青云问:"你没有生我的气?看我这么不争气。"建业说:"小傻瓜,比二傻还傻呢,我没有生你的气。"青云又问:"那你还愿意看见我?"建业低声说:"很想你。"听见情深义重三个字,"很想你",她有点不能自控,脱口表白说:"没有什么阻挡得了我,只要你不嫌弃。"建业低而有磁的声音说:"除了你,谁能让我再颠倒?"听他说话忍不住又想笑。建业说:"要不了多久我就要回去,不要忘记呼我。"青云说:"哪能忘,每天都想你……""当,当",有人敲玻璃,问她说:"说完了没有,我有个急事。"怕青云听不见,还又拉开话厅的隔音门。青云说:"没有。"那个人问:"等多久?"青云说:"得一会儿。"建业在那边笑着说:"把电话给人家吧,好不好?"青云没有说话,也没有挂断电话,那边无声,青云知道,他不想放下电话。急猴子一样的人又来催,青云很不高兴,大声说:"出门不利遇上你,紧得催,你打电话说一半话,别人也来催你,话不得说完吗?"那个人狡辩说:"不是我性急,是有个急事。"青云很不痛快地说:"我看你是猴子它祖宗。"那人说:"你没有放电话,花着钱呢,还骂人?"青云"哼"一声,"啪"挂了电话。

打个电话被人搅了,但她还是一边轻快地走,一边回想他说的每一句话。

人真正有了所爱的人,会把他放在第一位,放在自己的前面。她从离开饭店的每一天都想和建业说上几句话,每天心里只有他。每时每刻都想找一个僻静的电话厅,以解相思苦。在自己活不下去的时候,是建业陪伴了自己。

正月十五闹红火,庸城镇比娘家村里要热闹得多,家珍在正月十四这一天也回到这边的家里来。

家珍回来的当天就来找青云,说:"青山要成家了,女方是陕西人。"说到女方家珍支支吾吾,有遮掩的意思。青云问她:"女方是怎样的一个人,身体不

112

健全,脑子有问题?"家珍说:"都不是,是性格上。听人说野浪野浪的,不分场面,想唱了就大唱。而且是一个字都不认的,自己的名字也写不出来。"青云问:"是个傻子?"家珍说:"也不傻,活脱脱的,而且很勇猛,这样无知的人最怕的是勇猛。她要找青山,她姐姐是嫁到咱们村里的媳妇,不同意,看不上青山。姐妹俩因此打起来,姐姐用剪子刺妹妹的脸,妹妹用锥子戳姐姐的腰。"青云说:"噢,这样倒是最让人担心的。我娘同意了没有?"家珍说:"你娘和青山都同意,只有你爹反对。看样子要成。"

42

正月十五这天,青云带上颜如正要出门,家珍带上圆圆来她家。家珍年前找回青云,在挽救这个家庭上出了力气,功不可没。颜如爷爷在去年冬天多次携着颜如奶奶找过家珍,老人最看重这个儿媳妇,求着家珍看在颜如份上出把力气。家珍没有辱没使命,因此在赵家出进都有笑脸相迎。

青云每次出门,必带两样东西,她精致的手表和贵重的羊绒披风,站在庸城街道上,多少妙龄女子,在她面前有点失去颜色。青云以端庄、楚秀的形象正式走进人们的视野,得到爱情清泉滋润的青云,不再是孤苦伶仃的形象。明天再有千难万险等待她,至少曾经拥有了。这就是爱情的力量。

家珍也不再蹙着眉头看她,她的生命就像灌注了琼浆一样滋生了各种风情,暗地里有不少仰慕的眼光投向她。青春光彩原来是这样焕发的,爱情是青春的手足,没有爱情的青春是清贫没有活力的。

正月还没有过尽,青山带来订婚的消息。青云为青山的事,内心想了很多很多,订婚的日子在二月初三。

第一次看到那姑娘,有点厚的眼皮显得淳朴,脸上有点点的雀斑,不算娇美,也不寡薄,有一种似曾相识的自家人的味道。如果没有先前的一些传闻,她就是青山最好的伴侣,青云在骨子里认她做自家人。

父亲的矛头又指向青山的新媳妇贵云,他对贵云开头就不满意。母亲和青云说了些知心话:"贵云是外地人,订婚给人家一半财礼,等她娘家开过来介绍信,和青山领了结婚证,再给另一半。也不大办婚典,踏实过日子比什么都强,也了却我一桩心事。你们个个好歹成家,各有各的去处。我也有走的心事,到时候你也别怪娘,只能对不起你们姐弟了,娘也做了最大努力。后半生,娘不能牵挂你们了,各自自求多福吧。"青云没有明显的态度,平静淡漠。

青云想和娘、颜如,尽量久地在一起生活一段日子,说不定在不远的一天,就再没有父母的战争了。

青云还是没有忘记想念建业,想念他成了一份工作,她今生都不想失业,直到老得想不动的时候,也要去想,不然心里空得受不了。

二月里是早春,都有人开始往地里送农家肥了。突然有一天,赵成进来了。青云娘看他,就像看贵云,激动的眼睛湿漉漉的,给他尽量好地安顿一桌饭菜。总算是有团圆的一回,这一次的团圆在这个母亲心里是奢侈至极,他来一个中午青云娘高兴得哭了好多回,可怜母亲一片心。

下午,送他们走,送到村外,青云娘手颤颤巍巍地擦眼泪。青云感到这一次回家娘的眼泪特别多。颜如爸爸也像另外一个人,他原来也能和贵云一样,给苏家人带来自家人气息。青云娘珍惜赵成进和珍惜贵云是一样的,岳母的宽厚成进也感动,他抱着颜如对他岳母说:"你回去吧,别送了,会常来的。"他的话让青云娘心宽了不少,命运给予她们母女的特别稀少,因此也很容易满足,不敢对别人生出苛刻的念头,承让还有些来不及。

走远了,青云看见娘还站在村口。娘终于有了全家团聚的这么一天。

赵成进也有平静的时候,他像另外一个人。青云在此时就会为想念建业而感到不安,可是不平静才是真正的他。青云知道拥有建业也不会是生生世世,眼前人在她生活中也只带来这片刻平静,一切都是这样珍稀。生活就是无奈,生活就是一个千面人,无奈就是她的一个脸,无可奈何花落去。

我问那人
在高远的云的那边
是不是我的家
我的故乡——

114

那人说不知道

我问梦中那人
在缥缈的树的顶端,山的那边
是不是我的家
我出生的地方——
那人说不知道
人生的驿站多
流浪的日子多
多得无穷无尽

在午后刚闭眼的幻觉里
有云一样的羊群
和牧羊的汉子
试着问
我从哪儿来
常相问,做不了答
故乡——我的家
在哪儿
无人来回答

　　过几天,赵成进依然是他,青云也还得回到她原本的人生轨迹上去。她有的是时间想念建业,又想了整整一夜。天明了,她又跑到那个电话厅去,呼叫建业。

　　电话通了,那边的建业正在苦苦等待,他的第一句话就说:"你能找到我,我不能找到你。我正在博赞这里,睡在我们的床上想着你,我的妻。"青云有些软,有些柔,说:"等我去。"

　　颜如正在她奶奶那里,青云趁着孩子不注意悄悄走了。

镇上汽车站的大院里,青云坐上汽车。汽车走走停停,有人上车,有人下,汽车实在是慢。好不容易看到路边的小饭店,那是多么的熟悉和亲切。曾经的那一天是那样艰险,令她刻骨铭心。

青云在壶关汽车站下了车,她四下张望,寻思怎样去博赞那里。有人站在她面前,就是朝思暮想的建业。坐在他的车上,他那车子就像四蹄生风的骏马,他有骑手般潇潇洒洒的好身手,她坐在他的身后抱着他的腰,白色的骏马飞驰在广阔无边的原野上,天上有雄鹰飞翔。她不再是已婚的少妇,是他原本的恋人。

不知是不是因为有红尘使绊,情爱才更加甜蜜。

这一次相见,比原来更加不能自控,建业的情经历了无尽的相思变得更加不能言语。

建业和青云在一起,博赞站出来反对。他对建业说:"各自都有家庭,适可而止,不应该这样痴迷。"建业面对指责,只有沉默。

将近黄昏,建业和青云来到小饭店。青云正式辞别老板娘,带走建业和她一起买的那些书。老板娘拉着青云的手说:"建业他妻子知道了你们的事,对建业软一下,硬一下,我怕得夜里都睡不着,青云呀,你可千万替建业想想,收住点心呀。要不然怕是建业又受她的害呀,这一回谁又知道她伤建业是深是浅呢?"面对老板娘青云无话可说,爱建业,就要他生活平安。青云从店里出来,带走了所有。

建业送青云回去,车子轻轻地颠簸着。她俯身在建业背后的座位上,两只手从后面抱住了他的腰,而且伸进他衣服里面,摸到了他的肌肤。纵使对他有百般依恋,也得无奈地面对分手。

建业沉默了一多半的路途,他问她:"如果人人都来反对,你怎样面对?"青云说:"如果你对我不生离弃的心,你是我一辈子的男人。不管生活的方式怎样,就算不能活在你身边,在我心里我们绝没有一刻的分离。"车子每走一段,就离分手的时刻近一点。

终于来到庸城外。

43

姐姐家珍可以用四个字来形容：天真聪明。乍一看，天真和聪明在某种意义上有些相悖，在家珍这里不然。她在人情世故上聪明至极，现在的阅历可以练达地掌握多数人的心理，而且一旦运用也能得心应手。她快乐的时候又是那样的天真。

家珍家里有一个黄脸男人，是木皮肤的那种人。他正张罗着做中午饭，走来走去，背有点微驼。

这个人，青云也见过，就是在县城菜市场里抱圆圆的那个人。对他更多一点的了解还是凭了家珍的诉说。这个人是今生的朋友，今生领着他回家一起吃点饭，喝点酒。他是一个单身汉，不用顾家，吃点喝点都是他出钱。今生领朋友来家吃喝，家珍和圆圆也跟着吃点。今生没钱了问他借一点，一来二去，今生不在家的时候这个人也来，再往后就在一个锅里吃饭了。家里有了这个人，今生竟然放心地一门心事地赌下去。

这个人，他的家离古槐巷不远，家里只有一个老爹，他的名字叫田广。有个哥哥，在很多年前就死了，他被人们叫作二田。家珍对二田的描述就这些，没有更多的。

日子平淡无奇，像一杯没有滋味的白开水。有一天，家珍家又来了一个人，与二田不一样。这个人眉飞色舞，说说笑笑。他是今生的朋友，是街坊陈新伦，就是尤应的丈夫。青云在玉贞家见过他。

青云看见新伦，想到尤应扁扁的肚子，去年，她已经怀孕。青云悄悄向家珍打听，尤应怀着的孩子哪里去了。家珍告诉青云，尤应的孩子去年冬天时就没了。她还告诉青云，尤应现在疯狂地迷恋上了生孩子。

有人迷恋吃喝，为了吃，不惜犯刑律，撑得自己死去活来。有人迷恋女色，着了急，猪的姿色也喜爱。有人为了表面光鲜，不惜卖血，就为戴金耳环。有人在外面摆阔气，下馆子，自己穿戴名贵，顾不得家里屋顶漏雨。有人爱吃苦，吃不到苦心里痒。尤应迷上了生孩子，为了生孩子她不惜一切。家珍悄悄和青云说，新伦反对她生孩子，原因说不出来，反正是她越要生，他就越反对。一次一次地劝说,她竟然固执到听不进去。有一回,新伦喝了酒,喝醉了,但还能找到家。回家后,酒醉迷了本性,开始打她,打她的脸,她的头。"这个不听话的猪、牛,你犟死算了。"新伦一边骂,一边打,尤应抱着头想要跑,被他抓回来,锁上了门。直接打她的肚子,踢她的下身,又骂她说:"你爱生,让你生,想要害死我?我不跟你这条贱命拴在一根绳子上。"

从中午打到天黑,没有打坏家里一点东西,只有他的女人被打得站不起来。尤应的下身开始出血。新伦在大槐树下,拦住了一个用铁板车倒灰渣赚钱的智障的傻子。新伦推着铁板车跑,傻子跟着新伦跑,有人问傻子:"是不是出人命了?"傻子说:"他没说,我怎能知道。"有人又问:"那你跟着瞎跑什么,除非车上拉的是你娘。"傻子说:"他拉走了我的车么!"

新伦送尤应到了医院,她满身灰渣和血躺在到处是血的铁板车上。傻子抱住了车轱辘。新伦背起尤应进了急诊室,大夫看了看,说:"不收。"这个女人的脸已经变成一个五彩的馒头。看到尤应的裤子里一直往外流血,还浑身是伤,一旦死了,她是被打死的,杀了两个人,一定要偿命。新伦越想越怕,跪在地上,哀求说:"夫妻拌了嘴,失了手,救命呀。失了手了,救命呀!"说"不收"的大夫找来了院长,新伦跪在院长面前磕头。院长看了看尤应的肚子,又摇头,又点头,医生和护士就把尤应围住。医院里救治这个女人,一时轰动了整个庸城镇。人们纷纷议论,说:"凶器是什么?""脚和拳头就够了。""喝醉了,手脚还这样利索?等会儿看这个女人是死是生再说。"

上天有好生之德,尤应出了血,丢了孩子,没有死。陈新伦跪在她面前发毒咒:"要不是喝了酒,怎能把你打成这样,我都是无心的。如果我有意害你,就让我死了无人收尸。"尤应说:"快快别说得这样难听了。"

田野里一切有根的生命,无论怎样摧残它,它都不会放弃生存。只要有雨露,有阳光,有空气,照样顽强地生长下去。

旧伤刚刚结了疤,尤应顽强的子宫又一次怀孕。因为这件事家珍对尤应很是不屑。

尤应又怀孕了,新伦为此长吁短叹,每次来家珍这里,总要提起,偶尔喝上酒为了这事要说上许多话:"我现在才看清这个女人,她心智不怎么明白,不懂事,不会过日子,不会哄男人开心。为什么她非要生?"

新伦现在和家珍已经是很明显的知己了,家珍欣赏他头脑灵活,嘴皮又好。新伦和家珍说:"所有的钱都花光了,再生一个拿什么养,我又靠什么东山再起?"尤应和青云说:"后半生何其长,我既死心跟了他,就要让他学会担当。"他们各有心事。

尤应现在又怀孕两个月了,孩子长一天,新伦就多一天的忧患。新伦动口没有用,动手又不敢。上一次如果不是尤应为他开脱,他都能被关起来。有时候,他急得直搓手。

城南有一条河,河上架了一座石桥,桥那边住着一位有钱的人,这个人姓唐,人们叫他唐老板。唐老板有一位年轻美貌的妻子,比他要小二十岁,五十多岁的唐老板开着他油光黑亮的车子,带上他风骚的小妻,惹来多少羡慕的眼光。他的钱财和小妻是妖媚的鲜花,招来泼辣的采蜜者。唐老板的女人是新伦的新相好。

家珍挖苦过新伦,嫌他名声不好,他的哪怕是一丁点的事,家珍都知道。唐老板的小妻家珍也见过。家珍评论那女人说:"生就一副媚态,见了男人就软得没有骨头。现在的问题是,尤应是没有油水的酸苦皮囊,还整天闹着生孩子。年前尤应住医院的钱都是唐老板的女人出的。现在的新伦一年到头,游手好闲,没有收入,早已经对现在的生活感到头痛了。"

"又怀上一胎,这个死不要脸的女人,不是要我的命吗?一天天我过得容易吗?"这是新伦苦闷的独白。最主要还有一个原因,新伦少年时,父母离异各奔东西,自己没有完整的家,他不会让他的儿子再像他一样。家珍反问他:"生女儿时就不这样想?"新伦说:"那时我老婆有钱,可以让我不用担这个心。"

家珍告诉他说:"不要再使性子了,出了人命可是不得了。一个聪明人还玩不动一个女人?一个傻男人都可以把一个女人玩得团团转,用得着那样杀牲畜一样的手段?"

情爱欢合的棉被下,究竟是怎样巧夺天工的真相。

这几天,古槐巷人们说,新伦被车子撞了一下,撞坏了内脏。

新伦妻子尤应,写信去求旧朋友帮忙,一天一天等着回信,急躁不安。

青云正要去陈家探望,在巷里遇上尤应说起新伦的伤势,青云问:"怎么样?"尤应说:"表面上看不出什么,说是肚子痛。新伦说,家里又添丁又遇灾祸,没有办法活下去。他让我不要管他,安心养胎。我哪里能够那样,给我的旧朋友又发了一封电报,还不见回音。"

这时陈家来了一个会算卦的男人,进门给尤应算了一卦,这一卦算出尤应一身冷汗,而且目瞪口呆。先说陈家男女各自的命运一点不差。再后来说尤应怀了这一胎,这个孩子一出世,就要家破人亡,他与他的父亲姐妹不能见面,他一旦降临家中就没有了父亲和姐妹。还说他一旦有了人形,他的父亲第一个遭灾。韦尤应吓得脸都发了黑。

尤应问他是哪里人,算卦先生迟疑了一下说:"家在庸城镇外三十里处的'松林岗',进村第一家。"尤应问:"你的高姓大名,怎样称呼,这灾难有没有破解的办法?"算卦先生说:"实话告诉你,说有办法破解是想骗你两个钱花,试问人力可以改变天意吗?"算卦先生又说:"信不信是你的事,我也管不着。"说完这句话出门走了,也没有要一分钱的报酬。尤应追出去,看不见人影了。

算卦先生走后,新伦摸着芬芬的头,说:"女儿呀,给你妈妈跪下,谢妈妈的养育恩吧。"又对尤应说:"我这些年也没有善待你,遭遇什么不测,都是该遭的报应,只有女儿芬芬……"他说不下去了。尤应当下说:"等阿姐把钱汇过来,我俩一起去医院。我做了手术,你也做个检查。"

尤应两次怀孕就如做了梦,一场空。可是留下不少痛处和病根是真的。

44

尤应家的事,让人惊心动魄,但也总算成了过去。

只有建业是青云放不下的心事,很久了,青云没有呼他。想起那次相见引起不少人反对,青云不忍心让他为难。想念他到很苦的时候就又去了电话厅,呼了建业,心里舒了一口气,总算可以听到他的声音了。

电话一响,她热烈而温柔地喊:"建业。"电话那头是女人的声音,说:"找建业,你就是那个狐狸精吧。告诉你,我们家破人亡了,你一定得陪葬。"青云慌忙放下电话,她觉得自己十分狼狈。

　　青云在回家的路上,想到她还保存了孟凌的传呼号,回去找了又返回电话厅。她呼叫了孟凌,这一次等待就是悬着心了。电话铃响了,她都有点不敢拿起来,但还是接了:"孟凌,我是青云,建业在哪里,他怎么样了?"孟凌生硬的口气说:"你可不要再添乱了,他们正在为你大闹呢,建业老婆砸了他姐姐建华的饭店了。"青云问:"那我该怎样呢?"孟凌说:"你最好消失,再不要来打扰建业。"青云"噢"了一声放下电话。

　　如此之快,就天翻地覆了。

　　没有建业的日子冷清起来。

　　日子要怎样过,这是一道难题,欲进不能,欲退又不甘心。她想在这个时候开始创作,拿起笔,找不到一个口子,一个说出心里话的口子。想要写下去,没有激情和灵感,眼睁睁地望着一张纸就像一堵白色的高墙,她就是那高墙下生长着的藤蔓,想竭尽全力,依附在高墙上,爬过高墙看见文学道路上的曙光。

　　无奈,她软得没有骨头一样,着手一次,失败一次。自己成了自己的敌人。她心灰意冷地蜷缩在她阴冷潮湿的家里的墙角,她是那样的不可造就。

　　可是她文学道路上的方向还是看得清清楚楚。她要的是文字流畅,意境鲜明,精美绝伦,无可比拟的手法。她要用这种手法写尽人情世故,而且要达到文字与心灵交融的一种境界。

45

　　四年中,苏青云艰难地做了一些事,努力忘记一个人,生活中没有了那个对她有知遇恩,在她流亡日子里给她爱的那个人。同时,她拿起稿纸本,打开又合上。她遭遇着文学胎儿没有成熟硬要生产的局面,结果自然是生不出。在没有自我,憋屈不能伸张的心态下,在没有文学土壤的环境里创作,真实的感情无法流露。就像一个人的眼睛被污秽堵住了,眼睛的光芒放射不出来。

　　有时候,青云觉得自己是一种不知名的走兽,想要撕开自己的脊背,从骨头和肌肉中间长出一双翅膀来。或者是一只肥大的虫子,心里朦朦胧胧地想脱去外壳,变成蝴蝶。种种奇怪的想法,充满脑子。

长了翅膀就飞得了吗?

这一天,苏青云惹得丈夫赵成进很不高兴,他要穿的一条裤子她还没有洗好。早晨,他把脏裤子丢在她的脸上。她觉得他有一股无名的怒火要发泄,发泄的对象就是她。青云多次想象丈夫要是和别的女人结婚,他们的婚姻生活是不是也是这样。反正他和她的婚姻充满无常,经不起风吹雨打,经不起日久天长。因为一些家庭琐事,他都能够这样地羞辱她,不是她没有尊严,是他太霸道。他就像一个帝王,伴君王如伴虎狼。青云战战兢兢,面对丈夫,如履薄冰。

他们的夫妻情分飘摇在半空中,现实中扎不下根。四年前的感情风波说明他不会放弃她,可是她觉得他是那样的口不对心。他是那样的令她捉摸不透。

近半年来,不知道什么原因,赵成进专门挑她的毛病。丈夫的心是生了病的大树,青云不是一只啄木鸟,医治不了他的毛病。

苏青云的婆婆也嫌她烦累,整日没有好心情。前几年,小姑子成林常来劝她,说:"妈正是更年期,她有过分的地方你不能在意。歪婆婆不打哑媳,只要你肯忍让就能相安无事。"这些年装聋作哑,小姑子还常常开导她,说:"我哥要打你,你就跑去父母那里,看他怎样下得了手。"一个女人活到这样没有价值的地步,不会献媚,不会讨好丈夫,已经是够丢人的了,再跑去他父母身边乞怜,还不如被他打一顿。不打她这样的女人,又去打什么样的? 小姑子成林字字句句都是刻骨真言,这些话就像尺子一样量定了她在赵家的尺度。在青云极度自卑,又格外自大的内心世界里,就像用钉了铁针的针板,一下一下地抽打她的身心。

有一天,婆婆指着青云的脸说:"自从你进了赵家门,这家人亲的不能亲,和的不能和。"青云觉得莫名其妙,雨来还有风做前奏,她被指责不知道是什么原因,就不满地反问:"谁和谁因为我不亲了,谁和谁因为我不和了?"一句话问出了问题,一个巨大的问题。她没有尊重老人,老人受到了极大的伤害,婆婆说:"这个家被鬼给搅和了吗? 就凭你这两句话,我打你都是馅子饼摸油

'白捎'，你这个'矮个子'。"青云沉默了，她已经为自己招下不可避免的灾祸，她在生活的哪一个方面，哪一个阶段都能恰到好处地给自己招下灾祸，然后保持沉默，哪如一开头就沉默呢。一会儿工夫，婆婆找回了她的儿子赵成进。关了院门，厉声责问她的儿子："你给不给我做主？这件事如果你主持不好，我就死在你那个丧门星的穷鬼手里，让你背一世的骂名。"赵成进说："娘呀，你放心，我宁愿和她散了伙，也不背这个名声。"赵成进的母亲说："儿呀，我实在是气不下，她怎么胆子这样大了呢？你说说！"苏青云听到的是地动山摇般丈夫的脚步声，他像旋风一样冲进这边的屋里，照苏青云的脸上、头上打了几个耳光。

苏青云被打倒，趴在地上，又被拽起来，赵成进质问她说："长本事了你，敢顶撞我娘了？你去撞汽车，死去。"他大概是累了，坐下来喘气，"滚，去讨饭去，除了我要你，谁家会留下你这个祸根。上公路撞汽车死去，你是个臭不要脸的怕死鬼。别人都有死老婆的命，我怎么就偏偏没有？"苏青云披头散发坐在地上，脸上一点表情都没有，她曾经给自己的命运编了一句顺口溜："人生十年就有九年忍，剩下一年在打盹。"今天为什么就没有忍下来呢？

苏青云等到赵成进发泄完了，风平浪静了的时候，就一次又一次回想这些年。她认识到他们这些年的相处就是婚姻，婚姻的本来面目就是这样。年少时自己家的日子不也是这样，要不然会是怎样？青云摸了一块毛巾遮在脸上，泪就开始流下来。忍不住又想起那一年的日子，逃出去被找回来，想起建业，想起老板娘建华收留她的日子，像唱戏一样。青云透过脸上的毛巾，看见人生戏台上一个衣衫褴褛的青衣，演着一出万箭穿心的戏。

曾经只差一点就结束了他们的婚姻，仅仅只隔四年。青云感觉到他对她又结下千百年的仇怨，难以化解。

这一天的后半夜，青云听见院门响，有人走过来，这种声音让她的心马上颤抖起来，恐惧的气氛像一团雾气包围了她，等待着下一分钟的暴风雨。

赵成进进了屋子，开了灯，在地上转了一圈，有点疲倦，有点不耐烦地说："不想忍受就滚，滚远远的，想给我洗裤子的人多的是，我不在乎你。"停了停又说，"告诉你，你可以离婚走人，我这里不缺的就是人。"他提出要离婚，并且说："怎么样？说个痛快话。"苏青云犹豫一下，说："也好，我没有意见。"赵成进破口大骂："日你娘的，做了臭事也不会讨个饶，你以为你是谁，擦死你，就是擦死一只臭虫。"这原来是电影里黑帮老大对弱者发狠时的台词。他继续说："你以为谁稀罕你，走了穿红的还有挂绿的，哪个女人不比你强。你以后少拿别的女人跟我不痛快，我就这样，你爱怎么就怎么样。反过来说你心里一直有别的男人，你以为我看不出来？我对你的报复是你罪有应得。"他像一个君主对乞丐那样不屑一顾。接下来这屋里的空气是，五味杂陈，不可笔诉。

因为这样一些家庭琐事，他可以这样肆无忌惮地作践他的妻子，翻旧账，这些让她深恨。人常说因爱生恨，青云认为他们的婚姻是因为无法爱，又不能解脱而生出怨恨。他们的婚姻好像是谁拿了绳索把他们捆绑在一起，相互折磨。苏青云无奈地面对这种局面。

赵成进似乎没有做出离婚的决定，他们的婚姻是彼此折磨对方的工具，在没有折磨够的情况下，怎能得到解脱。大概他和她的前世有非比寻常的恩怨未了，注定今生这段孽缘。

接下来是无边的冷，冷到彻骨。

钱是什么东西，贪恋它也好，不贪恋它也好。苏青云常常穷到活不下去。家珍家里的二田，是个盖房子磊墙的小工匠，每天拿着大铁铲在烈日下卖力气。膀子上搭一块毛巾，汗水大如珍珠，皮肤晒得贼黑。搬石头，拉铁车，一用力，额头上、手臂上的青筋一条一条暴起来，活像一条条长青虫。满身尘土和汗球和成了泥，日久天长，把这个人的皮肤染成了泥土的颜色，或者扯了皮，肉也是泥土色。

有人说："二田，赚这两个钱多么辛苦，不娶一个媳妇，也不招赘做个上门女婿，全部白白养活了人家的媳妇。"一个男人活到三十几岁他不思慕异性？他不肯娶妻是有家珍这样的女人嫁给他吗？家珍是那么有女人味，干净利索又小巧玲珑足够一个男人神魂颠倒。他贪恋了家珍的美色，贪的结局就是这样。这仅仅是现在的局面，多年以后呢？家珍肯让他养一辈子才是他最大的幸福。

家珍常觉得自己屈活着，为了能和圆圆生活下去。孩子都八岁了，今生还在纸作店里谋营生,说没有出师。其实是出师了,但自己一个人也干不了。就是一年里好好干活也赚不到多少钱,男人们忙忙碌碌养家都得有俭朴的品质,哪里能够常年迷恋赌桌。

当初大伯不同意这桩婚事,家珍差点吃了药,药都买到手了。大伯住在乡村里,耕种着田地,春种秋收,日子过得平平淡淡,他和婶子的感情有滋有味,安守着他们的本分。家珍没有这一方面的遗传,她的骨子里不能安分,她不能过那样平淡的日子,可她又没有能力找到活出去的路。家珍十五岁那年有一个机会,县城艺校下乡招生,她被选上了。但大伯不让走,说戏子终究上不了台面,将来找不到好人家。就这样丢失了唯一的机会,家珍时常说起来,怨恨他爸。与她同岁的她姨家的女儿,现在是县剧团的顶梁柱,每次回家都有汽车送回去。家珍母亲十分羡慕。那女子也是十五岁的时候去县艺校学的艺。

家珍自小爱说爱笑,嗓子高,直到现在青云听见她背了人唱一段小曲:"……韭菜开花满地白,你和我做不了夫妻也分不离……"还很有味道。家珍是孝顺的,日子过得再穷,回乡里总要带上礼品。她每次回乡去探望父母,青云都要偷哭半天。自己的家破了,父母离婚三年,母亲已经新嫁,父亲到西安投奔自己的妹妹去了。父亲的骨子里贪恋赌博,或者他不怕妻离子散。终于,有了这样一天,怕不怕也无关紧要了。

家珍开始明白走结婚这条路是错误的,她常和妹妹青云说:"回不了头了,这一辈子都不能重来。"只能发出这样的感叹,大概是要一直到老死吧。家珍是一个不能安于现状的人,而她又是一个不去努力的人,她有一个个性上的缺憾,她爱享乐。她与今生结合时,大伯不同意,她以死相逼。如果把这一招用在十五岁那一年,去艺校学习的那一次,大伯能不同意?都是过往的旧事了。

庸城镇算乡村没有田地,算城市没有工厂。镇上人思想开放,但物质跟不上,所以变得古怪,还异常。大伯常说让今生到村里租点地,他帮着也不愁过不好日子。今生不爱劳动,又有庸城人思想,注定大伯这一招不灵。再说家珍也不肯,只能这样过下去,年年都是婶子大袋子、小袋子地接济。苏青云的婆婆看见了,时常骂青云和她的娘家:"我儿命不好,这样的一点点都不能指靠。

125

这不是同村同姓的两姐妹,这样大的差别,放在谁家都会不服气。"她常和她儿子说起这些事,母子俩看见青云就要失望。

46

韦尤应那次引产后,变得十分忧郁,几年里都是这样。陈新伦很少在家,她家门外长满了荒草,密密匝匝的。有一条小路可以走进大门,清晨时千万不能去她家,露水足足能打湿鞋子和裤腿。

尤应很少甚至不出门,有人说她身子太弱,没有力气走道,有人说她得了心病,不理睬世事了。有人听见过她家院子里传出的一缕歌声,凄凄惨惨的,幽幽怨怨像低泣一样。她家的院门整日关闭着,甚至都没有人看见有人从那里出进过。

尤应的女儿芬芬现在是半大孩子了,出落得有她母亲的影子了,青云每次看见她,她都背一个书包。

苏青云为尤应伤感,也为她自己,还为身边的许多人。摸不着,抓不住的情,让人纠结,使人癫狂,甚至使人送命。

巷里张家女人在大槐树下,讲述了她婆公的情感故事。她公公原来是一个打饼子的匠人,以此手艺谋生,已经生育了三个儿女。有一年,男人的媳妇突然有了一个野男人,这个媳妇非常有本领,把这个野男人养在家中,而且给野男人生了一个儿子。等到几年后,这个当家的男人,没有杀人,也没有放火,无声无息地在自己家的柴房里上吊了。这是一个善良的也是一个无能软弱的人的故事,他没有实力和信心跟后来的入侵者拼个生死。《水浒》里的武大郎也是因为这个送命的,这事究竟是个什么事?那不痛不痒的淫浪,让弱者死,强者笑,何其可怕可悲地一代一代地传下来。恩爱的初期谁会想到自己的一朝会被无情捆绑在这个角色上,捆绑也倒算了,不要到吊死的地步吧。遇上这种事了不能找个活法吗?

当然那个上吊而死的人,在世上是极少有的,像天上飞下来的凤凰毛,因为有了这个凤凰毛一样的事件,后来人就不结婚了吗?喝水也呛死过人,人们就不喝水了吗？女人生孩子，多少女人丧命了，孩子就不生了吗？在悲剧发生的前一分钟，所有不好的都与自己不沾边。

赵成进看上去太想离婚了，所有与过日子有关的事他坚决不去做。去年家里买了一台电视机，现在要和老婆离婚了，他后悔买电视，后悔得要命。青云听见他说："买这破电视干什么，我这是图个什么？"苏青云暗想，你后悔什么？我又不带走电视。好少见的男人呀！青云不禁发出感叹，也替他感到悲哀。也替为情所困的故去的"打饼子的匠人"悲哀。

桩桩无常的婚姻，苦恼滑稽的日子，哪年哪月是个尽头？

<h1 style="text-align:center">47</h1>

苏青云等待着赵成进和她离婚，她准备好了。他反而一直没有做什么决定。她有心硬着头皮把话挑明，还是开不了口，像有一只大手堵着她的嘴。一切都是无声的。离婚也好，不离婚也好，活下去总是需要的。怎样活下去？她怀念起建业来，穷途末路了又想起他，投奔他去？要不然到哪里去找一条活路，回到自己的娘家去？

青山成家后，父母离婚了。青云想带上颜如找青山，回到自己家去。一次一次地思量着，找寻着她的归属，整整一夜不睡是常有的。睡不着的时候免不了胡思乱想，想到未婚时在西安姑母身边的日子，当时陪伴老年的老奶奶，住在城乡之间的小楼上，当老人睡着了的时候，她到外面看天去，十分晴朗的日子，可以望得很远，看见一个好大的世界。天空不是很蓝，白灰色和着一点蓝意的时候，看见朦胧的烟波缈缈的天地。这时的天地在烟波里很大，大得无边无际。青云为此感叹，天地再大也没有自己的立足之地！在那时她问自己未来在哪里，未来是什么样子？未来一定得有一个家，一个可以安身的斗室就可以。

多少年后的今天，仍然重复这个问题，还是无家可归，而且她还赔上了自己孩子的幸福。

只要赵成进不痛快，她必然要遭受断钱、断粮的两难境地。面袋子里只可以挖出一碗面,米没有多日了,她小小的油瓶子也空了,像是商量好了的,一起没有了。

静悄悄的院子,静悄悄的家,颜如被她姑母接走两天了。

这天下午,颜如刚刚回家,正好遇上她爸爸也进门,说:"怎么又回来了,不是去你姑家了吗?"颜如说:"我姑家来了亲戚,就送我回来了。"赵成进对他母亲大喊说:"成林带颜如走两天都不能?"他母亲正洗手,提着毛巾一边擦手,一边说:"她家有事,过些天再去。"赵成进说:"能有什么事?一年四季没有事,颜如刚去两天就容不下。告诉你们,以后颜如归你们带,要花的钱我来拿,你和成林两个人轮班照顾。"他母亲说:"成林有她的儿子都够累了。"赵成进说:"你只知道成林难,成林累,你没有看见我的难,我的累吗?现在就送去。"颜如大概是委屈,眼眶里有了泪,含了泪跟着她的祖母又返回她姑妈那里去,都没来得及看看自己的母亲。颜如遇着这样不通情理的事,心里有怨,都不能流露。

赵成进那高亢的无所畏惧的声音在青云小屋门外回荡,他仍然怕她听不清他所说的话,一脚门里,一脚门外,说给青云听:"看谁耗死谁,想怎样,偏偏不能让你怎样!吊不死你,也得让你讨两天饭去,我的女儿是不会跟你受苦的,白痴。"

苏青云的双手冰冷,脸色铁青,愤怒和仇恨的火焰在她身体里燃烧起来,如果此时自己是一只母狼,一定扑上去咬断赵成进的咽喉。可惜在这样愤怒情绪的催化下,她竟然都没有勇气开口和他分辩,而让自己无力地做一个怨妇。他像一座大山一样压住她的头,使她得不到伸展,更没有自我,没有完整的人格。

第二天清早,青云两只眼睛肿得像核桃,洗漱后就走了,两手空空就像以往上家珍家那样。有人看见她出了古槐巷,坐上公共汽车走了。

天黑前,她拖着疲倦的身子回到家中,有人把她的行踪报告给她的婆婆,她的婆婆对此十分怀疑,她去了哪里,找男人去了?

青云在以后的回忆篇中写了她的这一天。

青云去找建业,仇恨和愤怒做了催化剂。她去过所有她认为可能有建业存在的地方,建华的小饭店没有了踪影,博赞的度假村已经更换了主人,连博赞的消息也无法打听到。她返回来守在逝去的美好的旧梦地,在小饭店的屋檐下坐着,度过了这一天剩下的时间。这一天她没有喝下一口水。多么富有讽刺意味,和建业多年不相往来,又一次遇到绝境,返回来又走过去的老路,希望再一次遇上他。可是晚了,太晚了,她用手抓扯她前胸的衣服,她这一生以来第一次感到痛彻心扉的悔恨。充当什么贞德女,用什么大爱手法,放手建业。抓着他自私一回,到今天也不至于是叫天天不应,叫地地不应的局面。

这一天的失落后,她得到一点启示,青云不再害怕有人抢走颜如。多年前的旧例在她的眼前晃,不过是拿她们母女骨肉情做游戏而已,赵成进不让她带颜如,是旧戏重演。他可以像苏青云那样苦苦守护孩子,不离不弃,他耐得住那种坚守的寂寞吗?成林也不会长期替他带颜如,为一个孩子的付出,应该是她的母亲百倍地胜过她的姑母。

青云坚信几天后成林一定送颜如回来,夫妻们养自己的孩子都需要夫妻和睦,家庭安定。怎么就养起自己的侄女来了?而哥嫂又是整日无事逍遥着。青云决定等颜如回来马上走,她再一次整理自己的行李,平日里写下的一些稿子,她和女儿的所有照片都要带上,还有一些衣服。整理好的两个包被她藏起来,等着颜如回来。

果然,三天后成林送颜如回家。青云迅速地在人们午睡的时候带上颜如,不辞而别。她提着她的两个包,找到了预先看好的十五元车费的三轮摩托车,车子飞一样地消失在宽广的柏油马路上。她揣着极度的惊恐还得不露声色,内心有一半是挣脱牢笼的释怀,一半是想象赵成进赶来后的场面。

苏青云怀着复杂的心情,回到自己少年时的家。她像一个偷渡的囚犯,又像一个携子潜逃的走兽。

青山带着疑惑的眼光,看了她半天。然后安顿青云和颜如住进了他们幼年时居住的老屋。老屋的陈旧正和她疲倦的身心相称,青山抱来的全是锁在大柜里的他们小时候的被褥,有一点点的霉腐味,也有浓烈的熟悉的自己的味道。

苏青云这个女人有一个脸皮厚的特点,生存以外的事她只当没有。

母女们重新生活在一起就从眼前开始。

这一天夜里,多半夜无睡意,刚想打个盹,听见了雄鸡叫,天要亮了。这是多久没有听见的自然传递的信息。一天之中,她最爱这一刻,长夜就此过去,新一天开始。

流浪的历程也又一次开始。

48

在乡间,每年的清明节多是斜风细雨,晴朗的日子很少见。墓地里,提着篮子上坟咽咽呜呜哭泣的女儿们,上完坟跟着走了。一来回娘家触景伤心,二来不愿登兄弟们的门槛,高堂上老人都没了,这条路也少走了。女人生就是这样一个命,随着风漂泊,泊到正经人家是命好,泊到不称心的人家,也得那样活。不像男人,他们生就是一条根,死了是这村里的魂,不用担心被赶出去,捉回来再玩弄。从古到今,女人们只和水水泪泪连在一起,没有和钢筋铁骨沾个边。

苏家的女儿苏青云,父母在家时,十年有九年不登门,父母各奔东西了,她倒回来住下了。乡间的女人心眼好,乡间的女人舌头长。免不了要拿这事说道,青云用不了多久就得背负铁舌头的重压。

父母的影子都没有留在这个家里,却多多少少地留在青云的脑子里。她的记忆里,棒子、勺子父母各拿一件,对着打,棒子使好了,是寒风阵阵,勺子使好了,也能削铁如泥。棒子是烧火做饭用的通火棒,勺子是舀饭盛水的勺头子,战争无处不在,处处刀光剑影。长着嘴就是图个互相对骂,两瓣嘴唇生了毒一样,令人不愿回忆。两个人四只眼睛放射出千万条钢铁神针,看过去要刺死对方。可怜青云走着上一辈人的旧路,等她的女儿活到她这个年龄也可能是这样地不肯回忆她。儿孙们能有几个体谅上辈子人的无奈呢?反正她是没有,她也不奢望颜如长大后理解她的苦楚。她希望颜如能够拥有美满的婚姻。一辈一辈人婚姻失败的教训,不知道后辈会不会借鉴。大概会吧,谁又有心步上一代的后尘呢?

回忆是这样令人不能平静。除此之外,乡间水土亲情的味道还是会围绕着她的。一砖一瓦,一草一木,大门口大路上的黄土,还是飞扬着她幼年时的记忆。

早晨若起得早,站在高处看袅袅炊烟慢慢飘向天空,炊烟中清淡的柴火味,嗅着没有不舒适。早起羊儿们出圈,吆五喝六的羊倌,鞭子抽得"叭,叭"响,羊儿们听见鞭声就有些收敛,有些规矩。羊有羊的心事,母羊留不下孩子,贪嘴的馋货,想趁着这一阵乱啃上一棒子玉米。公羊们追逐着妙龄没有身孕的母羊,那种行为有点可笑有点恶心,牧羊人却很不以为然,羊们发情很有必要,生下羊羔子才是最重要的。

一个早晨,忙忙碌碌,做饭、吃饭、上学、下田里劳动。勤快的农妇还要在羊儿们走过的路上扫羊粪,也免得大人和孩子踩一鞋底子。下田干活的人们赶着牲口走了,慢慢地整个村子安静下来。这时的乡村最宁静,天上的太阳斜照在大地上,树下投了一片一片的影子。阳光又从树枝的空隙中照射下来,落在地上,点点斑斑的。

鸟叫声,清清楚楚一声不拉地传进寂寞人的耳朵里。野鸽子飞来飞去不惧人,时常看见它,呆滞里透着迷离的眼光,灰色的羽毛泛着淡淡的光。喜鹊是丰肥的,圆头、大眼、黑背、白肚子,它是吉祥的,惹人们喜爱。上午喜鹊在家门口、窗前的树上叫,今天一定会有亲人来。慈祥的白了头的外婆如果还健在,这时她会特别地高兴一阵,"喜鹊叫,女儿不来外甥来"。苏青云的忧伤是回家乡反而是漂泊,这种情绪让她感到酸楚。

屋檐下做窝的燕子,它是小巧纤细的,也是温文儒雅的,它忙碌着不清闲。没有人憎恶它,是因为她没长麻雀那样一张狂叫的嘴,做鸟有做鸟的学问。最美妙最清脆的鸟语的经典,是一种极度惧怕人,永远躲在树叶当中,山林中精灵一样的鸟的叫声。人们很少看到它们的真正面目,只闻其声,不见其影。拥有美妙的嗓音而常恐被人捉去,不得不小心谨慎。就像人一样,富有了就患得患失。

趴在墙头上说话的两个妇人,她们的喋喋声会传遍半个村子。树叶从树上落到地上的声音都会让人听得清,伴着两个女人的说话声,羊羔偶尔叫几声,雄鸡不报晓也要长鸣,还有母鸡产了蛋随后也要"咯,咯"几声。还传过来狗叫声,离得老远,在村那头。这些声音互不干扰,此起彼伏。

所有这些,让苏青云的心舒展开来,而且是极迅速的。乡情乡土就像一个医生,让她暂时活得像另外一个人。

这两天,颜如比较高兴,想不到在这里会看见圆圆。颜如去找圆圆玩了,青云听见院外墙根下俩孩子"嘀嘀咕咕"说话声。

圆圆来大伯家已经很久了。今生不肯好好做他的纸匠,整天打麻将。生活不下去了,家珍和他大闹三天三夜,把圆圆送回娘家,自己寻她姨妈的女儿去了。

49

时下风靡的是言情小说,既然写就得能够迎合大众的胃口,不然写出来谁来出版,谁来看。为此青云绞尽脑汁,挖空心思。青云对爱情生活的体验很少,她把她珍藏在内心世界最隐秘角落里的一段回忆翻出来,写一个已婚女人,有幸结识一位男子,男人有事业,有家庭,明显的一段婚外情。写这段情的美呢,还是丑呢? 把这段情写得光鲜明亮? 还是写得放荡猥琐,与她内心那段美好的感情相悖,造化弄人。

青山家里没有电视机,青山每晚到别人家去看,等他回家,媳妇大骂他不止,直到夜很深。苏青云越来越觉得感情世界里的杂乱需要一支笔来疏通,还有心灵苍白的一面需要文字间色彩的描画来填补,她人生里的奔放、自由只能够在纸和笔间寻找。她的个性和命运注定她真正的喜怒哀乐只能在笔、纸之间痛快淋漓地流露。创作手法的生嫩,文学知识的浅显都不是她所担心的,真正令她不能接受的是,现实生活无情打击撕咬着她内心的那点渴望,她得不到安宁的心正在煎熬中流血流泪。现实和愿望在无情地对抗,愿望是遍体鳞伤。写出来的东西多数是没有明确的思想,可是她又不能没有这种精神支撑,明知就是自欺欺人的寄托,她也是一定要抱着不放,因为这样可以在长夜里有理由等待希望的曙光。

青云每天睡得很晚,一直到青山被他媳妇骂够了,他们睡了。她又认真地分析自己的心理障碍,用一种比较特别接近古怪的方法试着写,比喻不注意手法,天马行空地展开想象。写出来的东西,反正没有别人看。

有一天,青山媳妇贵云对着青云骂青山,骂着骂着就说:"我要拿刀子砍他。"青云听着打哆嗦,问:"这是为什么?"贵云说:"就是因为心情不好。"青云问:"你不怕把他砍死砍伤了?"贵云说:"砍残了他,我再嫁一家,带上他。"青云摸了一下耳朵,兴许是听错了,或者是贵云说错了,不由她嘴里自语说:"谁会要呢?"贵云说:"总有人要,你放心。"实在听不下去这些傻话,还得硬着头皮听着。贵云又把青山从头到脚骂一遍,是让青云点头迎合吗?这时候青云慌忙拉了颜如的手,只能到大伯家去躲一躲。

过两天,贵云又说一些事:"青山娶我的时候是公婆都在,来家后没多久他们离婚了。村里人说,婆婆将来死了,死鬼也得弄回苏家坟里来。要不然我们将来还得给青山他爹再配阴婚,或者是人要不回来,拿钱也能办事。但没有钱,人也没影,怎么办呢?正好你来了,和我们把这个事商量妥,我们也安些心。"青云说:"贵云,这事还轮不上我来管,和我商定不了,你去和别人说罢。"贵云问:"那我该找谁说?"青云说:"你自己看,愿意找谁就找谁去。"贵云说:"你不是青山的大姐吗?你都不管谁来管?"青云说:"还是那句话,你和我多说也是白费口舌。"这件事贵云十分不满,找了青山诉说,青山又找青云来说:"贵云爱说什么,你就让她说什么,不要用尖锐的话刺她,她的脾气受不了。"青云"噢"了一声,停上好一阵,说:"好。"

今年是闰年,闰二月,就是今年比往年的节令要早,八月十五前夕,田间一片熟黄。日头高照着,天是蓝的高的没有尽头的远。

下一年的光景全指望这一个秋天,贵云和青山下田里劳动,青云在家带着青山的孩子。村里陈家的媳妇对青云说:"你家青山媳妇还真好,下地收秋,把一个家丢给你,也不留一个后手。"青云心里想自己又没有搬运走青山的家什,要防着什么?却又不能作声。李家大娘与别人说闲话,说:"这一回苏家闺女来了有些日子了,她爹娘在时都不来,现在来了奔着谁?婆家怎么了?不能待了,让人家赶出来了?如果这事摊在我身上,在婆家哪怕是个鱼死网破,也不回娘家看弟媳妇的脸。更不要说她家那个青山,一个软弱无能的男人,连自己的主都做不了,来投奔他?"大娘没有说错,青云只好低下头。

这一天晚饭后,青山和青云母女坐着说话,青云想让颜如在村里学校上学。青山深思后问:"怎样生活?"青云说:"我的户口在村里,种上那几亩分给我的田地。"青山说:"你能种得了?"青云说:"你若能帮点忙,也是饿不死的。"青山说:"姐姐呀,你是没有种过地,就是今天开始下种到明年秋天见收成,还得一年的时间,你能熬得过去?"青云说:"闲时,我出外打点工。"青山说:"颜如给谁丢着呢?"青云说:"你们帮我替颜如做点饭吃,我出钱。"青山说:"贵云带自己生出来的孩子都没有耐心,怎能再加上颜如。我在农闲时也得出外打工。"青云明白了青山的意思,青山不能留下她。原来在她心里,只有青山能帮她,现在看,是不可能。没有想到世事如此地艰难,要活命是这样难上加难,她沉默了。

青山吸烟是一根接一根,火星子和青烟在老屋昏暗的灯下,看得真切,闻着更是浓烈。青山说:"我倒是一直有一个打算。我们祖父祖母西安有熟人,他们人虽不在了,和旧人们的情分还是有一些的。现在姑母的日子过得也不错。你在那边待过,我们去投奔姑母也不愁生活不下去。"青云淡淡地说:"投奔别人的日子能好过?在自家都活不下去。"她停了停又接着说,"我拖着颜如,要去你们去吧,我不打算再去了。"青山说:"去了好啊,找个学校读点书,你挣点钱,刚好能生活。我们三个大人养着两个孩子,怎么说也不愁过日子。再说你还得结婚吧。你回来结婚就是走错路了,姑妈的小叔子你也是见过的,如果你们能成,是亲上加亲。正好姑妈的小叔子现在还是一个人,而且又有房子。"

青山说了很多,青云越听越远,她是累了,也困了。青山等不到她的答复,又说:"在城里,你这个年龄的人很多没有成家,你有什么理由去愁呢?姐呀,你在你家里过的日子,我闭上眼睛也知道是什么样子。咱们村里有人在镇上开了多年的饭店,姐夫名声响亮,村里没有人不知道。你要无心和他再过,只有一条路,我们一起走,这是你唯一远离他的路。"远离赵家,姑母的小叔子,能靠终身?还有颜如,别人不嫌弃吗?可怕极了。

青云打了一个哈欠,说:"你们要是走了,把这个家留给我……"青山说:"你要是不走,我一时半会儿走不了,娃还没有断奶。你要是走,我收尽了田里的粮就走。去那边你带着孩子,我和贵云打工赚钱,养不活你和颜如?"青云说:"算了吧,没有我搅和你们能过好日子,有了我和颜如……我不想再尝那一种滋味的人生了。"

夜深了,一曲山村夜话,絮絮叨叨的。天上的月亮,在乡里看分外明亮,分外清凉。月光照在大地上黄澄澄的,一望无际的天地之间全是粮食,到田间去随便打个滚,身下压出来的谷子都够吃上半个月。可是,这没有青云和孩子的份,穷困能不怕吗?

秋夜里,秋虫叫个不停。

人要活下去,脸皮就得厚些,"驴和马打架——就用脸挡",这是颜如奶奶送给她的一句话。不就走投无路嘛,用脸挡吧。

青云每次见到圆圆就想起家珍,家珍这么久了都不回来看一眼圆圆,镇上的今生还自以为是大伯婶子包庇家珍,不成全他们过日子呢。大伯这段日子牙痛,肿了半个脸,白天下田里收秋,晚上回家打吊针。青云想如果一定不能活下去,就走家珍的这条路,家珍的路她走得了吗?她怎能忍心丢下颜如,颜如没有圆圆那样的外公外婆,丢给她的爷爷奶奶等于是和颜如生生断了母女情分。

青云常去和大伯婶子说会儿贴己的话,有时候也被留着吃一顿饭。弟媳妇又说她自己和她公公青云爹打架的事,用生炉子的黑炭互相照着打,贵云说:"你们怕他,我可不怕,什么东西。"直到贵云打破了他的头,他打肿了贵云的脚,各自顾着自保,安安静静休息了一个多月。等着贵云又一次养好精神和他找茬时,他背着行李走了。听说投奔他的妹妹,青山的姑妈去了。自走后就再没有音信,也没有人去打探他的消息。

颜如难受一个上午了,也没有和圆圆在一起耍,躲在旧屋里,脸涨得通红。青云问孩子说:"颜如,怎么了?看见你很不安,是哪里痒或是哪里痛?"颜如说:"妈,我大便不下去,憋得肚子难受。""多久了?""从昨天下午开始,到这会儿还是这样。"青云先是发怔,然后拉上颜如找婶子,寻问怎样才好,婶子说有一种药可以用着试试,这种药叫"开塞露"。她带着女儿飞跑着去了村里卫生所,医生不在,下田收割谷子去了。苏青云坐在人家院门口,一会儿,嘴上起了个水泡。医生的媳妇说:"你等他是要干什么呢?带了中午干粮,他天黑前才回来。谷子熟透了,就这两天有大风,可经不起风扬,等我喂完猪了,也割谷子去。"青云说:"我要买药。"医生的女人说:"那你怎么不和我说,看是有没有。"青云说:"我要'开塞露',给看看有没有?"医生的女人说:"不用看,这药没有。前天,张楞好的爹大便不下去来找过,没有这药。"青云说:"去哪里才能买到?"医生的女人想想说:"楞好去了乡里卫生院,才买回来几支。"青云说:"是不是离乡中不远的那个卫生院?"医生的女人说:"是的,那里的药可全着呢!"

苏青云拉起女儿就急忙地走了,乡间土公路颠得颜如只叫"肚子痛",青云就背她走。一路走一路想,再找不着医生,她一定狠狠地打自己的脸,没有照顾好孩子,算什么女人。到了乡医院的大院里,静悄悄的。青云看见没有上锁的门就又敲又推。好不容易在半掩的门里找到穿白褂的老医生。医生看见她满头大汗,满裤角的土,背个孩子,问:"孩子怎样了?"她照实说给人家听,老医生说:"吃不着水果、蔬菜可不行,秋季里气候干燥。"老医生指导着青云给孩子用了药。孩子趴在病床上,等着,直到天黑前才通了便。青云拉着颜如的手走在回家的路上,颜如长这么大有个感冒发热的,都是她一个人背着找医生,今天这个小毛病原本不算什么,只是看着她比以往任何时候都可怜。青云的眼泪掉出来,挂在脸上,她用食指"啪,啪"把泪珠打掉在路边的尘土里。她有些生气,为什么总在大事小情前面拿泪开道,流泪有用吗?带女儿在身边又让她吃这苦,青云用手掌打自己的脸,天生的挨耳光的命,别人不打,自己来打,"叭,叭,叭"左三下,"叭,叭,叭"右三下。颜如拽住她的衣角,说:"妈,不要打脸了,你打脸,我有点怕。"青云幽幽地说:"那就别打了。"

走着走着,天黑了,这条道青云摸黑也能回去,更不要说快月中了。看见村子里的灯光了,迎面有个人,青山来找了。青云感到了世上有个亲人的好。

这晚睡前,青山抱过一个瓶子来,说:"大伯让婶子送来的多半瓶子蜂蜜,让颜如今天就冲到水里喝。"

颜如睡着了,抱着那个瓶子,大概这些温暖让她憧憬吧!这是猜想,青云像她这样大的时候常常会这样。

136

50

　　青云去了大伯家，她和婶子坐在窗前说话，看着院里的圆圆和颜如摘些野花，和一些泥巴，玩着做饭的游戏。拾一些烂碗片，旧瓶子，放在果树下，在果树下玩"过日子"。这两天，学校要开学，婶子忧心忡忡，圆圆这个学期要上一年级，家珍很长时间了没有露过面，圆圆他爸一定要接圆圆走，回去上学。婶子说："今生那德行，我怎么舍得把圆圆交给他，不给吧，在理上说不过去。苍天就给我一个女儿，在家珍下面有一个男孩流掉了，自己没有爱惜自己身子，失了孩子又弄下毛病，就再也没有怀孕。在这件事上你大伯也落下心病，所以就见不得别人家打孩子，多半辈子爱家珍，疼家珍。就凭这一点也得说他是个好男人，跟着他风风雨雨的，没有说是甜，心上也不苦。贫苦日子也过过，就没有什么觉着是个难，只有家珍的婚姻成了咱家的心病。"婶子一说起家珍只有叹气，转了话题对青云说："好闺女，你的苦婶子知道，能过得下去，就好好过下去，实在不行也得想得开。花朵儿一样的人，今日和他家离婚，明日就有媒人登门。不过话又说回来了，再找一家是不是一定就能称心如意？当初家珍嫁今生那是铁了心的，才几年工夫，把个日子过到今天这样地步。爹娘们一旦不肯屈着自己，孩子们就要遭尽罪。"

　　说话间，听见院里有人来，脚步声，说话声，吵吵嚷嚷的。婶子抬头看窗外，马上变了脸色。青云看见有三个人进了院子，中间一个是姐夫郝今生。

　　今生进了家门就说要带圆圆回去读书，青云脸烧心跳，不是自家的事，反倒更像自家的事，现在来带走的是圆圆，下一分钟大概是颜如。就像赵成进站在面前那样，她脸色发青，吓坏了。三个来人一起说带圆圆回去读书这件事，婶子无言以对，在地上打转。不带走圆圆，来人摆下誓不走的阵势，婶子直搓手。眼看中午了，只得给圆圆整理行李。

　　马上要走了，今生到院子里果树下找圆圆，圆圆没有了踪影。众人到青山院里找颜如，颜如连说："不知道，不知道。"一个中午，烈日当头，四处找不见孩子的影子，婶子哭成泪人，大伯额头上的青筋暴出来。田里是一人多高的庄

137

稼,密密麻麻,天底下是一片秋黄的海。圆圆若是钻进去不出来就有千人万人也不好找。直到午后三个来人还找不到圆圆,口干得直冒烟,找个阴凉处歇息去了。婶子坐在地上大哭,大伯家在村上从来没有像今天这样失态。

下午,青云听不到婶子的哭声了。颜如自从有人来找圆圆就一个劲地急呼气,她多半也是恐惧,到了半后晌,一个人靠在被垛子边睡着了。

青云进了大伯家的院门,院里果树下,婶子坐在地上抱着圆圆,抚摸着孩子的头。婶子脊背因为不停地抽搐也跟着一动一动,泪水流下来,沾在衣襟上,合不上的嘴扁着。大伯蹲在他们的身边吸着烟,来的三个人,生怕这祖孙们飞了一样,紧守着。这一趟来得费了力气,不管怎样快快地带走圆圆是他们的目的。

世上的悲切,大人们尝够了,孩子们再接着尝下去。

圆圆被带走了,婶子没有从地上起来,一直坐在那里哭泣,说:"我可怜的圆儿呀,跟着你的好爹娘呀,我的圆儿吃尽了苦呀。"大伯没有劝阻她,让她哭,让她痛心地哭一阵。大伯对青云说:"圆圆为了躲避今生,钻在柴火垛里不出来,听不见有人乱喊了,自以为来的人都走了,又饿又渴爬出来,不想被抓着了。"婶子怕圆圆跟着今生受苦,没想到今日中午就吃了苦、挨了饿,婶子更加心痛圆圆了。

青山收了谷子,只留下玉米在田里,青云帮衬着劳动,心慌意乱,眼皮直跳。圆圆被领走是她心跳的根源,她怕颜如同样被带走,领着颜如蹲在田间,天黑了才回村,进院门前先趴在门外听动静。今生带圆圆回到古槐巷,赵家人不找今生打听颜如的下落?

到了夜里,颜如在梦境中大喊大叫,声音相当尖锐。青云在睡梦中猛然坐起来,把颜如抱在怀中。颜如这个毛病好像有些年头了,这些天更加严重,每一夜要大呼大叫三五次。

眼看是中秋节了,她打算这个节在青山家过了,就到外婆家去。走一步算一步,活一天是一天。

圆圆走后,颜如天天到村后面去,找贵云姐姐家的儿女去玩。那个女孩子已经是十一二岁了,常和她弟弟到青山家里来,贵云是她们的亲姨妈,颜如就和她们熟识了。颜如出去玩,青云也不去找,自己也到大伯家坐去,尽量天黑了回家,再给青山他们洗衣做饭。贵云和青山说:"你姐姐这是避忙呢,家里这样多事她还到处溜达。"青云听见了默默心酸,她慢慢看明白了,无论怎样生活,都是一个不痛快。

农历八月十四,这一天青云的心更加不安,趁着节日,女儿似乎更有可能被接走。一想这事就心乱如麻,仿佛马上就有人站在院子里,一想到这些事,她慌得顾不上穿好鞋子,拖着就往外跑,到村后去躲一会儿。村后是座土山丘,山丘上是一层一层的梯田,种上了果树,这个园子就是几年前青山承包过的果园,青山的那间小土坯屋还在。在山丘下,有一个五斗瓮那样大的蓄水池,泉水从山涧里引出来流进了池子,泉水养着村里人。泉水吃不了时就向前流出去,在一个低处积成水塘,水不深只能漫过孩子们的小腿肚,水塘边上是一片小树林,林子里只有矮的稀疏的野杏树、野桃树,也有被风吹到这里的榆钱儿发芽生根长出来的榆树。桃树、杏树们枝丫稀疏,被少年们攀折了,踏坏了。

青云看见在不远处的大石头背后冒着青烟,有孩子们有一句没一句的说话声。她悄悄走过去。

石头背后有三个孩子,自己的颜如,颜如两只手抱着一丁点的东西在啃,歪着头有点费力。那两个孩子看见青云就低下了头,颜如专心地啃着,青云站在女儿的面前,看见她嘴角淡淡的油水。颜如看见自己母亲把剩下的丢在脚下,头也低了下去。青云问:"吃什么?"男孩子说:"青蛙的腿,身子她不敢吃。"又问颜如:"生吃了?那里来的生着就吃?"男孩子说:"水里能抓,锅里能煮。"指了指三块石头支着一个熏得漆黑的铁筒。苏青云看了,发了一会儿呆,躲到一眼望穿的小树林里去了,树林里满满的斜阳,照耀着她孤单的没有神采的背影。她在那里等天黑。孩子擦了嘴,一会儿就忘记了因为嘴馋的羞愧,唠唠叨叨三个孩子又说起话来,伴着寂寞的秋天里的斜阳和苏青云孤单单的背影。

青云娘在家时,年年养鸡,在记忆中,院里常年是一茬一茬的鸡仔长起来。若哪一年有鸡的流行病,娘就加倍地小心着,每天要给鸡吃蒜苗。母亲养鸡近三十年,没有一回得鸡瘟。鸡一只一只地老了,不生蛋了,卖给别人家。母亲是非常节俭的,节俭到做饭不把盐放足,不容青云吃饭时饭里加醋,说加醋全是白稍。长年吃馒头,一年中很少吃包子,吃包子浪费馅子。晚上不开灯,为了省电。

青云常为娘的这一点节俭中纠结,她就这样也没有能够过好日子。自小就闻着别人家的饭香,好不易蒸锅包子,还要在白面里掺上玉米面,总归不让你吃顺口,为着省饭。她双手拿一个西红柿,摸呀摸的,连最亲最爱的青山,她也没有抚摸过一回。

她走的这两年,给青山留下几茬生蛋的鸡。因为是中秋节的缘故,苏青云一次又一次地走神,老是往回想,想过去。还想到一个人,她那个自从生下就有病的妹妹,她现在是纯粹地干干净净地走了。

青云来青山家,原本是回自己的家,她觉得做客的日子很长了。

中午前,青山带回一捆韭菜,从鸡窝里找到半小盆鸡蛋。中秋节的中午要吃一顿包子,鸡蛋韭菜馅的。

这一天,青云的眼睛老是湿着,心思比平时多很多。她觉得回忆是美好的,它可以过滤掉不好的东西,留下想要的东西,就像从烂果子堆里准能找出几个完整的。回忆的好处是别人不懂的,不理解的,也是别人不能充分享受的一件美事。

51

月亮升起来了,又大又圆,像一盘光亮的圆玉,升高了照在冷冷清清的地面上。这一夜,天空中万里无云,月光完完全全地洒在地上,是又一种滋味的白昼。

颜如睡着了,青云从外面把屋门上了锁。在月下看见自家的院墙蜿蜒起伏,高低有错,残墙断垣。低矮的院门摇摇欲坠,风雨无情地把两扇巨大的木门扇啃啮得坑坑洼洼,灰白是岁月给它的颜色。她轻轻地从门中出去,又掩好大门。

青云自从有了记忆到今晚,命运变换着手段安排她过着颠沛流离的日子。这样的日子过得太久本该麻木了，而偏偏在麻木的心上又滴下血泪来，趁着月色想遣散了心中的血泪和忧伤。

此刻的她情绪很多，多得没有秩序，有些乱。在安静的月夜里有丝丝的狂躁。

鸟儿们一到晚间眼神就不好了，在窝里安安分分休息。猫头鹰和蝙蝠是例外，今夜猫头鹰没有凄厉高亢地叫"呱呱呱呜"，在月光下安静着，或者它也自知人们视它为不吉祥。怎么说呢，世上人有一个爱东的，就有一个爱西的，猫头鹰也被称为夜鹰，有人把它写到歌里去，爱着它，歌唱着它。鸡、羊都睡了，只有秋虫大声地鸣叫，清清脆脆的嗓子。

在屋里时老听得外面有窸窸窣窣的声音，真的走进夜空下，一点儿声音都没有了。这一夜，青云想再看一看夜幕里的乡村，自己的家乡。在月下看世界，有一种特别的味道——神秘首先有，不寻常也是有的。这一刻，她好像看到了曾经时光里的人，不再孤单寂寞。月下有一种超时空的感觉，路过大伯家门口，仿佛看见家珍，还是少女时的她，安安静静没有多少情绪地盯着青云看。

青蛙的力气大，因为它的脖子粗，在村后的水塘里生息，每夜里大叫似乎是为了发泄，要不然为什么呢？青云因此思考一个问题，自然界里的生命都在发出它的声音，都在叫，"叫"似乎是合乎自然规律的。人呢，如果一个人面对喜怒哀乐都不"叫"，是不是有违自然规律。寂寞得深了成了忧郁。青云听着蛙声去了村子后面，停留在三五棵歪倒的没有人理会的树下。看见青山曾经的果园，有心走得更近一些，但听见狗叫，果子在这时熟透了，在果子最好的时光里，必定有几只狗看守，若夜里走进去，肯定被咬得皮开肉绽。青云抬头望，看见青山在园子边，正拾掇被雨水冲垮的堤，而实际上青山就睡在他自己家的火炕上。这就是月下出来的好处，想象可以接二连三地涌出来，在白天是没有的。她静静地看着青山卖力气，她多喜欢那时的青山，那时的他欲望比较少。现在不同了，生活逼他变成一个懦弱多忧胆怯的当家男人。曾经是那样盼望他长大成人，现在又喜欢看见少年时的他。还得套用那句话，回忆的美好是因为它可以在烂果子堆里找出好果子，而现实不是，必须面对烂的局面。苏青云热爱回忆，不肯面对现实，回避现实的个性是这样滋生的。

青云听到了水流声，夜深人静没有人去挑水吃，池子里的水溢了出来，流向水塘，发出来的声音。沿着村边走着，在皎洁的月光下，树和房屋也没有投下暗影，影子在今夜不够灰暗。月下的道路是灰白的，路上好像有人，似乎是忘记了多年的一个曾经很熟识的人，猛然想起来她好像是多年前在一个清明节被挖去了骸骨，做了别人阴间新娘的青松，她忘记了青松曾经安葬在水流边的一块地里。

走近了，没有人，是她看错了，青松生前走不了道，身后难道可以了？但愿是这样，总不能都是一个瘫子吧。

绕着村子走了一圈，回到家门口青云没有进家门，自家门前是进村的大路，她朝着大路走去。这几天，田里多是被收割了的空地，视线因此就宽广了，隐隐地看见白的围墙，看见多年不见的老师、同学，从那个大门里出出进进。有多少年不见的尚凤，她好像还是留着过去的小辫子，一点也不胖，也没有成熟，还是一个少女。

还有他，那个人——张文杰，他很洒脱地笑着，这辈子如果和他在一起了，会有她这一次又一次的出走历程吗？他会收留她吗？那时她不害怕他，现在她更不害怕他，他只有他那一套小把戏，而没有别的东西。噢，还有那时她的梦中人，他轻而易举地拥有了她的真情，那时无情地拿文杰和梦中人做比较，文杰往往落后，被她冷落，现在梦中人也成回忆了，她不做梦了。张文杰笑着，在月光下转身走了，去了哪里？他没有做过令她恨的事情，他的嫩绒一样的胡子，笑起来洁白的牙齿，都带走了。她曾经生活在梦境中，她的情也一样。

青云发了呆，怔怔的。

再后来看见了家珍和今生约会在玉米地里，那时节的玉米还是幼苗，个子没有长高，所以也能看见他们的行踪。

月光更明亮了，如同白昼，月亮更大了，像个大盆子一样扣在当空。借了月光再仔细看一看，什么都没有，看不见远去的少女时代里的那些人，失望里有一种隐痛。良久，她猛然抬头，想要看见什么，也真的看见了。从月宫里还是天的极深处飞落下一片叶子，不，是一封书信，是一片鹅毛。她等待着它落下来，天宫的寄物，她翘首等待它飞落下来。忽然，起风了，把它吹走了，消失得无影无踪。她失望之余,发现原来天空中并没有一丝风刮过,安静极了。

青云回到院中是夜深了,月亮有要落的意思,她不想看月亮坠落,准备回屋去。这时,仿佛她爹娘又在院中央打起来了,互相间没有对骂,眼里仇恨的光也没有了。只是还在打,像两个武林高手。

回屋睡下,她的中秋之夜与故人团圆过了。她知道,她想要的东西只能以这样的方式得到,就这样了。

52

八月十六清晨,苏青云带着颜如从翰村出发朝着她外婆家走去,青山送她们母女走。

这条路,是一条名副其实的逃亡路,多少年也不改变。"唉",青云叹了一口气,现在女儿跟着她又走这条路,后面没有追兵,却有刀光剑影的味道。这是婚姻的杰作。婚姻是什么? 是一双"鬼手",它卡住你的咽喉,让你窒息,要你死,没有明确的理由。苏青云这样看待婚姻。

秋天的田野,一望无际的空旷,与春天里桃李芬芳不同。从没有收割的庄稼地里跑出一只狐狸,远远地看见它黄色的皮毛,一闪而过。

去外婆家要爬三道梁,过三条沟,在放眼望不到头的碧空下,至少得行走一个上午,早晨启程中午到家。在这条路上行走,本应该是快乐的,因为很快可以看见那头的亲人。无奈的青云背负着一个包袱,那里面装着她千滋百味的人生,命运给她一碗稀粥喝,同时也要抓一把沙子放在里面。一切是那样无可奈何。

青山带着颜如,偶尔遇着荆棘丛中的野果,青山小心去摘,颜如等在一边。

将近中午,他们翻过三道梁,涉过三条沟,来到桃花屯旧村,这里已经接近一片废墟。旧村里只住着两户人家,一户人家有一个天然呆的老婆,三个半痴儿女。男人牧羊。这户人家的这个傻女人,在苏青云很小的时候就认识她。那时好像是这个女人的爹死了,她守孝,下身穿一条重孝的白市布毛边孝裤,上身穿一件大红棉袄,脚上穿的一双大红鞋。那时大概是她新婚不久,喜服和孝服同时穿在身上,对于这个女人来说好像没有什么不妥帖。

　　青云听青山说她的二儿子最傻,傻到吃牛粪的地步,去年死了。大儿子和闺女比二儿子强不少,常去梁前村里找些旧衣服带回来,常常拾回一些别人丢了的东西,放在家里,放在院里。青云小时候和小姨常常去看这个傻女人,记忆中她是一个大个子,自己梳头,留着两条大辫子,常说三个字"很心烦"。现在再看她,她的个子不很高了,一头的短发,也听不见她再说"很心烦"三个字,平静地生活在孤寂的荒村。活到今天她是不是真的不心烦了,是什么让她释怀了? 她原来是懂得烦恼的,苏青云说不出其中的缘故,或者是只有这样的女人才能够静下心来,真正地接着地气,和天地自然融在一起,放下人生繁重的情绪。青云对那女人的内心一无所知,所有的都是猜测。青云和傻女人面对面站着,耳朵里有鸡鸣声,有狗叫声,更有数不清的鸟儿鸣叫的声音。一些狸子、獾子、狐狸,也在远远地鸣叫。侧了耳静听,山泉发出的"咕咚,咕咚"声,回响在小村上空。站在这里还可以想象,天黑了从"黑涧里"传过来狼的长鸣声,声音长而哀。村子对面的"黑涧里"是狼的家。

　　这个村,至今都没有电,饮着山泉水。远古时村人的祖先,选择依山傍水生活在这里,大概是为了避开战乱,没想到今天的后人们得搬迁。痴妇人的家住在村边上,一进村就是她的家,褐色的摇摇如坠的小房子,低矮的围墙只能没过她的膝盖,这矮墙连一只老鼠都阻挡不了,更不要说狼虫了。这女人年年岁岁站在矮的墙内张望,她可以望见山川、大地。她的心大概在这一会儿飞在云端,爬在云朵里周游世界去了。人生自古苦短,谁又做了例外呢,心烦到死,又如何呢? 除了她谁又能整年整年地站在山川河流的对面,像一尊石雕,或者只有她的心能够装下这博大的气象。

　　出了痴妇人的家,不远是村里的旧寺庙,庙里早没有了神像,但它仍然具有寺庙的神秘。站在庙门前,仿佛又看见一盏除夕的煤油灯。

　　青云他们走到她外婆旧院的门前,眼前只有一些断的残墙在那里,满园的荒草萋萋淹没了所有的景象,桃树、杏树被折成秃茬,有腰身粗的大树都伐去了,不是自己伐去也是半夜被人偷去了。外婆家门前阶梯形街道,比羊肠路要宽,却和羊肠路一样陡直。村子共有四五层,因为偶有一层重叠,说不清或

144

者是六层。现在村里另一户人家就是外公的本家,是青云那裹了脚捻线的三外婆。那时她都那样老,而现在她仍然活着,不到一百岁也是九十几岁了,她有一个光棍儿子,也有七八十岁了。

这母子俩,住在村子的最低一层,他家的院子没有围墙,朝着阳,靠了山崖,因为地势低就引泉水进了院子,浇了菜地,水用不尽,复流出去。院里生长着花朵儿最大的桃树、杏树,他们家树上的果子最可口,肯定是得到泉水滋润缘故。

在苏青云眼里这里有无尽的趣味,它和穷富没有相干。这里的春天,是世外的桃园。冬天,是一幅水墨画,黑与白是底色,枯枝矮屋和荒野。

青云、青山和颜如走远了,离即将消失的桃花屯远了。面前就是石滩村。青云回头望,这一切变小了,正好把她缩得再小一些,放在瞳孔里那本小书的一页上。

53

石滩村和桃花屯村隔了两里半的路程,石滩村平平坦坦地依在桃花屯村前的土梁上。土梁前凭空冒出许多石头,石滩村以石头著名。村外又是一片一眼望不尽的农田。仅仅相隔这么远,已经是两个世界。石滩村曾经是赶车的、走马的、上山前的必经之路,有不少的车马店。现在汽车上山,马车店成了历史,但是留下一些习俗,见识与旧村都不一般。

几年前,乡里制定了搬迁计划。现在村里只留下两户人家,其余人都搬走了,外婆家搬到梁前的石滩村了。旧村就那样没落了,如今只有残垣断壁,孤寂而贫穷。

进了石滩村,向着外婆家去,脚步轻快了许多,终于站在大门外,门是半掩的。长久以来,这两扇门都是这样地半掩着。他们带着轻微的心跳,和些许流落的沧桑感进门了。

院里的情景让青云脸上的肌肉变得僵硬起来。外婆家院里有不少人,全都是很久不见的亲人。这时见着他们,青云的心隐隐地痛起来,母亲、小姨和小姨夫一道正准备要走的样子,都拎着包。她与母亲已经有两年时光没见过,今天意外相遇有些想哭,还有一些硬生生的疏远感。

院里的人,看见刚进院的三个人,大家也都没有说话。他们没有感到新鲜而奇怪,他们大概早已经知道青云避难在青山家。这两个村子相互通婚,这村的女儿是那村的媳妇,那村的闺女是这村的主妇,乡间人脚勤舌长,没有什么话不说,早有人送话到外婆的家里了。青云、青山在少时是大家的心病,现在各自都成家了,还是一样。

外婆打破沉寂,说:"我的重孙儿,颜如呀,走得都满头大汗。"颜如笑着,小姨夫感慨的情绪不能自控,说:"有那样的父亲,真正是没有见过的残忍。"

众人看见颜如的嘴,吃了一惊,问道:"要换牙了,怎么就在牙床上吊着一个肉钉子?"掉牙、换牙正在颜如这个年龄,牙掉后在牙床上凭空吊个肉袋子,足有一粒大豆那样大,是众人没有见过的。青云见过颜如上颗牙掉时就是这样,那时是刚到青山家,当时吓得有些不知所措。后来也正常换了牙,这次就不太担心了。

小姨看了眼圈发红,小姨夫直感叹。苏青云的娘一只手抱一个包,一只手一把一把地抹脸上的泪。外公看见时背过脸去,他宽阔的背,这时都驼了,他苍白的头发,不再浓密。外公是今生里最能让青云感受到亲情的人,今天她又带给他忧伤,青云的内心充满着愧疚。同时不得不表演她人生的角色,一个不成器的,无情无义的,不谙世事的可怜虫。青云的眼泪像秋后的溪水,从她麻木的脸上凉凉地滚下来,直到感觉泪泉的水不再流出来,就擦干了脸。青山蹲在屋檐下的岩台上吸烟。

青云娘说:"你娘俩来了,就在这儿多住些日子,你外公外婆养得起你们。娘是要走了,今儿和明儿走都一样,就是留下来也替不了你受罪。"娘要回新家,两年不相见而已,却有二十年没有娘的感觉。青云没有见过娘的新夫,母亲再婚没有碍着谁,谁都管不着,只是觉得悲凉。

外婆对她的女儿们说:"天也不早了,你们要走就走吧。"她拉了颜如的手,说:"长这样大了。"外婆老了,仍然是美丽和乐观的,有外公的宽厚和仁慈就为几代人撑着天。为儿女,为青云,甚至为颜如。

青云母亲真的走了,这突然的相逢,像个烧红的铁烙子,在青云心上烙下今生的伤疤。小姨夫临走又感叹了一次,说:"真是让人看不下去,愣是这么残忍。"青山从始至终没有说一句话,蹲在那里像个木桩子。

分分合合就这样地让多愁人禁不起,性格坚韧的外公他也禁不起。多愁是无力的,苏青云自认是天造的忧星,招人烦恨,让赵家不宁,又带给亲人们无穷无尽的不安。

青云这次无可奈何地出走后,打算让颜如在翰村上学,自己种些地,生活下去。现在看起来活下去的方向在哪里都不知道,外公外婆暮年人为她操心,为她过不下去的日子烦心,她的内心强烈地不安着。

秋天,剩下没几天了。这两天,青云隐隐发现,她不能看见菜刀、剪刀一类的东西,帮着外婆做饭时,手里拿了菜刀,老想往自己手臂上砍,觉得可怕极了。想心事的时候是明白一阵,不明白一阵,不安和仇恨来了时就接近疯狂,没有理智,她努力压抑自己的情绪。经常想到家珍,如果有她的帮助,是不是可以走出去,活出去,活到外面的世界里去?青云在狂躁之余,不得不为她自己的出路做考虑。

外公年迈了,他没有歇着,干田里的活,捎着在家里养几只羊,弄草料,打扫羊圈。外婆整日踮着她半缠后来放开的脚,一面走一面唠叨着,到街外听到新的信息,各种各样的,带回家来,学说给青云听。外婆的气息中带着一种接着地气,又带着春意的一种特质。外婆说:"收羊皮的外乡人,拐走了李大拴的儿媳妇,李家的儿子太混账,该有今天这样的结局。郑家离了婚的女儿回家来了,在外地做了几年买卖,新买了房子要带爹娘去住上一阵子。不管是怎样的命,活着活着总也能抓着个阄儿,在阄儿里总有一句明白的话,告诉你怎样去生活,抓不着时总是时机没到。办事不成也总是像上庙拜神一样,还有几个庙前台阶没爬到。活了这许许多多的冬春,就明白了这个理。"

青云思量着外婆的话,自己的这一辈子何时有一个机缘能抓到一个阄,阄里面是怎样的天命真言。秋尽了,树上的黄叶也没有了,被苍劲的风刮尽了。落叶都被卷在背风的弯沟里,积成堆,等到来年化成春泥。

苏青云不说话,整天发呆,生活看来是一点出路都不给她。青山说过的那件事她又想了一次，还是决定不去做。她不会第二次寄希望于婚姻，更何况带着颜如。站在这个路口上张望。没有走过的路或者可以怀抱一点希望，已经走过的，辛酸苦辣尝尽了，决定不尝第二次。这一桩婚姻，已经让她活不成，怎能轻易接受下一桩。反过来说，自己没有经济独立，归根结底还要靠男人养着。不能独立生活不就是一棵悲剧的根苗？山野间的藤蔓，是要靠缠住一棵树活下去，要不然就要佝偻成一团。它没有腰杆，或者是太细太软。

　　天冷了，青云整天佝偻着身子睡在外婆家的暖炕上，外公带上了帽子，外婆围了头巾。院子里夏天种菜的菜畦是一片荒凉，都披了霜，有几只野鸽子"咕咕啾，咕咕啾"地叫着。突然，房顶上的几只鸽子似乎疯了，猛然乱飞、乱撞。院里两只小羊羔没命地跳着、叫着、乱跑着。空气中的风也像乱了套路，来来回回地吹着，在逆转中吼叫着。房顶上的野草，被无形的大风吹得"呼，呼"响着。这是怎么了？外公和外婆刚才正在打盹，现在坐起来，伸长脖子，望着窗外。也都有些惊愕。苏青云更加不安，这是怎么了？

　　赵成进突然进了家门，苏青云直打哆嗦。他一定是来带颜如走的，青云想和他拼命，在哪里拼呢？在外婆家，让两位老人目睹吗？她的大脑飞快地旋转着，装作镇静，独自寻思，心里吊了七上八下的桶，等着他发作又惧怕他的发作。颜如比平日傻了许多，她躲进了厨房，进去拽也不出来，问话也不回答，只是发呆。赵成进看见了空气里的成分，青云外婆也看见了，外婆用宽容的情怀和他说客套话，接待他如同接待一个贵宾。

　　赵成进和苏青云外婆一番客套后，他大声说："让她们母子再住些天，过些时候我来接她们。"临走留给颜如二百块钱。

　　他熟练地掌握住了一种手法，就是打你到半死，再给你揉一揉。这是青云今天以前没有发现，没有领教过的。不过还好，总算没有重演圆圆和他外婆的旧戏。

　　两天后，赵成进又来了，来接青云和颜如。外婆给青云带上一些土产：豆子、枣、玉米面、高粱面、干豆角，腌酸菜也带上了。临走青云看见外公的脸上十分酸涩，高大的身躯又驼了不少。外婆送他们到大门外，吩咐着赵成进说："闲了时，常来呀。"赵成进答应着向外走。

这是一个冬日的黄昏,空空的旷野,灰云密布。正是老树、昏鸦、枯枝的景象。

苏青云回到古槐巷。在这一年的春节前,她带上写下的那些东西,去省城出版社找人看了看。人家翻开首页,只看了几行,就递给她说:"到别处看看吧。"

青云从省城回来就病了一场,整天糊里糊涂,也没有吃过一粒药。直到第二年夏天才有点恢复,这时她的听觉无缘无故地出现问题,听别人说话时感到有点费力。

54

时光和水有一个共同点——一去不返,人是一天一天地老去,所以在这时迫切地要做些实在的事。就是说要趁着年轻亲身体验既陶醉又满足,既温情又销魂的感情生活,不要日复一日地两手空空让自己老去。

家珍不很满意二田,可是过日子二田又不可少。郝今生要往四十岁的年龄奔去,但他依旧是老样子,脸上的表情和当年一样,没有增一点,没有少一点,不同的是皮肤松弛了不少,脸上的皱纹多了一些。他依然在纸作店做些事,为死去的人做些房子、院子、花圈一类的东西。他有很充足的时间玩麻将,赌的是小钱,家珍常说他成熟了,赌也知道个深浅了。他成熟了,青涩的年华早已经逝去,能不成熟吗?

家珍是爱热闹的,她依然不甘寂寞。陈新伦现在和家珍是好朋友,他们无话不谈。青云这些年也常来家珍这里,与家珍的朋友也很熟识,而且他们中间有些人是街坊。还有玉贞的儿子,他长成了一个健壮、潇洒的男子汉。他与人交际、应酬都在他妈之上,他超越了他能干的母亲。他与家珍很投缘,青云也喜欢他有活力。他去年刚成家,媳妇是他父亲给他挑的,他常常大笑说:"给我爸爸娶呢,我自己要娶的媳妇,丈母娘还没有把她生出来呢。"

陈新伦先前的情妇都成了过去,没有与他结出果实。特别是唐老板的小妻,新伦在和她相处时,尽了最大的努力,同样也没有结果,她的钱还是她自

149

己的。只是在缘分尽了时，弄得很不愉快，那个女人不是任何一个男人都可以驾驭得了的，她睡在新伦家床上撒泼，说姓陈的不让她过日子，陈家大小都得跟着难过。尤应束手无策。家珍去劝和，回来说："那女人没有不敢说的话，没有不敢做的事，她敢揪男人的胸毛。"

那女人当着尤应和芬芬的面揪了新伦的头发，还在他脸上乱抓。后来女人被新伦打得差点皮开肉绽，带上刀子要与新伦同死。

那些日子新伦家不平静，这是去年的事了。今年，他常常想让妻子再生一胎，生个儿子，老有所依。等他死了以后，有人抬棺材，用得着。

新伦常来家珍这里，有时也带上尤应同来。他有他的一套本领，对尤应也有柔顺的一刻，那一刻，说话语气低稳深长。

青云现在对他有所了解，如果他与人低眉顺眼，恭谦有礼，说话柔声细语，说明今天他心情特别好。如果今天见面，他"哈哈、嘿嘿"地有说有笑，那他的心情一般，这时他会与人打趣逗个笑。如果说话没有分寸，他今天有可能因为一些事，情绪要暴发。每个人都是一个"奥妙"，从新生到老迈，从生到死，会很奇怪，很有趣，会让人很感叹，会让人感到很可怕。

尤应近些年的邮包不少，青云听她说过这些都是过去朋友的接济，有穿过的衣服，有钱，还有一些简单的首饰。尤应现在穿各式各样的衣服，长一点、短一点都能凑合，红一点、绿一点她都不嫌。她原本是爱素洁的，现在是花红柳绿地穿。她很少出门，偶尔遇上她，也是蓬头垢面，看起来她已经很不在乎美丑了。她很忙，脸色很青，她的脸似乎长了一截，像个长瓜。

这两天，尤应神秘地避开人，来找青云，很怕别人看见。也回避颜如，半大孩子，会传话了。她终于说出了其中的原因。

多年前，陈新伦家里去过一位先生会算卦，尤应因此坠了胎，一个成了形的男婴。她问青云说："那件事你是不是记得？"青云说："很清楚，没有忘。"她压低声音说："我怀疑这个人是新伦找来的，那几年，他一心想着与那个女人双宿双飞。现在回想很多方面实在可疑，最近想做一个证实，明白一下事情的真相。"青云说："隔了多年的旧事，你知道他是哪里人？"韦尤应说："我怎能忘了他报家门的话。当时听他话音僵硬很像外地人，却又装作是本地人。因为他葬送了我未出生儿子的性命，那一天的那件事，怕是这辈子都忘记不了了。"

这件事一直是尤应的一个心病，有很多疑点。尤应希望青云和她一起去验证这件事，不要让别人知道，最要紧的是她姐姐家珍决不能知道。如果这件事泄露了，可能成为兜不住的大事，而且青云也会跟着受牵连。

她俩悄悄地计划，分头行走，在一个地方见面，找到已定好的出租车。

55

出租车出了庸城镇向东驶去，从田野上沟壑边的一条蛇形土公路上行到一个安静的乡间小村。进村是一片枣林，车子就停在枣林边上等着。两个女人进了村，尤应说："那先生的家，住在进村的第一家，祖上传了三代传到他这里的一门手艺，名声很大。"青云说："那找到他比喝凉水还容易，咱们就进这村子的第一户人家，好解开你的心结。"在乡村里，院门大白天永远都不会关闭，不用去敲，因为院子很大，敲门敲破了手指，都不会有人出来看。所以村里人养成了习惯，想去谁家推门就进。或者是在院门口扯开嗓子大喊："有人吗？有人在家里吗？"这效果也不大，院子都太大，邻里又紧连着，谁知道是谁家有人叫呢？

青云、尤应进了院子，站在人家家门口，等着主人出门来盘问，等着算卦先生出现。这时出来一男一女两个人，尤应开始打听那个算命的人，这一男一女直摇头说："没有这号人。"尤应说："这附近也没有一个算命的？"男人说："有是有，是一个盲人。这个人是在十七年前寄住在村上的，那时这个人的眼刚刚被硫酸烧瞎，不能生存。失明的人是一个无妻儿的年轻光棍，他的舅舅是一个老年的光棍，两个光棍相依为命，直到前年他舅舅下世，只留下了他。他偶然给人看看命，大多数是择个黄道吉日，婚嫁，动土什么的。"尤应说："除了这个人再没有别的算卦先生？"男人说："那就再找人问问去，不过我说一句话，除非是昨夜天上掉下个你说得这么一个人。"他家女人说："说没有，就说没有，闲扯的没影了。"男人说："我说没有，她们不信。"她们两个人出了这户人家。苏青云说："就找这个盲人去，但愿他就是我们要找的人。"尤应说："难道他真的用了手段，非害死我未出生的孩子不可？"青云说："先不要瞎猜疑，这些年算卦先生眼瞎了，也说不准。"尤应说："人家眼盲十七年了，这事可没有十七年。"

尤应和青云在村子里到处打听算卦先生的来龙去脉。有一位好心的女人带路去找，说："跟我来，管他是祖上流传下来的，还是现学的。管他是明眼的，还是盲眼的，算得好就是好先生。"

左拐右拐，走到一个小小的院门前，推门进去。院子是想不到的大，各种树木杂生着，有三间小瓦房。矮矮的不用担心有一天它会倒掉，该担心有一天它陷到地下去。太低了。

进了院，女人喊："剑秋，剑秋。"听不到应声，女人转到后院去，一边走一边说："从来不出门，今天生意来了，人倒找不着了。"一会儿工夫，女人笑盈盈地返回来说："马上就来，后院摸鸡蛋呢。是他自己养的鸡，可不是摸别人家的鸡蛋。他可是一个好人，哪里会拿人家的东西！"女人一半自言自语，一半说给青云、尤应两个人听。

不久，真有一个男人走出来，不太像摸索的样子。看步伐，他似乎多少能看见一点光亮。这个人从嘴上边，额头下边全是烧疤，大白天看了都吓人。男人看上去四十多岁，身体矫健，有形，他开口说："两位是远来的？进屋子说话吧。"跟着他进屋，小小的屋子里竟然擦抹得干干净净。香炉里燃着三炷香，正冒着青白的烟。尤应又开始说要找个先生，是这村里人。剑秋先生说："那一定不是我，我从来没有见过女先生你。"尤应说："是的，先生。这村里是不是曾经有一个先生也算命？后来搬走了，或者是死了，人们只说没有。"剑秋先生说："近二十年来没有这样一个人。"尤应是南方人，多少带点南腔，青云是北方人，一口北调，两个人南腔北调说起当年的那段事，要找那个人。

剑秋先生说："你们说的这个人，应该是借用了假姓假名。这个先生他算定你孩子是他父亲的克星，而事实相反，父亲反而是孩子的克星，未出生就先丧生，这一卦不问自明。"剑秋先生说完，尤应沉默了，多年前的那件事，明白了十之八九。

152

这件事已经没有必要浪费口舌了。剑秋先生开口说起了又一件事情："问卦的这位女先生你是一位有技艺在身的女子，应该是吃'开口饭'的。"尤应、青云同时有点吃惊，青云问："先生你仔细说说，她的开口饭是怎样一个吃法？"剑秋先生说："她有厚重的嗓音功底，能说她不是一个唱戏或者是唱歌的出身？"青云听先生这样说，看尤应的脸色，尤应默默地低下头。剑秋先生又说："是不是这样呢？"青云说："先生是一位高人，也是一位善人。你告诉我们，人究竟是命运做主定前程，还是人做主定命运呢？"先生说："命运与人力是三七定，有一本书《了凡四训》，里面这样说：'人力能改变命运。'一个先生只看命，不看人，他的话大多是胡诌。"青云问："既然是这样，我姐该怎样做？"剑秋先生说："你们年龄都不大，重拾旧业不难吧？"他停停接着说："不要把生活坎坷的经历当作负担，让它变成一种历练。你们有健康和天赋，不要把自己的命运依附在别人身上。与两位女先生有缘，一说就说到这儿了。"

青云问："先生呀，我们今天没有枉来这一趟，我姐她真的可以重拾旧业来谋生吗？"剑秋先生说："那是肯定。"青云又问："她还有机会吗？环境实在是不尽人意。"先生说："机会常常有。带你们找我的那个女人，她的女儿是一个艺校的毕业生，毕业后在家坐了一年。一年后，她跟鼓匠们在现在时兴的红、白宴会上唱。谁家儿子娶媳妇，谁家嫁女儿，谁家死了爹，谁家死了娘，只要有人请，她就去唱，今年正月里逮着一个机会跟着歌舞团走了。"尤应是沉默的，只有青云和先生交谈着。

临走时，尤应从衣兜里摸出一张十元钱和一张五元钱，放在已经燃过香的香炉前。先生说："女先生兜里比我的兜还单薄，就不要放钱了，反而是两位远道而来陪盲人共度了这半日时光。"青云从兜里摸出十元钱和那两张放在一起。临走剑秋先生送她们到大门口。

两个人出来，正好遇上高嗓门的那个带路的女人，她问："两位要走了呀？"旁边有人问她说："那两个人是盲人的亲戚？"她说："不是亲戚，是算卦的。"有人说："瞎瞎顶多是选个日子什么的，算命他能算出什么道道来，要不怎么说'远来的和尚会念经'。"又一个人说："怪可怜的，年纪轻轻时就被人坏了脸，盲了眼，也得怨他和人家的女人相好，犯了男人的大忌。听说那个女人还是一个唱戏的美人。"另一个说："女人实在是祸水。"几个人就这样大声地交谈着,生怕周围人听不见。尤应、青云走得慢,清清楚楚地听到剑秋先生的过去。

出了这个村子,青云想起那个先生,他有几分潇洒风流的气息传递给人们,多年前他定是一个美男子。多么令人惋惜,他因为一段情毁了自己一生。

尤应和青云走到村前的枣林边,司机在车上打盹,然后是回程。这一趟,证明了多年前那个有名有姓的算卦先生,是个假先生。

56

不久,尤应在街上醋坊里找了事做。新伦受不了她的一身醋味,她没有了体香,没有了风情。在她脸上连唇红也看不到了,她太不经老了。在芬芬这一学期开学的时候,尤应卖了她最心爱的东西,那把古筝,她就更落魄了。后来她老怕想起那天卖古筝的凄凉光景。

家珍对尤应有点很不以为然,走过江湖的女人十有九是绝对的硬气,就没有像她这样活的。

家珍是风情万种的女人,她认识的人很多,她的热情是她生命中不败的源泉。青云和她走在一起习惯了她是主角,愿意跟随不知疲倦的她。哪条街有场戏,哪条街有庙会,只要家珍在场,就有青云相陪。

一个修鞋匠和武大郎一模一样,这样的人家珍都认识。这个和武大郎一样的人,修鞋时伸出两手,手掌比平常人的手短了一半,手指比平常人粗了一圈。这个武大郎却拥有西门庆的性格,他只要看见女人就不生疏,会以无比快的速度使女人们注意他。他和女人们说话,接近各种个性的女人都没有问题,苏青云这样类型的女人他也有办法接近。他说话不着边际,海阔天空。他爱谈论别人的隐私,谁和谁的关系不正当,谁现在的情夫是谁。而且一点不耽误手里的活,也不耽误和路过的旧主打招呼,他敏捷的手法一般人都没有。女人们把他看作武大郎一样丑陋可笑,任他说东道西,不和他计较,日久天长,他成了镇上一道低矮、丑陋的风景线。街边的修鞋摊子上,他的生意堆成山。

这个西门庆式的武大郎是个诗人,他一边修着颜如的运动鞋,一边给青云吟念他自己做的诗,他胆大猖狂不自卑。头发稀黄露着脑门而且反卷,黄的眼睛,红的鼻头。整天坐在小凳子上,抖擞着他七八岁孩子一般大小的脚。他若站起来走两步,你就会看见他的短腿。这样一个人,他的自信是石雕的、铁打的、不可摧毁的,他精神生命力的强盛是令人感叹的。

农历六月,庸城镇东的"千佛寺"要唱戏。家珍是有戏必看,青云是紧跟在身后。走在街上远远就听见锣鼓声,一会又是胡琴声,戏开了,是一个青衣的唱段。青衣的唱段大多是悲凉的,不像花旦那样欢快。青衣的角色就是身世不济的凄楚女人。

戏里唱的是洞房花烛假姻缘,金榜题名虚富贵。戏台子就搭在寺院里早已成为废墟的一个台前。

"千佛寺"新修的大殿"千佛殿"里香客不少。上庙的只管上庙,看戏的只管看戏。戏唱的全是年年岁岁看腻的旧戏,青云想到处走走,家珍走在她的身后。"千佛寺"的新大殿气象宏伟。殿旁大槐树下是两间旧僧房,旧式木制的门窗。青云和家珍从门前走过,听见僧房里有人讲话,这声音勾起了她们的好奇心。

僧房里说的是庸城镇上,明朝前出过一个翰林,一个太医院院判,两个状元,还有一位贵妃。清朝两百年出过一个探花,一个宫女。日本人进来时,七天七夜攻不破城。后来一个汉奸,放了日本人进城,城里人被杀了一半。自从出了汉奸庸城镇从此风水被毁。

有一年,一个云游的高僧路过此地,叹息说:"此地非圣贤力改不了颓废的局面。必要修孔庙,供奉先贤。引卫河水进城,城正东修木塔,方可再现上古的繁华,也可醇了民风。"

苏青云又在夜深时写东西,仍然是找不到灵感,没有激情,写几行就像跑了气的气球。什么都没有的内心世界,空得只有一张皮囊(偶尔也有很奇怪的例外,能写一篇短短的文章),她的愿望变成欲望一直纠缠她,就像少年张文杰那样永不言败。常常想到那个少年,那个她曾经不理不睬的张文杰。文杰纯净的感情变成了她彻夜的思念。当然青云更加想念那个让她一思念就流鼻血的邢建业,思念他时她的心像有千万只小爪子抓一样难受。她是多么热爱男人,也是多么痛恨男人。她是多么渴望得到爱情。她又是多么惧怕男人和情爱。她在寂寞的长夜尝尽相思之苦。建业的面孔有点想不起来了,才相隔了多少年就记不清他了。原想一辈子最忘不了的是他,反而早早地记不清他长什么样子。他的影子常在眼前,但想摸着他,抓着他,他就不见了。他说过的话,停在耳边没有散去,只要屏住呼吸,好像看见他的嘴唇在隐隐地动。青云想念他太痴迷了就要流鼻血,多日了不敢再想他。还是思念文杰吧,文杰的脸现在又能记得清楚了,他的眼神,他的嫩胡子,浓密的头发。他略宽的臂膀,细的腰腹,不失矫健,也有威猛。在他属于了别人的时候,才这样想着他,说不定现在的他已经变成一个朝三暮四的人了。何必拿对他的思念来折磨自己。青云知道不过是自己空虚,现实无法满足饥渴而已。

青云敲敲自己的额头,这些天,她的情绪极度地狂躁。她思来想去不知道什么原因。她想排解一下,出去走一走,把揪紧的心放松一下。

在巷子里,有一个人推着一个破旧的自行车,走过来走过去,这样地走着有些年头了。若是有三天这个人没有走在巷中,人们会有些不习惯。他是大众的朋友,也是大众的陌路人,见着眼不生,不见他也无妨。多少年了,这个人还是老样子,一个大孩子的脸,一个成年人的身体。

苏青云在大槐树下看见他,想:这人究竟有多大年龄了?青云嫁来时,他是个半大孩子,才张罗着要念书去。不多久,因为脑子使不出力气,不能学习,一个豆子大点的孩子都和了尿泥往他的脸上抹,他没有反抗意识。人的能力各自都有一个定数,他就被定格在那个框子里。他父母为他取名叫"英红"。这些年他长大了,时运也好转了,没有人作弄他了,偶尔和他开个玩笑,最多拿他打个趣。他们家是外来户,初来时,住在古槐巷一个破旧的院子里,他的父亲以收废品谋生,后来他家盖了新房搬走了。英红每天都推着车子回到这里来转悠,他还是留恋旧日子、旧环境,每天都来。男人们时常拿他寻开心,说:

"你哥娶下了媳妇,你怎么也不娶一个?"英红说:"我爹说给我娶一个四川。"人们就开始笑他:"四川是个能娶来的,四川是个女人?"然后英红说:"我也不想娶四川,想娶'大蝴蝶'。"大蝴蝶是市里新出名的一个歌舞全能的艺人,这两年,在这一带走红着。英红不知道怎么就迷恋上了她。

看见别人家的小孩子,英红说:"娶下大蝴蝶生个孩子,我倒些灰渣子,赚下钱买白面、大米,也能过日子。"女人们就笑他,拿出一个不好的脸色丢给他。男人们说:"谁也不如你嫂子好,看得见,摸得着,不如趁你哥不在摸她去。"英红说:"那个女人不好,骂我娘好几回了。"一个强悍的大个子女人,对着教唆英红的没脸的男人说:"一张臭嘴,教人家傻孩子一些坏话。教坏了仗着痴气做些坏事,先祸害你老婆去。"

英红推着车子走了,做个打电话姿态,说:"嗨,蝴蝶,你在哪儿?"一个男人说:"人越是没头脑,就越想着那个事。"大个子女人说:"滚一边去,邪歪不正的东西。"

英红推着车子一溜小跑不见了,笑声也就止了。这是在夏天,街上乘凉的人最多的时候,也是英红最忙碌的时候。人们逗他玩的话也只有几句。谁都知道他迷恋上大蝴蝶,少说也一年多了。

英红在这巷里,推着他的自行车来来回回走。如果承揽上了倒垃圾的活儿,就飞快地回家推来一辆铁板车,车上放一把铁锹。辛苦一阵赚上一元、五角的。他把赚来的钱整齐地叠放在上衣口袋里,口袋上还有一个纽扣,紧紧地扣着。

这些年,他也会唱歌了,只两句反复地唱,"流浪的人呀,你在哪里,冬天的风呀,阵阵地吹"。他想起来就唱,一年四季就这样。他是一个善良的人,他不会偷盗,不会行骗,不会破坏,不打人,不欺弱小。他只想念、爱恋大蝴蝶,始终也没有调戏过任何女人,巷子里的男人对他都放心。哪家女人有点干不了的活,花上一元钱,英红就来了。苏青云常和英红打交道,而且是青云开口英红没有不照做的。人们也有请不动英红时,他们在英红身后喊:"英红,英红有活儿了,来赚钱。"英红在前面小跑,越叫,他越跑,今天他没心情。但青云有活找英红,他就没有不愿做的时候,英红成了她最忠实的朋友。

有一年秋天，传来一件傻子强暴女人的事件，这段日子英红是孤寂的，女人们都不爱搭理他了。而他一如既往，走来走去，把春秋用腿脚度得平平淡淡。日子长了，人们淡忘了那件与傻子有关的事件。英红的人缘又走进了春天，复再拿他开心。他什么都不在乎，不在乎冷热，不在乎多寡。他是一个智障的好人，难得的。

58

青云记不得锁巨少年时是什么样子，锁巨是玉贞的儿子。自从他常在眼前走动就是这个样子，这两年发福了。现在他的孩子都会打酱油了，他还是那样似成熟又似顽皮，整天在家珍那里，不是捏着家珍手腕，就是拽着家珍胳膊。

他是威猛的，也是洒脱的。"只是不爱读书，不太识字"，这是他妈玉贞常说的一句话，还有"早早在社会里爬滚，种种的人际关系他了如指掌"。他母亲常为他没有知识而遗憾，为他把人情世故玩转而骄傲，她说："很多人不能通达的关系他都能通达。"青云是一个木讷的不善言谈的人，他也能够和她接近，而且是自然的。他大方地可以拉上青云的手，搭上青云的肩而不别扭。他又是极其顽劣的，拉着青云的手不放开，大手掌绵缠而有力。家珍说他是玩弄女人的高手，他洒脱而厚脸皮，让人气，让人笑。他很爱拿青云开玩笑，说："你那小情郎在哪儿？"他放荡也有亲和力让你讨厌不起来，"让我来做好不好？你和许晴长得真一样，真正地招人爱。"家珍骂他说："少胡说，让姓赵的听见了揍不死你。"锁巨说："算了吧，姓赵的正在'狼头山'上左抱一个，右搂一个，亲都来不及，顾得上揍我？"家珍说："你这张嘴疯了，疯说。"青云被他话里无数个锋利的尖针把心戳了一下，而外表装着平静。暴风骤雨里她的心在颤抖，脸上还得装风平浪静。她就是这样一个不露心事的女人。

锁巨甚至能和新伦的妻子尤应开玩笑而不觉得陌生。他不大理会新伦，一方面嫌新伦装文雅，一方面嫌他气量小。

有时候，他和新伦在家珍这里遇上也说些话，某某怎样，那人那事因何成,因何败。谁谁谁,那人做的那些事利弊在哪里,得失有多少。

接下来锁巨说起了庸城镇人的三没有:没有土地,没有教养,没有技能。镇上人情薄、吝啬,爱面子又装大,家里四口人只有两亩旱地。不像别的镇里人,家家都靠田地吃饭。因此庸城镇上的人不得不动些歪脑子谋生。前些天,听说一个家伙偷羊,白天出去转悠踩点,后半夜,去羊圈抓羊,风声紧了就歇着。那家伙吃这碗饭,迟早都得出事。

庸城镇人不得不吝啬,他们比乡里人见的世面多,比乡里人的欲望多。锁巨的话家珍认同,说:"在我们村里,就没有像你们这样生活的。"锁巨挖苦她说:"那你为什么赖上今生,非要嫁来,不嫁在你们村里?"家珍说:"那时小,现在不是迟了么。"

锁巨说:"一个一个什么都不是,充当大哥。没有工厂,没有矿山。你看人家山里人,靠矿吃饭,流出来的汗都是油。庸城镇里的男人一过五十岁,脸变得土灰土灰的。"家珍问:"为什么四十岁的男人脸不土灰?"锁巨说:"四十岁的男人不是靠着荷尔蒙脸上放光么!"家珍说:"你净瞎说。"

锁巨说:"男人们兜里空,在思想上又极端地向往怒放的人生,还不得想办法?做什么的没有。小金岩和肖成端俩大美男子怎么活?那两位上山是虎,下海是龙,为什么有时候活得像条虫。肖成端为什么落得那样下场?过去倒卖过几年化肥,赚下不少钱,一时不知道该怎样花钱了。有人想办法赚他的钱,他就吸毒了,他是我们这里最早的吸客。听说吸上毒,想要什么就有什么,钱和美女,都在眼前真真切切的。"

家珍问:"小金岩怎样?"锁巨说:"那家伙鬼精得有名,至今都没有吸一口,可见他的定力。他从浪子堆里爬出来的,算得上是一个人才。"

一个下午的谈话没有中心,东绕西绕,不过全是些闲话。

59

这些年,戏曲不受欢迎,遭着冷遇,县里剧团唱戏的演员举步维艰。从几时开始刮起一股风,但凡有点办法的人家,家里长辈去世了,办丧事都要请人唱两天。人人都有攀比心，家家做事都要请人唱，而且大多数是白事宴，婚嫁的喜事上很少见。原本在丧者的丧礼上，该是悲悲切切的来表示哀悼，反而是演变得热闹非常，歌舞喧天，这种现象人人默而认之。

这两天，苏青云听说一件事，关于尤应的。尤应每天本本分分地去醋坊做工，怎么就和丧礼上唱歌有了说法了呢？苏青云为这个女人担着心。因为越来越和新伦熟识，才认识到他不愿意有人到他家去招惹他的妻子，或者哪一天因为有人和她往来就怒骂尤应。青云觉得人越活越唯唯诺诺，原有的锐气会慢慢地被生活磨得扁扁平平。

青云去姐姐家珍家里，家珍说起尤应家的事，她对她的家事了如指掌。新伦视家珍为红颜知己，没有话不向她说。

原来尤应在这家醋坊里做事，醋坊老板娘的母亲去世了。在送葬的前一天，尤应跟着去给人家洗碗。老板娘的娘家在乡村，地道的小门小户，请的一班鼓匠不是很有名，临来时，两个唱手只来了一个，悔了约了。在规矩上既然请就请一双，没有请单的先例。这一下大家都急了，一时竟然没有办法可想，第一天晚上单唱，第二天送殡的日子也单唱，传出去要闹笑话。当时陈新伦娶回尤应在庸城镇是一件新鲜事，风起云涌的，谁不知道这个女人会唱歌。她现在正巧在醋坊做事，老板看见她就动了心思，和老板娘一说，老板娘就去和正在洗碗的尤应商量，尤应拉起围裙擦了手，同意了。老板娘说："准备一下。"尤应说："放开音响就行了。"

那天，韦尤应一连串忧伤凄凉的歌唱下来，竟然没有掌声，只有男人们的叹息，女人们的眼泪，亲友们痛哭不止，整个葬礼一片哀声。第二天尤应又唱，似乎是唱不完，诉不尽。这件事像长了飞毛腿一样跑得快，又被人们一次一次地渲染，传到了新伦耳朵里。他大怒，尽管尤应出场赚回三百元钱，还是被他打肿了脸，这两天没有去做工。听尤应邻居说新伦打尤应这件事，尤应这一回一点也没有屈服，而且是非常坦然地挨着那无尽的暴雨一样的耳光。

女人的生活虽然是各有不同，但是软弱者的生活是一种格式。

之后的尤应变得无比固执，她又找人合作，一次一次地唱，一次一次地挨打。她女儿芬芬已经上中学了，办了住宿，她了无牵挂。尤应竟然是唱一场就预备回家挨一场打，被打没有什么了不得，只要做了自己想做的事。闲时，她还去醋坊做工，起早贪黑为丈夫洗衣做饭，她用赚来的钱为丈夫买了一部新手机。到此，境遇有了一些改变，也有人看见新伦和她并肩走在巷里，虽然是岁月无情地拿走了他们的青春，但仿佛还是一对金童玉女。只是各自的颜色不同了，各自的眼睛里折射出来的山山水水不同了。

60

只有多半年工夫，请尤应唱的班主就多起来了，她很少去做醋了。丈夫新伦对于她是有所管顾，有所不顾，只让她到附近的村庄唱，不让她走远了唱。只让她跟着鼓班主是老头子的张某、李某、王某，别人来了全推。韦尤应答应了。自从她唱后，女儿芬芬打扮得越来越漂亮，个子已经超过尤应，新伦也更加潇洒了。苏青云看见这一家人苦尽甘来，特别是尤应，孤苦伶仃一个女人，总算找到了奔头。青云可以想象到她幸福的心情，这只是开了个头，幸福的开头。青云为尤应一家高兴了一个星期还有余，兴奋得差点夜不能眠。

一星期过后，青云不知道怎么了，脸烧心跳，老是想着男人。

黑夜做梦，梦里有一个男人，好像是张文杰，又不完全是。这个人在山涧里一块大青石上站着，身边流着泉水，他倾听着悦耳的"叮咚"声。山涧里的平坦处，纤细的、密如毛发的绿草，一脚踏上去，有些踏不到底。青云和这个人站在一起，这个人的手像小金岩的手，尽管她从来没有看见过小金岩的手。他用一只手抚着她的下巴说："来，看我的眼睛，来，看我的心。"她就看他，曲线分明的脸，一双多情的眼睛特别明亮，听见他的呼吸，闻见他的气味，熟习的邢建业的味道。他的另一只手也伸过来，抱住她的腰，这样她就听见他呼吸得有点粗，想倒在他的怀里又怕他笑话，就不肯轻率。他看清了她的心思，就紧紧地抱了她，用他热烈的嘴唇亲吻她冰冷的嘴。这一吻是长时间的，从白天到夜里，天上只有繁星，月亮不知道哪里去了。

青云感到他的身体矫健异常，宽的肩，细的腰，是她所喜爱的那一种。这一夜，她和她的梦中情人在一起，感到他身上有一种神奇的温暖是世上男人没有的。

　　整整地做了一夜梦,清早起来一次一次地回想,认为做女人就要做梦中那样的女人。梦境成了她向往的天堂,梦中人让她不能从男人的诱惑中自拔。

　　此后青云隔三岔五地想做这样的梦,但怎样也做不到,她失望了。一个中年女人怀春了,一段世间奇闻。奇闻就奇闻,她想,再老一点就连做春梦的欲望也没有了。这一辈子,可真穷,什么都稀罕。

　　从春梦中寻求安慰,打发枯燥的日子是必要的。照顾颜如的生活,继续柴米油盐酱醋茶的日子也是迫切的。

　　青云提上篮子到菜市场买菜,一路走一路想事,还是想尤应。她为一个男人放弃自己的舞台,经历近二十年的惨痛之后,她还会再一次轻易地为一个人放弃自己的事业吗?她付出了绝顶沉重的代价,她已经是一个心灵上有疮孔的女人了。青春逝去,无论如何也是找不回来。青云暗问自己,哪一天,才能开始淋漓尽致地书写人生的得失?书写因为无知而荒废尽自己美好青春的遗憾?尤应又找到了自我,而她什么时候才可以写出,自己满意的作品,一部已经定了题目而一直写不出的小说。她读过的一篇文章中有一个人讲述他的朋友,年轻时写些东西,后来文思突然枯竭了,不得不放弃写作,文思是一种奇妙的能量。自己的文学生命怎么就不起步,不成长呢?文学生命刚出生,遇上了冰封。她为此深思,她决不相信自己没有奇妙的文思。她不能让自己艰难坎坷的生命苍白地度过。苏青云痴心不改地爱着文字里的美好。男人的内心世界她不清楚,女人的心理她懂得一些。民国时的才女作家因为放弃了欺骗她感情的一个骗子,竟然让自己的写作跌到了谷底。外籍的一位作家,因为自己的男人死了而不能再生存下去,为什么文学生命这样地经不起风雨,不坚强呢?男人竟然是女作家的文思,竟然是生命。

　　青云的感情迷失,文思冰封,苦恼重重。人家可以跌到谷底,自己要跌到哪里去?她常常是好像目中无人,因此不招人喜欢。这就是她和家珍的区别,家珍这辈子捉到了男人的命脉,在她的体形上就带着一个信号,高高耸着的乳房,而她没有。

　　有人喊:"嗨,你总是心事重重。"这是谁在喊谁呢?青云看一看身边没有张嘴说话的人,低头时,看见路边坐着钉鞋的诗人。西门庆式的武大郎,他矮矮的腰身,坐在街边的马轧上。他的白皮肤整天被太阳晒,晒不黑反倒像桃花一样的红,他的红脸蛋,不是关羽英武的红脸腔。

　　钉鞋的诗人是自信的,他正视一个冷漠的、心事重重的女人毫不费力,诗人对青云又喊:"嗨,你总是心事重重。"有的人把她的自卑看成了她的自大,就不想理她,诗人不是这样。诗人说:"嗨,我这两天的诗里,全是多愁善感的女人情怀,这种女人比娇艳的女人更有品头。她们难以捉摸,丰富的内心世界有写头,林黛玉认识不?天生的女诗人,心上有诗的一个女人。"他看着青云摇摇头,说:"没办法,像我们这种诗人,就是这样让人们不懂。"他接着好像是自语:"我爹是个钉掌的知道不?是给牲畜钉鞋的。传承他的命运有什么办法,诗坛养活不了我,我也不去出那个风头,没办法,注定被埋没的命运,我这辈子就这样了,认了。只要有一天娶了媳妇,有了女人,我就放弃作诗,安心地去做男人。那时,我就觉得自己不太亏得慌。为女人生,为女人死,就是男人。英雄都过不了美人关,肯为女人折腰,我为什么不能?等我死后,和她合葬在一起,永不寂寞。"西门庆说了很多,他也怀春了,他和许多过路人说同样的话。别人都给他一个白眼,说:"这个人疯了。"只有苏青云知道他没有疯。

　　钉鞋的诗人,可以随便地给别人吟诗,换回来白眼,他仍然可以照样吟。他精神坚定,思维迅速。他有超世俗的思想境界,他的自信坚不可摧。先不要说他的诗写得好坏,他首先可以把他强而有耐力的生命用诗做信号传达出来,他是一个诗人,一个坚强的诗人,也是一个高人,甘于埋没。他拥有一个美丽的诗的世界,这个武大郎一样的钉鞋的人。

　　这个人没有兄弟,没有姐妹,没有家乡,没有人说起他的父母。他一个人住在南门底下一个又黑又小的房子里。

61

　　钉鞋诗人说得没有错,进"诗坛"难上难。有一种场合一不留神就登场了,这就是神神秘秘的赌场。

一个星期天,青云去找她的女儿颜如,颜如的同学是巷子里小马的女儿。同住在一个巷子里多少年,青云还是第一次进他家。

　　小马家里围着不少人,人们中间放一张桌子,桌子上全是麻将。每个人手里捏着钱,小面值的人民币,青云明白这是在赌钱。小马的媳妇说:"颜如妈妈,找孩子吧?在呢,在套间里呢!"小马家房子是老式的进门一个大间,再套一个小间。这里人家都是这样格局,这样套一下,那样套一下,大同小异。

　　青云趴在套间窗子上看,颜如和小马家女儿手里摆弄些什么东西。

　　小马媳妇招呼青云说:"坐下吧,同住一个巷里,你也不爱逛达。"青云看着赌桌上的路数,一张桌子围坐四家,有一家是庄家,庄家发牌给其他三家。发牌后,是翻牌,比点子大小,大点赢,小点输。有多少人都能下注,不过只能下注在除庄家以外的任何一家。赌场里大多数是女人,也有身体不好的和老年男人。女人们有的手里织着毛衣,眼睛瞅着赌桌,有的抱着孩子,眼睛也瞅着赌桌,在这里共同打发寂寞的日子。女人们眼睛瞅着赌桌,不耽误嘴里说些家长里短,说些新鲜事。

　　家珍家里,今生也带几个人回去赌博。一来二去,青云学会了赌博。家珍喜欢听点情歌,看看电视里的言情剧,喜欢和新伦、锁巨在一起说些有趣味的事。一贯沉默的青云,正在努力发现赌桌上的玄机。赌钱的人们都说点子大小有个规律,他们拼命摸索,青云也学着摸索。

　　今生带人回家赌博,家珍嫌脏,二田也不高兴。新伦说家珍家锅台上都是臭脚气,今生的朋友大都往地上吐痰。就这样今生也往家拉人,大概是想在家赚一些开场子钱。家珍是情调万千的人,来赌的男人们都心不在焉,眼睛都往家珍身上看,今生这才发现,"开赌摊"这碗饭在他家里吃不成。

　　过些天,家珍家不开赌场了。青云常想着桌上那些牌,点子要么就回回好,要么就回回坏,更主要这只是赌桌上的一种现象。有时点子忽来忽去,玩弄赌徒们,让人赌得眼红,赌得气急败坏。赌博既刺激,又风云不定。

　　青云的沉默寡言连她自己都觉得有点无味,锁巨不畏惧她的冷,常搭着她的肩说:"这样冷艳的美女,有一种男人极爱,我就是这一种。"青云推他说:"别搭理我。"家珍就说:"世上女人,就没有你不爱的,你就坏吧!"于是,青云和家珍两个人一起骂他,取笑他,甚至一起挖苦他,他反倒不理会。锁巨身上有霸气,有帅气,有匪气。表面上看,他像一个长不大的坏孩子,实际上,他掌握并且运用种种旷世的手段,活动在庸城镇,他城府深得无底。银行里有他的干姐姐,交警队里有他哥,是他姨姨的姑姑的表侄儿,他管人家都叫哥。

钉鞋的诗人说得没有错,在庸城镇弄笔写字,别人看你不可思议,看你不合群,嘲笑你。就像镇上出了怪物一样,唾沫都能淹掉你。别人都玩个牌,赌个钱,找个情人,说说别人家闲话。人与人比一比威风,比一比气势,再比一比贫富,没有人在这里酸眉酸眼地咀嚼文字。

赵成进发现苏青云又在本子上写字,这两天就给她脸色看,她就躲到家珍家去。

家珍那里的新伦和锁巨都是风流男人,怎能保得住日子长了,没有一些风流事生出来。赵成进对青云去家珍家不满意,青云就不敢老往家珍家里去。实在无处可去,就去小马家看赌钱。赵成进反而对她说:"才把你那心眼子调开,小马家那么热闹,你竟然不知道去寻乐?只认得家珍,死门子死户,不懂得与人交际,就和你那娘一模一样,死蔫蔫的没有个活跃劲。"苏青云觉得他这是疼惜她,要不然还劝她去消遣,只是他那人就是那样一个脾气。

丈夫竟然几次三番地让她去玩牌,青云觉得牌局里有趣味,再说她不去小马家,就又去家珍家,索性试着去小马家赌。赌的日子长了,觉得很不错,每天都往赌场里跑。哪天不赌,手就痒。

转眼是六月,颜如放了暑假。女儿去了她姑姑家,青云更加无聊。

小马家的赌局实在是小,赌上大半天,只有一二十元钱的输赢。有两个女人每天下午去大场子里玩,黄昏时回来,在小马家坐一坐,日子一久大家都熟了,青云就跟着去了大场子。这件事传到赵成进的耳朵里,他回家来嬉笑着说:"玩大了?"青云摸不准他的套路,不说话,赵成进又说:"别装了,想不到是这样一块料,竟然有些头脑。"

有了丈夫的鼓励,青云走上了一条全新的路,不知不觉中她继承了她父亲的赌性。因为父辈赌得惨烈,她这里学会了精明,不久就在赌场落下个不输钱的小名声。赵进成听到别人的传言,对她越发放心了。一个女人家,又不给她带钱去赌,她能输了什么。自从玩上"这一手",青云和丈夫的矛盾就少了很多,她认为他们俩,只是人生观和道德观不同。因为这些不同,多少年来就像战场上厮杀的仇敌,双方招惹得对方生出多少恨,可终究他都没有放弃她。自从她迷恋上赌博以后,觉得活着不再是那么的痛苦,她因此也发现了人的本性里的贪念。人人贪恋赌桌上的金钱,都想占为己有。贪恋赌博带来的刺激感,还有人性里面有一种使了坏的痛快感。人性是亦正亦邪的。

自从开始赌博以来,青云发现自己改变不少。出入赌场就像出进自家门一样,而文坛高高在上,没有路可以走进去,就像登天没有梯子一样。

62

青云爱赌出乎很多人的预料,原来文弱寡言的她,似乎瞬间变成一个嗜赌成性的人。丈夫赵成进为她喝彩,她赌得没有了后顾之忧,更主要的是他们夫妻之间竟然空前和谐,她对她丈夫有了另一种认识。

这些天,青云去的是庸城镇最大的赌场,在这里有玉贞的儿子锁巨。赌场里黑压压一片,三分之一是女人。有一个戴着草帽的女人,她新取的名字叫云娜,听说她的真名叫兰果,男人们都称她"云姐"。云姐的皮肤特别的黑,黑得离谱。云姐是一个放钱的阔姐,谁输得赌不动的时候,就找她。云姐赚的是红利,不白给拿钱。

在场子里,锁巨俨然是一个成熟的大丈夫,不和青云嬉笑,话也不说。锁巨在社交圈是高手,在赌场里接近白痴,他拿着钱狠狠地向赌桌上砸去,十有九砸不着,而他能够继续砸下去,是因为云姐那里就有十万元的高利贷。他是一个多么精明的人,在赌场里一场接一场地输,青云看了直打哆嗦。

赌场里还有一个人,他穿着白色 T 恤,灰色西裤,皮肤比女人还要白,他就是帅男小金岩。他看着青云笑,用眼神传递给她他内心的喜悦,用言语暗示,"看见了千山阻隔的梦中人"。他的原名与金岩无关,小金岩是他的一个称号。多年前,镇上出了一个有名的人,一个力挽败局仗义的人,因为个子大叫"大金岩",小金岩的名字是从大金岩来的。

赌场外有放哨望风的,场子里有巨款,所以赌场每天一换,不会重复在一个地方赌两场。赌场瞬息万变,一个下午就有人输得吐血,没有一个赢下身家的。输的钱哪儿去了?不全是让青云们这种小赌用耐力瓜分了。今天,锁巨一捆一捆的钱扔出去,五万元只赌了一个半小时。青云看够了人们一轮一轮地输。每一场里黑压压的男男女女,唱主角的只有四个人,只要哪一家的牌点子大于庄家,等在一边的人们一拥而上,众人来吃点背的庄家。最后,庄家被啃食得骨头也不剩。若想返本,吃饱了的人们早散了,来争抢的是输红了眼想打捞的饿民了。赌场上是铁森森的无情。

小金岩从来不坐下来赌,每场都是他照顾慌了手脚的玩家,谁若赌赢了钱,都自愿拿出来感激他,希望他继续关照自己。每有青云在场,他都要塞几张一百元的放在青云面前,尽管他在场上从没出过错。青云每拿这钱时手腕软软的,不如拿自己弄来的有劲。

赌博是政府严禁的,镇上民风不纯,治安不好,派出所里来了新所长,风声有点紧。紧又怎样,谁肯罢手。

每一场赌开始,青云总要看看小金岩在不在场。小金岩若在,他总要在女人堆里找青云。今天青云没有看见他,听人说,昨天夜里,肖成端出事了,人没了。他的父亲新娶了女人,顾不上理会他。他的妹妹被妹夫压制着,不允许她和她哥哥往来。只有小金岩出面帮他。肖成端出了车祸,当场死了。

这件事,家珍也听说了。肖成端这两年连饭都不能好好吃饱,哪有钱买大量的毒品供他吸,毒瘾不能控制的时候,就跑到城外的公路上,往飞奔的卡车下面伸脚。这一招,他试过不少次,每次都能成。每次他都找个灯火阑珊处,把卡车司机从车上拉下来又打又踢直到出钱为止,原因是差点压断腿脚。这一次失手了,肖成端当场被卷成一个肉堆。当年穿貂皮,提密码箱的肖成端一瞬间消失了。他死后,家里人没有来一个,最后是小金岩为他办理了后事。

肖成端的事,让新伦和锁巨感慨万千,可怜他竟然落得这样一个下场。这件事,二田和今生没有什么特别的感触。

肖成端的事,家喻户晓。一个父亲打他十来岁的儿子,手拿一根木棍,一边打,一边说:"老子宁肯让你一辈子受穷,也不让你这个没有正气的东西发达,到时候走了肖成端的路,老子怎么见你九泉下的爷爷?你这不孝的东西。"

肖成瑞事件过去没有多久,派出所出警了,在镇上狠抓了几场,赌场就消失了。

63

家珍和新伦的关系,慢慢地遮掩不住了。这一次,家珍对于她和新伦的关系,有一点想掩饰,也有一点想流露。

有人开始针对这件事了。

二田整天作践家珍,谩骂她。家珍悄悄地让青云看她身上的伤疤,说:"全是二田打的,动手打我时,用牙咬住嘴唇,活像一头猪。"家里开不了锅的时候,二田帮着买米、买面,圆圆的书费、学费二田都出,家珍接受二田,是二田对圆圆好。

现在二田一反常态,穿着鞋站在家珍的床上,泥和土擦在床单上。家珍说:"就差把尿撒进锅里了。这件事,人家今生还没说什么,怎么就轮着他反对了?过去他把个今生恨的,没有一个好脸色,人家今生没有嫌弃他,他反过来奴欺主。现在又拼命地和我闹,把新伦贬得分文不值。他是个什么东西,也不撒泡尿照照。"

二田来找青云诉说:"这些年,如果不是我占着家珍她这个坑,不知有多少男人掉在里面了。她和这个姓陈的好得简直是分不开,半天不见就猫挠心似的。耳光打过去,脸皮厚得碰得人手痛,不要脸的女人。"

青云说:"你找她时,她就这样,这样的结局是迟一天早一天的事。你不要怨恨她,也不要再打她,多加仇恨而已,改变不了什么。"二田说:"我是想不开,想不通,想不到啊!我不能让她和那个男人得逞。"青云说:"二田,算了吧,你和她那点事,原本就端不到人前来说,你一闹再闹,自己不觉得悲伤吗?"二田说:"不是我要把她怎么样,她和那个男人的结果你看着,她招下一个恶鬼了,她要被鬼缠到死。"青云说:"快别说了。"这个男人疯了。

今生在三个月前,出外打工去了,这是他有史以来的第二次打工。第一次,前后走了七天,这一次时间长,离家也最远,他去了怀仁一个建筑工地。他纸作店做花圈的手艺,没有学到手,决心要放弃。他走的那天,家珍孟姜女一样前呼后送,总算走了。

今生走后,家里又来了陈新伦。二田拼命地闹,不久就满城风雨。家珍说:"这一回我什么都不怕。"二田不再给家珍做家务,穿了鞋站在家珍家的锅台上大喊:"这个女人是头驴,是匹大母马,淫劲大,她和大公驴好上了。"

这些日子,家珍一方面兴奋不已,一方面摆脱不了二田的纠缠,她和二田之间的情,就像吃一碗馊了的饭,吃下去又吐出来一样恶心。二田有时候怒不可遏,有时候痛哭流涕。有人看见家珍打扮得整整齐齐,跟着陈新伦走了,告诉了二田,他气得猛捶自己的胸口,说:"管不住了,真是管不住了。"

家珍现在看见青云,就想对青云说新伦的好。她与新伦是真爱,爱得死去活来,只要有新伦的爱,就不枉做这一辈子的女人,不枉这一辈子的女人身。她和他面对面相守着,也想得不行。爱得疯狂极了。

新伦要求尤应有请必去唱,没人请也要多联系。

尤应常常奔走在外,在人家的葬礼上唱,卖力地唱。苏青云很久没有看到她了,支起耳朵听她的消息。尤应好像除了唱,再没有别的事上心。

有一天,郝今生突然背着行李回来了,古槐巷里舌长的女人就嚼舌根,听动静,等着打起来。

家珍找着青云,诉说今生的宽宏大量,她更加咒骂那个小肚鸡肠的二田,是他托人传话,又打电话,告诉今生家里的事,说:"陈新伦和家珍好上了,好得不行了,你快回家来。"

今生回来的这一段时间,二田的动静小了。每天,今生带上家珍到巷子里小马家去赌。家珍如坐针毡,心里猫抓一样。

青云也去小马家,遇着家珍,俩人小声说些心里话,家珍说:"今生太脏,不懂女人心,不如新伦好,比新伦差远了。"青云说:"你和今生又不是三天两天的夫妻,只要你收敛了自己的行为,就不觉得他不称心了。"家珍说:"为什么要我收敛,不收敛照样和他过日子。也要我和你一样吗?做不到。"青云一不小心说错话了,惹恼了家珍,她这是拿赵成进说事呢。

青云说："我们只看好人，怎能和恶人相比较。"家珍说："谁是好人，淫恶的人是谁？谁家是好人家，谁家是淫恶人家？"青云被姐姐家珍堵在这里了，住了口，心上一阵一阵的痛。这些日子她对于姐姐的不理解，让她很着急了，姐姐都忍心用无情霜剑刺痛她了，她沉默了。姐妹情分敌不过男女欢爱后生出来的情，亲情蒙上了阴影，这还是她俩有生以来的第一次。

郝今生回家，家里表面上恢复了以往的平静。事实上这个门庭之内，已经是涌起了重重叠叠的、起起伏伏的感情波澜，压在郝今生这座瘦窄的桥上。家珍和新伦的感情，如桥下的河水一样欢快地跳跃着，热烈地奔放着。家珍的感情如同育婴期女人的乳房，乳汁随时都会在吸到乳头后的一瞬间，汁液四射。河水越涨，今生的桥身就越拉越细、越长而越无力。他承受着无限度的，欲望膨胀的山一样的重压。

郝今生承受着，家珍却欣喜地对青云说："今生是个真男人，肚量惊人。"家珍慢慢放下心来，新伦的气息，令她又紧张又欣喜。新伦整天在家珍门前转，只要哪一刻今生不在家，他就会出现在郝家。太压抑焦躁的激情，他怎么承受得住。

有一天，今生刚刚走，又马上返回来。三分钟之内，他和已进门的新伦打起来，打到大门外，新伦趁势走了。郝今生怀里藏着菜刀找上门去。新伦怎会在家等他找上门去。他三天都没有回家，让无奈息了今生的怒火。他想找尤应拼命去，一石两鸟，看这两只可怜鸟怎样争斗，结果这两只鸟相安无事，面对善良的尤应，今生也不好意思。今生在接下来的三天，暴打家珍的脸，家珍脸上的骨头"啪，啪"作响，她的脸肿得像个充足气的气球。

多少年，今生都能容忍家珍，为什么这一次不能了呢？街巷里开赌场的小马娘说："热嫖生灾祸，捅到男人的眼窝里去了。孩子们哪，这事就不是这样做。"老太太就着家珍和今生的事，说："我那走了的娘说，自从庸城城墙上不能跑马，琉璃瓦被揭得干干净净，城墙上的楼台被捣成瓦砾，庸城就不同以往了。短短的几十年，庸城的世风日下，男人们不再读书，女人们不守妇道。城破了没有人修，人心也颓了。"古槐树下，小马娘讲，古槐巷里的人们听。家珍和新伦的事无人不知，无人不晓。

家珍今生撕破脸闹，伤了家珍，伤了今生。他们儿子圆圆受到的伤害，远大于他们两个人，圆圆马上就要上中学，他懂事了。每遇到他们疯狂大闹的时候，圆圆就躲到巷里一个弃旧院的破房里去。颜如和青云说了好几回，圆圆进去做什么去了，带刀片自残去了。青云真是不忍心看着家珍家的闹剧继续下去，硬着头皮找今生，叫："姐夫。"今生说："别别，别叫我姐夫，姓陈的才是你姐夫。你姐可是一分钟也离不开他，我给过他们机会，改了吗？没有改，现在是一分钟不见这个人，就淫虫咬心，我这家里人和淫较上劲了。三天前，我想看看到底在这大白天，他们要怎样，刚出门五分钟返回来，他们就抱着亲嘴扒衣服，没有想到他们好到了这种地步。"今生已经撕破了脸，他的那座桥坍塌了，山、水、桥和在一起了。他飞舞着铁棒，生硬地打在家珍腿上，一棒子下去，家珍被打得跪在地上。今生说："反正家里要死一个人，我宁可打死你，不想被你气死，做第二个武大郎。从今天起，每天让你跪着，跪到你死。"

一棒子又打来，青云抱住今生，恳求说："你们这算什么，这样打，圆圆怎样活？"今生怒吼到："我都活不成了，管他干什么！"青云说："你能为自己想也是好的，打死她，你也得去抵命，死的死，亡的亡，值得吗？"今生对家珍说："青云说得也对，要你死，是便宜你，还得搭上我。从今天起，你在我这里永世不得安宁，一想到你那恶心劲，我浑身就有使不完的力气折磨你。"青云看见今生的愤怒有所缓解，顺手拿起铁棒，丢在院中的枯井里。

今生不停地喘气，不停地叹息。人是十分奇怪的，今生能和二田默契无争怨，和新伦却要拼个你死我活。

家珍被今生反锁在家里，青云来看望她，隔着窗子说话。家珍凄厉地诉说："他不管二田在他家占有他老婆，同样也管不了我和新伦，这个白眼狼。他要新伦一次付他三万元钱，就不管我们的来往。他恨新伦是因为听二田说，我把这几个月他赚下的钱，倒贴了新伦，就恨新伦恨得咬牙切齿。跟着新伦上刀山，下火海我都情愿，你不要劝我和新伦断。"青云一直听家珍述说她和新伦的感情，为了爱万劫不复她都无怨无悔。青云心里发出无限感叹，新伦是有本领的，尤应为他死心塌地，家珍也能。

"我要和他在一起，无论怎样都要和他在一起，和他在一起不枉做一回女人。老虎都有打盹的时候，看今生能把我关到什么时候。看着吧，总有一天让他鸡飞蛋打一场空。"家珍被关着，看起来是不幸的，就是不关她，也见不得人。她的脸没有消肿，青一片紫一片的。

这天，二田找到了玉贞，他想和家珍和好，希望玉贞做些调解。玉贞哈哈大笑说："怕是不能了。"二田当下哭成孩子一样，玉贞把这件事到处说，说得离奇古怪。听者从中听出了趣味，人们找到乐子了。

被家珍说中，今生把她关了一阵子就放松了。家珍到巷子口的副食部买洗衣粉，被二田逮着，拉着不放，扯着衣服。家珍羞恨至极，吐了唾沫在二田脸上。

64

颜如上了中学，苏青云的心特别地空。空过头了，心猿意马起来，就想好男人全部都生活在三国时期。周瑜是小白脸，英武过人。吕布是美男子，吕布以后就没有美男子了。常山有个赵子龙，身穿银白铠甲，从古至今的女人们总有几个说起他。或者是因为他单枪匹马，舍生忘死，救下刘备孤婴的缘故。从那一刻起，他就成了永远的赵子龙。

李清照有诗说："至今思项羽，不肯过江东。"后人评论李清照这个宋朝女文人，喜爱气吞山河，柔情似水的西楚霸王。霸王能让他的女人心甘情愿地为他死，古今只有他一人，女人们不能不思慕这样的男人。青云又思慕起项羽，三国时的好男人放在了脑后。青云整天思慕项羽，日子久了，她怀疑自己与千百年前有一定的缘故，不然，为什么钟情那时的男人，而忘记现代男子。

一天夜里，霸王入梦来，她和他相遇，不在喜鹊落着的篱笆边，也不在凤凰栖着的梧桐树下，是在一处烟波浩渺的山水间，在茫茫苍苍的大江畔。霸王手提利剑迎风站着，老远处飞奔来一匹烈马，他伸手抓住马的鬃毛，一抬腿骑在马上。霸王飞走了，不知去向。千军万马，呼啸在霸王旗下。再后来，只有马踏泥泞的痕迹留着，没有乌江溅血那回事。梦里霸王没有死，他究竟是他。霸王的脸清晰地留在她的心间，说笑时，他的鼻际微微地蹙起，行走时，他步伐敏捷像一只凶猛的充满野性的豹子。

梦里她寻找他，不知他在哪里，江河水流淌在苍白的雾霭中。她经历了寻觅他的艰辛后，看见他了，他行走在对岸的草丛中。她呼唤他，他听不见，她拼命地喊，他还是听不见。或者他的世界里没有她，他的眼睛根本看不见她。她大声呼喊着他。青云惊了自己的梦，眼前空空，只有夜的漫长，她竟然无法再入睡。于是她寻思梦的含义，这是怎样的一个梦？是天人相隔，永不能相携的一段空感情？原本是这样的，用得着暗示吗？

第二天，青云去了家珍那里，这是多年来养成的习惯，不由自主，两只脚就愿意往家珍家去。姐夫今生没有那么愤怒的时候，让家珍跟着他去小马家，小赌一场。

赌场里有不少新闻快报，有人说："锁巨又输了，输了不少，奇怪他一直输，一直都可以弄到钱。他一场一场地输，悲剧的根源是，他能够弄到一笔一笔的钱来输。"

昨天夜里，小金岩出事了。庸城镇上，很多人都知道有小金岩这样一个人。他周旋在各种场合，有人喜欢他不仅是因为他长得帅，让人看着眼睛舒服，也爱周济一下弱者。

昨天夜里，小金岩被公安抓了，他竟然是一个盗匪，他偷盗了一笔巨款，还有一件古董。是两个人做的案，巨款两个人分了。公安围了他家，连烟囱里都找了，没有搜出赃物来。又来第二次，第三次，最终，从他家里找到那件被盗的古董。他在昨夜回家时，当场被捉了。

他竟然走了这样的一条路，他的堕落令人惋惜。他家有一对双胞胎儿女，他的妻子嫁他时是二婚，前夫家还生有一个儿子，现在也跟着他过日子。他的妻子哭得死去活来的，母子四人一下子失去了依靠。他原本可以是一个好男人，可是现在这样了，除了惋惜，还能干什么？

青云整天听着英红唱，他像孩子一样咬字不清楚，这才是他的风范，"冬天里的风呀，夹着雪花吹……"他爱唱这一句。青云感觉冬天快来了。她在一个收购废品的车上，发现一本《杂文集》，抹去书上的灰尘，从中间看见一篇小说《绿竹山房》。写的是一个女人和她的佣人，听她新婚侄儿房事的一个故事。小说中，女人是一位性的饥渴者，出生在书香门第，是读过书的小姐。一生寡居,临老闹下洗不尽的笑话。

小说《绿竹山房》像天上仙乐一样,清清绕绕,宛转悠长。文笔之美,美到至极的一种境界。这两天,青云为此痴迷,揣摩着它的写作手法,琢磨着它文思的奇妙。这篇小说,令青云爱不释手。她一次一次反复看,简短的文笔全是精华。青云看了几次后,每个字都烙在了她的心上,偶尔和家珍再去小马家,也留一半心思在故事里。

65

这些天,青云脸色苍白。家珍问她说:"脸色这样难看,你怎么了?"她说:"月经不走,经量又多。"家珍说:"这可不是开玩笑,找医生看看去。"青云这个冬天因为月经不调,气血亏空而待在家中。

小马家被禁赌了,颜如奶奶说:"总算抓了,连他家的锅都端了才好,让他家人到驴槽上去吃草料!马家缺了德的人家,警察带着小马走,也不给他戴上一个脚链子。"就在这天午后,有一个老汉找上门来,青云以为是赵家没有见过面的亲戚上门了。老汉一进门就找赵家儿子,赵家母亲说:"他不在家,有什么事和我说是一样的。"老汉说:"那好,你的儿子是要让我儿媳离婚嫁他呢,还是让我女儿离婚嫁他呢? 我儿子的孩子是他的种呢,还是我女儿的孩子是他的种? 世上哪里还有咱们两家这样不要脸的人家。"赵家母亲说:"那是你们家不要脸,我们家可不是。被你们害得快要吃官司了,有家不能回。你们家一窝子全是狐狸精。"老汉说:"你儿子是奔着臊味去的畜生,进出我那没有德行的门槛,丧尽天良,他不得好死。我进你们家就已经是没脸至极,养了一群不屑的东西,我的孙子们也没脸,有这样的女人做娘,我们祖孙活得下贱。天下女人千千万,单选中我家那姑嫂俩,你们养儿子怎么就养出这样大的本事,单害老汉这一家。现在我儿子说他孩子不是他的,不养了,我家女婿也把她母子俩赶回了娘家。如果说现在你儿子不做了断,那么就两个大人一齐来,两个孩子也一齐来,来个天翻地覆,不就是不要脸么。"赵家母亲说:"你不要尽说你们的理,我儿子不能回家,他的家也快散伙了,我们也上你们家闹去?"老汉

174

说:"那是他活该,他这个遭天谴的恶棍。"赵家母亲说:"说的什么话,你这不要脸的老东西,上门来找我们的晦气不说,还咒骂我的儿子。你才不得好死,你才是恶棍。"老汉说:"你说对了,老汉哪里有好死。"说话间从怀里拿出绳子,颤抖双手找房梁。赵家父亲嘴唇颤动,牙关直响说:"老哥,养子不教,是我的过错。"

青云一向迟钝,开始听见吵嚷声,听见有人哭,心下一惊,细细听:"你差个有信义的人来,再不要让牲畜来,我再要看见他,就用菜刀阉割了他。他想死,来我家,我陪他一起上路……"青云听见那边屋里说这样的话,好像在讲一个故事。她又懒懒地睡着了。

故事的后来怎样了,不知道。不知道这个故事是怎样开的头,怎样真真假假的离奇,最后又是怎样的一个结局。这个故事是由十个,二十个人的事串在一起编成的吧。或者真有这样的事,或者真没有。管他们呢,思绪和青云一起躺在床上,慢慢睡着了。

这两天,小姑子成林左一趟右一趟往家跑,不知道忙什么。眼看又一年的春节到了,苏青云不见丈夫赵成进回家,颜如有时会问:"我爸爸怎么还不回来?"苏青云无法回答,假装没听见。

这一年,又要结束了。

腊月,只剩下最后几天了。青云听见婆婆说:"不用给她了,花那么多钱,还不是为了他们好。我们老也老了,还背上了饥荒。"公公说:"多少也给点,除了她,还有谁家的闺女肯吃这亏?"婆婆说:"那是她愿意,我们又没拿铁链子锁了她嫁进来。"原来争执的问题是要不要给青云几个钱过年。

成林给颜如买了一身新衣服,等着过年。

大年二十八的这一天中午,赵成进回来了,苏青云从玻璃窗上看见,他披了一件皮大衣,迈着方步回来了。他还是英武的,这半年不知道他身栖何处,她也没有像孟姜女一样送过寒衣,孟姜女可以奔着万里长城去,她奔哪里去?

他径直回到青云屋里来,哧哧一笑说:"颜如哪里去了?"青云嘴皮有些不听使唤,结巴着说:"找同学去了。"这时,他娘叫他:"成成,成成。"他披着外衣悠闲地出门,就像昨天刚走,今早回家一样。离家半年,只当一小会儿,好像还没有凉了喝剩的茶。这是他的能力,这些年,这项本领更加地成熟了。

赵成进回家的第二天下午,狂风一阵比一阵猛,打着门窗,令人心生不安。成林来家了,一会工夫就吵起来。是赵成进发了雷霆之怒,大喊:"别人说什么,你们信什么。我说什么,你们偏就不信什么。"成林说:"人家要告你也不是真的?"赵成进说:"真的又怎样?不过一点小事而已,这不,也没拿我怎么着。"成林说:"你当爹娘不花钱,人家会和你善罢甘休?花钱是为了一个安定,你倒好,一回镇,家门也没进又去那个妖洞。老汉不拿出刀子来杀你,你以为还和过去一样。都翻脸了,哥,我的哥呀!"赵成进大吼:"你们要控制我?老东西拿刀又怎样,他杀了我了吗?都是你们,给弄成仇家一样,以这样方式做结局,我以后还有什么名誉可言?"成林说:"我们多管了闲事了,破坏了你们的和睦了。你一躲就是多半年,爹娘都老了,经不起你折腾了,跟着你也丢不起人。""啪,啪"两响,成林大哭起来。她娘大叫:"你们让不让我活了呀?打你妹妹,你不亏心呀你?你这个白眼狼。"他更加愤怒了,大吼:"全是我不好,行不行。"他大发兽性,击碎了窗上玻璃,"哗啦啦"碎片掉了满地。苏青云听出一些意思来,只装着不知道,免得无地自容。

赵成进摔门出去,走了。等到半夜回家,颜如早熟睡了。

赵家就在他们兄妹两吵架泄愤后的安静中,过了一个年,青云丈夫很快又开始"哧哧"笑了。他母亲隔两天就叫三次:"成成,成成。"站在院子里,背对着这屋子,声音飞过来。赵成进装作听不见,或者是真的听不见,他没有答应。

过了正月十五,赵成进说:"年也过了,以后的日子,以赚钱为主。这一冬天,我在外面考察好了,有赚钱的路子,只是没有本钱。没有本钱挣不来钱,没钱就是孙子,走到哪儿也遇冷脸。"他问青云,"你不觉得吗?少不了你也得出动,向你娘家亲戚们借一些去。"青云听着他的话,眼前仿佛是他早挖好了一个大坑,她摇摇晃晃面对,一失足就暗无天日。不过,她还得装着领会了精神。在丈夫面前,青云已经完全臣服了,他就像一个帝王,在她面前有绝对的权利和尊严。

正月十六,有一个人上门来,好像找赵成进讨账来了。他笑眯眯地对青云说:"我的朋友手头有点紧,来借钱,你有多少钱拿给他,过些天我给你。"青云说:"颜如他爷给我三百元,还剩八十六。"赵成进说:"不要管谁给你的,拿给他,全拿给。"他一用力,一眨眼那意思是铁定的这样做。青云一分钱没有剩,全部拿给了那个人。来人走了,赵成进送他出了大门。

两天后,颜如开学学校要学费,家里没有钱。青云穿了件大棉袄,徘徊在尤应家门口,不敢进门,怕遇上新伦。

青云来来回回走了一个上午,终于,看见尤应女儿芬芬从家出来,急忙上去拉住芬芬问:"芬儿呀,妈妈呢?"芬芬说:"在家呢!"青云问:"是睡着吗?家里还有谁?"芬芬说:"只有我妈一个人。"芬芬走了。多此一举,担了闲心。青云笑自己,找到尤应借下颜如的学费不成问题。尤应现在是有能力帮助她的。

66

赵成进是神奇的,他做任何事都是顺理成章的。他和他娘说起那件花钱免灾的事,他说:"用不着花钱了事,明摆着是人家讹咱们,如果他们肯撕破脸我更不怕,无非是家不成家,他们家里就能豁出去?咱们家青云是容忍的,就是这次不依,无非是她走,没有什么了不起。舍得一身剐,敢把皇帝拉下马。"他不仅话说得好,做事也有谋略,能洞悉世人心。庸城镇上有几个男人有这样的能力?

这两天,赵成进想安装一部电话,他觉得没有电话太不方便,自己一定要安一部。他把这个想法告诉了他娘:"一个号带两部话机,你们年老了,只有享受是真的了。"他母亲说:"你让她,你那老婆借一点钱去吧,我是没有办法了。"成进激动起来,把手抖了两抖,说:"怎么就永远存在着不理解呢?我现在不想动用她,我有我的想法。你看能安就安上,不能安就算了,等着穷死让人看笑话得了。"

两天后,赵家院里来了两个拉线的人,电话安装上了。赵成进的计划,在他的人生中一次一次地实现,他的目标越来越高,大有不多时日就要登上人生巅峰的阵势。他说:"如果一个男人身强体健的时候,没有做成他想做的,到垂垂老暮时,就什么也无望了。"

赵家安装电话的那一天,今生老远看见新伦给家珍擦泪,而且还抱了一会儿。家珍一回家,就被他抓着头发打耳光,骂道:"我要不打你,看着你们厮混,我就会气绝身亡。你看着办吧,你和他有一天的来往,我就往死里打你。想离婚,放下十万元,不离婚又不肯不去鬼混,只得挨打。"

　　自从那次抓了赌,小马家再没有人赌博,今生就近没有了玩处,带上家珍远走又不方便。要不,再锁在家里?那得等他很愤怒的时候才那样做。他这些天很无聊,整天蹲在大门口槐树下的石头上,愁眉苦脸。今生一蹲就是大半天,好像是在思考什么问题,又好像没有。自从认识了家珍,他就没有好好读书,书读不好也不稀奇,有多少人在读书这条路上读出了名堂?幸好家珍嫁过来了。那时他能娶到家珍,有不少男人觉得奇怪,这样一个女人为什么会嫁这样的男人?成家了,就要过日子。婚后的每一个春节,他俩都在年二十九或者年三十这天打架。家珍自小没有经历过年没有新衣服穿的日子,嫁给今生后也总不能习以为常,总是要大闹。今生也是大打出手。家珍人生的路上走着走着,发现了旖旎景象,新伦是家珍最炫丽的风景。今生发现家珍的心给了新伦,就开始反对。家珍看样子是一条路要走到黑,她不想和新伦断绝关系。今生开始折磨她,他内心承受了更为痛苦的折磨。

　　当初娶下家珍,今天看是个错误,"福兮祸所伏"。今生要是娶一个不穿新衣服,一日三餐可以省略一些的,娶到一个不懂风情,男人看见不动心的女人,该有多么的好。可惜上天没有那样安排。

　　今生皱着眉头,想心事,夕阳照在他脸上,他举起手放在前额处,遮住阳光,向远处望了望。就像孙悟空举手远眺的那个姿态一样。今生远眺了吗?不知他考虑过他和家珍的婚姻,会有什么样的结果没有;考虑过他的命运,会有怎样一个明天没有。草木一秋都有一次荣枯,人生肯定会有一个春天,他的人生春天不知在哪里。如果一生没有经历事业成就的辉煌,作为一个普通人,掌握一项生存的技能无比紧要。今生的纸匠生涯,像白纸一样没有色彩,又像一朵纸做的花朵禁不起风雨,更不具有生命力。

　　人是越活越明白了,还是越活越糊涂了?活的糊涂,烦恼就少一些,还是糊涂一些好。今生看别人可以呼风唤雨,条条道路都有通行证,想自己活得龌齔,是自己错了吗？如果要说对错,谁是对的,谁是错的？今生想到了锁巨,他到今天输了七十多万。他有七十万元的债务,还能够坐得住阵脚。他的女人在她面前恭敬温存。看别人比自己,他心中的不平变成了愤怒,甚至是仇恨。家珍是个带给他不祥的女人,现在他这样看待他的婚姻。他想,看谁是失败的！我就不相信他们一个个都能获得好的结果,就不信这个邪。

有一天,青云对家珍说了她早想说的话:"新伦靠不住。"家珍说:"我管不了那么多,二田老实可靠,我受不了他。新伦可不可靠,我不在乎,我现在只在乎每天里愉快的感觉。有他火辣辣的情,足够支撑我义无反顾地靠近他。"

说起爱和情谁不想拥有,家珍和青云说:"那个钉鞋的武大郎找着女人了,听说这个女人个子还挺高,带着一个儿子一个女儿,跟了他。钉鞋的武大郎四十多岁了才结婚,不过也没白过这辈子。"

钉鞋武大郎前半生讨不到女人,那时女人们尚未被现实打倒,在谁的心里都藏着一个梦,非梦中人不嫁。他是谁的梦中人？谁的也不是,也不可能。等到女人们被现实无情地摧残后,活命要紧了,嫁怎样丑的男人都无关紧要了,钉鞋的就娶到老婆了。男人一生可以不娶,女人的一生不能不嫁,男人死后可入祖坟,女人死后都是孤魂野鬼。谁要冷不丁听见这话,就会马上打个冷战,现实太残酷,没有经历现实的人是不能理解的。等到有一天所有希望全破灭,人情冷暖,一起袭来,才发现现实真的太残忍了。 在青春华年时,谁会想到一转眼乌丝成白发。新娶新嫁时,谁会想到他(她)不多时会是别人的姘头。等到有一天发现,这一桩一桩的现实,能不惧怕活的无奈？女人等到青春逝去后,发现自己的梦中人,他的娘还没有生他出来。不找武大郎,再找西门庆？所以钉鞋的后半生,可以有婚姻,能迎接感情的春天。

还有一个架双拐的男人,也结婚了。架双拐的男人的脚没有脚心,他的腿极细。他这样的男人也结婚了。他也是钉鞋的,和武大郎一样,他俩是同行。今年街上双喜临门,架双拐的男人都五十岁了。风雨岁月,幸福意想不到地来了。架双拐男人的新娘,前夫是个死刑犯,两年前行的刑。听说,当时这个拐子男人开着他的电动三轮车,和这女人去收尸,这个女人吓得失了魂,后来用乡里的老办法叫了魂,整整养了两年失魂伤痛症。病好后发现原来人的灵魂残疾更可怕。她原来男人死后的脸都是凶残暴戾的,就在今年她嫁给了架双拐的男人。

一天下午,青云走在街上,听见有人问钉鞋的武大郎:"嗨,你娶下女人了?"回答说:"噢,是,我的女人身材很好,皮肤很白。"青云凑上去问:"我问你,你不写诗了?"他说:"噢,那种东西是奇怪的,有了女人以后就写不出来了,我决定放弃。"青云问:"什么原因?"他说:"创作是内心孤独的自白,有了她我就不想保留内心的孤独了,一会儿也不想。再说女人反对我写诗,她说,'好好修鞋,写几个字又不顶饭吃',算了没意思,女人才是实实在在的。过两年生了孩子……"他还在说,苏青云早走开了,剩下他独自言语。

他真没有屈没了人们给他的外号,一个西门庆式的武大郎,视女人如己命。青云再不愿听他说话了。

67

赵成进想要请妹妹赵成林吃一顿饭,因为年前打过成林。他让苏青云去请,去时带些东西,说:"买十斤鸡蛋,买十斤苹果,再买三斤葡萄。"青云说:"我等颜如回来一同去,今天正好是星期天。"他说:"你自己去还不行,带什么颜如,叫你办点事推三阻四,不去算了。"在屋子里走了一圈,又说,"既然要去,成林说什么话你全认真听就好了,与其去和成林顶嘴,趁早别去。"他也知道安排她做的事,她都会做好,这是多年来养成的习惯。

青云去成林家的路上想,丈夫的言行表面看来没道理,其实真正的道理是暗藏着的。就这件事,怎么能带着颜如,进了成林家,成林免不了要吐口恶气,要她当着颜如的面吗?孩子不觉丢脸吗?不记恨吗?侄女和姑母不是要生分嘛。怨不得颜如愿意亲近他,他会疼孩子。做这没有脸的事,怎么能带上孩子。青云暗骂自己没脑子。

青云进成林家的门费了一些力气,咬咬牙才站在她家地上。青云说:"你哥想请你们回去吃顿饭。"成林问:"他请我,你来干什么?"苏青云一开口就让人给堵上了嘴,觉得脸上的肌肉痛,不得不装聋作哑,任成林说。她心下想,等

180

成林说完了再看情况,请到她是目的。

经过苏青云的努力,成林终于肯过家来,吃饭定在三天后。应该早做些准备,赵成进吩咐她说:"出去借点钱,事情的开头总是难的。"懂不懂他制定的方针的实际意义不重要,执行到底才是必须要的。青云为借钱的事,再次徘徊。找谁借,还没有定下来,没有目标。

苏青云百分之百地服从她的丈夫,可是她的心分明有点伤感,只好悄悄地去和姐姐家珍说。家珍只顾听,没有理会她。事后她又后悔,自己做人不厚道,为丈夫办事,竟然不是心甘情愿,这是多么尖酸刻薄的举动。

借钱这道题是难做的,需要高智商,口才好,会表演。而且也不一定每次都能够借来,要不然怎么他不去借,让她去。不过同时也说明,他是信得过她的,总比和她生外心要好得多。向谁去借?家珍没有钱连自己都顾不了,尤应已经借过了,再不能开口。

难呀,真难。

怎样才能借来钱?青云动着心思。赵家隔壁住着一户做买卖的人家,这家的女主人常和她说话,人挺和善,对她从来没有不屑的意思。今天去求人家帮助,会不会遭到拒绝?青云站在人家门外,不敢进去,也不想走开,一想到自己连一顿饭钱都借不来,怎么能和丈夫的干练相匹配。再说把这件事办砸了,他会罢休?反正活的就是个不争气。又想,大不了碰个钉子返出来,借钱不就得脸皮厚一些吗?现在是上午九点多,正是男主人出外做买卖的时间,肯定只有女人在家,面对她一个人好开口。想好了就推开她家的院门。

青云又去了成林家三次。成林终于来了,在吃饭的时候,赵成进胸有成竹地讲着赚钱的秘诀,妙语连珠,如滔滔江河水不绝。倒酒,喝酒,赵成进决定做先锋,方案已经制定,准备起步。一顿饭吃得他春风得意,苏青云暗自为借下的钱发愁,什么日子才可以还上这二百元钱?饭后,青云装出笑脸,送走妹妹成林一家。丈夫给她开了一个会,说:"要想过好日子就借钱去。"这句话是中心思想。

成林曾经说过,跟她哥过日子应该是骄傲的,可是苏青云怎么也骄傲不起来,不是人家不行,是自己没有能力做他的妻子。现在他又提出借钱,青云觉得她再也借不来一分钱了，就大胆地表了态说："好日子过不过无所谓，只是别让我再去借钱。"

苏青云这个样子，赵成进看她就生气，对计划的执行不积极到这种地步，他破口大骂："你等我这场子开了张，你从哪里来，就回哪里去。"然后又手指颤巍巍地指着青云的脸，说："两个字，'滚蛋'。别人娶老婆，我也娶老婆，远天远地，从那村子里弄来了你这样一个东西，我瞎了眼了。什么样的女人找不着，找了你这样的。"他更加气愤地骂她，"不要盼望娶个财神爷回来，哪怕是有个手艺也好。这家的老婆是个美容美发的，那家的老婆是个裁缝，单单你一无所成，二无靠山，娶就娶了吧，别人死老婆，我就不死老婆。你没有价值，还不快点到公路上撞汽车去。"说这话时，他已经气愤到极点，提起手掌又放下，放下又提起。青云眼巴巴地盯着他的手掌。每一次他气愤至极时，都是这样骂她，如果不明智，没有忍下去，就是拳脚相加，耳光如雨点一样稠密。没有驯不服的马，没有征不服的对手，在强者面前屈服，她学会了。自从她被丈夫从外婆家接回来，每一次面临这样的险境，就想起外公无奈而充满忧虑的脸，她就忍别人不能忍的。既然是争不了气，就选择屈从。再说，不屈从要怎样？鱼死网破？一次一次地走，一次一次地被弄回来，日子就那样过。她实在经不起了。经不起，就得看一切不想看的，听一切不想听的，得过且过，活了一天算一天。

苏青云不知道哪里的仙家给赵成进看过命，说他有帝王之相。他的确不平常，有过硬的个性，有强大的爆发力，而且膀阔腰粗，在他的小王国里，尽管有人涕泪纵横，尽管有人满腔幽怨，对他都得绝对服从，俨然已经是一个帝王了。他只是这个家的帝王，要真的成为一个帝王，可能吗？他帝王的威仪只有在她的面前是绝对的，震慑力只有在她的前面有效，她像一个奴仆一样臣服在他面前，也是近两年自己心死的缘故。

赵成进没有穷奴之相，在家他永远不做任何事，他穿脏的衣服在夜里十二点需要洗，他那个该死的老婆就得去洗。常有洗得不洁净就被他斥骂到低眉顺眼，这是何等的"有能力"。饭菜做得必须合口味，否则他就要丢碗甩脸子，他的老婆只有青菜淡饭，不能下咽。一年中，他与他母亲共进餐，他的老婆独自一人吃饭。他的生活无一处不是威严过剩。他不喜欢夜里早睡，若在家里住必然在外消遣到半夜,他的交际无人能过问,作为他家的人不能听信谣言,就这样也是谣言丛生。成林是他最亲的妹妹,也没有能做好这一点,让他落下一个,身下不干净,花钱了事的丑名。他为此气恼,他做人讲一个字"术",生活之术,男人之术。

相对的青云就很酸腐,很卑微,有时候有一点自大,让他头痛。不过还有可取之处,这个女人自大不服教在往年里居多,现在各方面有些成长,慢慢走向中年——服从多了,这是无可奈何了。男人四十岁,正是风华正茂的好时候。

作为一个女人,苏青云自认为不具有自知之明,常常暗自烦恼,她生性多疑、多愁、不开朗。命运却给了她一个相当的机会,让她做这样男人的妻子。可悲的是她没有意识到,这是一种荣耀。

她暗问自己是不是一个乞丐命,为什么总是身无分文,眉眼微贱做了颜如这个好孩子的妈妈,觉得有点让孩子汗颜。青云只是偶尔乱想,并没有真正从骨子里谦虚起来。她的自卑就在于,她不合时宜,不识时务,不懂命术,乱抬身价。小时候,她的父亲对她说:"你命比纸薄,心比天高,你能好得了吗?"因此怀恨父亲,落下不孝的恶根。一个没有智慧而不自知的女人,一个无能、懦弱的女人。她对很多东西一窍不通,这是千真万确,没有人诋毁她一个字。她只用了表面看起来的善良,迷惑了无知者的眼睛,她的骨头里还深藏着一种暴戾的行径,这一点她的丈夫最是深知,说好听一点是不肯逆来顺受。

很多东西都得用两种态度来对待。比如说婚外情,怎样就能说你的是高洁,她的就是低下的,凡是婚姻之外的情,都是一路货色。有的被说成通奸,有的被说成相爱,这中间的定界在哪里?好与坏的定界在哪里?善与恶的定界在哪里?一切都不好说。

赵成进制定的计划不能顺利实施,在这种尴尬的气氛中,苏青云艰难地生活着。

早春了,只有大地是慈爱的,她给予所有人一样的温暖与阳光。

窗外是无限的春光,窗内是常年的阴湿,被褥总有淡的腐霉味。在苏青云的心上总有一扇打不开的铁窗,她如同一个囚徒,她的心也被囚禁着,看不见阳光。因为她不合群，常常遭遇一些事，她就不能释怀。

有人说，赵家那媳妇，导不开心眼子。苏青云何尝不想拥抱着太阳，有滋有味地活着，甚至极度地想。她寻找一切苦痛的根源，是自己囚禁了自己？还是被命运囚禁了？她不知道。

青云最近又开始写小说，人家是百折不挠，她是千折不挠。她不想失去希望。如果没有期盼，她就不想忍耐那无尽的残酷生活。她想用别开生面的手法写，老一套方法写不出，也写不好。不是说条条大路通罗马吗？每一天都把自己关在家中，她需要清静，清静之外她需要欲望。就从这个"需要"上可以看出来她贪婪的人性。命运不可能说你需要，就得给你。而她自己一而再地通过一些手法向命运请求，她所希望的或者可以得来的，或者可以写出东西来。

68

早春二月，猫闹春，畜生们一夜上蹿下跳，相互间争风吃醋，打得"吱，吱"惨叫，像婴儿啼哭，又多加一种凄凄戚戚"呜哇，呜哇"令人毛骨悚然的调。就是大白天，猛不防，听见这种叫声也要吓一跳。特别是在四周无人的午后，或者是寂寞的黄昏时，会吓得人逃到家门背后躲起来，家门背后是最好的藏身处。青云没精神，一个人在家听猫儿闹春，叫声十分瘆得慌。

青云站在大槐树下四处张望，巷子里冷冷清清，人不知道全到哪儿去了。尤应唱得不得空闲，青云很少看见她。家珍还是老样子，听颜如说圆圆要休学了。青云上家珍家里看看是怎么回事。圆圆已经有两天没上学，他去看他外公外婆了。家珍说："等他回来就去做学徒工，也学做纸匠。书，多读一年，少读一年，也不差什么，学点手艺也好，将来好养家糊口。自己媳妇必须得自己养活，要不然日子就过不下去。"

转眼是圆圆背着行李走的这一天，青云格外忧伤，看着这孩子她老是有诸多的感受，家里还不至于穷得让孩子没成年就走向社会。姐姐家珍却是平静的，她说："去吧，不去又能怎样？每天看着怎样打架，怎样受穷困。人家那里管吃又管住，还给点钱。"圆圆就这样开始了他的学徒生涯，十五岁的他离开了父母，离开了家。

三月里，青云整天怏怏的，没有精神，家珍问她："是不是有身孕了，好像是怀孕的征兆。三月天，冷得穿个大厚袄。"这句话把青云吓了一跳，这怎么可能，她从来没有想到这一点。已经是十几年没有生育，早把这事忘了，难道真的又要生孩子了？她飞一样地找到诊所，一查果然是孩子，已经是三十几天的生命了。因为有妇科病不吃药就犯，吃了药就好，反反复复。一个人生活的日子居多，她也不把这件事放在心上。没有想到这半年来没有发病，正还觉得蹊跷，就怀上孩子了。这件事让她无力思考，她无法做选择，孩子选择了她。

青云冷静下来，和赵成进面对面很正式地说出这件事，她说："这孩子留呢？还是要怎样？得及早拿个主意，再大一点，就成了型了。"赵成进觉得很意外，多年来她不再生育，现在这样突然。显然这是求之不得的好事，四十岁的男人不盼有个儿子？他也听出她的言下之意，反问她说："你说怎样，要打掉孩子？你说说，这本来是一件喜事，要让他成空了？"一连串的反问。苏青云说："我在问你的意思，你要留，就这样了。"他说："你不想留吗？那就这样好了。"他猛地反应过来，说出口的这句话有些语句上的问题，"我是说，留下就好，不要把我的意思想反了。"青云说："那就这样了。"赵成进说："这样就好，这样就行。"他是个急性子，什么都着急，说话也是这样。

青云想起多年前，与他第一次见面，她心里不排斥他。那时她正是油盐不进的青涩年华，没有多少顾虑就接受了他。人们说姻缘是前生注定，今生里，不管有多少分分合合，最终都被牢牢捆绑在一起。既有前生的缘分存在，今生相见才不陌生，没有想到，仅仅在婚后不多久就让他发现，她是无比的不称他的心。他不能与她共甘甜，但也没有离弃直到今天。有多少不堪回首的日子，一天一天，一年一年地走不尽、历不完。怀孕后的青云感受很多，因为在不久就会降生一个她生命里最重要的人，她不能不为这个将要出生的人做打算。

几天后，巷里人们纷纷传说苏青云要生孩子这件事。有人问她："听说你要生孩子了？""噢。""怨不得，你丈夫和很多人说了这件事。还专门打电话，通知了不少人。"

成林来家时叫青云："嫂子。"颜如他爷爷，让颜如给青云五十元钱，说："别说给别人这钱的事儿,只管悄悄买些吃的,好好保养。"这个孩子刚刚到来,青云的处境与过去有些不同,是多了一重喜气,怀孕以来再没有人让她不痛快。

孩子到六个月的时候,做了一次 B 超,查出是一个健壮的男婴。赵成进正好回家,听见这个消息,在地上走来走去,说:"这应该感谢谁呢? 真该感谢神灵,让我四十岁得子,赵家有后了。"

刚出生不久的小狗被肥大的猫摆弄着,猫用爪子把小狗抓过来,踢过去。小狗跌倒了,猫专等它站起来,再去把它打倒,再站起来,再打倒,这样反复游戏,从中间寻找开心。小狗跌跌撞撞,没有到不省人事,也是晕头转向。这个过程叫"玩弄",一个孩子也来玩弄这只猫儿,一根线,吊上一只绒老鼠,让它去抓,抓着了,又拿走,等猫儿失望后,小孩又叫它来抓,反复这样。小孩咯咯大笑,不想玩了的时候,丢给猫儿它想要的,拍拍屁股跑了。这是对门家的猫儿、狗儿和孩子的事,青云看了一个上午。

人们自己也玩弄自己,就是自己做两个角色,一个角色玩弄另一个角色,唯恐自己不猥琐,唯恐自己不狼狈。

有一天上午,小马的媳妇来找青云说:"不好了,打起来了。"青云心里一惊,问:"谁,是谁和谁打起来了?"小马媳妇说:"家珍和新伦又被今生撞着了,家珍被今生打得快不行了。"苏青云挺着大肚子,一路小跑过来。家珍正躺在院中,今生手提着木棍,一棍一棍打下去。今生打一棍子,家珍身体就动一下,他打一下,她弹一下,就像肉案上的一块猪肉只有弹动,她不叫,也不喊。青云看见要出大事,她给今生跪下说:"住了手吧,她快不行了。"今生问青云说:"你为她求情,打她不应该?""不为她,我为自己求情。"青云跪爬着过来,抓住姐夫今生手里的棍子说,"是我看不下去,如果让我眼不见,耳不听,你们想怎么样就怎么样,现在我眼巴巴地看着,你要了她的命,你可怎么活呀? 你为她赔上你自己值得吗?"几句话说动了今生,他流下眼泪,丢下棍子说:"我就是不甘心,我也真是为我不值。"青云艰难地从地上爬起来,看看家珍,她正在不停地喘息。青云试着扶她一把,她站了起来,只是猫着腰,抱着肚子,向屋里走去,每走一步咧一下嘴。这是他们夫妻间打得最惨烈的一次,硬骨头的家珍,好像没有了锐气。她的爱情快要她的命了。非得这样不能说明她爱新伦,爱得海一样深。

家珍和新伦被今生堵在家中。今生当时手提木棍,迎脸一棍下去,新伦眼疾手快,一蹲身,闪了今生一个空,新伦趁势跑了。今生找家珍一个人算与他们两个人结下的账。

这之后,家珍在家养了很长的一段时间。突然有一天,家珍不见了,到处找不着。青云听见这个消息,拖着沉重的身子,推开了尤应家的大门。尤应正在家里,看着像是什么事也没有,迎着青云说说笑笑。青云怎忍心开口问她新伦的消息,坐一小会儿要走,尤应送她出来。临走时尤应说:"是想听听他的消息吧?不见了,大约是走了吧,终于有这一天了。大家各自得到各自的归宿,也好。"尤应再不是当年的她了,她再没有说自己希望做她男人永久的、纯粹的妻子。

走了,真走了。

家珍和今生的婚姻就像一场戏,起伏跌宕,情节曲折,两个人从少男少女时开始演起。寻死觅活嫁过来,生活在一起。在一起了,开始播种另一种果实的种子,终于花开花落,结出果实了。除了感叹,没有别的。

还有尤应和新伦,何尝不是这样。

69

两年后,颜如上了中学,青云的儿子两岁了。

有了儿子的赵成进拜访了苏青云的几家亲戚,在外公家商议好,亲戚们合伙入股一个木材场,做生意。一向不投资的大舅与他高中同学通了电话,打听到这桩生意可以做,能赚钱,大舅入赵成进的这一股,成了股中有股。赵成进又找到成林入股,成林借一部分钱给他们。成进要青云去和成林做个承诺,保证成林借给他们这一股的钱,分批偿还。青云说:"你掌管经济,爱怎样还,就怎样还,我就不插手了吧,你们兄妹还有个不信任?"赵成进马上切齿痛心地说:"你可真蠢,你不知道这是成林要的个形式?你难道不是这家里的人,你难道看不出我这是在抬举你?"青云每遇到成进大声说话就感到惊恐,于是她去找成林做了保证。

入股一个木材场,自家这一股所有的钱全要借,向银行借贷一部分,加上成林借给的那一部分,终于万事大吉。人生走到这一步,是一个转折,看表面似乎与过去不同了,儿子有了,都是中年的男女了,该做些什么了。

一开始,赶上了一个机缘,赚了一点钱,赵成进在他的决定面前,奠定了十足的自信,很忙碌地投资,赚钱,周转。他买了一部新手机,找他的人不再打座机。偶尔还有人打进来,青云一接,就挂断了。每每这样,她甚至有些怕接电话。有一次电话也有没等她开口就喊:"你在哪儿?"青云反问:"你找谁?"电话那头就没有声音了,莫名其妙的女人电话,刺激着青云敏感的神经。

自从木材场多少赚了一点钱以后,赵成进偶尔回家,一句话也不愿说。入股后的第四十天,青云发现丈夫面对她时,连眼皮都懒得抬起来,她抱着儿子,看着他冷漠的脸。

赵成进的手机里有很多女人打进来,只要青云有一点疑问,他就暴怒无比,摔碗、砸盘子,他对她更加不屑。青云也想,当年那老汉上门,与他家交涉的那件事,她都可以忍受,现在怎么就不能了?过去传闻再多,她没有亲眼看见他与别人怎么样。现在有了电话就不同了,当着她的面,说长道短,她真能无动于衷?

青云竟然对他起了疑心,只要他回家,在他熟睡的时候,她就翻他衣服的口袋。她有一种预感,他的口袋里一定有东西,一些物件什么的。第一次找到的不是物件,是一种淫药"神你油"。青云顿时就觉得被冷水浇透了一样,血液都快冻结了,麻木的手脚极度地冰冷,她静悄悄躺下。一夜反转,最后她为他做的这个事找到理由,或者是代别人买的这种药,总不至于真拿这些东西与别人使用去,或者准备了在自家用。听他一夜的动静,沉沉地睡得踏实香甜,清早起来洗漱整齐,走了一个星期。后来只要他回来,她一定要做贼,有了第一次,必有第二次,等他熟睡她要翻看他的"神你油",或者还有踪影。这一次找出来的是"西班牙苍蝇",没有"神你油"的影子了。和上一回一模一样的感受,自己得到最重的创痛,这就是做小偷的下场。后来不甘心,还做贼发现了"不倒一号",她知道没有一次和自己使用。慢慢地做贼的心都死了,带着幼年的儿子,她尝试又一次心死的滋味,和强颜欢笑的苦涩。她不敢把这件事说出去,对任何人也不敢,她怕被别人耻笑。婚姻使她的人生倍感悲凉,还有失落。青云感到自己身上成千上万个伤口向外流血,发出滴答的声音,她听得清清楚楚。

青云瘦了,又极度贫血。有一天,她忽然晕倒,住进了医院。生的欲望诱惑着青云,幼小的儿子丢不下。睡在医院的病床上,她的精神和躯体被残忍的现实撕咬着,用那巨大的乌黑嗜血的嘴,撕咬着她。青云撕心裂肺地痛。她问自己,难道现在的生活和过去有很多不同吗?是呀,过去的她怀抱着一种希望,她希望一个男人出现。建业今世里不复相见了吗?她想要拥有爱情,建业不就让她尝到过甜头吗?她等待,期盼,盼望女儿颜如长大一点,再长大一点。现在为什么就不期盼爱情了呢?青云发现爱情只能是无期限地等待,属于她的男人不会来到她的身边。

青云出院后,带着幼小的儿子到处走,走亲戚,找朋友,努力面对生活。但这种努力是盲目的,没有意义的。还有一个信念藏在她的心里。她知道要活下去就得拼命努力,有时候觉得精疲力竭。正在这个时候,赵成进的生意不好了,他在巷子里的时间居多,他在巷子里找到一个好的去处——刘七家,在她眼皮底下放射出他的光彩。

青云整天听见英红唱,家里如果有事,全都是英红来帮忙。天空没有露出曙光,更加幽暗的婚姻天空笼罩着她。

这一年八月,颜如和颜照(青云儿子的名字)的爷爷去世了。家里天昏地暗了。赵成进没有因为父亲去世而改变,整天脸色通红,时常哧哧地笑。不过不是刚入股木材场时眼皮也不抬的光景了。

孩子们的奶奶到她的女儿家去了。睹物思人的痛,她不能承受。老人走后,这座宅院只留下青云和她的儿子。常常有人说,听见夜里赵家的父亲哭着,在巷里走来走去。这座宅院越发安静起来。赵成进这时租下一辆车子,黑色的轿车,整天比以往更忙碌。

日子浑浑噩噩地过着,不知不觉中青云儿子上了幼儿园。

有一天早晨,青云刚刚起来,开了院门。赵成进推门进来,他有时不住家中,不知住在哪里,紧跟着他的娘也进了院子,进院后就破口大骂她的儿子:

"你怎么就坏到这种地步了呢？你怎么就坏得这样可怜了呢？"他说："你们抓着了，看见了怎样？"他娘说："你枉披了人皮，枉做了人。"他大喊："你滚。"他娘问他："我滚到哪里去？要滚是你滚，这是我的家，我回我家没有走错门。死鬼刚入土，坟土还不干，儿子要赶我走，可惜你赶不动。"他大怒了，喊："谁是你儿子，我不是你儿子，你也不是我娘。"他娘说："说得好，说得对，你和我没有一点关系！死鬼你听见了，老天爷你听见了！"赵成进怒甩了披着的衣服，要走，他娘扑上去抓了他，说："你走不了，你给我说道清楚，你不是我儿，为什么在我家留下你的老婆和你的儿子？"他怒不可遏地喊："我走了，他们随你处理。我发誓，我要再回这个家，出门让汽车碰死。我发誓，我再回这个家，让天雷劈死，这里没有我一点留恋，你们知道吗？"他娘说："说得太好了，说得太对了。带上你的老婆走，你和我没有关系，他们和我更没有关系。"他比刚才更加暴跳如雷，抓了他的娘像抓了一只小鸡似的丢在那里。他娘摔倒在地上，爬起来，又扑上去抓他，说："你这丧尽天良的。"苏青云扶着步子错乱的婆婆，安慰说："你就不要再说下去了，话已经说得很明白了，再多说更难堪。"赵成进大怒："去你妈的下贱女人，轮上你说话了？你给老子滚，老子一天也不要你。"他一把抓住青云，往门外甩。青云双手抱着门框死也不走，屋里还有她的儿子，他举起拳头要打这个女人，只因为她替她的婆婆说了一句话。她婆婆用身子堵在她和他中间说："你先打我，打死我，再打她。她是我出了聘礼娶来的，由不得你作践。"赵成进说："好好，你娶回来的，给了你。"他一个猛子扑进屋里，打砸着这个风雨飘摇的家。"噼噼，啪啪"响了好一阵，打碎窗门，推倒柜子，柜子不倒，他再扑上去推倒。老人爬进屋里，看看她香桌上供着的仙怎么样了，看了看，画像没有被毁。赵成进把一腔的怒气发泄尽了，抬腿要走，临走说："我发誓，再不进这个家门，再进这个门，让汽车压死，碰死。"这一句话他已经说了不少次，还一次又一次说，只恐有人听不见。

走了，终于走了，走了就安静了。

婆婆哭着也走了。

离开这个没有流血，却流尽了泪的这个家。

70

天一黑,几只秋虫在岩台的缝隙里"啾,啾"开始叫了,明显地听到虫声里的寒意了,虫子的叫声是乍叫又断,声音不像初入秋时那样洪亮了。这是一秋生命将近尾声的哀悼,又似乎在讲述它曾经不光鲜的故事,说一说,戚一戚。苏青云听着,从中听出了虫子对已逝岁月的幽怨和哀怜。院子里还没有黑透,屋里开灯有一会儿工夫了,颜照趴在桌子上画一张画。

窗子上一晃,好像有人影,青云疑心自己的视觉有点错乱,她想不会有人在她窗前晃的。可是又晃一下,这个人个子不高,乱头发,小瘦形的。她有些害怕,会不会是英红,英红也不会这样站在窗外。会不会是脑子里有些幻影,眼前生了乱象,可是刚才的心是静的,没有想象任何东西。

窗外的确有人,不是凭空想出来的,那人先前的晃动,大概是想确定屋内的情况。现在伏在窗子上不动了,"啪,啪"敲了两下窗子,叫道:"云儿,云儿。"她熟悉的声音,叫她的小名,人影也不陌生,又叫:"云儿,云儿。"她仔细分辨,是姐姐家珍,试喊:"姐姐,是你回来了?"答应说:"噢。"青云说:"那还不进门?"回答说:"猛不防的,怕吓你一跳。等你缓知了,我再进去。"青云说:"快进门吧,外面冷。"

家珍不太像过去的家珍了,一头"乱刮风"式的短发,不男不女,穿着一件肥大的旧袄。苏青云不知是怎么了,一时开不了口说话。

家珍看见颜照,她的眼里流出热热的暖来,说:"和我想的差不多高了,还是和颜如长得一样。"她仔细地打量孩子,一走两年,恍如一梦,就像刚刚发生在昨天,没有与那人私奔的那天。她走两步到孩子的跟前,摸摸他的头,说:"有这样一个小毛孩子在身边,多么像个有家的女人。"青云奇怪地发现,她的腿走路跌跌倒倒的,青云试问:"腿,腿是怎么了?"家珍说:"今年春天,出了一些意外跌伤了。"青云自语:"噢,竟然是跌伤。"青云很想知道一些家珍的情况,她回来是长住,还是路过?今后在哪里安身,有什么样的打算。新伦一同回来了还是没有。她想问一问,但张不开口。

家珍避开不想提的过去,说:"云儿哪,姐洗洗脸,风吹日晒,没个女人样了。"青云倒了热水，手拿毛巾站在她的身边，等她洗，等她擦。她先洗头发，再洗脸，再擦拭裤角上和鞋子上的土，擦得仔仔细细。然后找些护肤品，抹在脸上。家珍说："云儿哪，给姐找一件你的衣裳。"青云和家珍高矮是一样的，家珍穿上青云的一件毛衣外套，大小肥瘦正合身。

家珍还是爱整齐，要光鲜，可是唯一的不足是，她现在穿不了高跟鞋，一双黑色布鞋才闪不了她的伤腿。青云看着她，禁不住有些伤感。这一次出走，就算有热烈爱情的滋养，看见今晚的她，也不羡慕她两年来的生活。

家珍说："云儿，你陪姐回家去吧，我一个人实在迈不开腿进那门。"青云说："不如就在这住上一夜，天明再说。你还没有吃一口热饭，如果现在回去姐夫头头脸脸的，有饭吃，也咽不下。"家珍说："趁天黑回去好，明天再回，还不得让众人看了戏。这一次回来，愿打愿骂都随他，我再不会怨他一个字。"青云说："那也得吃口热饭再回去。"家珍说："不了，有没有热饭吃，都不是个事。还是趁你姐夫没有关上门，回去吧。"青云想一想说："依你吧。"

天上的月亮明皎皎的，洒下银凉的光，照在大地上，青云背着儿子颜照。回家的这几步路，家珍还是兴冲冲的，脚步稍比青云快一些，一拐一拐的右腿，膝盖处受的伤，一条腿变成一个"弓"形。一个鲜活的去追求爱情的人成了这个样子。

临进家门时，她落在了青云的身后。

姐夫今生正蹲在地上吸烟，自从家珍走后，青云再也没有进过这个门。今生抬头看进来的这些人，仔细一瞧，发了呆，没有说话。青云说："姐夫，姐姐回来了。"今生说："不回来也罢，回来了又怎样？"青云说："姐夫呀，她从十七岁跟着你风风雨雨，跟着你过有一顿没一顿的日子，没有嫌弃家里清贫。她终有千万个不对，你也得认，是你们俩没有同心合力过好日子。"今生说："我这庙小容不下她这大神仙。"青云说："姐夫，你是一个好人，姐姐因为觉得没有跟错你，才又回到你的身边。今天不要说为圆圆，你看在她当年不要性命，也要跟随你的情分上，原谅了她吧。"家珍"扑通"跌坐在地上抱头痛哭，青云扶她起来坐在床上。今生沉着脸，没有再说话。青云也沉默了，家珍凄凄哀哀地哭，泪就像流不尽的河水。

一个愁人的寒夜,窗外秋虫低鸣着,和着家珍的哭声。今生沉默着,一贯没有表情的脸冷着。青云看今生没有赶走家珍的意思,背着睡着了的颜照,听着秋虫的叫声,回到了自己的家。

人生起起落落,你得认真面对它,你游戏它,它反过来会作弄你,让你消受不起,要不然怎么说活得不容易呢。家珍的故事曾经是轰轰烈烈,有爱情,现在怎样了?结局要怎样?

家珍回来的消息,像长了翅膀的风,飞得很快,传得很快。家珍的事有些与众不同,人们不知疲倦地传着,很满足口舌欲。或者是很想看到她这样的结局,那些没有风情的女人们,至少因为家珍的今天,让她们的内心获得了一些平衡。

71

赵成进发了誓就走了,他三番五次发下毒誓,唯恐谁听不见他的誓言,见证不了他的誓言。他走了,苏青云的日子照常过。赵成进走了,苏青云用一块床单把他的衣服遮起来,免得看见他的东西想起他,免得想起他斩钉截铁一样的誓言。他大概从此真不回来了,如果他没有拿了走的主意,那么毒的誓言是从哪里生出来的。人的言行是心声的流露,他的那些毒誓是从他心里流出来的,怎么也不会是从他脚后跟往外流的。苏青云想,他一定是走了,彻底地走了。

赵成进走后的第三天上午,青云打扫庭院。站在院里,看着邻居院子里密密匝匝的树投到她家院里的树影,随风移动,像个变幻的舞台,背景缓缓摇曳。风一吹,那些树上飘散下黄叶,落在地上。从来没有过的家的感觉,这会儿有了那么一丝丝,这种淡淡的家的感觉居然使她舒服起来。

中午,青云从幼儿园里接了儿子颜照回家,远远看见自家大门外有一个人,这个人竟然是赵成进。青云顿时心惊胆战,手脚发抖,不由得蹲在路边,一时没有了思维。直到英红推着车子站在她的面前,英红指着那人,说:"他要钥匙。"青云从衣兜里狠命摸着,又担心找迟了。仅仅一个号令,都让她惊恐不已。终于拎出长带子拴着的钥匙,放在英红手里。赵成进开院门,回家,誓言不算数了。青云领着儿子站在门外，走了几个来回，不敢进门。她怕，怕什么？反正是怕得要命。还有就是她的眼睛任凭怎样都不想再看见那个人。

儿子颜照看见青云在自家门外犯难，说："妈妈，为什么不回家？"她说："儿呀，这一会儿不能回。"儿子说："等会儿就能了？"她说："噢，差不多。"青云胡乱应着，带上儿子坐在小马家大门口，这样可以望得见自己家门。

这时，青云母子闻到从每家每户飘出来的饭香味，儿子说："妈妈，我要吃饭。"青云就带上儿子到了巷子口的小卖铺，买了两袋子方便面。返回来，坐在小马家大门口，她撕破方便面袋子，让饥饿的儿子干啃。自己小心地瞅着自己家门，看不见他走，她就不敢回家。儿子口渴了，她向小马媳妇讨了一碗水。突然，想起姐姐家珍来，要是往年，她可以带上儿子，吃她家一顿饭。现在不行了，她刚回来两天，她得看今生的脸色过日子，她家去不了。又想起那一年冬天，也是不能回家，在县城里的菜市场遇着家珍的情景；又想起建业，想起和他短暂相处的日子，只留下一些令人迷醉的回忆。这些年，不敢想起他，想起他，就心动神摇，不想过现实的日子。他在她危难的时候给了她意想不到的情，从那以后，青云每遇到绝境，特别无助的时候就想他。这又是青云的一个坎儿，她已经清楚地看到了，又把路走到了绝处。

青云背靠着小马家院门坐在地上，儿子颜照靠着她，忧伤使她头痛欲裂，她半闭着眼养神，不忘半睁眼望着自己的家。青云多想有一个家，她仰望着天，向上苍祈求并且询问：老天呀，睁开你的眼睛看一看，无家可归的人，你让她永远无家可归吗？

忽然，老天真的开恩了，肯定听见这个女人心里的哀求了。青云家的大门口，一晃一晃地有个人，是赵成进在东张西望。望了一阵，朝着巷子的那一边走了。苏青云带上儿子飞快地回到家门口，一条蓝色带子还挂在门上，门没有上锁，他没有把他们锁在门外。他的暴发是间歇性的，可是青云这一次彻底明白了，她与他再不能相见，不能够再生活在一个屋檐下了，无论她是多么善于忍，都忍到终点了。她恨极了他，恨到了极点，永远不能再看见他，永远也不能。她和他在一起的这些年，被他蹂躏至极，就算他是真帝王，她看他已经如粪土。惧怕他是因为承受不了他恶臭的气味，和他无比强硬的拳脚。

英红整天不是推着平板车"当,当"响着,就是推着自行车,边走边唱。有时候,手里拿个打火机,给他想念的蝴蝶打电话,很少说起"四川"了,他把"四川"遗忘了。英红无忧无虑地过日子,像孩子一样,青云羡慕他的逍遥自在。

赵成进自从那天走了没有再回家。这些天苏青云想,他如果从此不再出现,在世人眼里不过多个弃妇,多个寡妇,其实早在她发现那些花样繁多的春药的时候,差不多就是一个纯粹的寡妇了。如果他的毒誓不算数,再次回到家里来,像只蜻蜓一样点下一个大圈,青云就从骨子里看不起他,轻看他。明知道不管他曾经发下过什么样的毒誓,她都不相信他会有那样的骨气。

青云对他是了解的,他永远是言而无信的,反反复复发下的毒誓不过是儿戏。用不了多久他就会变化他的手段,来和她纠缠。到那时,她该怎样面对?青云想到了走,三十六计走为上。赵成进肯定是不允许她带走颜照,这是他前两年就警告过她的。小马的妹妹离了婚,她的婆家就住在这个巷子里,离婚时孩子的问题,没有做任何的决断,孩子都九岁了,想找妈妈谁也看守不住。这件事给了青云一个启发,如果她自己也不离开巷子,是不是每天可以看见孩子,日子一样过,孩子一天一天长大,找妈妈,谁也看守不住。她暗自为她的这个计谋得意,又不用带上孩子背井离乡,又不用离开孩子。眼下孩子就这么一点,别人的风言风语,他不懂,你给他一个鄙视的眼光他也不懂。过几年这场风波过去,他的爸爸娶了新妻,谁还会管他。到那时要带走孩子,谁还会阻拦着。现在首要的就是,找个空房子,住进去。小马家对门就有一处旧的空院子,满院的荒草密集得下不去脚。

青云决定就住进这个满是荒草的院子,去和房东租房时说了谎话,说颜照的外公从外地回来了,想要接来就近住着,方便照看。房东满口答应,临走还送她出来。谎言该说还得说,如果租房子时说:"我要离婚,想租你家房子住。"人家还敢出租吗?不是要招赵家人来恨吗?

租好房子后,每天儿子上了幼儿园,青云带上英红一起拔草,打扫屋子。一个礼拜过去,已经搬了一卷子被褥,两个枕头,一个电饭锅,盆子碗筷全有了,半袋子白面,半罐子米,窗帘都挂好了。看见这个家,心中竟然是安慰的,没有一点悲伤。

青云每天都进去看看,闲话像长了翅膀一样飞进了赵成进的耳朵里。他正式回家去住,她也带着儿子住进了出租屋。赵成进从幼儿园接走了颜照,并且告诉小马媳妇说:你给那个女人捎一句话,她敢再把我儿子带走,她就人头不保。青云原来想在送话的小马媳妇面前,装出一个平静样子来,露出一点笑意来。但听了她的话,笑在青云的脸上冻僵了,鼻子变得越来越歪,眼睛里肯定流露出仇恨的光来了。

这一天,正好是青云三十九岁生日,女儿去外地读书,她没有思念,也没有思念她的母亲和青山,连外公一家都没有思念。她恨,恨了整整一天,她恨她的娘,为什么要生她这样的人来人世,这是她娘做下的一件错事。而且这错事她也做下了,见不着儿子的面,儿子同样会恨着她。

这一天夜里,天空挂着的是一轮将满的月。青云一个人住在破院里,一次一次地想,赵家院门上了锁,儿子去哪里了? 拉开窗帘看见外面皓月当空,忍不住更多的思绪上了心头。赵成进没有在她搬东西时,当场把她赶出来,已经是不错的了。他这个人就这样令人无法捉摸,无常是他的本来面目,怎样去和这个无常的人交涉,让儿子既来她的身边,也不误他们父子相见。青云绞尽脑汁。

深夜了,月西坠了。从小就爱月亮下的人间,有点像朦胧的天堂。

72

青云再听见英红唱歌的时候,是第二天太阳当空。她要平静地等待儿子的出现,她的心系在儿子的脚腕上,儿子走到哪里都扯着她的心,同样无论儿子走到哪里,她的心总能把他拽回来。

上午,青云大方地路过曾经是自己家的家门口,看看门开没有。然后去了家珍家里坐了一小会儿,再返回来,再看看门。

这样自我安慰的日子过了五天,没有见到儿子。第六天的早晨是平静的,等到中午,烈日当头,青云就疯狂地到处乱蹿,她自知,快要失控了。突然,远远地看见了儿子,坐在自行车的后座上抱着他爸爸的腰,从街那边走过。她怯生生地藏到一家饭店的桌子底下,等着他们走远了才出来。总的来说是看见了，看见儿子了，思念减少了许多。青云没有敢上前见上一面，说上一句话。如果是电视、电影里，通常是妻子上去跪求丈夫把儿子给了她，青云是不敢这样做的。赵成进在她面前的威武是永不倒的，再说如果让儿子看见她，儿子必然要撕心裂肺地哭着找她。让赵成进下不来台时，一切的局面将不能收拾。她的下意识里，对他的惧怕是今生都不能改变的事实。

青云回到出租屋，躺在床上，回想半生以来，什么苦都不怕吃，什么辱都能忍，只有与儿子的分开她忍受不了。

青云慢慢睡着了，真正是愁人瞌睡多。她仿佛看见一个陌生人站在她的床边，要吃她的心。她的脑子还清楚，想看一看心是不是已经不在了，就想动一动，但怎样努力身子就像压在一座大山底下，动不了，想喊叫一声，拼命地也叫不出来，最终艰难地醒来。原来是一个噩梦，坐起来，头上的冷汗流到鼻尖，倒挂着，摸摸心还在。

一个下午，青云在院子的荒草里，走来走去，直到天黑下来。四周静悄悄的，街巷里四下无人，青云潜到家门口，看见大门从里面反锁着。站在门外仔细听，可以听见儿子的声音，微弱的灯光从门缝里射出来。再听儿子的声音，就像清澈的泉水流进她焦干的心里。儿子的声音就像一只小手伸进她的胸腔里，摸到了她被蹂躏得干巴巴的心。心里好舒服，儿子的小声音呀！她的肩被人拍了一下，吓得她抖擞起来，那人说："吓坏了，瞧什么，瞧瞧是不是院里有女人了？"是锁巨。他又幽幽地说："别看了。"然后他大踏步走了。平日的锁巨，与她勾肩搭背，现在连话也不愿与她多说几句。她多么想有一个人的肩让她靠一靠，那会是多么美好的感情，可是一切都是空。她一个人徘徊在街巷里，她不能再这样活下去，得拿个主意。

既然赵成进能让小马媳妇捎来话，为什么自己不能再让她捎话回去。苏青云走进小马家的大门，进了屋就说："我呢，思来想去，还是来求你比较妥当，你做事沉稳，为人又热心，又有菩萨心肠，又同情弱小无能力的人，我觉得非你办不了这件事。我呢，想接我儿子在身边住几天，哪怕过几天后，他爸爸接走也行，孩子没有谁都不行，你说这能不能行得通？"一口气说得小马媳妇先是发呆，后来明白了她的意思，说："我去试试看，你等我的回话。"这就算是答应下了。青云就得寸进尺，说："你看我这没有骨气的样子，说到孩子，就像猫抓心一样不能安宁，你还得尽快地去，我儿子也想我了，我怕他想我想病了。"小马媳妇说："天明就去，你放心回去睡吧。"青云很想再重复说一遍这件事，又怕惹人烦，不得不走出来。

夜深了，一轮明月在天上，青云看见自己的影子倒映在地上，先前的惆怅和担忧都有些多余，回去安心等待天明和儿子团聚。希望就在眼前，青云关上院门，用木棒子顶上，大石头顶上了门角。在院中站了一阵，看着明月，月光对她有一种特殊的感情，在月光下，心里的忧伤就会少一点。一直以来，她爱在月光下，月光有一种魔力可以医治人的心病。因为安静，能听见夜的声音，也能听见自己的心声。

这一夜半睡半醒，一直到天明。

青云打开院门，等着小马媳妇的消息，想到儿子马上要来有些心跳。为了在安静中等待，跪在院里拔荒草，到了半晌午，小马媳妇终于来了。苏青云终于等来了消息，小马媳妇说："他说这个院子里有鬼，不让你儿子住这儿。"说完一溜风地走了，像怕鬼逮着似的。

有鬼，哪里有鬼？哪里又没鬼？出人意料，不能相见。青云手里还拿着一缕枯草，泥土在指甲缝里憋得难受，手慢慢地垂下去，再没有力气提起来。千思万想，没有想到问题会出在这方面，怎样才能找到没有鬼的房子？总不能是每一栋房子里都有鬼吧！

一个中午的抉择，她又想起过去在家时，每年春夏时节的上午，院中点点斑斑的树枝的影子，摇来摇去。秋天，院子里飘着风吹落的树叶。她进过东面邻居家，院里有三间瓦房。主要是多少年来，没有听说过有鬼。去年还住着人，因为有了新居，今年才搬走，现在是空着。主意又拿好了，就找房子的主人，还是那一套，如果说出真实原因，没有一家会留她，为着避嫌，得说谎话。就算人人对你都有同情心，也是不能说实话。几经周折拿到钥匙，已是家家都亮起了灯的时候。

又是一个反反复复睡不着的夜，人活在世上，被现实残酷地作弄，不能消停。光阴一晃二十年，少女时自己多么爱写诗，后来就没有了诗兴。活着这样难,还想活下去,不想一死了之。回想人生的愁苦,如九头牛身上的毛,多得数不胜数。

如果说这一生,就是这样的命运,是不是要活下去?眼前是舍不得儿子,无论怎样难受都得忍。古时的女人,都能以子为贵。青云生下儿子后,外婆多次为她庆幸,说:"这下好了,一切大吉。"谁料到今天又是这样的局面。老人们讲,人生死轮回,人在死后投胎转世的时候,要喝一碗孟婆汤,如果人记得前生事,今生怕是不敢做人。青云想如果要一直这样活下去,她的下一辈子就不去做人了。牲畜是做尽恶的人转世投胎的,现在的她活得哪里比得上一头牲畜。就在这一刻,她内心发下一个誓愿,总有一天要离开赵成进。悔恨这一生与他结下姻缘。她一定要尝一尝离开这不堪回首的旧地、旧人,是一种怎样的滋味。

多年前,有一个人让她尝过爱的乐趣,为了那一点点曾经的甜,她在憧憬中活下去,不用说还有放不下儿子的这一颗心。青云想还得撑下去,她沉沉睡去,发现有个扭曲了的脸,在她面前晃来晃去,身子凌空荡来荡去,又是一个噩梦。这一次,她朝那扭曲的脸吐唾沫,还发动了愤怒的反击。青云醒来后,发现现实比噩梦都不如,现实中她没能力反击,只会容忍。

青云盼望这一夜过去,黎明快来吧,英红快唱吧,黎明来了,鬼魅就消散了。人生的黎明在哪里?青云等待着:雄鸡啼鸣,英红歌唱。

73

苏青云找到英红已经是中午,英红手推平板车,跑了两趟,就给青云搬了家。

原来这个院子比赵家的院子要高不少,站在这边院里趴在西墙头,还能俯视赵家。青云听见儿子的声音,细细低低说道着。听见儿子的声音,思念和担心就少了许多,她抱了两块旧青砖做凳子,坐在墙根下听着儿子的声音,就好像和儿子在一起。寒风凄凄,树上光秃秃的没有一片叶子。她隔了墙和儿子在一起。下午,儿子开始哭,一直哭,也没有别人的声音,儿子哭的声音不太大，不停地哭，一直哭。青云想大概哭一阵就好了，可是一直没有停，哭得她心慌起来，担心这孩子一直哭下去要哭坏。她束手无策，又心痛儿子。想到求家珍进去探望一下，看看孩子。家珍是多年的街坊，也是儿子的姨妈，于情于理没有什么不妥当。找到家珍说出她的心事，还担心地说："不会被赶出来吧？"家珍说："别说赶出来，就是被打几下我也得去。"青云又趴在墙根下听，家珍进去说话，儿子的哭声还是不停。儿子是想念他的妈妈了，年幼的儿子，乳毛还未褪。颜照在这之前，除了上幼儿园，总是依在她身边，猛然分离，怎能不痛。他们是血肉相连的母与子。

从家珍进赵家到她返出来，青云儿子都没有止住哭声。青云追着家珍到她家去，家珍说："颜照犟得很，理都不理我，我又不敢说你的事给他听，赵成进坐在屋里看都没有看我一眼。还好没有赶我出来。"可怜的孩子，青云低下了头，两手互擦手心。家珍说："我说云哪，你既然拿了这个主意，就该知道分开的日子是有的，你一天都不要孩子离开你，怎么能行。"青云说："都快十天了。"家珍说："你从心里一天都没离开过，离婚的女人是孩子拴不住的，不然是有能力带在身边的，你两者都不具有。"家珍看了一眼青云，"你真是一个孩子痴，不知前世有怎样的缘故，这辈子就没个志气。"青云说："我有些把握把儿子带在身边，我有能力，儿子上学我去打工。"家珍说："你何苦，一辈子尽这样过，颜如小时候这样，颜照这里更这样，你怎么就没有个长大了的时候。上幼儿园的孩子了，你离开他一半月的又能怎样，他姓赵的肯把时间和精力放在孩子身上吗？他能和你一样一心一意守孩子吗？"家珍的话触动了她，可是儿子还在哭，总不能耳朵里听着，不去理会吧。

青云又仓皇地奔走在赵家的大门外，儿子还在哭，整整一个下午了。一个人哭都有极限，一直哭下去会把这个人哭坏的。这时，上天给了苏青云智慧，既然连邪恶的人都可以给，为什么不能给一个不离弃孩子的母亲呢？终于上天给予了她，她马上看见几个天使，儿子幼儿园里的小朋友，中间还有小马家的二女儿，都在巷子里玩。青云拿出所有的热情，在孩子们的面前讲："赵颜照有一个会冒烟的小火车，小火车跑得很快，等你们去看呢！谁带一个头去呢？"小马家的小女儿说："我带头。"

200

五个孩子，一齐去找颜照，拿棒子的，吹哨子的，一哄进了赵家。青云飞一样地跑到她的出租院里，趴在墙头上看。果然颜照不哭了，蹦蹦达达地擦泪，跟着五个孩子在赵家院里玩起来。青云激动得心往喉咙里跳，低声喊："儿呀，儿呀。"

　　青云低声叫着："儿呀，颜照，儿呀。"儿子还不理会，她怕赵成进听见了，把儿子拉进屋里，所有希望都要成空。上苍又一次给了她智慧，她抓起一把小土块，枣儿大小，一个一个向儿子扔过去，又不打住儿子，心急得要跳出胸膛来了，儿子还不往这里瞧上一眼，她扔了又扔，孩子都被小土块包围住了，偏不朝这儿看。青云一狠心，一个小块朝儿子的脊背打去，儿子怔一下，终于抬头看了。她举起两手猛烈地招，招给儿子看，给儿表示：来妈妈这里，妈妈在墙外。儿子发呆了，眼望着她一动也不动。青云暗说：千万不要大喊，我的儿。同时上苍在这时又给了幸运，没看到小火车的小朋友们，朝大门外涌来，儿子颜照紧跟着出来，五个孩子是五个天使，只有天使才有可能把这件事做得这样完美。青云飞一样奔跑出来，来到赵家门口，抱起儿子。远远的小马媳妇，招呼她的二女儿不要乱跑。天使一样的孩子们给她和她儿子带来了福泽。青云抱着孩子飞一样跑了，跑回她租来的家里。

　　小马媳妇找她来坐，说："他让你天黑前送孩子回去。"青云觉得自己脸上的肌肉变硬了，小马媳妇看出她的不满，说："我原本不该来说这话，他出门找孩子，是我看见你带走了。为了你们的圆满，不动肝火，就告诉了他。我是这样说的'孩子找妈妈走到哪里也不是过错'。是他非要我来告诉你，天黑前不送孩子回去，就提棒子来索你的命，我是担心他闹事，所以不得不来送个信。"

　　苏青云就像泄了气的皮球，失望极了。给儿子吃顿饱饱的晚饭，然后背着儿子又徘徊在寒风凛凛的古槐巷里，背着儿子走在初黑的夜空下，脸都冻痛了。儿子伏在她的背上安安静静。青云仰起头问苍天："老天呀，公理有没有？"如果他今晚拿儿子和她的泪眼做笑料，她决定天明上法庭，为自己讨回公道。让他真的索自己这条烂命来。青云眼里、喉咙里、心里，全是恨。远远看见锁巨悠悠走着，青云挡在他面前说："锁巨求你个事。""什么事？""你进去和他爸爸说'孩子睡着了'"。锁巨摇摇头说："他那人，不答应不说，连我一块恨。"青云拽住了锁巨的袖子,说:"求你一回,只一回,你不能不答应,我给你跪下。"说着要下跪,锁巨一急说:"算了,我进去。"

青云背着儿子等在门外,一边忧心忡忡地想着,一边眼瞅着赵家那门。不知会不会说妥,儿子就像一只小鸡仔在她背上打盹,她咽喉里涩巴巴的难受。良久,锁巨出来了,站在路灯照不着的暗处说:"说不进话去,听不进劝去。"他走了,肯为他们母子说句话,已经不错了。背着儿子站在赵家门外不敢走开,儿子已经睡得很熟了。夜深了,她痛下决心,回到租来的家里去,天大的事,等明天再说。

租来的新家很祥和,第一个晚上睡也不觉得陌生。青云搂着儿子,母子们团圆了,在这个晚上。

这一夜,过得太快了。天又亮了,苏青云怕赵成进不肯善罢甘休,再说夜里没有上门打闹已经是不错了。她给儿子洗脸,吃饭,带上儿子又回到赵家门口,说:"颜照,妈妈住那边,你记住了没有?"儿子说:"妈,我记住了。"青云说:"儿呀,你一个人能找到妈妈吗?妈妈就在那院里等着你。"儿子说:"妈,我肯定能。"青云说:"那好,你先回家去看看你的爸爸,他想念你了。"儿子说:"我不想去看他。"青云说:"去吧,儿呀。"儿子说:"不想去。"他们娘俩说不出个结果。

青云何曾想把儿子送回去,不送回去赵成进肯定不依。青云为了理智地处理这个问题,让儿子两边走,她不得不这样做。等他有了新人,哪里还想要儿子,到那时一切都顺理成章,儿子还会和自己在一起。凭心而论,青云自己一刻都不愿离开儿子,赵成进怎么就能忍得了离开孩子的痛呢?给他一些时间,让他平静接受这件事。

青云想还得劝儿子回去,说:"儿呀,十多天没有上幼儿园了,你回去取了书包,还有妈妈给你新买的衣服,就那件有一只米老鼠的衣服,好不好?儿呀,妈妈一直就等在门外,儿呀,你听话,不听话的孩子是坏孩子。"儿子经不住她左说右说,勉强点头答应。

儿子自己进门去了,她跌坐在邻居家门前的大石头上,心冷得可怕,她自己这些年来究竟要怎样?颜照刚刚进家门,她又开始后悔,她一方面想做一个理性的人,忍别人不能忍的,一方面又不能安抚自己的感情,被感情支配着东奔西簸。两眼直勾勾地看着赵家那两扇就像铁夹子一样的大门,夹着她和儿子的命运。再见儿子一面会在哪一天呢?咫尺天涯呀。

门缝里钻出儿子来了,飞奔着朝她跑过来,儿子脸色骤变,惊恐万分,她还从来没有看见过,一个幼儿脸上,有这样与年龄不相符的极度的惊恐,这是怎么了?瞬息间,他两手抱着一个衣服团,扑倒在苏青云的身上,一只手抱着了她的大腿,吓得纯粹说不出话来。她问儿子什么话,儿子都摇头,青云明白了,就在刚才儿子回自己家的那一刻,发生过对于幼小的他来说惊心动魄的一幕。大概手抱着的衣服团是抢出来的,她心痛加悔恨,自己因为惧怕赵成进的淫威,不敢不让儿子回赵家。可怜儿子为了和她在一起,做了奋起的反抗,幼小的他受到极度的惊吓。

从赵家走出两个人,一个锁巨,一个小马媳妇,那女人说:"你儿子回去跟他爸爸抢了东西出来。他爸爸拉着他不放,他竟用手挠,用脚踢他爸爸,他爸爸那样大声责骂他,他都没有屈服,还顺手捡了一只桌子上的杯子,砸了他爸爸。抢了东西就跑,跑得真快,真有身手。小子们可和女儿们不一样,我生生地看着有些胆怯,儿心和父心不挨着是多么的可怕。赵成进是个男人,如果是我会心酸的,大概这一会儿他也会心凉。"听见小马媳妇的话,青云更加痛惜她的儿子,更加痛恨自己的软弱,带给儿子这样的伤害。锁巨站在一边看着颜照微微地笑着,眨巴眨巴眼睛,叫道:"小家伙。"青云知道锁巨也在欣赏颜照有主见,她更加不停地恨着自己,一个作恶的弱者,她永世不能原谅自己这一天做下的这件事,今生都不能。

青云想,从此带儿子在身边,直到他长大成人,成家立业,不要再离开儿子。苍天垂怜,他们母子得以团聚,与其说上苍可怜孩子,不如说是可怜这位母亲。

苏青云抱着她的儿子,扬起她流满泪水的脸,对着苍天哀求说:如果苍天有眼,请可怜我的儿子,不要作弄弱小吧。

苍天听见了,在一片云的天空下,落下雨点来。

74

赵颜照也许使赵成进失望了，绳子都拴不住幼小的他投奔他母亲的决心。讨吃去吧，穷到要饭，让你小子无情，苏青云猜想赵成进当时心里的话。其实他是一个好父亲，他和他的娘翻脸绝交的时候，他宁肯去砸了他母亲供神的屋子泄愤，辱打苏青云，唯独没有去大闹儿子熟睡那个屋子。他在丧失了理智的情况下，仍没有忘记不要吓着孩子。这件事后，他再没有找她要过儿子，母子们至此团聚了，每天可以平淡度日，儿子继续上幼儿园。

姐姐家珍说："你就是性子急，让他带着颜照，过上一年半载他肯吗？带上孩子怎样过他想过的日子，让他像你一样度日，他肯吗？不做饭，长期只吃零食和方便面他肯吗？现在好了，他多么自由。"青云说："管他呢！爱怎样是他的事，我离开孩子不能活。"

家珍这次回家，很少出门。青云儿子上了幼儿园，她俩坐在一起时，她说给青云一些她的心里话："今生已经有了一个女人，这个女人就是在小马家常见的花猫。这个女人的男人因为输下不少钱，弃家出门躲债去了。"这件事青云也听说过，这是家珍和今生婚姻大树结下的果子，谁有办法回天。家珍说："他和那女人没有断的意思。"

苏青云唱着的戏没有落幕，陈新伦和尤应的戏也登场了，栽什么树，开什么花，种什么豆，结什么瓜，这就到瓜熟蒂落的时候了。新伦回来也有些日子了，一直以来，新伦在尤应面前的地位是不能撼动的。这一次回来，就不同了，韦尤应不再把唱歌赚来的钱交给他。而且吃了生铁一样的心硬，这女人老了老了，反而倒硬起来了。青春没有了，本钱在哪里？这样年纪的女人本来应该是最软弱的，她是怎么就这样不服驯了呢？新伦对尤应有所怀疑，这两年，自由自在的日子里能没有个相好？给谁也不信。家中没有置办一样东西，和走时一个样子。这女人，坏透了，大概是把所有的钱都给小白脸花了。

新伦回家的日子里，尤应赚来的所有的钱，都不往家拿，只顾自己吃饱了才回来。男人的尊严因为挽不回来，尤应被打得头破血流。跑出来的那一天，被街坊们藏起来了，新伦追出来时找了个底朝天，没有找到尤应。后来传说尤应躲在一家人的地窖里，夜深了才出来。从此之后没有了这个女人的踪影。老人们说两口子打架过了气头子就回来了，哪个女人不是这样活了一辈子。结果是这女人一走，再没有露面。街巷里的人们再听不见她凄婉动听的歌声，看不见她纯善的脸了。

青云怀念尤应，就像怀念自己的青春一样，尤应走了，她与古槐巷的缘分画了句号。青云思念着她，她是那样的善良，直到尤应走还欠着她两百元钱。这辈子还能相见吗？青云有预感，恐怕是不能，要欠到下辈子了。

尤应走后，所有人都为新伦感到可惜。

新伦暗地里在庸城镇附近找过她，每次都带点家伙，谁知道她和谁在一起，并没有离婚么，尤应有私情他也是能够过问的。锁巨说："那女人当夜就远走高飞了，租的出租车，当时直奔县城的火车站，坐火车走了。"有人说她去了深圳，有人说她去了广州，说什么的也有。总之，陈新伦这一下，可是望尘莫及了。陈新伦的寻找没有结果，尤应真的远走了。

她生命的列车，在这个驿站一停就是二十年。人生苦短，飞奔向下一站的步伐，难道不应该快吗？追逐流逝的青春年华还敢怠慢吗？

新伦还是那样穿戴整洁，举止得体，笑容可掬。他发出攻势，誓要与家珍再一次私奔。他的家庭破碎了，决不允许家珍和今生的婚姻存在。家珍整天活得心惊胆战。要说与新伦好了一场，现在今生也心有所归，尤应也远走了，可以在一起开始下半生了，可是家珍怎么也不想再见新伦一面，最终说出了原因，对着妹妹苏青云。

75

电视里有一个女人唱着："下辈子还做女人，下辈子还做女人……"一直唱，如果人真有下辈子，做什么都比做女人强。就拳脚而言，女人输给男人。就个性而言，女人寡断、怀旧、优柔、爱挂牵，放不下的东西太多，注定要比男人活得更难更累一些。就自立问题，在乡村里任何一个懦弱的男人，都可以自食其力，女人天生体弱，力气小，绝大部分的女性得依赖男人，男人因此气焰更高。一个婚姻不幸的女人,她往往更不敢走向下一段婚姻,被蛇咬过不怕蛇吗?自己很难养活自己,再有孩子拖累,无论如何,孩子的亲生父亲,总是和孩子有血缘关系,孩子和继父呢?一辈一辈的女人们不敢走出这一步。女人嫁入男家,婚姻失败了,女人就得走,哪里见过,婚姻失败后的男人,把祖上留下的一点点房产给了女人,自己滚蛋。女人离婚后无家可归,回到娘家和兄嫂们在一起共同生活,父母一天一天年迈,还得靠儿子养呢。还不如就那样活下去,离什么婚。如果说一个身受了做女人苦的女人,绝不会有来世再做女人的心,今生都难对付。

尤应成功地走出这一步,青云不担心她活不下去,她有她绚丽的舞台。她担心家珍的未来,家珍不自立,骨子里是不靠男人不能活。她反而没有想过她自己,也不想去想自己那点事。

一天下午,家珍忍不住对青云讲了和新伦私奔后的生活。千难万险后在一起了,最开始去了壶关城里,找极小、极乱、极便宜的房子租住着,好不容易安家了,开头的几天是兴奋的。再后来,家珍出去找事做了,新伦待在出租屋中,一个人孤独无聊地消磨时光,这是他有生以来没有经历过的生活。房东老太太对家珍说:"怎么就你一个人出去干活,他怎么什么都不干?"家珍跟着今生再经受贫穷,也没有经历过,他坐着,她干活养家的日子。因为与新伦情深,只得慢慢适应,适应的艰难可以想象,家珍从小被娇养着长大,又思念家乡父母和儿子。她出外打工,回家做饭。超市、自由市场、保姆她都做过,每每也做不好。新伦和尤应在一起的日子里,尤应任劳任怨,赚回钱来和女儿芬芬、丈夫新伦花,她没有一点点怨言。家珍就不同,她虽然是尽了最大的努力,还是不能做到尤应所能做到的。家珍爱打扮,热情又浪漫,新伦对她有种种的不能忍受,经常打得她鼻青脸肿,还得出去赚钱过日子,生活不是享受,成了一种负担。张嘴吃饭,爱呀情呀不知道哪里去了。新伦好像是失去天空的鸟儿,不知该如何了,就打她,然后就求她和好,重复着这样的生活。

家珍忍受不了残酷的现实回到她父母的身边,新伦追着回去,两人和好。

这一次,租房子在壶关城外的郊区,打架成了家常便饭,他用垃圾桶里的脏水泼在她的脸上,她不知道他为什么这样做。他用锯子截断她的头发,她不知道他为什么有这样的举动。他用铁钳子夹她身上的肉,她还想问为什么。他把燃着的蜂窝煤炉子和她一起反锁在屋子里,她就没有疑问了。挨日子,旧伤没有好,又添新伤,她跑出去,被捉回来,他用她的高跟鞋打她,一打一个包,一打一个血口子。她试用过最硬的铁制家具回击他,家具变成了他的武器。她只得再接着逃跑,用各种方法去迷惑他,穿着拖鞋走,只穿内衣走,没有一次成功。

在春天的一个日子里,家珍在前面跑,他追在后面,家珍爬到高处跳下来,腿就摔断了。因为没有钱做手术,再加上伤没有好的时候就下地做饭,最终落下了残疾。

家珍又经历了一段流浪的日子,最后决定生死都要跟随丈夫今生。

自从尤应走后,新伦公开找家珍,只要今生一出去,他就进门找她。这一次进门后没有欢乐,家珍不得不在大白天关上院门。新伦本来不怎么怕今生,有时候还和他找点麻烦。今生回家拿家珍出气,更不能忍的是今生和花猫明来明往。

家珍买回来一瓶子农药,藏在哪里了,青云不知道。家珍说:"要是他不打我,药我一个人喝,他要再刺我的心窝,就两个人喝。或者是多活些时候,或者是哪一阵忍受不下去就喝了它。真到了那一天,你多安慰我爹我娘,还有圆圆,看着圆圆点,孩子没个人指点。"青云说:"姐姐,你就不要说下去了,谁活得轻松?还不都差不多。也不要往那儿想,活着总归可以等待希望。"家珍说:"我这一辈子就没有种下要成材料的种子,哪有个希望可期盼。"青云说:"圆圆不是吗?"家珍说:"算了,顾不上他了,他也长大了。"再多说也还是这个话题,青云深为姐姐家珍担心,很想找姐夫今生说道说道。怎样开这个口,他会以为然吗?他会和花猫断绝往来吗?或者和花猫有断的一天,家珍等得到吗?她有足够的耐心吗?

一天下午,趁着今生不在家,青云给家珍出了一个主意,让她远走他乡,找她们的姑母去,投奔她是一条生路。家珍说:"我怎么就没有想到。"转念一想,姑母老了,不像当年年轻力壮。青云说:"你又不是靠姑母养你,只让她关照一下,找个事做。等待什么不敢说,至少可以摆脱困境。你现在这个局面,不做彻底改变,很难走得下去。尤应走了,新伦对你有恨,不会放过你。姐夫还是老样子,不可能有什么变化,除非时过境迁,经历一些事情。"家珍无语。

终于在一个雪天,今生又受了新伦的作弄,家珍身上又添了鱼鳞一样的伤痕。她跐着她的瘸脚在雪地里留下一深一浅的脚印。她终于走了,离开了庸城镇。

76

这两天,颜照的奶奶找青云来说合两回了,希望青云回去住。巷里平常和赵家关系好的也来。成林站在青云面前,提出来让她回去住,青云实在不能接受。成林很恼火,临走重重地摔了门。人们轮流来劝说,独独不见赵成进,到现在他都不愿意再过日子。皇帝不急,太监急。头上有痛,医治脚后跟。男人不想过日子,反倒来劝女人。

有一天,天上下着毛毛雪,有人来找她说:"青云,你二姨妈来了,在赵家等你过去。"二姨妈是九年没有登门的客人。

二姨妈不是爱哭的女人,这时流着泪劝青云说:"还得回家过日子,能走到哪里去?你大舅在木材场的那点股份,还搁在那里。你们还得好好过日子,家和万事兴。"苏青云一直低着她固执的头,二姨父和二姨妈走的时候,她悄悄问二姨妈:"我过这样的日子,咱家里人全知道?"二姨妈说:"隔着老远哪里能知道,是你婆婆差人上门来说的,我和你二姨父听着了能不管?"二姨妈临走千叮咛万嘱咐:"青云,要回去过日子,这样行不通。"

青云女儿颜如这时回家了,家里没有母亲和弟弟的踪影,就像唱戏一样离奇。她打了电话,在隔壁见到他俩,颜如满脸的不高兴。这次回家,她比她母亲长得还要高一点。颜如长成大人了,小时候的天真看不见了。颜如没有说关于家的一句话,眼里的不满,让她的母亲看得真真切切,她默默地住了一夜,第二天走了。她再不是那个丢不下,带不走的孩子了,她长大了。青云想,等儿子长到这样大的时候,她一切的来来回回就没有意义了。到那时,就用不着她翻天覆地找儿子了,也用不着趴在墙头上看儿子了。那时她的人生也过了大半儿,老了。

　　颜如走后,苏青云开始为生计做筹划,想赚点钱过年。孩子留给幼儿园的老师,镇上没有几例,别人家母亲顾不上带孩子,有外婆照看,有奶奶照看。青云儿子与别人不同,青云只得把儿子托付给老师。老师答应帮着带一中午,早上送来,晚上接走。青云找到了在饭店洗碗的活,早上送儿子上学就去洗碗,晚上儿子放学她也收工,接儿子回家。

　　这样过了半个月,有一天,幼儿园的老师对青云说:"你家儿子不好好吃饭,每天中午只喝点水。"青云说:"大概认生,不习惯饭的味道。"没过多久,颜照晚上回家也不张口吃饭,青云有点着急了。再到后来,老师就不留颜照吃饭了,青云也不能再去洗碗了。饭店老板给了她二十天的工资,青云拿了钱带着儿子去找医生。医生开出方子说:"三天见效,就照这样吃半年,如果不见效,就到省城儿童医院看去。"听了医生的话,青云心神不安。过了三天,不见起色,她已经是夜里不能入睡了。听见隔壁的那个人,颜照的爸爸,晚上十点钟出门,很晚回家,有时候听不见回家开门、关门的声音。青云自以为能和孩子在一起就足够了,没有想到把儿子带病了。青云想,问谁借些钱去?如果到省城,得带不少钱。她想到了自己的娘,娘不知能不能在这时候帮她一把。青云准备借钱进医院的第五天早晨,正在整理一点洗漱用品,儿子忽然说:"妈妈,饿,妈妈我饿了。"她半惊半喜,半信半疑,在锅里蒸了两个鸡蛋糕,儿子全吃下了。等到中午,儿子又喊饿,喝了小米和大米两种米熬的稀饭,暖胃,又好消化。晚上还要吃,两块小饼干,半杯奶粉。儿子生病大概是因为跟着他爸爸过的那些日子,整天吃点小零食,到她这里时也吃得很少,又加上天冷跟着老师不习惯。儿子又经受了一次折磨,因为他,也因为她。痛苦的婚姻是一剂毒药,把人害得苦苦的。

　　黄鼠狼大摇大摆走在院里荒草丛中的小道上,麻雀看见了,扯破喉咙叫,黄鼠狼看见树上的麻雀,就埋伏在草丛里,对着树梢上的麻雀流口水。苏青云想软弱没本事的麻雀,老天就给了它一双翅膀,让它站在高高的树枝上,黄鼠狼凶狠狡猾,老天就安排它行走在地上,这是多么明智的做法。由此可见老天是多么眷顾弱小,只是不知道老天会不会也眷顾软弱的她。大概也会,只是机缘未到吧。想多了挺累,青云为了使自己不再胡思乱想,带上儿子到小马家去了。

青云父亲当年,滥赌在赌场里,被她恨了多少年。她今天走得也是这条路,但心安理得。儿子现在小,将来会不会也沉溺在赌场中?

青云在小马家听人们说派出所里来了新所长,是个女的,叫尚凤。听说女所长相当厉害,要根治镇上久治不绝的赌习。小马家的人们纷纷议论说:"不玩点这个,做点什么?"

苏青云最近感到身边事有些变化,赵成进让颜如打电话给她说:"现在赌场上风声紧,当心被抓,千万千万别被抓。"这是一件新鲜事。青云迷醉的东西,不可能说放就放得下。赌博生涯中好像有一种轰轰烈烈的气象,青云不厌弃这种生活,从中也明白了,一个嗜赌的人是怎样的不能自拔。明知赌下去是悬崖,也不后退。赌性存留在原始的人性当中,一个没有净化的灵魂,经不起它的诱惑。

小马家的人一边赌一边说:"新来的尚所长,很厉害,我们得当心。"青云心想,这个尚所长和同学尚凤是同名同姓,真是相当偶然。这里的人们说归说,赌归赌,日子该怎么过还怎么过。

正是月中,晴朗的夜里,青云拉开窗帘看月亮,月光下,房子、院子,变成童话里的颜色,是镀着金边的,不寒冷的,既朦胧又温和的。心上就涌起一种不知道是什么样的情绪,眼前仿佛是村落,柳外烟迷。故乡静静地被刻在一张纸上,成了一幅画。画上有个少女,不,是两三个梳小辫的少女,尚凤、家珍和她。

清醒了,身在冬的长夜里。一直以来,她的感情在现实和梦幻中交织着,很频繁,直到深夜。

第二天中午,青云的手机里有一条短信。她打开一看,是这样写的:有人找你,这个人是你小时候的同学,她的名字叫尚凤,现在是咱们这里派出所的所长。你可以去找她。是赵成进发来的,看到这条信息,青云开始激动起来。尽管激动还有些不相信,纠结一阵后,她认为这条短信可以相信。她一个中午兴奋得吃不下饭去。二十几年没有尚凤的消息,怎么一下子尚凤离她这么近了呢? 做梦一样。

等到下午两点，青云送儿子上了幼儿园后，她站在了派出所的门前，东张西望。青云又想，他说的是不是真的？万一是他弄错了。青云不敢轻易进去，也不能走开。有一个年轻的民警，从大门里出来，看见她探头探脑，问她："你要干什么？"青云说："我找人。"民警问："找谁？"青云说："尚凤。"这个青年人怔了一下，她就想趁机多问几句，说："新所长老家是哪里？她在镇上有没有亲戚、朋友什么的？"民警说："我不清楚。"又问她说："你找的是你什么人？"青云忙回答："我同学，我的……"民警说："那你跟我来。"青云语无伦次又问："所长是女的吧，女所长对吧？"民警说："对，是。"

走到门口，青云又有些迟疑，万一所长不是尚凤，可怎样办？民警请她进门，她说："你去问一下，人家是不是认识一个叫苏青云的人，如果是，你喊我进去，如果不是我就别进去了。"民警说："可以。"一分钟以后门开了，门口站个人，一身警服的短发女人，她细细看对方，对方也在仔细看她。那人拉住她的手，她还在想，是不是尚凤？真是神奇，明明知道是她，还是有些不敢相认。尚凤拉住她的手，仔细地端详，看她的头发、她的脸、身材，记得在当年，自己和尚凤是一样高低的个头，现在尚凤就比自己高出不少。尚凤端详后就抱住她的肩说："还真的是你。"青云心想自己一下子成了所长的同学了。

尚凤拉起青云的手，坐在办公室里的沙发上，问她说："过得好不好？"青云忙说："好，最近挺好的。"尚凤说："你的丈夫做什么营生？家里怎么样？"青云的鼻子有点酸，什么话也想往外说，看看不是地方，就先忍下了。尚凤的眼睛变得比原来还要敏锐，更能看懂她的心，就扭转了话题。又问说："父母、青山怎么样？常回家不？"她摇头说："不回了，家里人都不在。"说话时眼睛湿漉漉的想往下掉东西。

苏青云像个身受委屈的孩子，看见尚凤就想哭个天翻地覆，连同许多年前的泪一起涌出来，在这时她有强烈发泄的欲望。看看环境不合适起身要走，说："我在这里影响你办公，找着你了，就好了。"尚凤说："也好，留下电话等我。"尚凤还是那个脾气，不爱啰唆。二十几年的分别，各自经历了很多，自然有千言万语要诉说，看青云要走，只好送别。

青云出了派出所想，本来有很多话要和她说，见面反而什么也没有说出来。又想，人家那地方，不是唠家常的地方。青云一个人推着自行车走着，想尚凤是一只飞翔在高空的鹰，自己仍然还是一条爬虫。不知道尚凤看她是不是同从前一样，中间隔二十年也不止呢。

一面走，一面想，该去哪里？再不能去小马家了，再去会给尚凤丢脸的，也怕尚凤看不起她。一个人推个车子，一时无处可去。心空荡荡的，来来回回一个下午。

天黑前接了儿子，想还是别打扰尚凤了，她多么忙，不像自己是个闲人。

青云刚要生火做饭，电话响起来，是尚凤打来的，说："青云，我怎样找你？"青云忙说："我，那我再去你们大门口等你。"尚凤说："那好，快快来。"苏青云带着儿子去找尚凤。麻黑的天幕里，看路不是很清晰，清不清晰有什么要紧，摸黑也能找到派出所门口。朦朦胧胧中，青云看见尚凤站在那里。

青云带着儿子跟着尚凤回到她那里，尚凤哈哈大笑，声音在屋子里"嗡，嗡"回响。青云想，尚凤的人生是如意的，幸福的人发出的声音是有底气的。尚凤说："那时候你老梳两个小辫子，是多愁善感的、文采出众的乡中一枝花，现在半辈子都过去了，一转眼。"尚凤接着又问她："现在做些什么？"青云说："什么也没有做成。"尚凤说："说说那个张文杰现在做什么？"青云说："一点消息也没有。"尚凤一边说一边笑："真想把他们一个一个拉出来都看看，变成什么样了。"青云说："那时候闹情绪，找别扭，现在想起来都好笑，一个一个都不见了。"尚凤问："你有一个姐姐——苏家珍，说说她。"青云说："说起她话真长。"

青云讲家珍的故事给尚凤听，故事真长，讲了很久。再说那一年她和尚凤分别以后的事，现在的青云说起那年那事也不很伤感了，只是带些淡淡的忧伤。她最想听尚凤说说她这二十几年的生活，尚凤就讲给她听。睡在尚凤的床上，两个人差不多说了一夜的话。

见到尚凤成了一件喜事，想到尚凤，青云就喜上心头，又加上自己带儿子，自由自在的身心，暂时没有人再来伤害她，整个人说话声音也有了些许底气。只要和英红走个面对面，就和英红开个玩笑，英红逗得她哈哈大笑，笑声飘过了整个巷子，传到了远处。或者传到云上去了，站在云朵上的仙女也听到了。

从见到尚凤的那天起，她就感到自己要做些什么，她不再是从前的自己了。做点什么呢？又不十分明白。青云再没有走进赌场半步。她的心从少女时代走来，跌跌撞撞，二十几年浑浑噩噩。自从遇上尚凤，看人家看自己，风风雨雨本该磨炼了她，可是她活得龌龊。青云想把过去的经历，变成一种财富，她要利用这些财富。她不想一直把生活不好的经历当作一个包袱背着。青云发现自己有了这个能力，她能左右自己的心灵了，一切就这么突然。青云的身体里萌动了一种力量，想要新生的力量。尚凤说的那个文采飞扬的少女，老在她眼前晃。

77

一个人生活太过贫穷，容易生出晦气。一个人感情太过苦闷，往往招致挫败，运气低落。命运差强，不乐观的青云，她的生活几乎都处在低潮。自从尚凤出现，青云的心情和过去大不一样。她觉得尚凤是个"引子"，引导她欢乐起来的"引子"，引起她干事劲头十足的"引子"。就像吃中药有"药引子"，写书有"书引子"。自从尚凤出现，不甘落后的青云决定不再沉默。别人的生命里有能力，她的生命中也有，她的能量需要她给予温度，拥有了足够的温度才能爆发，生命之花才可以怒放。尽管她身边阴霾现在没有消散，至少现在的她不再对生活充满恐惧。有了这些微妙的变化，她觉得她大度起来，仿佛已经站在了一个高度，尽管她的身边还是险恶时有，噩梦还要袭击她。青云认为所有的这些都不会长久地影响她，她坚信。她的精神明显重生了，她的性格也有一些变化。

在青云心灵正蜕变的时候，有一个人给她打来了电话，这个人竟然是赵成进。青云已经不适应面对他的所有了，她犹豫了一下，电话铃声停了。一分钟后铃声又响了，这一回她接听了。他在电话里说："我让英红给你送家里的钥匙。多少年来，你付出不少，两个孩子的成长，全是你的功劳。现在场子里的事多，忙得我回不了家。再说了，家是你和孩子们的，还得你掌管着，走也得我来走。"听他说了这些，她一个字也没有说。英红送来钥匙，她无话可说。真正的需要面对了，何必要逃避呢。二十年的家，就算她无权拥有，那总是她孩子们的家。无论做怎样的抉择,也不会再逃避了。

回了自己家,苏青云才答应尚凤来家里一趟。下个星期五,女儿颜如回家,青云决定那一天请尚凤来家看一看,看看她的孩子们。青云开始打扫庭院、洗衣服、擦玻璃、倒垃圾,英红帮了不少忙。

尚凤说:"来家时吃高粱面,还有腌熟的老酸菜。"青云也拿不出更好的饭菜招待她。尚凤来家的前一天晚上,颜如打电话回来,说:"妈,我明天上午九点就回去了。"青云告诉女儿说:"你尚凤姨要来家吃顿饭,也想看看你们。你一定得懂礼貌,知大识小。她是妈妈的同学,也是妈妈的亲人,更是妈妈的知己,这些年,不流行'知己'两个字,在你们母亲少女的时候,这两个字极度深入人心。知己是能同甘苦、共荣辱,比亲人更加多了一分缘的人。"电话里告诉女儿,她和尚凤的交情,颜如不至于一无所知。

苏青云和女儿颜如的电话结束不久,一条信息是赵成进发来的。写着:尚凤来家,我该回去接待,只是脱不了身,你好好招待。我让咱们巷里的小虎带些东西回去,你不要离开家,在家等着。青云回了一个字"嗯"。她猜想一定是女儿告诉他的,反正话是不长腿,也会行走的。

天亮了,青云重新收拾一下院里的角角落落,然后打开沉重的钉着铁狮子脸门环的灰色的门。蓬门今始为君开。

青云拿一道腌酸菜招待尚凤,准备了老家人喝的一种米酒,只剩半坛了,今天拿出来。九点钟颜如回家,拥抱了她的母亲苏青云。过一会儿,听见门"当,当"响了两下,就走进来尚凤,她自己找上门来了。也是,她现在是镇上警察的头儿,找人的本事还能没有?尚凤拍着颜如的肩说:"多么像你妈妈当年,只比你妈妈胖不少。"尚凤感慨地说:"时间过得真快,一转眼的工夫二十多年溜走了,我还只当自己是十七八岁活呢!我们的孩子都这么大了。"苏青云看着尚凤说:"是呀,日子过得快得都有些招架不住了。"

青云说:"凤呀,二十几年太短了,和你在一起的那个时候,真真切切就像昨天一样。"说着就有眼泪流出来,女儿颜如说:"妈,你今天可别哭,这么高兴的日子。"青云说:"这时候的泪它不苦,你哪里懂。"尚凤说:"你的妈妈和我心里那个她还是一样的,她就不能是泼泼辣辣,阔阔绰绰的,她就不是那种没心

214

没事的人,这样才是她。我这话有点问题,你怎么就不能是阔阔绰绰的呢?你不追逐富贵,荣华它有可能找到你?"青云说:"可惜荣华它也没有找我来!我还是这么穷。那时候,你常与男生们比高下,没有想到今天真正成了巾帼,你多么令女人们自豪。你霸气中有良善的性子,结交各种性格的人,独独不和家珍投缘。"尚凤哈哈大笑说:"你就当着孩子的面揭我的短吧。"青云说:"唉,家珍自己始终不悔地走那条路,害了自己。"说话中间,小虎送来大包小包的东西,瓜果、蔬菜、熟食,还有少许的特产。

尚凤看见说:"打开包装全要浪费,快快做饭是真的。"青云说:"我早晨五点钟起床,一切都安顿好了,就想多点时间和你说说话。去所里找你,也不敢放大声说。办公的地方,大声唠家常,调儿不对。"

尚凤说:"云哪,有件事一直想问你,现在是不是放弃了写作?"苏青云有气无力地回答:"没有放弃,也没有写出东西来。"尚凤说:"我不懂文学,但是我想,如果拥有火热的生命激情,就会有文学生命对不对?"青云说:"谁说不是!"尚凤说:"激情这把火,燃得起来,还是燃不起来?"青云说:"总有一天它要燃烧的。"

女儿颜如切了西瓜端来,尚凤抚着颜如的头发说:"好好爱妈妈,你的母亲她真的很不容易,她需要你们的支持和理解。我也经常这样要求我的女儿爱我。"颜如点头。

中午了,苏青云让女儿颜如去幼儿园接儿子颜照,自己安排中午饭。青云觉得其实幸福不是遥不可及,有时就在眼前。

青云等女儿接回儿子就开饭。尚凤说:"云哪,拿个大碗给我。"尚凤当了官,食量还那么大。看着她大口吃饭,这时青云有一个念头,如果她是一个男子那该多么美好。尚凤吃了一碗,又说:"云哪,再来一碗。这样的饭从外婆下世后,再没有吃过。"说了这句话,她就有点咽不下嘴里的饭去,多少怔一怔,努力咽下去,默默吃了剩下的饭。

饭后,尚凤和青云想回她们长大的那地方,苏青云的家乡去。女儿颜如正好可以照看儿子颜照。尚凤抱起颜照来,颜照都学会羞了,有些不好意思,乡里孩子就这个样子。尚凤爱颜照爱得什么似的,她身边只有一个女儿已经长大,离开她在外地读书。她是一个女人,怎能不喜欢孩子,况且还是苏青云的儿子。

临走,尚凤给了颜如、颜照姐弟俩各一千元钱。青云慌了说:"这可不行,这绝对不行。你不能这样给。"

尚凤说:"你别慌,是给孩子们的,你不要让孩子们和我生分,再说我比你强一点,我有工资。不要和我推推搡搡的。"青云还是说:"凤呀,太多了,这不能。"尚凤说:"我挣着钱呢么!"青云还是说:"凤呀,这怎么行?"尚凤说:"等你有了钱,你给我。"青云无话了。

青云和尚凤回到家乡,站在青云家门前的大路上。远远的东山之巅,有一处形状像少女卧睡的山峦。微风吹来,她们看见"少女"缓缓动了一动,她的头发仿佛飘起来了,沉睡的少女似乎要苏醒了。

尚凤送青云回家时,屋里已经开灯了,儿子颜照坐在食物旁大吃大喝,女儿颜如在看电视。从来没有过的美好,今天她捕捉到手了。青云要学会抓住幸福不放手。

78

这天晚上,青云给家珍打了电话,家珍现在在做保姆,她说:"我是一个农村人,在城市里很不入流,身上有许多习气,不受别人欢迎。我非常想念你们,也十分疲倦,常常觉得没有信心走下去,但又舍不得离开这个世界。老是梦想着青春再回来,让我重新活上一回,可能就不是现在的结局。我错活了。云呀,女人这辈子最靠得住的是自己,而不是男人。男人怎样摆弄你都成,你若反过来就不行。云呀,我失去了家,才觉得有家真好。"青云说:"想家就回来,姐夫知道你在姑妈那里生活孤独,盼你回来和他重归于好。"家珍说:"你姐夫有了别的女人,假如没有,我也是回不去。你姐夫生性懒惰,他只适合一个人像叫花子一样地活着。我想念的那个家,是我心里的一个家。"青云说:"圆圆长大了,他也能挣钱了。你们三个人生活,两个人挣钱,还至于穷得过不下去?"家珍说:"圆圆要成家,再说今生不挣钱,等着圆圆养他,他就太硌碜了。"家珍停一下，接着说："今生也就是那样砢碜，要想飞黄腾达，看下辈子吧。我始终不能跟着他过那样龌龊的生活。"青云无语了，一个电话打完，她明白了，人骨头里的劣根不除，还得在早已根深蒂固的纷争中挣扎下去。青云只盼望家珍能够找到一个全新的归属，找到她自己从来没有发现的适合她的角色，把人生这场戏唱下去。

尚凤、尤应，还有她和家珍，四个女人翻来覆去在她眼前转，各自的故事构成各自的命运。

不久，丈夫赵成进回家了，这算是又一次团聚吗？

苏青云想到自己千辛万苦地出走，经历和儿子的分别，不知不觉又返回来，这是为什么？是因为见不着儿子夜不能寐吗？是因为带着儿子在外无处安身吗？是他伤自己不够深吗？这件事完全暴露出她的优柔寡断，懦弱无主见的个性。苏青云第一次认清自己的真面目。她在内心无数次抨击过她的丈夫，却从来都没有剖析过自己。

赵成进说："必须要找到一条出路，木材生意必须做下去，只是没有本钱。"他提出再一次贷款，找出路，求生存，现在的政策正好是扶持个人发展的。赵成进说："门路都已经找好，只要自己跑跑腿，办好手续就行。"苏青云想一想说："那就贷款吧，我怎么能有意见。"赵成进说："贷款第一个要求就是夫妻双方签字，需要出示结婚证，你把结婚证准备好。再说不是需要跑腿钱、烟钱，不给人吃顿饭这件事办不了。你去找你娘借五千元回来，贷出款来马上还给她，而且贷出款来后有你一半，你也做些生意来过日子。"青云沉默了，赵成进说："一和你说正事，就这样木呆呆地杵在那儿，没个活络劲，你是不是不想过日子了？"青云很想说几句，可是她张不开嘴，好歹都开不了口。没有办法，对于他所有的要求都得默认，而且要去绝对执行。刚刚经历出走，难道又要走一次？

青云就答应了借钱跑贷款的事，她在颜如上技校时，向她的母亲借过钱，不想再开口了。她想起尚凤来，不过还在思考要不要开口，没有下定决心。他一刻都不能再等，电话里一直催。终于在一个黄昏，青云给尚凤打了电话，说了借钱这件事。尚凤满口答应，让她去拿。青云带上颜照出门借钱，回家时已经是明月当空了。拿到钱就给他打电话，赵成进问她："这样晚了还有公交车？"她说："找尚凤骑自行车就行了。"赵成进喊道："谁让你找尚凤借？"青云说："我娘她也没有钱呀。"赵成进又被她气得头都疼了，说："好了，好了，不要说了，人也丢尽了，说什么也是多余了。怎么能在这时候向尚凤开口呢！"青云本来想问："为什么不能？"她又懒得和他争辩。

　　不久，真的贷出六万元的款来，扣除第一个季度的利息两千元，五千元钱还给尚凤，当时他就拿走三万元，留在苏青云手上的还两万三千元。

　　有一天，赵成进开一辆黑色小轿车回家，车是他租赁的，他说："过去受尽了没有车子的害了，现在说什么也不能不长记性。把那钱拿一万出来。"苏青云磨蹭了半天还是把钱拿了出来。赵成进为青云的大舅生气，说："让他投钱，死活不肯，这样能赚钱？现在还要退股，股能退吗？"青云问："为什么不能？"他说："退股有钱吗？能退出钱来吗？"青云说："难道所有的本钱都赔光了？"他说："谁说，谁说的？"青云说："那为什么？"他说："又来了，又来了，犟劲又上来了，我就不能和你说话。"青云说："钱到哪里去了呢？难道做的是不明确的账吗？"他说："一说起你这个大舅就来劲，看他比看我还近。"青云说："不说远近，是说你们是怎样做生意的。"他说："我做生意还得和你汇报吗？"他生气地摔门离开。青云发现她出走又返回来后与赵成进之间的矛盾，就像熬稠了的稀饭一样，那密度相当惊人，中间就没个缝隙。婚姻难道就真的没有办法改变吗？从尚凤带给她的憧憬中再跌到无情的现实中，青云的内心很不痛快，她不想永远臣服在他面前。

　　过两天，赵成进又来拿钱，说："再拿一万三出来。"青云说："不是说这钱让我做生意，找活路吗？"他说："告诉你找你娘借去，你非要找尚凤借，你娘的钱不是能久借一阵子吗？尚凤的钱能拖着不还吗？场子里用钱，顾不得你了。"青云明知道今天这钱不拿出来不行，但还是一边拿钱，一边说："既然顾不上我这里，贷款时只管你自己贷去，何必跟我来这一手，说什么让我找出路，做生意。"他抓起她放在那里的钱，砸到她身上，钱散了一地，他甩门走了。苏青云看他走了，稍稍镇定一下，快捷地拣起地上的钱，用一块破布包住，藏在一只破旧的高筒皮鞋里。过了一小会儿，赵成林和她的丈夫就来了。一进家门，赵成林指着苏青云说："把钱拿来。"苏青云说："哪里的钱？谁的钱？"成林说："装什么糊涂，贷款贷来的。"苏青云说："那不是从我的户头上贷着的吗？怎么就成了你的钱了？"赵成林说："难道你能说这不是给木材场贷的款吗？"赵成林丈夫指着青云的脸，开口说："这个女人怎么这样，难道你想要无赖？"苏青云说："我做什么了，我什么时候耍了无赖。当初说贷六万，各自三万做买卖，现在只给我一万三千，他还又找你们来跟我要，难道我说过这钱是给你们的吗？"赵成林拉起她丈夫，说："走，别和这个不讲理的东西多说。"

成林夫妻走后，青云开始觉得自己在颤抖，爬到床上躺下。

这件事就这样了结了？不能这样快吧？她拿定主意，绝不做无底线的让步。

两天后，赵成进回家来，哧哧笑着，说："有件事，说给你听，场子里做了了结，你大舅的那一股可以退出去，你把一万三千元给他就可以了。"青云听清后，她没有再多说一个字。大舅入股的五万元钱只剩下这么一点了。

很长一段时间，听不见英红唱了，听不见歌唱的日子，青云的心上蒙着一层忧伤。

79

站在小马家门外，心痒得没着没落的，苏青云怕尚凤知道轻看她，也不敢进去赌，就在门外徘徊。只要看见小马家门，青云就生出强烈的赌博的欲望，她就到镇上"中心街"去溜达，来来回回在街上走，这样能使她忘却一阵儿对于赌博的渴望。

青云走进一家百货店，看见几朵红紫相间的花儿，点缀在白瓷如玉一样的碗上。各式各样的茶具，成套的杯子，还有漂亮的暖水瓶。这些年，她喜爱上了这一类东西。这时，青云看见一个人很眼熟，这个人头发差不多全白了，戴了一顶帽子，帽子有点大得晃荡。他太瘦了，瘦得有些可怜，个子不高又加上瘦。这会是他吗？青云仔细打量了一阵，不能确定。这个人正看着一套火灶上用的铁圈，开口问价钱，口音是乡音中夹些杂调。还是不能确认，这个人太老了。店家慢腾腾说："一套圈子二十六元，都是好铁，做工又细致。"这个人说：

"有二十六块钱这样的高价？"店主说："二十六元还算高价？多少钱是个低价？"这个人说："二十六块钱简直是有些贵得过分了。记得前些年，不过三五块钱一套。"店主说："不是前些年，是前几十年前的事吧？"这个人说："能不能算少点？"店主说："就是那价。"买是嫌贵，不买又不行。他打量着这套圈子，大小正合心意，的确也想买下来。

　　他的眼睛里有一种慈祥的光，苏青云对这个人的疑惑大多就在他的眼睛里，不能确认，可也感到他不会是别人，但是的确不能确认。三番五次地考虑这个问题，年迈了，垂老了，整个脸都变了？眼前的这个人，眼睛充满了慈祥，这是青云始终不能确定的一个点。他微微地驼点背，还有满满一脸的皱纹，皱纹里充满了良善，没有了暴戾。这个人唠唠叨叨要走又不舍，苏青云疑惑过，最少有十八个来回，她不想因为不确定而走开，任凭年迈的他一直孤苦下去。一直哀风里去，怨雨里来。要不，管他是谁。但苏青云不想那样做。她终于想到一个办法，问一问他认不认识，一个叫苏青云的人，就可以确定了。如果不认识姓苏的这个女人，也就算了，也没有多么大的妨碍。

　　青云说："买就买下了。"这个人说："这事与你没有相干。"青云说："二十六块钱就不贵，平常买都是这样。"这个人说："你还管我这事？"这个老人抬起头来看看她，对她有不满，青云又说："要买就买下吧，不贵的了。"老人说："老打搅我，生怕卖不了这套圈子。我到别家店里转一圈去，我都还没有摸着行情。"店主说："转到哪儿都一样。"青云说："买就买吧，到处都一样。"老人对她说："你老掺和我这买圈子的事，你图个什么？"青云说："我想问你知不知道有个叫苏青云的？"大概老人心里暗暗吃了一惊，有些张口结舌："怎么不认得，我认得她。她就这镇上住着，已经很多年了。"青云说："那，那就家里去吧。"老人说："你是谁？我又怎么能随便去你家。"青云长叹了一声，说："我不就是青云么。"老人开始仔细打量起来，说："我哪里还认得，都变了个人似的。"他竟然高兴起来，说："也没有错，是我这坏记性，怎么就突然不认得了呢？是没有想到哇。"店主问青云："他是谁？"青云有点想放声大笑，说："我的爹。"店主好像对这种事见多了不怪，他不觉得稀罕，默默地还趴在柜台上，也没有嘲笑。这难道不是千古奇闻？露出点惊愕的表情不是很正常？店主可能

220

是觉得他的耳朵听错了,用右手扒一扒耳朵。苏青云付了二十六元的火圈钱。说:"家去吧。"父亲说:"不能了,你六大爷的儿子现在养一辆车。说好了一个见面的地方,我去等他,和他一起回家,省得坐公共汽车。"青云说:"你回了家乡了?"父亲说:"回了,再不回怕有个灾病就回不来了。"说话时,他从口袋里捏出一根细绳子,把火圈串在一起拴好,左手提着。右手拎个装过化肥的口袋,小跑着赶着见六大爷的儿子去了。记得父亲临走时,和这位一姓本家的哥也不相往来,现在看上去一家人一样。

苏青云走着回家,一路想着这样一件没有预料,在大街上离奇的相遇,彼此又不认识的一件稀罕事。在父亲的心里怕是十五年没有她了,在她心里她父亲永远是一个暴跳如雷,一脸仇恨的人。现在父亲的眼里多了一种慈祥,使她不敢相认。难道她自己眼里的冷毒也没有了,使得父亲不能认出现在的她?种种滋味搅和在一起。

回到家里,正好赵成进在家,青云对他说了这件事。他哧哧笑了,说:"世上还有这样的事?父亲不认得女儿?女儿不认得父亲?"见多识广的他都有些奇怪。苏青云自己也奇怪,为什么就不认识了呢? 就是村里人十几年不见,见面后也不至于不认识,不过十五年没有音讯,也许就不认识了。如果与母亲十五年不见又当如何?与青山十五年不见又如何?苏青云趴在做饭的锅台上,哭了一个中午。现在这样祥和的年代里,交通又发达,怎么会有这样的事。亘古未有,听起来有点像编故事,在她四十岁的人生经历中,她第一次知道这种新鲜事,竟然是她自己的。

从父亲眼里看见了和善,"和善"两个字竟然能用来形容老年的父亲,这是她没有想到过的。如果今天看见的,还是过去那个一脸仇恨的父亲,又当怎样? 可是一切改变了,是父亲改变了,还是自己改变了? 是十五年的光阴洗尽了父女间隔阂? 她大概不再是一个充满叛逆行径的她了,父亲也不再是横眉竖目面对亲情的他了。十五年父亲经历了什么她不知道,可是她想十五年改变一个人不成问题。年迈的父亲原谅了她的不孝,她也原谅了父亲的所有。

这一年与往昔的三十九年不同, 常有意外的事情出现在她的生活里,好的居多。

青云的丈夫看起来,也是风光无限,春风得意的好年华,他本来体胖腰宽,披着一件新买的黑皮衣,胳膊没有伸进袖子里,手插在裤兜里,迈的是四四方方的步子,有不凡的气度。现在开着他的黑色轿车,蜡打得明晃晃的,他常说这就是派头。有个当官的没有派头,走在哪儿也像个跑腿的,有人常常恭维错了方向,还有时被人指使,这就是说当官的没有派头。现在苏青云的丈夫,他抽的烟也得与他的身份相符合,有时候一盒烟就是半袋面的价钱。青云一个穷惯了的女人,可想而知她的痛心,她现在是聪明了一点,钱在他手里捏着,爱怎样花,是他的自由,自己何必劳心费神。她最终是什么都认了,或者他是对的。他是有他的智慧的,他曾经说:"人必须动起来,不能停下。你看见了打苍蝇的拍子,老要拍死那些飞不动的,活着的都是肯飞的。"这一深奥的道理他都可以懂得,他具有成功男人具有的特点,深奥。不管是在哪条道上。

　　赵成进刚换了一部新手机,这是个脸面问题。有人叫他"买卖人",他就下意识地皱眉头,这里面多多少少地掺杂了嫉妒的成分,一个成功的事业家,叫作"买卖人"?暴露了人们小农意识里一种可怕的恶习。后来人们称他"赵总",有的人称他"赵董",他才展开英武的眉头。他有一天对她说:"我在外,每天是人恭人敬的,怎么在你面前到处都是不对呢?"她回答了他的问题,说:"你看成功的男人,哪有一个回家当爷的,因为他们的抱负得到伸展,心理够平衡。女人们掌握这一点后,就可能要放肆,你看那些拉大粪的失败男人,回家都拿脚踹女人,耍威风,他在外面的世界里没脸面,回家去撒气。"赵成进听后深思了一会儿。

　　苏青云想去看望她的父亲,丈夫赵成进抽出时间陪她同去,先前就开车去了父亲家两次。女人像孩子一样,你今天给她一颗糖吃,明天她还要甜头。青云每次回家乡,父亲都很高兴,赵成进黑色光亮的车子弥补了父亲家破旧的不足。在翰村人嘴里,苏青云是被赞叹不休的。苏家父母视女儿为珍宝的家珍,让人直翻白眼。看起来养孩子就得严教,就像苏青云的父亲。

　　青云父亲这次回家,家空得一只筷子也没有留下。因为有一年青山回家做了一次拍卖,碗盆、碟子、盘子一切都卖了。瓮子、坛子、平板车,耕地用的铁犁,所有的东西都卖了。小至一根针,什么也没留下,就连做饭用来吹火的风箱也卖了。父亲与过去大有不同,这一次没有说青山一个字的不好,他的骨头里的这种转变,令乡邻们吃惊。

家又撑起来了,撑起父亲一个人的家,如果早些年,他有这一点容人的雅量,要少吃多少流离失散的苦。父亲的这一生有一个怎样的心路历程,是一个未解的谜。现在的父亲充满了对生活的热爱,挖菜窖,院里栽果树。原来院里所有的树木死得一颗不剩了,就连两棵巨大的杏树也死了。在那两棵树下,青云打过青山,在她十岁的那年,打了七岁的青山。现在才发现她的骨子里充满了暴力。这件事让她悔恨了多少年,自从看到青山卖去所有后,才慢慢地不再悔恨。

父亲修复院墙,翻弄菜地,今年,还种上一茬子菜。

苏青云回娘家来,去探望大伯与婶子。青云想家珍娘应该是大伯母,一直叫她婶子也不知是个什么缘故,这次回来听人们说,苏家一个新婚不久的年轻人死了,大伯娶了本家的弟媳妇,人们称呼没有改。两位老人一年老似一年,很少出门,也不凑热闹。两个人相依为命。庆幸的是有圆圆,逢时逢节都来探望,圆圆是一个懂事的好孩子。

掉尽了满嘴牙的张三奶奶摇着头,说:"想不到,这个闺女出落成这个样子,小时候是个黄毛丫头。更想不到苏家那个丫头,小时候活蹦乱跳,口齿伶俐,只以为长大了了不得,想不到跳楼摔成了瘸子。"她说的是家珍,又说:"孩子们哇,人这一辈子就怕活得'命里没福,抢享乐'。"老人指指点点地说着,离不开苏姓两家的变化。

故乡曾是青云深恨着的,也是她深恋着的。命运之神差不多是个小孩,小孩是善变的,变得连她自己也摸不着头脑。回避了恨和爱多少年,命运之神变戏法一样地变,变出她不敢想象的拥有了爱的胸怀。青云现在极力地寻找,命运之手深埋在她心灵土壤里无尽的玄机。

80

锁巨的债主不少,时常找上家门。街邻们对锁巨娘说:"让锁巨躲躲吧,好人杨白劳还躲过债呢,债不是还不起了吗?"锁巨娘说:"躲哪去? 离了家可以,离了钱不能活。"

有一天,锁巨家门外来了一个残疾人,他只有一条腿,是个"金鸡独立"。他是云娜,就是那个戴草帽,放钱抽红利女人的丈夫。"金鸡独立"凄惨地说:"男人听老婆的话就是这样下场,钱被人诓骗得干干净净。果兰也快保不住了,她弟弟被处罚是小事,还要判刑。"原来云娜的弟弟在信用社工作,他姐姐从他那里挪用了国家扶持种植业、养殖业、中小型企业的贷款,而且数量很大。这是一个经济案件。

苏青云前些日子就听说了这件事,只是没有对上号。原来是那个"云姐"栽了。苏青云还听说庸城镇这类案件一件接一件发生,发案率相当高。重要原因是庸城人个性贪婪。自从明朝皇帝改"荣城"为"庸城",一支御笔改变了这个城的风水。还有人说现在的庸城人口太多,人均土地只有六分,而且土地干旱贫瘠。

"云姐"的丈夫自然是找不到锁巨的,失望后走了,苏青云看见他是那么可怜,他与他妻子的派头有天壤之别。也是很不般配的一对夫妻,真是家家有本难念的经。青云想她和赵成进的贷款不知哪年哪月能够还得上,如果还不上,不知结局会怎样。

这个冬天,赵成进整天在巷子里小马家打麻将,车子停在小马家门口,青云只要出门,就可以看见。有时候车子不在,人大概也不在。整天有人给他打电话,大多数是面对苏青云不接的电话。她有时恨电话,这种东西直往人脸上丢屎尿,一点也回避不了。他好像一朵抹了蜜的鲜花既招来蜜蜂,也招来苍蝇。已经是天寒地冻的腊月里了,青云已经养成一种习惯,只要人不在家,总要到大门外去望一望,不是望他玩得多么辛苦,是望他今天约会的羞答答的人儿是谁。在与他共同生活的日子里,她所暴露的全是负面的,她也想用一颗阳光的心面对他。可是无论她怎样努力都做不到,这大概是她与他今生不能共白头的征兆。

天刚黑,苏青云又望着赵成进街灯下的车子出神,他正好从小马家出来,一个人走向车子,开门坐进去。苏青云家与小马家中间只隔两户人家,他吸着烟,烟头一明一暗,她猜想他这是在等待。青云躲到自家门里,看见从小马家又出来刘七的老婆,坐上了他的车子,朝自家门口驶过来。青云从门缝向外望,车子路过门口,看见了路灯下羞答答的刘七媳妇。车子向南边驶去,条条大路通罗马,又不是死胡同。这个刘七媳妇是个不精明的女人,她公开的情人有两个,一个是一只眼睛瞎了,头发全白了的光棍;一个是七十六岁脏臭的瘸老头,这个老头还在大街上为她唱小曲,尽人皆知。如果赵成进连这个女人也要,那么他真的太脏了。苏青云是誓不与这种女人共男人的,她不承认这是事实。可是这难道不令她气愤和怀疑吗?按不住自己的性子,打了一个电话,赵成进接通了,她问:"你在哪里?"他说:"在路上。"她问:"在往哪儿的路上?"他说:"路上就是路上,有什么事?"她说:"有没有刘七的老婆坐着?"他说:"坐着呢!"她说:"那是要干什么去?"他说:"噢,到学校看她的儿子,让狗咬了。"她问:"现在去不晚吗?"他说:"白天去了老师不让进校门。"她说:"晚上让吗?"他说:"晚上让的,说好的。"她没有力气再和他说后面的话,太不可思议。世上风流女人真多,就像韭菜一样,割一茬又长一茬,全让他遇着了。这种事,只要没看见能当没有,看见了,就像在饭碗里发现一只苍蝇,咽下肚的饭就想全部地连肠子也吐出来。

赵成进现在的心在巷子里,木材场的生意也不知道怎样了,管他呢,活一天算一天,明天还不知道又要发生什么事,今天用不着怎样痛心。青云现在是再也不想看见他了。只要有他的地方,她就不去。年底了,他说:"木材场的生意不好,你出去找些客户,赚多少都是你的,只收取本钱。这个生意不错,第一木材场生意周转起来,第二咱们家过年也要花钱。你赚点,办年货,不然是什么都没有。"她想一想,又依从了。

找客户,客户又不是大街上的沙子。一个家庭主妇,没有办法,只能求尚凤,尚凤对于她的要求没有一件不照办。年底,青云卖掉了为数不多的一些木材。那些木材是尚凤求了她丈夫的朋友卖出去的,钱是派出所小王送进赵家的,当时成林的儿子也在场。这孩子比颜如小两岁,他放假回家了。

赵成进支走两个孩子说:"这钱不要动,你也不要告诉成林,尚凤给了这钱。我娘病了,要挪这钱给她看病。"青云心里明镜一样,母亲有病,兄妹们拿钱给母亲看病，为什么要让她背这个黑锅？她说："成林孩子那样大了，他不告诉他妈妈这件事？"他说："你这个脑子至死也开不了窍，他成精了，认识小王是谁？"青云无话可说了，眼前这个人看起来是什么事也做。他想做就让他去做，他是说什么话都理直气壮。

拿来的钱，除去青云赚的一部分，剩下八千七百元是木材场的，青云点过后交给赵成进。当初青云觉得自己不厚道，自家在场中有股份，为什么还要赚这一部分，推销木材难道不是她的本分？赵成进说场子中的每个人，卖多少都有提成，生意不好，定下计划只收本钱。

这天夜里，苏青云的丈夫十二点钟进的家门。回家后，他没有睡觉，说了一席话："这些日子，我忍了你很多，照以往我是绝不放过你，你知道为什么吗？"苏青云说："不知道。"赵成进说："我现在都懒得动手，没那个心情，'得开心时且开心，人生能有几天红'，如果某一天我真有钱了，你给我滚蛋。当初我不愿意娶你，是我爹我娘跪下求的我，我只等我有钱的那一天。"

他又看了看眼前这个女人，说："我看你是面对面都不想认识，有的人我与她脸对脸也想得不行。"苏青云说："噢，是这样的。难得你这样明白告诉我。"赵成进说："是你害了我半辈子。"苏青云说："这么迟才发现，真是遗憾。我住到外面去，你就不该送钥匙让我回赵家来。"赵成进说："早一天不行。"苏青云说："现在时机成熟了？"赵成进说："我照这样子活下去，这辈子就满足了，今生没有遗憾。其实说，留下你，是你的悲哀，你最爱吃醋，那你能一直吃下去？"苏青云无语了。

赵成进好像要光耀门庭了，换个女人也没有什么不正常，自己整理行李——滚蛋，是迟早的事。青云还有一种侥幸心理，或者他有钱后就不再回家。这样的话，自己和两个孩子也落个有地安身。

81

过了年，是正月。赵成进给人的感觉是他活在繁花似锦的得意人生里，富贵荣华的温柔乡里。青云感到他比任何一个时期更热衷于享受，一刻也不停，猛然想起一句老话,"吃了苦,了了苦,享了福,了了福"。她怀疑他这样急赶着享乐是要做什么。一辈子不是很长么。

现在的赵成进认为,已经奠定了千年的基业,可以放松自己了,不再按自己不喜欢的方式活下去。

眼看就要光耀门楣了,赵家从此门庭要显贵。青云每天盼,盼什么?仔细想就没有个盼头。正月十六他说:"我要去场子里,一个冬天她都受够了,请我回去。"青云问:"谁,谁请你回去? 难道你一个冬天都没有过问场子里的事吗? "他说:"你是真不知,还是假不知? 她不和别人合伙,为什么要和我合伙? 她是一个女人,你不明白吗? 她不能没有我,你不知道吗? "青云说:"我不知道,那你和刘七老婆也有情吗? "他说:"你怎么就留心她了呢? "青云说:"我是说她那个不干净,又有点智障,这样的女人你也要? "他说:"告诉你,刘七老婆有她独特的味道,你是不懂的。"青云说:"过去,你是不让别人说你这些事的,为什么今天反而说得这样清楚? "他说:"我想和你断了后路,不想在这条路上走来走去。你如果知趣,我就没有白费口舌,如果不知趣,就别怪我手下无情。"苏青云仰天长叹,说:"我明白了,没有想到你竟然有这样的心机。"他说:"你没有想到的东西多了,少在俩孩子面前说我的坏话,我没有耐心了。"

他终于走了,迈着方步,披着他的外衣。

他走后不久,苏青云开始行动起来。做推销,首先是时间上自由,不耽误照看儿子,她推销一种化妆品,还有是"笑哈哈"系列饮品,几种酒,一种功能很好的毛巾。

每天忙得很少回家,家里常锁着大门。到晚上回家摸一摸脸,脸上的肌肉硬邦邦得木头一样。这样是有几个原因的,一个是她长时间笑着,笑得脸都累了,还得笑。还有是脸被人碰得麻麻的了。做推销费脸,担当她命运主角更费脸。青云咬着牙往下走,她原本不是做推销的料子,没办法,没有钱什么都得做。

转眼,已经是过了阴历五月,又一个阴历五月,二〇〇五年闰五月,过两个端午节。

这以前,赵成进回来过几次,脸色不再绯红,表情特别奇怪。苏青云很忙,无心过问,也顾不上他的表情,她没有时间在家里。三月里,赵成进无缘无故地在家住了一个星期,他们的家有两个小卧室,他和苏青云各住一间,互不干涉。苏青云看见过他紧锁着眉头,这是他从来没有过的表情,脸色灰沉沉的更是稀罕。她一心盼他早走,她回避他,尽量少和他碰面。她每天早出晚归,有时候遇上英红唱歌,就看他是怎样快乐的。有空闲就找尚凤,找她吃,找她住。

赵成进走了,她就这样过日子。

苏青云做推销成绩不好,只有微乎其微的收入。一双一双穿破的鞋子丢在院子里。她去尚凤那里穿她一双,再拿她一双,尚凤的脚比她的脚要大,她勉强一些,再垫上鞋垫。从尚凤那里出来,走在半路,成林打电话,今天的声音特别温婉,说:"嫂子,你在哪儿呢?"青云说:"我在街上。"成林说:"你回家吧,我哥回来了。"青云说:"他有钥匙。"成林说:"他有点不舒服,你回家就知道了,他吃药过量了,我们现在在路上,一会儿到家。"

一会儿到家,苏青云有点不知所措,首先她已经不习惯侍奉她的君主了,他现在回家是想让她看他怎样高楼起,富贵荣华衣锦还乡吗?

不多一会儿,有车门开的声音,成林和她的丈夫,还有一个男人送赵成进回来。苏青云迎接在门外,她看见赵成进摇摇晃晃走路,从下车到进院子,跌跌撞撞就像要断气的小鸡仔,身子大,爪子小,擎不动。他怎么就像个病人了呢?他原来是粗粗胖胖的,走路四平八稳,怎么就飘飘然走不好路了呢?那个男人上前扶他一把,被他气愤地甩开了手,跌坐在屋檐下的岩台上。这气愤的表情,苏青云领教最多,她被吓得木鸡似的。赵成进爬起来,回到屋里,重重关上门。苏青云有点不敢进屋,在原地打转。成林丈夫低头不说话,成林说:"我哥,好像是因为睡不着,多吃了两片安定,后来又睡不着,又吃两片,有点过量了。"苏青云被突然的这一切怔住了。成林说:"嫂子,你找个医生问问去,说吃多了这种药,该是怎样治疗,还是不碍事,问清了,咱们心里也有个底。"苏青云说:"人家问说吃了多少,我不知情,怕是说不准,要不然你和我一起去。"成林说:"我就别去了,我告诉你,给你分析一下,你听着。可能是吃了十多颗,或者是至多十四五颗。你看这个药瓶子,除了里面剩下的,还有散在地上的,也就吃了那么多片。"苏青云说:"既这样怎么不去医院?"成林说:"先不要说这些,你去找医生问问去。"苏青云就照小姑子成林吩咐的去找医生,医生说:

"像这种事，也只有排毒洗胃，现在过去多久了？"苏青云说："不太清楚，好像是一天一夜。"医生说："自杀不像，吃这么少；开玩笑也不像，胆子太大。这种药对人体的危害巨大，它可以损坏人四肢的神经，使大脑萎缩。这个人怎么做这事呢？这明明是有意喝下去的，说分批服下去的意义是什么呢？"苏青云说："就没有个办法？"医生说："我是没有办法，到医院里瞧瞧去。"苏青云回来汇报，听成林的决定，成林也没有做什么决定，就和她丈夫走了。这从天降下来的旧人，却像个新人一样让青云陌生、棘手。赵成进的结局怎么能是服药后被抬回来。命运又来开玩笑，这怎么可能？走的时候，是风光无限，怎么这样短的日子，就落到这样的下场了呢？

睡了两天，青云做好饭端在他的脸前，他吃过后继续睡。他的脸色极其阴暗，两眼恶狠狠的样子让人恐惧。她也想出去做推销，但丢个病人在家里，还是不去了。

这天早晨，苏青云送儿子上学前班，回家就看不见人了，觉得不妙，骑车子四处找。灵机一动就想到去交通要道等他，一会儿工夫，赵成进果然骑一个小踏板电动车子，出现在三岔路口。青云走到他面前，硬着头皮和他说话。他的眼里全是恶毒的光，她问他："你上哪儿去？"他说："你管不着，我去撞汽车。"她说："还是快回家吧。"他毒狠狠一咬牙，他们中间隔了一段空间，她仍能听见他牙齿咬得咯咯响，说："你早干吗去了？迟了，来管我，滚远一点，要不然对你不客气。"她被责骂得灰头土脸，他骑上车子像旋风一样不见了。她站在路口，还能感到他恶狠狠的气氛存在。他无论做什么事情，她都是没有能力干涉，哪怕是他要寻死。只要他一个耳光过来她就会被打趴下。青云只好打电话给成林，说明事实。成林说："你怎么就不看好他，让他跑了？"青云唯唯诺诺地说："很多人都看不住他，更别说我了。"成林说："算了，我马上去。"青云开始找，像找丢失了的要生蛋的母鸡那样。成林吩咐说："去公路上、铁路上找。"苏青云心下才明白，暗说："他真的要寻死？"到处找，一直到中午，也找不到。成林急中生智，要苏青云去找庸城镇的算命先生去。

青云找到算命先生家，说："丢了一个人。"先生说："没有事的，找朋友聚去了。"青云问："哪一个方向的朋友呢？"先生回答："大概是西南方向上的朋友。"青云半信半疑，只得离开。儿子一个人在家，还等着吃饭。

午后，苏青云的手机铃响起来，是个陌生号，她心中"咯噔"一下。电话那头是个男人，说："你家男人喝醉了，在我家门口，你赶紧来吧。"苏青云问："你家在哪儿？我怎么找？"男人说："出了镇，牛家岗村边，过来很容易看见他，他就睡在我家大门外。"青云把熟睡的儿子反锁在家里，租了一辆出租车，向牛家岗驶去。这个地方上午来找过，没有看见他的影子。烈烈的阳光烤得地下要着火一样，所有的人都在午睡，进村几乎没有看见一个人行走，转了两个圈子看见一个女人东张西望。青云想她肯定就是知情者，司机开车过去，看见这家大门外水泥地上坐着一个人，赤着上身，穿一条短裤，坐在那里像肉塔一样，三十五寸腰围的雄壮男人，身上的肉像开水烫过的猪肉。他就是曾经皮革加身，风度不凡的赵成进。他坐在那里，他的脸上，木然的没有了毒狠狠的光，两眼直愣愣的，内心没有丝毫情绪的样子。

他赤着脚，因为坐在地上久了，偶尔动一动，腰后面短裤低得都露出半个臀部，苏青云走过去，给他提裤子，他很想配合一下，但身子太重，自己动一下都费力。鞋子上衣都不见踪影，摸一摸短裤的兜，手机也不见了。青云轻轻地问他："衣裳和鞋子呢？手机呢？"他费了很大的力气，从齿缝里挤出几个字："丢，丢了。"他的舌根僵硬，说话很费力。

一直站在门口的女人说："他来的时候就这样。"女人开始讲怎样遇上他，女人手指着前面拐弯处，说："他是从那里来的，上午的时候就在拐弯处睡着，有几辆车子差点压着他，因为身子大，也醒眼，就躲过去了。一个中午，把他晒得，肉都快要开裂了，自己就往这里爬，但他站不起来。刚爬过来的时候，我也远躲着，怕是什么人。他朝我爬来，要水喝，说话也不清楚，给他一个开水壶，他摇头，要喝凉水。这是第三壶，已经喝过两壶了。有一个水嘴，他就含着水嘴喝下去。"他的前面放着一个旧的铝水壶，乡里人冬天放在火炉上，烧开水用的铝水壶。他原本是生活的强者，如果今天不是他自找这份罪受，世界上就没有第二个人，可能让他有这一番经历。他木然得像个孩子，只是没有孩子的灵性。

他过去的半辈子，皮鞋黑亮，没有赤着脚的时候。青云看看眼前的他，不禁悲伤起来，泪在眼里转了两圈，她没让它滴出来。女人说："要是喝醉了，也该醒了，不是喝醉又是怎么了？"这时，他举起右手做了个手势，食指和中指叉开，好像手指缝里夹个东西，在嘴边比画，这是一个吸烟的动作。苏青云问司机要来一支烟，点燃了给他。他悠闲地吸起来，已经没有过去强横的影子了，脸上没有表情。她的心底里生出一丝遗憾，很无名的一种。看见他前面的地上，写着三个字，"苏青云"，还有一个电话号。他糊涂到这个地步，还记得苏青云和她的电话号。是他今生以来与她最贴近的时候，青云鼻子酸酸的，腿软得像要跪下一样，她也真想一跪，跪给天地。命运又一次捉弄了她，可是她没有让眼泪掉下来，也没有跪下来，而是站在烈烈的阳光下。她真的就是软弱的吗？能挑起半生重压的担子，她很软弱吗？强和弱之间只有一条界线，线的一边是强，另一边就是弱。

他吸完这支烟，脸还是木然地没有表情。青云告别了心地善良的女人，司机和青云扶他上车，返回了家。

82

回了家，颜照一个人正在鼓捣他的书包。满脸揉过又干了的泪痕，他大概是哭累了，不想再哭了，翻弄书包自寻消遣。苏青云给成林打电话，请示说："人是找到了，现在该怎么办？"成林说："怎么说也得进医院看看。"苏青云："噢。"有一点无言的意思，成林说："花钱也得去医院。"苏青云："噢。"成林说："那就快起身去吧。"苏青云说："我得先去借些钱。"成林问："怎么家里没钱吗？"苏青云说："家里哪会有。"成林很不满地说："你半年来打工赚下的钱弄哪里去了？"苏青云说："我不是养活着颜照和颜如吗？"成林说："那是一点也没有了？"苏青云说："还有四十天的工资没有开。"成林说："那你快快开工资去。"青云挂了电话，骑上自行车飞一样地去了。

苏青云带上讨回来的钱，叫了出租车，她和司机两个人抬成进上车，奔医院去了。

进了医院，有的大夫说，有一种脑疾就是这种症状，大脑指使不了四肢，走不了路，整个人呆呆的。医院化验的结果证实是安定中毒。为了确诊，给他做了脑部核磁,脑子没有问题。大夫询问服了多少安定,苏青云不知道,不过,量不是太大,是可以肯定的。

开始输液体排毒,头一天还好,他神志不清像个孩子,也听话。重复一个动作,右手两根手指,做个吸烟的动作,在嘴上比画,这个时候苏青云看见他很可怜,背着他流泪。这个时候的他像她的孩子、家人,或者是丈夫。结婚二十年,他在这个时候才属于她,他在她的身边没有一丝的杂念。青云买烟给他吸,那动作实在太让人忧伤。五元钱一盒烟,在往日,他高档的香烟上全是英文字母,但现在只有这些。从医院灶上打饭,他举着筷子夹饭,吃不进嘴里。青云一口一口喂他吃,他吃饱了她自己再吃。自己吃饭时,已经凉了,好在正是盛夏,不要紧。夜里没有地方睡,青云坐在床边的一只椅子上。他这时对于别人没有什么要求,青云有时竟然想,如果他从来就是这样,日子可能不会过得那么令她痛心。她不得不承认她对于这个男人有过千百次的宽恕,这是她自己也不能理解的。无论感情风暴多么猛烈,多么恶劣,只要稍稍地平息片刻,她都要忘记伤痛,继续过日子,难道这些都是无奈吗?或者都是前生注定,今生要与他了结情债?

住院第二天下午,他开始与病房里的人交谈,说:"这一辈子,只有这个女人是我的财富,娶到她是我的福气。"苏青云听着低下了头。

第三天,只要她上洗手间或者去打水,他又开始乱跑。已经有两次,她追他回来,因为他路走得还不稳,每次都可以把他找回来。如果再跑一次,城市这么大,哪里去找他?

这时的他又不与人说话了,满脸毒狠狠的像是恨着谁。

看见别人打晚饭了,青云也匆匆忙忙赶了去。打了三个包子,一罐子稀饭,一路走,一路想,他如果吃两个,我就吃一个,他如果吃三个,我就喝点稀饭,他如果全不吃,又该给他弄些什么饭吃呢?

回到病房,看见赵成进的床上,已经空空无人,又走了?青云马上朝着医院大门追去,最担心的一幕出现在眼前,他正从大门往外跑。还好在门口追到他了,他毒狠狠地看着她,她想扶他回去,被他甩开,只好寸步不离跟着他。但是,夜里要再跑,怎样办?难道她就没有一刻打盹吗?已经三次了,如果丢在县城里,怎么寻回来?青云决定和成林商量一下。她给成林打了电话,电话那头深思一下,说:"不行就出院吧。"

青云连夜办了出院手续,还是打电话找那个出租车来接,小伙子是庸城镇上人,一个善良的年轻人,话不多说,本本分分。

已经是夜里十点钟了。出了壶关县城,一阵阵凉风从车子的窗口吹进来,旷野里一片漆黑,一点星光也没有看见。青云想,也不知道现在是几月初几了。

这时女儿颜如打来电话,说要钱,青云犹豫一会儿,吩咐女儿找她的外婆,说说要钱的事。颜如有点委屈,说:"妈,你在哪里?睡了吗?"青云说:"还没有。"颜如说:"那你给我外婆打个电话。"苏青云说:"那天明再说。"颜如不高兴地挂了电话。女儿的脾气在这两年见长了,与小时候大不一样了。青云想,孩子们小的时候,盼长大,长大了就会生出心事来。与自己少年时一样,对自己的爹娘老是不满。

回家后,青云欠下寡言的年轻人的车钱,说:"等几天再给。"年轻人二话没说,走了。

青云把院门从里面锁上,幽幽地叹口气。儿子丢在成林家,这里只有两个人,他无语躺着。明天的样子,青云不会再去想。过去每天天黑睡前,她都要想想明天是什么样子。

家里再没有钱可以拿出来了,他说:"想吃西瓜。"青云站在街门口,考虑买西瓜的钱从哪来。幸好这二十年历练出了借钱的本事,向谁借呢?想来想去,小马媳妇和他的交情不错,向她借点钱应该是没有问题。

青云拿一把锁,把大门从外面锁上,去了小马家。趁小马媳妇去院里,她赶紧跟着出去说借钱这件事。小马媳妇从兜里掏出二百元钱,还有一点零碎,青云慌忙伸手去取,小马媳妇急忙从中间抽走一张,说:"我家里就这些钱了,你就拿一百吧!"青云拿上钱回家,心想家里还有一个病人,又想还是顺路先去买西瓜。

青云抱着西瓜回家,总算一颗瓜没有花了一百元,剩下的钱,可以过眼前的日子。

青云看他睡着后，就想写自己借钱的这一套本事。心底有一个画面，画面里一阵狂风，黄尘滚滚，风沙迷眼，一个女人赶路去借钱，又写那个女人借钱的种种滋味。写得太没有水平，却捉住了那意境里女人的心脉，写完了，又撕碎了。

赵成进也和苏青云交谈，说："这一次，看见一个好地方。小树林，风水不错，在那里长眠，是一个理想的地方。"他口口声声诉说他的好地方，也对青云讲服药的整个过程。她默默地听，能说什么呢，安慰几句能改变得了他失去木材场和女场主的感情的痛楚局面吗？安慰他几句就可以改变他被骗得一无所有的结局吗？他心里有满满的痛，两次自杀，都可以看出他还有生的欲望，只不过需要暂时的麻醉，这是他选择逃避的一种方式而已。她听他的口气，还是要死，决不活着的意思。

第二次服药，对赵成进肢体的损伤实在是太大了，很长一段时间不能好好走路，乡间的厕所在院子里，上一趟厕所要摔几次跤，跌跌撞撞像刚学走路一样。青云把院门上的钥匙拴一根绳子，像戴项链一样戴在脖子上，无论是睡着还是醒着，大门常锁着。放了暑假颜照整天在家，吵吵闹闹的，狂躁和不安的情绪混杂在一起，令苏青云的神经绷得紧紧的，得不到一刻放松。

83

苏青云到镇上医院，找到了一位小有名气的医生，做了咨询。赵成进是不是得了什么病，医生说："他有可能患上了抑郁症，但是呢，不是很明显，严重者是用死来做解脱。他呢，看似十分严重，两次服药每次的量却很少。我呢，做不了准确的判断，你呢，还是带他到省城医院确诊去吧。"医生很认真地给她做了分析。青云想，如果他真有病在身，一发作，生死可在一线。

成林打电话说："信用社催着还贷款利息，你去还清了。"六万元贷款的利息，青云怎么能还得起，愁得她牙痛，一阵一阵的愁绪来啮她。第二天下午，成林打电话说："你出来。"青云想，出来是去哪里？也许是大门外。原来成林等在大门外，她说："你去把利息还了。"苏青云说："噢，我尽力想点办法，他的病也看不起,怕有个三长两短的。"成林说:"尽说还不起,钱到哪儿去了?"苏青云问:"什么钱?"成林说:"六万贷款最后的那一万三千元,哪儿去了?"苏青云说:"我大舅当初入股五万元,一年半后,退股一万三千元,你难道不知道这件事?一万三退了他的股,你不知道?"成林说:"我哥从来没有挣过钱吗?"苏青云说:"他赚不赚钱我不知道,他给我多少你也可以问问他,我有钱不给他看病,让他寻死觅活?"成林的愤怒是不可掩饰,说:"有没有钱是你们的事,我也懒得过问,你想办法结利息去。"

愁云像一张吃人的大嘴,包围着青云,让她每一分钟都在经受这张大嘴的咀嚼。青云再一次考虑找谁借钱这个问题。她又想到了尚凤,有些日子了没有见到她,给她打一个电话。

苏青云向尚凤借钱,她一口答应。想着借到的钱心里面得到不小的安慰,压力是动力。她从尚凤家出来,也顺便到了信用社,把这个季度的利息结清了。她一路走,一路想,下一个季度他会好起来的。肯定会好起来,要不然可怎么活得下去。

现在的日子是过一刻算一刻,不能顾那么多。青云结了利息,心中有了轻松感,也生出了不平和愤恨。赵成进一走半年,竟然是服了药被抬回来,结果又要自己借钱还利息。他现在在病中,和他一起渡过难关再说。青云并不是心甘情愿为他这样奉献,因为有二十年的婚姻生活,还有两个孩子。

带上儿子快快回家,家里还锁着一个人。苏青云想到他一个人在家,就有些害怕,现在还是好好的吗?但愿没有生出别的事端来。走到门口,急急忙忙进门,一想为什么院门原来是锁着的,现在是大开着?

进了院子,没有声音,感到不对劲。进屋一看,赵成进不在了,他去哪里了?青云的心就像倒悬在悬崖下的一滴露水,说不定哪一刻就会掉下来。她甚至觉得时间和她作对,走得慢极了。一时发呆,倒坐在屋檐下的台阶上。

听见一个声音幽幽地:"嗯——"等一会儿又一声。青云无心去看,任凭是什么。听到这种声音,是一个人发出来的声音,有些微弱,再听是在院子里。她懒懒地站起来,有些挣扎不动,可又不能不理会,四处寻找着。是赵成进的母亲,颜照的奶奶,自己的婆婆回来了。青云和她说:"咱们家大门是从

外面锁着的,不知道是谁把它打开了。颜照他爸爸不知去哪儿了。"老人说:
"门是我开的,他是我放走的。"苏青云听着就沉默了,退到她这边来。老人开
屋门,站在院里和她说:"他爹死了,当我也死了吗? 不闻不问的,还整天寻死
觅活,做戏给谁看? 别人不知道他,我可知道,做个样子,用个苦肉计,来达到
他的目的。做下了臭糊糊事,这是要别人无条件地给他擦干净呢,保住他称
雄为爷的地位。他又发下毒誓,去找他的爹去了,去墓里,去那个世界里。"老
人说到这里停下来,气愤还没有消,继续说,"看他那骨头,看他那志气,他这
一次和我动了刀子了。"她指着一个方向让苏青云看,有一把卷了刃的菜刀,
丢在那里,有一条上了绿色油漆的木头凳子,被剁得像死尸一样,横在那里。
老人说:"瞧见了吧,这是我儿子和我一边发毒誓,一边用刀子剁凳子,鬼附
他身体一样,疯狂地和我大闹。是我屈服了,我的儿子差一点点就要飞扑过
来,把我这把老骨头剁了。我傻眼了,再多说一句话,这会儿就成鬼了。"苏青
云不解地问:"母子们怎样就把脸撕破了吵? "老人说:"我问他'你这是作践
谁呢? 想要这些人怎样你才肯罢手! 你把我撒手不管,吃香的,喝辣的,带领
着半巷子的人去吃,怎么就没有想到我呢? 我养了你,生了你,你与我没有
亲,没有热。别的女人生了你? 养了你? 个个跟你都有恩,都有情? '我气极
了,告诉他说,'你的儿女,你的老婆,你爱怎样我管不了,谁爱吃你这一套,
那是他的事。我装不了聋,作不了哑,没有办法',他嫌弃我说他了。就因为没
有人能镇得住他,才一次一次不做人事。我再也不想看见他了,你赶紧整理
行李,带他走,他回来你们就走,有多远走多远。十年、二十年不要回来。"苏
青云深思了一会儿,说:"这是他的家,我带他去哪儿? 要不然我走。"老人说:
"可不要丢下他,你快快带走他。"苏青云说:"我能带他去哪儿? 自己的家都
不能留他。"老人说:"去你姑母那里,找你舅舅们想办法去,反正是走得越远
越好,十年、二十年都别回来,赶紧整理东西吧。"苏青云说:"这一点,我怕是
做不到,不要说他不会跟我走,就算跟我走,今天死,明天死,一会儿看守不
住就自杀,他要真死了我怎么向你们交代。再说我带上他去哪里呢? "老人
说:"生死各按天命,活不了怨他命短,不怨谁。"苏青云说:"我原本就与他不
相配,他始终对这桩婚姻不满意,这你也是知道的。我有这样一个想法,扶着

他过了这一关,我和他各走各的路,谁也再不勉强谁。眼下,你就留着他,也留着我,只当为了颜照吧。"老人说:"算了吧,儿子都是仇人,还看孙子什么份?你们不走就是逼着我死。"苏青云眼看自己又背上一个逼走老人不孝的罪名,没有办法。

一个电话打来,成林说:"我哥又喝药了,你看怎么办?"苏青云说:"我,我看还得住医院。"成林说:"那你快点来,就在赵家坟地旁边的小树林里。"青云带上儿子骑上车子,往小树林赶去。成林带走颜照。这次,青云送他进了镇上医院。

进了医院先交押金,如果没有尚凤这钱的话,不知该怎样办。

一套做法和县城医院那次一样,三天了,赵成进脚跟软得不能支撑他,第五天,跌跌撞撞朝医院外的玉米地里钻。第六天出院回家。

借尚凤的五千元只留下七百元,她想买一袋子米、一袋子白面、一桶油,先过日子。

当晚颜如打电话又要钱,苏青云一急之下说:"怎么尽要钱,不是刚刚要过了。"颜如说:"都一个月了,我没有了伙食费,不向你要向谁要去?"苏青云恍然睡醒了一样:"噢,要多少?"颜如说:"家里有钱就打一千,家里不足就打八百。再说,结束了这一个月的实践课,就能回家一段时间。"苏青云无力地说:"噢,能回来,也好。"

借尚凤的五千元钱一转眼又没有了,青云觉得她只要有一点钱,就有两只无形的大手,从她这里抢,抢得她一文不剩,抢得她空空如也。愁云缠身,使她筋疲力尽。

84

这些琐碎的事,碎得像一夜风雨后落在尘土里的落花,留在人们眼前只有一层积怨。可是真真切切的那些花凋零后,就在枝叶中间结出一颗颗果实来,开始成长。这些细碎的各种各样的感情,看似虚无缥缈,结出了果子,没有一枝空的,结出人与人之间爱恨情仇的果实。那些如鸡毛蒜皮一样的琐细无价的东西，无一例落空，真真实实地结出了果实。种什么豆，结什么果。

苏青云用打不倒，压不垮的精神生活着，如果只为她自己，就睡上三天三夜。就像曾被丈夫拳头砸了头，耳光打了脸之后，睡上一觉后，日子照样过。现在连那个时候的日子也摸不到了。看眼前，没有生命的站台可以停靠，空空如也。看身后都成了过往，成了云烟，没有倒着流回去的流水。累是真累，怕是真怕。很长日子没有找尚凤，也没有给她打电话。虽然除了和尚凤的情意，再没有别的什么感情来填充她空而白的人生，青云都不想再打电话给尚凤。一个不上进的人，与尚凤在一起，会污了她的美名，默默地自己承受一切吧。

一天中午成林找上门来，破口大骂："不要脸，穷急了，做些下流事。"赵成进结结巴巴地说："好，好好说，怎，怎么着你了啊？"成林愤怒地说："好好说，能好好说吗？八千元钱哪去了？不要脸的，没骨头的，人穷志短的，丢人现眼的东西。做这样的事，纸里能包住火？一次又一次地说人家没有还，人家是欠你们钱的主吗？你一拖再拖说没给，原来是在给你这不要脸的老婆做掩护。"赵成进不说话，好像又糊涂起来了。成林说："人家民警送钱来，你们竟然昧着良心独吞了。"成林的话是无形的刀剑，搅起家宅上空滚滚乌云。苏青云有心争辩，但是不能对着赵成进的面，他如果再进一次医院，这个家就不拆自散了。所以她先忍下这不白之冤。

她走了，赵家的女儿走了以后，苏青云狠狠地瞅着眼前这个精神极度憔悴的人。他们兄妹长久地在一起，不了结八千七百元钱的那件事，让她背这个黑锅，在以后的日子里，成林肯定是见她一次，大骂她一次，永远得不到一个清白。再者说，八千七百元的事，迟也不上门大骂，早也不上门大骂，在他走到这个地步才上门来骂，难道今天不来骂，明天真的要死无对证了吗？为何不等他明白了再来骂，苏青云越想越气，越想越恨。一个哑巴在这个时候也要说话了，再不吐出这口恶气就会被愤怒的气流充胀了。为什么全是她的过错，别人就那么无辜？

正在苏青云无法平静的时候，她婆婆来找她说："你出门外来，我有话问你。"苏青云说："要不回家来说。"老人说："不了，一来怕死，二来怕臭。你不知道那八千七百元钱在成林名下吗？你想要害死谁？你没有骗别人的本事，只拿成林开刀。这家不死人，你不甘心，是不是？"苏青云听后大吼起来："你错了，害人家家破人亡的人不是我，是你儿子拿了你女儿的钱，与我无相干。我敢跪在地上对着苍天说，你们谁还敢？谁敢来跪下说？"她已经失控了，疾风一样骑了自行车走了。

找到成林说清楚，不就是当前必须做的吗。找到成林说清楚这件事，不说清楚不能活下去，不然唇枪舌剑要刺死她。

进了成林家，站在门口说："我来说清楚。"成林说："来说你独吞钱的事？"苏青云说："谁拿你那八千七百元钱，谁不得好死。"成林丈夫一闪眼，抡圆了拳头砸在她的头上，使尽了力气又一拳砸下来，她摇摇晃晃倒下去，倒在地上。她又爬起来，耳光如暴雨一样落在她的脸上。心窝上又挨了一脚，她又倒在地上。大概成林的气愤，微微平息了一些，她没有上来帮忙。

苏青云睡在地上起不来，只觉得气愤和仇恨加在一起。摸手机，摸不着，好不容易摸到手机，又拿不起来，手抽搐成鸡爪子了，也按不了键。她睡在地上等一会儿再按，还是按不了键，一次一次打不出电话。仇恨充满了她的整个身体，手抽得越来越紧，抖抖擞擞。她大呼："苍天呀，睁睁眼，苍天呀，你睁开眼吧。"苍天没有理会她，皓日当空，这个电话注定打不出去吗？她趴在地上一次又一次地按着手机键，终于按对了一次，只一次"120"。电话里问："嗨，你哪里？你哪里？"青云说："别，别街，凄，凄，凄号，赵成林家。"

青云听见有救护车来了，这样快。院里有人问："人呢？病人在哪里？"没有人应声，又问："人呢？人在哪？"青云努力呼喊："我在这里，我在这里。"好像担架就在跟前，她没有睁开眼。有人说："呀，被打了。"赵成林说："没有人打她，没有人打她。"有人说："叫110来吧，咱们管不了打架的事。"赵成林说："谁说打？"有人说了："那她怎么就睡在这里？"成林说："谁知道。你问我，我问谁？"苏青云又没死，她不能再看见眼前这些人。她说："抬我走。"重复一次："抬我走。"听见赵成林的丈夫和医生小声说了几句话，她被抬上救护车，去了镇上医院。几分钟时间车停在门诊外面，好像有新的大夫迎出来，问："什么样的病人？"另一个人回答："不是病人，某某某的大兄嫂。"小声几句。

青云被抬进医院的病房里，病房里或者还有其他人，她累极了，倦极了，就悄悄地睡着了。睡了多久,她也不知道,看外面天快黑了。进来一个护士说:"交五百元押金。"青云没说话,她身上没有一分钱。过一会儿,护士又来催了一次,她说:"等等,我现在没有钱。"

这时候孤独、痛苦、仇恨、恐惧陪伴着青云,她想过去所有的日子都是幸福的,只是没有发现。如果这场噩梦有结束的一天,她一定从此了断烦恼,放下所有恩怨。她觉悟得有些晚了,才招致罪孽缠身。

青云一个人睡在床上,没有睁眼睛。感觉到病房的角落里,还有两个大人和一个孩子,孩子在输液体。那一家三口的男主人,出去一趟,回来和他老婆说:"又来一个男人,啊呀,肚子真是大,身子少说有一百八九十斤重。听说喝了农药,一群人抬着。"苏青云一听觉得不对劲,难道是他,喝了农药必死无疑。苏青云一个翻身坐起来,问:"那个人,只穿一条灰色的短裤吗?"同病房的男人说:"是呀,穿着一条灰色短裤。"苏青云没有鞋子,赤着脚走到急诊室门口,眼前是一些熟悉的人,新伦也在场。青云听着大夫叫:"准备洗胃。"大夫喊:"家属,他喝的是什么药,家属快说。"成林说:"农药。"医生说:"农药是什么药? 没有名称?"成林说:"好像是一种杀草剂,有个空瓶子在他身边。"

听得真真切切,苏青云的心歇斯底里地喊:"害人家破人亡的人是谁? 苍天你说,是谁?"一腔的仇恨涌上青云的心头,她或者不够美好,不够大度,不够善良。难道她是邪恶的、丑陋的? 她寻不着任何东西,可以拿在手中做武器。她看见那两个邪恶的男女,也看见垃圾筒里带着针头的注射器,她伸手抓了几支奔向赵成林的丈夫,她嘴里说:"不就是家破人亡吗!"这时,她不惧怕死,只有仇恨,她手里的东西直刺向赵成林丈夫的眼睛,她被新伦抱住,几个人把她拦下,抢走她手里的注射器。

青云被护士送回病房。

赵成林扑进病房,揪住青云的头发,"当当当",青云的头被撞在墙上。苏青云使尽浑身气力,如果现在可以敌过她,一定杀了她。现在她的头发被她揪在手中"当,当"碰在墙上。像成林敲给她哥哥的丧钟,病房里的男人看热闹,先是看傻了,后来看腻了。也不知是谁拉走了成林,青云爬上病床接着睡,太累了。一会儿工夫,这个姓赵的女人又打来了,姓苏的女人没有一点力气,和第一次一样,青云被拖到床下,揪着头发撞在地上。她没有力气还手,猛然伸出一只手,扣住了对方的眼和脸,抓着不放,不知是谁又拉走成林。青云精疲力竭,这一次,她睡在地上没有起来。何必要起来呢。

赵成林第三次冲进来,看样子青云不死,她不罢休,也有人跟了进来。成林脚踏在青云的小腹上,被人拉走了。这才痛快淋漓,二十年的积愤,在这一天爆发了,而且是天翻地覆,没有办法忍耐。

天黑了,所有的屋子开了灯。

有人通知席地而坐背靠病床的苏青云,说:"看护你的丈夫去。"青云披头散发,喊叫:"我的儿子在哪里?送我的儿子来这里。"

苏青云赤着脚,穿过医院的走廊,去寻找她的丈夫。赵成进昏昏睡着,挂着液体,慢慢地输,输液的小护士看青云可怜,说:"我有一双旧鞋,你要不要穿?"青云点点头。

夜里十一点颜照被送来,青云抱着儿子,从来没有的幸福滋味,竟然涌上了她的心头。

到了后半夜,赵成进醒了,大概是想拉了,一下床,刚拉下短裤,大便和尿"哗,哗"地直流。他根本没有力气站立,两手抱着铁床半蹲着,拉一阵,停一阵。青云扶他上床,她跪在地上拿卫生纸,擦了又擦。刚擦完,他又要拉,还是那样吃力,拉完了又睡。忙了整整一夜,凌晨,她刚打一个盹,被他丢过来的卫生纸打醒,他又要拉。这一次她想了一个办法,用塑料脸盆做屎盆子,他半蹲着,因为蹲不下去,两手紧抱着铁床的栏杆,一个没抓紧,他跌坐在盆里,把盆压得稀烂,满身满地的大便。青云先用卫生纸擦拭他的身子,再用毛巾擦,擦干净了,他又睡去。她继续擦地板。

青云收拾完了,觉得真累,前所未有的累。她倒在儿子身边,看看没有吃、没有喝的儿子,饿着也睡得香甜。迷迷糊糊她也睡着了,还做了一个梦,梦中旭日从东方升起,她和儿子朝着太阳站着,她对儿子说:"妈妈要带上你,找一个没有厮杀,没有仇恨的地方,平静生活,养你长大成人。妈妈太累了。"梦还没有来得及做完,她被人们的行走声和说话声惊醒了。此刻她的丈夫正睡得香甜。

85

赵成进活下去活不下去的问题,大概不是一个问题了,这时完全没有一个人惦记他。他昔日的一切成为零,现在他只属于苏青云,这个他曾百般鄙视的女人。曾经与他有真情实感的人们都不见了。一段一段刻骨铭心的情义,一张一张热情似火的容颜,不知他是不是还在深切地怀念。这一切是不是使他伤心,或者是任凭炙热的感情对他冷冷的离弃,他能够做到无怨无悔。

赵成进没有了内裤,只穿一条短裤,这次大便后,她给他擦干净。发现他的臀部肌肉里,有铁钉一样的硬刺,这是一种田野里植物身上生长着的刺。整个臀部至大腿底部的肌肉里全都是这种刺。她拉开窗帘,借着亮光,让他趴在床上,她一根一根地拔刺,她想象着他被刺刺在肉里的场面。

整整三天他除了大便,就是小便。

第四天,他的头脑开始比前三天灵光了,能够发言了,可以思考了。他问青云:"你手臂上那是什么?"青云说:"什么都不是。"她穿着无袖的裙子,两臂暴露着,臂上有一处一处拳头大的青斑。他又问:"怎么来的那些伤?"青云说:"管它呢,我自己碰的。"

现在的青云与从前的她完全不同,她生命力旺盛,还很乐观,她很想歌颂生命非凡的坚忍。走到今天这一步,她认为看见早晨太阳升起是多么值得庆贺。他也不同凡响,生命力如此的顽强,活着总是有希望的。青云很庆幸自己竟然没被摧残致死,还意想不到地拨开了心灵上的重重阴霾。孩子们不会成为孤儿,不会流落街头。她拿感激天地的心,面对生活。经历过一场劫难,这一场劫难,差一点家破人亡,现在他安然在世。此刻青云的心是平静的,比以往任何时候。他还在追问:"明明是挨了打留下的。"青云说:"咱们还能平静地生活,还能抚养儿女成长,你想想每天早上看见阳光升起,看见光鲜的世界多么值得庆贺!"他说:"我是问你,是谁打了你?"青云说:"是谁又怎样,不是已经过去了吗?"

必须把香烟放在他的身边,不然他就一次一次地举手比画。青云感觉他很可怜,也很可爱,用那种姿势自我安慰。她没有能力给他更好一点的,两袋方便面,就是他们一家三口人的中午饭。一盒烟五元钱,两袋方便面三元钱,给儿子买一斤饼干又是六元钱,手拿的十几元钱就没有了。

苏青云希望赵成进的身体好起来,好好地活下去。若是再不振作,就会被世人笑死。

中午十一点,赵成进对苏青云说:"吃饭吧。"青云说:"好。"泡上面,马上就是一顿午饭。青云让儿子先吃她这一份,儿子剩下的她再吃,丈夫一份丈夫吃。如果没有离心离德,苦日子算什么。

吃完后,赵成进吸了一支烟,对青云说:"我想去成林家。"青云思索一下说:"等两天,出院了再去吧。"他说:"现在就想去的不行。"青云说:"我看还是不要去。"他打断她的话说:"老是不要,自从娶下你,就没有个痛快给我,活得真是没意思。"青云说:"那就去吧。"她打电话叫了出租车,还是那个寡言的年轻人。同时她也到医院外的小卖部,买下一盒十元钱的烟准备送给善良的年轻人。

出租车来了,青云和年轻人扶赵成进上车,青云叮嘱年轻人说:"他想去他妹子家,千万送到,不要中途下车,如果有事打个电话给我。"

他们走后,青云松了一口气,赶紧和儿子睡上一觉。六月暑天竟然忘记了热,看见儿子头上小小的汗珠,她用手轻轻擦去,抚摸儿子小小的额头,今生的所求是什么?不就是和自己亲爱的人相依着么。苏青云平静的心里没有起风,忽然,两眼忽闪一下,哗哗流下一串泪珠,自己擦去。擦去泪,心里更加平静,为了这个她带到世上的孩子,她决定活出一个样子来,她觉得她有这个能力。

这是一间清静的病房,在医院后院的拐角处,甚至没有多少医院的味道,窗前花畦里的鸡冠花开得很旺盛。台阶前的草,被践踏得像一个患了牛皮癣的清洁工,站在道路中央。它要生长,踏不死,踩不灭,那样地顽强。它没有生错地方,这是它的命运,它没有起错名字,名副其实。

颜照坐在床上,手里玩着一张彩色的纸,这情景充满了安逸平和。

午后三点钟,一个护士来找青云。不拿针,不拿药,两手空空地对她说:

"你到前面的门诊室去,你的丈夫在那里。"青云预感到出事了,拉上儿子,飞跑着去门诊。

门诊室的地面上,放着一个担架,担架上睡着一个人。这个人有一张血淋淋的脸,一个肉塔一样的身子,还是只穿一条灰色短裤,血流满他的上身。儿子问青云:"妈妈,那个血人是谁?"青云说:"你别管,你是小孩子。"她用身子挡住儿子的眼睛,她已经很清楚这个人是她的丈夫,长长街,东东巷,久久号的男主人赵成进。青云一次一次地被拖到血淋淋的事实面前,她真的呆了,一声不响地看着这个人。他大概也很清醒,尽管他没有睁开眼睛,也没动一下。蹲在他面前的青云,看见他脸上的表情,是痛苦加仇恨。没有意识的人,脸上是没有表情的,表情说明他现在心里明白自己的处境。

青云眼睁睁地发呆,这样一直在生死线上来回走,她怕他哪一会儿真死了。医生看见青云发呆,对她说:"给他清洗了吧。"青云问:"用水?"医生走开了,没有回答。有一个病人家属,看了热闹之后没有走开,说:"既然是医生说,大概是这样。"青云自言自语:"什么都没有,我得买个盆子去。"看热闹的女人说:"用我的那一个好了。"女人"咚,咚"地赶紧走了。过了一会儿,又来了,还顺便端来清水。苏青云向医生讨了一些纱布,沾着水擦他脸上的血。儿子颜照站在她的身边。那女人说:"别擦得湿了伤口,怕得破伤风。"青云就只擦脸和身上的血,擦一阵后,颜照说:"这是爸爸。妈妈,为什么是爸爸?为什么能是爸爸?"苏青云答说:"这是碰巧让你的小眼睛看到了。"颜照问:"妈妈,为什么会是爸爸在流血?"血水染红了青云的手和纱布,好心的女人又来了。青云对人家说:"我买个新盆子还给你。"那女人说:"不用了,你在难处。我爱看热闹,遇上了,对你只有这一点点的帮助。"苏青云用感激的眼光看着面前这个女人,没想到已经这样窘迫了还会有人帮助她。青云和儿子守在赵成进身边,看着好心女人拿走盆子。

医生过来对青云说:"你带他到别处去吧,这个医院治不了他的病。"苏青云说:"到哪儿去?能不能明天再走,好歹再给他输些液,他太虚弱了。"医生说:"不是不给,是不能啊!我们不敢再留你们了,万一出点差错,我们担不起责任。"苏青云说:"只要顺着他,不会有事。"医生说:"只能出院了,办出院手续去吧。"青云："噢。"赵成进没有动，也没有睁开眼，说了两个字："回家。"青云："噢。"医生说："你去交了医院的费用，住院时没有交押金。"青云："噢。大约是多少钱？"医生说："我不清楚，大概两千元左右。"青云说："我没有那么多。"医生说："有多少先交多少，余下的打个欠条。"青云说："我只有六十五元。"医生和另一个医生说："李大夫不是认识他妹夫吗？回头找他说吧。"医生又来说："救护车在外面，付上二十元走吧。"

在救护车司机的帮助下，青云带上儿子，带上丈夫，回家了。

86

苏青云不敢在她丈夫面前多说一句话，怕惹得他寻死觅活，他反而告诉她说："我不会再死，死没有意义。我要活，活着找机会弄坏一些人。至于债务，还得上是债务，还不上就算不上债务了。"听他这样说，是在和过去做告别。为了让他心情好一点，青云到大门外求人给新伦带些话，请他来家里一趟。新伦与赵成进是朋友，抢救他时新伦不是还在场么。一有时间她就到大门外望上一望，盼望新伦来和他一起度过这些艰难的时光。

终于，新伦笑哈哈地来了，他是极聪明的一个人，不用担心，他不会用话去捅他的伤疤。赵成进对新伦不冷不热，没有往日那样热情。青云认为至少新伦可以分散他的一些注意力。赵成进不想说话，新伦陪他一起看电视。新伦要走，青云追出来说："常来走一走，好陪他度过这一段日子。"

新伦成了他们的患难朋友，他常坐在赵家门外石头上。大槐树下的阴凉处，一块青白色的岩石被磨得光滑如玉，青云也常坐在这里，看着巷里来来往往的人们。

一个中午，赵成进对苏青云说："我想吃饺子。"她说："那好，我割点肉，买些菜去。"他说："'福满楼'里的饺子就挺好，到那儿买些去。"青云怕惹他不高兴，没敢说家里没钱。站在大门外思考着，到哪里借些钱回来，这个问题让她发了愁，看着对面大门外石缝里的草。待了一阵，想这里都是二十年的街坊了，他们不会不借给她一点钱的，看见敞开着的大门就大着胆子进去。试一试是必需的,他饿得等不及了。

成功的喜悦,是因为青云从街坊那里借出钱来了,整整一百元一张的大红面,悄悄叮嘱儿子说:"不要乱叫,不要乱跑,妈妈去给你买饺子。"青云还是从外面反锁了大门,赶去买饺子。要买多少,这是在进饭店前必须要想好的,买一斤?怕他不够吃,因此再发作可不是闹着玩的,总不能买一斤半吧,最后决定买两斤。自己天生就是一个吃素食的人,对肉过敏,看见肉就恶心。家里还有两个旧馒头,再不吃就要发霉了。水饺煮出来,打包好,一结账,竟然是三十元,一百元剩七十元。因为他的要求给了她一点压力,这点压力变成力量,不就又借来钱了吗?现在的家里分文没有,只有手中这七十元钱,不知能应付多少日子。就是不买白面,不买大米,吃家中现有的米、面,只买些菜,捎带油盐醋,这七十元也仅够几天用度。收电费的不要来,如果来了,一个月的电费就得一百元。苏青云因此琢磨借钱的事,为什么每次开口只借一百元。颜如小的时候,借一百可以抵得上一阵子家用,这些年什么都贵了。想着再要开口借,就多借一点,数字大一点。现在,活下去是第一等的大事。

一个星期过去,七十元钱没有了。找谁去借呢?应该说找最亲近的人借最合适。娘那里从去年开始借,一直借。没有钱寄给颜如的时候,都是从她那里借。爹那里怎样?青云没有向他借钱的胆量。外公外婆家因为大舅投股木材场,连个木棒子也没看见,连个账本子也没有摸到,就剩下一万三千元退了股,现在不好意思再去。青山从来也只有紧紧巴巴过日子的能力,哪里有多余的钱借给她。从小只有青山吃她快到嘴边的食,没有她花青山一分钱的先例。想来想去,只有找小马家隔壁,张小勇的媳妇借去。她和赵成进关系很好,或者她会看在赵成进的份上,可以借得多一些。

青云拿定这个主意,就到张家去借,借时先做好各种心理准备,有几套方法,看对方的态度行事。到了张家,女人的丈夫在家,青云也得开口,说:"借五百元钱。"看对方要怎样回答,张小勇和和气气地对他媳妇说:"给拿上。"他媳妇笑着拿出钱。苏青云顾不上客气,只怕人家反悔,拿钱就走。走到院中听见那女人说:"她家都那样了,还借钱给她?"她男人:"她家不那样,她肯来借?"苏青云听见这些话,放慢了步子,男人浓厚的声音说:"我不在家时,她的丈夫也没少帮你吧,怎么就铁石心肠起来了。不管怎样说我父亲与他家先父也有交情,咱们女儿和他们家女儿也是一起玩大的朋友……"这些话就像一支乐曲,伴着青云走出张家大门。青云想,如果她家男人不在家,这钱怕是借不到手,如果哪一天有了钱,第一个先还上他家这五百元。有了这五百元钱,苏青云的心里不慌了。

赵成进整天闷坐在家里,心情十分低落,他也想找办法排解,他说他想去小马家散散心,青云说:"大中午,都在午睡,等上一会儿人们睡醒了好去。"他不等她说完站起来要走,她只好扶着他出了院门。大街上太阳光毒毒地晒着水泥路,腾起了烈火一样的炽热。赵成进走两步摆一摆,艰难地走不到小马家,眼巴巴地朝那方向望着。青云想他在院中走得还不错,看见小马家大概有些激动,脚跟就不听支使起来。走不了路,手托着墙,在墙根下,走两步,站一下。好一阵工夫,还在自家大门外不远处。

这时赵成进像一个孩子,用执着的眼神望着小马家。他站在那里,像戏台上唱戏的旦角,两只脚外八字地分开,做个丁字形的姿态。

他歇一歇,继续走,三步一大跑,两步一小跑,朝着小马家。青云看见了他那种去心似箭的热渴。如果去小马家,可以使他耳聪目明,可以使他心情愉悦,可以使他恢复起来,就必须去。青云也因此明白了,有些东西还掖在他心底里,从来没有放下过。如果一个人还有他的放不下,他肯定还有活的欲望。

到傍晚,小马媳妇和小勇媳妇送他回家,他心情不错。以后,每天下午到小马家去,有时候上午也去,步子慢慢稳起来,小马媳妇可以一个人送他回来。

这时颜如打电话回来,女儿问他父亲的那些事。青云说:"已经过去了,现在恢复了,马上就会好。"女儿就没有再问下去。

她的家在风雨中飘摇,她也学会寻找雨后的彩虹了。赵成进去散心时,苏青云带上儿子,看望多日不见的尚凤。她和尚凤可以谈天说地,嬉笑不止。这是她最艰难、最困惑、最忧愁的日子,她竟然真的能够活得这样洒脱。

赵成进这一天的心情又很糟糕,恶劣到什么地步呢,他用头一直碰墙,随着药物一天一天在他体内排泄,每天到小马家就有人拿他的事说事,人们看他还如同以往吗?现在的日子与从前相差千万里,他怎么肯甘心这样活下去。

他用力朝墙上"当,当,当"碰他自己的头。脸上的肉都扭曲着,非常痛苦。

晚饭后,颜照想买一个果冻,也就一元钱左右。颜照要钱的时候,青云给了他一个红颜色的袋子,那里面足足有一元七角钱的硬币。他到巷子口小卖部去买果冻,一会儿就哭着回来说:"这些钱不够。"他开始哭闹,没完没了。赵成进的烦恼更加不可控制,大喊:"我要死了,我要死了。"使上力气,"当,当,当"朝墙上撞头。一个大闹,一个撞墙。

青云求着颜照说:"你乖一点,明天再买,好不好,你的父亲病着,孩子你乖一点。或者妈妈再给你多拿点钱,你再买去?"儿子反而更加大闹大哭,也不接受她拿过来的几元钱。

终于,青云一手捂住颜照的嘴,一手提着他到大门外,用手打这个哭闹的儿子。颜照挨了打,更加大闹,青云被他气得失去理智,用手打儿子的背,踢儿子,就差打他的脸了。怎么是个姓赵的就让姓苏的无法忍受,她越打越生气,心想,丧失理智的结果,可能是打坏儿子。

颜照哭闹不止,青云痛打他的手就不停下来。这是他们母子俩第一次互相折磨对方。

这个孩子大概看到今天晚上得不到一点好处,竟然说:"走,回家去说,你为什么打我。我得说说这件事,你根本就没有明白是怎么一回事,就一直打我。"青云说:"你听我说了吗?你一直蛮不讲理,你这明明是想气死我。"儿子说:"走,回家去,我和你说清楚。"他居然用大人的口气,还要耍点小聪明,他知道他的母亲是不让他在家哭闹,母亲决不在家里打他。这是苏青云从来没有发现的儿子的手段。

青云的气有点消了,看见自己的儿子与常人有所不同,他肯在绝处动一动脑子,想一想补救的办法。她不去理他,颜照看见回家说话这一招也不灵,就说:"那我不要那个果冻了,还不行吗?"一边哭,一边说,"我不要那个果冻还不行吗?"看见他小小年纪,可以软硬兼施,屈伸更替。青云又是痛,又是恨,恨自己对儿子痛下打手。

夜深了,在灯下撩起儿子的衣服,身上竟然一处一处的红肿,青云的心痛起来,想痛打自己几十记耳光。

三天后,她站在小卖部那种果冻前,儿子想要一个"吮吮冻",是三元钱,一元七角哪里够。青云心里的悔恨,她终生都不能拿语言准确地讲述清楚。

87

　　赵成进不想这样活着,他还要过荣耀的日子,他和青云商量,决定再一次贷款,走向成功。这些天,他去小马家听刘七说,某某镇,有一种贷款的新方式,以房产做抵押,三户联保,很多人都贷到了款。他吩咐青云出去借些钱,青云问:"要借多少就可以了?"他说:"三千元开外,四千元左右。"

　　出去借钱,赵成进主动要求照看儿子,苏青云又一次徘徊在古槐巷里。

　　青云第一个想到的是有一些交情的开理发店的一个朋友,她上人家店里说:"要办贷款,借上三千元。"开店的朋友说:"没有,没有那么多钱,女儿下学期要去天津读书,也正在到处借钱。"苏青云觉得她的脸被一只破鞋底子打,痛不是主要的,有一种窘迫在里面。第二个想到的是,他们现任的村长,在选举讲演时,青云听过人家讲演,他们全家也投了他的票,她大着胆子向他开口说:"我丈夫病了,我想贷些款,一方面投资做生意,一方面想为他看看病。现在借点跑腿钱,贷下款来就能还上。"村长说:"队上的钱,我动不了。我自己呢又没有钱,这忙帮不上。"

　　青云听说有一个老头,向外放高利贷,有人从他那里拿出过钱,做了买卖化肥的生意。她抱定用诚恳的借钱态度,保证绝对可以还上的信心,进了老头子的院门。这个老头是一个六七十岁的光棍,一个人生活。平常家里有一些玩小麻将的人,她和家珍也来过两回。

　　走进院中,听不到人声,看不到人影。青云想大概是那个人在打盹。大着胆子往里走,站到家门口,从玻璃窗上看不到人,就一边推门一边喊着:"有人在吗?""嗯。"他正在地上一个脸盆里坐着,盆里盛着水,脱尽所有衣服,臀部坐在水中,在清洁卫生,或者是在消暑。这个老头不慌不忙也不动,苏青云退出来在院子里又不舍得走,这样难堪都遇上了,等他穿好衣服再说这件事,是长是短见个分晓。

249

老头见这个女人没有走，穿好衣服出来看个究竟。青云把投资做生意，贷款做周转，用些钱做一些活动，仔细说了一次，希望这一次不要落空。老头说："没有了，那一点钱都让人拿走了。"苏青云见他回绝得这样坚定，百分之二百没有戏，只好走了。临走听见老头问她："你家男人这些天还喝药吗？"青云没有理会他，心中暗骂这个臭男人，为老不尊，大白天坐在小盆里乘凉也不关门，也不拉窗帘，平常看他老老实实一个人，没有想到他这样开放。

青云想回家去，不再借了，又想家不是那样好回的。回家解决不了问题，就想起二田，那是一个好人，找二田或者可以。她找到二田家，他家里只有他的老父亲。青云问老人说："二田去哪了？"老人说："去他姐姐家帮忙造房子去了。已经走了多日了。"

还好，还有一家没有生硬地碰她的脸。从二田家出来，一路走，一路想，再想不出一个人可以做借钱的对象。

苏青云走到家门口，站在外面不敢进门，如果赵成进生气发作，又该怎么办？她坐在墙角一块小石头上，仰望天空，什么时候是这种生活的尽头？感情多寡无所谓，金钱多少无所谓，只是不要再借了，脸皮受不了。

过去是不甘寂寞的，现在是渴望平淡的，拥有平淡原来是一种享受。这种享受也远去了。

借钱这件事一点眉目都没有，青云不能回家，又牵挂儿子。回家被责骂后低下头，是小事。他要碰头，要再跑，家真的要塌陷了。赵成进辉煌的时候，他对借不着钱的她说过这样的话："你自己花钱，借的时候就没有扑空。怎么一说到我用点钱，你就借不来呢？人家养猫是逼鼠，我养猫是没用。别人家死老婆，我怎么就不死老婆，连个克老婆的命都没有。"然后是摔门拂袖而去。等到他几天后回家来，有时满脸春风，日子接着过。也有回家时脸色阴沉，眼睛发暗的光景，她远远躲着，像现在这样。

苏青云坐在一块石头上，把婚姻里年年岁岁，特别是近些年来发生的事，一次一次地梳理，结果对赵成进只有怨，有十分的心要放手这一切。但是现在不能，他正身处灾难中、病痛中，精神上的病痛远比身体上的病痛痛苦。青云又一次想起尤应，姐姐家珍，两个远去了的女人。

抬头看天空，天空是蔚蓝的，自由的鸟儿飞翔着。这时的人远不如一只鸟，鸟儿可以自由地投身在深远而博大的蓝天里，可以尽情放纵身心在浩瀚的森林里翻飞。鸟儿不是能够随便羡慕的，她的人生最不敢奢望的就是攀比。回想起过去的日子，她发现自己没有珍惜过生活的美好，跟随父母那些岁月本来应该是幸福的，反而在苦涩不堪中虚度了。生活的奥妙迟迟地解不开。历尽无数波折后才刚刚明白，这一切明白迟了，但愿还不是太迟。

抬头看，还是蓝天白云，俯首望眼前，青草依然。想起和儿子住在出租屋的日子里，有安静祥和，现在回头望一望，高高的院墙，紧锁的院门，把她隔在外面，只能回忆。就连晚上野猫和黄鼠狼的争斗也变成一种美丽，那种关了门窗任它们折腾去的局面，是何等的气定神闲。

大概已经是午后了，阳光直直射下来，青云的影子在地上变成一小点。现在是几月初几了？天也不是火烧火燎地热了。想到儿子，不知他乖不乖，饿不饿，青云决定还是回家去。一切由他去，生死由命去，无非是无尽的挨。

静了心，拿定主意回家去。进门后看到赵成进阴森森的脸和饥饿的儿子，做饭要紧。这就是人生，她认了，她或者是从来也不认。不可捉摸的是，青云的丈夫竟然没有骂她，没有撞墙。她偷着乐了。

第二天，第三天，赵成进仍然是这样要求，贷款是有期限的，不能无尽拖延下去。

苏青云犯着愁，觉得头发在一根一根地白。黄昏时，她听见有舞曲高亢有力地响起，不是低迷缠绵的那一种，而且曲子有远有近，似乎很多地方都在放。她十分奇怪，过什么节日，人们这样庆贺。又想起，前几天就听到曲子响，街上人似乎很多，到夜里九点多钟还有锣鼓声。她想不出那些舞曲、鼓乐响彻庸城镇上空是什么原因。

青云家刚吃过晚饭，新伦笑嘻嘻地来家里，说："街上很热闹，青云不领你儿子看看去。"青云说："不知道为什么那么热闹？"新伦说："今年咱们这里的学校有了新规定，凡是家里人均土地不够一亩旱地的，家里有在校的高中学生上大学都有补助。技术学校学生上大学有补助，毕业后没有找到工作的帮助安排工作。"青云说："这些政策不是早就有的吗？"新伦说："当然有，现在保障更多了，只是具体的我不清楚。这不，咱们巷子口，修自行车的男人，他儿子正赶上享受这些优惠，租赁了影像放了三天，勾得有影像的人家也搬出来放。有人放曲，就有人跳舞。天一黑，汽车别想从街上过。昨天，老年秧歌队也开扭了，小孩们也跟着扭秧歌了。颜照，你不扭去？"颜照听了，说："妈，叔叔都这么说了，你怎么还不带我去？"青云说："那是新伦伯伯。"颜照说："伯伯和叔叔不是一个意思吗？看热闹去，别尽是坐着说话。"赵成进说："带上儿子看看去，你看不见，他想去的厉害。"新伦说："青云你去吧，我俩看看电视。"青云说："也帮我看好家。"新伦说："知道了。"

古槐巷口的路灯下有不少人，街道两边生意门市屋檐下坐着的是上了年纪的人，在场中欢快摇摆的全是年轻的小媳妇们。

青云抱起颜照朝着热闹处看，看着那么多熟悉的人，似乎是谁也不曾相识。不看热闹还好，一看热闹心反而空了，心空眼就困。困也还是看见了英红站在人群当中。他用他眨得慢的眼睛看着如云的美女阵营，青云还看见小马媳妇的屁股真肥大，腿也真短。她竟然把自由舞和秧歌掺和在一起扭，并且还有一个人和她对着扭。这个人十年前为了赚两毛钱，给人们表演一下午武功，他家住在城东千佛寺外。如今他长大成人了，个子还是精瘦精瘦的。他和小马媳妇对着扭，他俩的扭法惹得人们大笑不止。英红看着精瘦瘦，眼馋他的腿脚快，英红腿慢脑子慢。谁能和谁相比呢，苏青云叹口气，她永远也没有小马媳妇那劲头。

小马娘从人群中站起来要回家，一边走，一边说："不知道自己腿短、屁股撅，扭得快把肚脐眼跌出来了。"

颜照问青云说："妈，怎么没有龙和花船？"青云说："今天，就有这些。"颜照说："过两天就有龙了？"青云说："那得等到正月十五。"颜照说："正月十五是什么时候？"说话间，锣鼓声传来，一个女人吹着哨子，领着秧歌队走来了。

这一切与苏青云的心境不相投，她还担心新伦会离开，领了儿子回家去。

颜照又接着问："妈，正月十五是几月？"青云说："正月是一月。"颜照说："现在是几月？"青云说："七月。"颜照说："再过几个月是一月？"青云说："再过五个月。"颜照说："不可能，老师讲的加法和你算的不一样。"青云说："那你明天问老师吧！"

天上的明月，行走在当空。月光照在地上，青云和颜照身边有一大一小两个影子跟着他俩，直到他俩走进大槐树下的一个门里。

88

赵成进说："卖了这房子吧，多么久了借不来钱。"说卖就卖，他让苏青云找刘七，刘七有个亲戚想买房子。她硬不过他，去找刘七。卖房子，这件事没几天传到了青云婆婆的耳朵里，老人找到苏青云说："等我死了再卖，现在卖不成。"苏青云说："只是哄着他，让他不至于又出事，真卖了这房子，我儿子就无家可归了。"婆婆说："有家无家的隔一边不说，首先是不能卖，卖了我，再卖房子。"苏青云又一次被数落的无地自容。原本这房子卖与不卖都不轮她做主，去做这没脸的事是怕赵成进寻死。女人嫁人后有几重天，婆婆一重天，丈夫一重天，顺了这重天，就逆了那重天，里里外外都是错。

原来是别人要作孽都可以，但她出了错就不行。家不和，是非不明，才有这样的结局，她是家中最基层的决策的执行者，有问题时弄她出来做个替罪羊，左被打，右被骂。随风漂流，这条服从别人的路竟然也是走不通，违背了谁都轮她遭殃。下辈子做人，不要做对别人言听计从的女人。

卖房子这条路走不通，丈夫整天大闹，用头碰墙，该怎么办呢？一次一次想到青山，想到青山也不忍心开口错钱，他养家糊口都吃力。

这个主意拿不定，赵成进每天都说："卖房子去。"青云卖不了房子也不敢说明，只好一次一次挨着他恶狠狠的眼光，小马媳妇差不多隔两日来看望他。现在是苏青云求着小马媳妇常来，天天来，哪怕是一天来几次，只要赵成进心情好。有时候小马媳妇来了也无济于事。

青云听见赵成进对小马媳妇说："一听见我那老婆走来走去的脚步声，我就想砍了自己，你知道吗？用刀子，我宁肯用刀子砍了我自己。"听见他这话，青云大吃一惊，她的脚步声，竟然使他听着要寻死，还是暴死。胆子小的女人会被吓坏，被吓疯，苏青云被吓得心冷冷的，原来以为这种患难与共的日子，多多少少也会缓和了他们紧张的关系。不缓和也就算了,怎么也不至于招他恨到如此地步。人在说,天在听,什么人的脚步你爱听?曾经不是明明白白说找到相爱的女人了,为什么结局会是服药自杀?

家珍讲过这样一个故事,有一个男人他老婆不贤,当然男人也不良。朋友说,既然是她不贤,你为什么还要和她生活在一起?男人说,我那不贤的老婆跟着我乞讨过。家珍被男人的这句话感动了很久,她自己何尝没有跟着今生几乎到乞讨的地步。家珍讲的这个故事青云记在心里,现在她自问,自己何止是跟着他乞讨,这都换不来一句暖心的话,反而是让他极度仇恨,恨到要死。

话虽这样说,但眼前这关口怎样才能度过?他怎么才能早日恢复起来?只要他能恢复,他的所有她都不会再要,只盼早早了却这一段婚姻。不要以他的死,画了最终的句号。

怎样帮助他呢?愁急了的青云,做了决断。决定找青山,向青山借钱。

拨了青山的电话号码,姐弟俩数年不见,有些不知道先从哪句话说起。还是开门见山地说正事要紧,她说:"青山,不知道你手头有没有钱,我要贷些款,还……"青山问:"要多少?"青云说:"三千四千都行。"青山说:"我的卡里有六千元钱,你全拿去。"青云说:"你自己不留些?"青山说:"暂时不用,下个月又开支。"青云说:"噢,那好。"只有几句话就说定了。当天下午,从邮局取回青山打过来的钱,青云与赵成进决定明天一早,去某某镇,车子还租那个不爱说话的年轻人的车。

往返几天,所有的消息都打听好了,也见了办贷款的负责人。这次贷款有个条件,是三户联保,三家人家联合互保,或者是一户借款两户作保。接下来是赵成进找朋友作保,他问苏青云:"你对这次贷款,东山再起有什么看法?"苏青云说:"只恐是无人给作保。"顿时他就不高兴了,说:"我还指望你能帮一把,竟然连一句好听的话也不能从你那嘴里说出来。"苏青云才知道不该说那句话,赵成进用了过去的手法,打电话给朋友。结果是都不给保。

还留下两个人,是吃喝不论你我的至交。赵成进电话打过去说了这件事,他的至交说:"给我姐姐做了担保了,不能再做第二次。"打电话给最后也是最有希望的那个人,那人说:"不行啊,别人刚用过我的户头,已经不可能了。"

最后的贷款梦在这里卡住了，赵成进无言了。苏青云也没有献出更好的计谋来。

颜照开学已经有些时候了，青云每天接送儿子上学、下学，每次还要锁上院门，赵成进也默不作声。

有两个五十多岁的女人，看着苏青云的背影，没有耐心等她走远了再说："赵家的媳妇，听人说又在给她丈夫办贷款，她难道就看不出他是一个败家的主？这种男人是不败到家破人亡不放手的。"

青云一字不落地听见了女人说的话，谁不遇着这样的人都可以说这样的话。他只有过上从前那样的日子，才可以救下他的性命。

89

贷款失败后，赵成进陷入了泥潭，也不大去小马家了。他闹过自杀，人前再没有从前的那种气势了，人人都不搭理他。他的身体一天一天恢复起来，但人人都给他脸色看，他无地自容，自尊心受到极大的伤害。

经历过那样一场劫难，时间过得更快了。青云每天送儿子上学，有时间找人说说话。好久不见英红了，开他的玩笑，也是一种乐趣。

苏青云早上送儿子上学，顺便找钉鞋的武大郎修一双鞋。旧鞋堆得小山一样高，全是生意。武大郎又说起他和他老婆的感情来，苏青云没有理会，把旧鞋子丢给他。打算回家洗几件衣服，中午再接儿子，一天不得闲。

苏青云回到家，没想到等待她的是赵成进凄厉的眼光。他的眼睛多种情绪的杂货铺。

青云发现不太对劲，慌忙拿一把笤帚扫院。赵成进叉在门口说："你回家来！"她就回了屋，尽量离他远一点。他问她说："你走不走？"她说："走到哪去？"他说："能到哪里，就到哪去。"她想了一想，说："哪里也去不了。"他说："青山能去，你就不能？"她说："我和青山不一样。"他说："为什么？"她说："青山可以吃苦，他不怕背井离乡。"他说："难道他不怕的你怕？"她说："不是我怕，是你们怕。"他说："你少管我的事，你走，爱去哪里去哪里。"她说："颜照正

255

在念书,带到哪儿去?"他说:"你若想走,哪儿都能去,你若不想走,哪儿也去不成。青山女儿有地方念书,颜照就没有?"他说得很明白了,让她带走颜照。苏青云说:"哪儿都能去就好了!"他怒了,没有了耐心,大吼:"你走不走?不走我就死。"他以死相逼,看见她不开口,到厨房拿出她的破菜刀。青云心里一急,一开始的时候天天把菜刀包好了藏在床底下。这些天,把这事忘了。他拎起菜刀,不知要杀死谁。青云生性懦弱胆小怕死,看见菜刀吓得差点跪下。他大声责问:"你走不走?不走我就死在你眼前。"青云有气无力地说出两个字:"我走。"看见她同意了,他说:"快点走。"她声调悠长地说:"都中午十一点了,吃了午饭再走不迟。"他斩钉截铁地说:"不行。"她说:"你放下菜刀我就走。"他把菜刀扔在地上,她看准时机拿了菜刀出了屋子,把破刀放在哪里好呢?抬头看见隔壁那个长满杂树的院子,她知道这院子久不住人,自语道:"用不着它了,留下它做什么。"一使劲把刀子扔了出去,飞进了隔壁的杂树丛。

赵成进一直催,说:"快走。"他的举动令人感到奇怪。他又赶她:"走,快点走。"他这一次一定要连颜照一起赶走。青云找了几件衣服,整理成一个包。他看着说:"全拿走,不要留下你的东西。"她只得再收拾一个包。钟表走得快,快得出奇,十二点颜照放学。青云想接儿子回来,或者他看见儿子,他的心会软一点。

颜照回家后,他说:"给颜照一元钱,去买一根雪糕吃。"他命令她给孩子钱,颜照喜滋滋带上一元钱走了。赵成进又催:"快打电话,叫车来,快一些,好不好?"他原来是用了计谋,支了一招,背着儿子做这件事,等到儿子长大了,回忆起她在他的病中放弃了他。他仍然不忘伪装他自己,一个屎盆子又一次扣在她的头上。

青云想他对待自己如此招数多,不放下他的阴险,一咬牙叫了出租车。等儿子回来,行李已经拿好。她和儿子坐在车上,一切都顾不得了,还有她刚刚修的鞋子,都没有来得及拿走。车子载着青云母子走了,这一次是真的走了。她多次离家出走,在当时都没有回头,这一次离家她回头了。她有一种预感,这一次是再也回不了这个家了。

眼泪差一点要掉,青云没有让它掉下来,无论什么处境都要哭,像个怨妇,她不想再那样。车子越走越远,远得差点忘记了烦恼。有点颠簸的车子,摇得儿子有了倦意，儿子问："妈妈，我们要去哪儿？我饿了。"青云说："儿呀，我们找你外婆去，到了外婆家就有饭吃了。你忍一忍，不多久就有饭吃了。"

苏青云眼前是一个新的地界，离那个家远得像隔绝了一样。又想起赵成进，以往她做的饭不合他的胃口，他都不吃。现在连不合胃口的饭也没有了，他凭什么活下去？人在无奈的时候什么事也能做得出来，她给小马媳妇打了一个电话，说出赵成进今天中午赶她和颜照走的事实。还说："你若能够为他给他的朋友亲人捎句话，就捎上一句。"

这个出租车的司机，真正是不爱说话至极。他见证了赵成进、苏青云很多事，在这样闻所未闻的新鲜事面前，他保持沉默。他是个寡言有口德的年轻人。

车子越走越远，中午的天空不知什么时候被烟覆雾罩了。苏青云看身后似一片沧海，看眼前烟云弥漫，一片人海两茫茫的景象。

90

苏青云娘家在壶关城外的小村里。他们进了村是炙热而宁静的午后。寡言的出租车司机走后，她领着儿子颜照，背着两个包袱进了娘的家门。娘和叔叔正在吃中午饭，手里端一个瓷碗，望着她，嘴里那口饭，停留在嘴里，来来回回地不知道这口饭该怎样咽下去。娘看她大中午背着行李，带着孩子，知道十有八九是日子过得不太平。母亲还想知道一个详情，苏青云就一五一十讲了个清楚。青云娘说："他这是要干什么？他一个人能活得下去？放着好好的日子不过，怎么就自寻倒霉。这可怎么是好呢？不管他对你如何，他在你走后寻了短见，都是你的罪过。"青云说："我是一点办法也没有。"叔叔说："要不然，也接他来住些日子。"青云就不说话了，眼睛盯着她娘看，那意思已经很让人明白了。

第二天，从早到晚青云的眼皮跳个不停。赵成进现在是活着还是已经那样了，她越想越怕，就拨通女儿颜如的电话，和正在县城实习的女儿说："颜如，你的爸爸把我和颜照赶出门了，他一个人在家，我很担心他……你能不能

257

尽快回家看看去。"电话是下午五点钟打的。打完电话又后悔，女儿还小，怎么能够让她去挑自己挑不起的担子。转念又想，有什么办法，她的爸爸在生死线上，她理当承受一切。两个小时后，颜如打电话过来说："妈，我爸爸很想一家人吃一顿饭，不知道你肯不肯？"苏青云说："怎么能不肯，我和颜照这就回去。"颜如说："不用回来，是我爸爸他去找你们。"苏青云听了叹了一口气，说："怎么来？"颜如说："爸爸说，让接你们走的那人再来接他。"青云打电话给那个寡言的年轻人。

在饭店昏暗的灯下，赵成进一边哭泣一边吃饭，饭后他从裤腰里掏出一些钱来，抖颤着手交到苏青云手上，他的这一个举动很令苏青云吃惊。原来他赶她走是另有一些想法，他似乎是能够把她的命运玩得转的。只可惜现在才明白，白白担这几天的心。寡言的年轻人和他们一家人吃过这顿饭后，准备回庸城。颜如悄悄和她说了一句话："妈，我爸爸想和弟弟在外婆家住上一夜，不知道你肯不肯？"青云叹了一口气，说："怎么能不肯！"就这样他跟着青云回到她娘的家中。

三天后，来到青云娘家的赵成进明显有些坐不住。第四天中午饭熟后，就找不到他了。娘、叔叔和青云领着颜照到处找。顺着工路找，没有赵成进的影子。苏青云看着田里一人多高的玉米，愁得她，仿佛眉毛和头发在瞬间全白了。扬起头向着苍天问："为什么奔了我来，又和我要花招。他这是铆定我了，这是想要把我怎么样呢？"全家人到黄昏没有吃一口中午饭。苏青云背着儿子奔走在陌生的自己不曾生活过的娘家村里。天黑前，叔叔在一块曾经寻找过很多次的玉米地边，找到了坐在草丛里的赵成进。

生活还是这样的艰难，或者艰难就是人生的本来面貌。别人的人生或者也都是这样的闹心和不易，只不过别人的苦没有上自己的心罢了。青云疲倦极了，从自己家到娘家得不到喘息。

长期住在娘家终归不是办法，青云和她娘商量，还是在这村里找个空屋子住进去，或者更有利于赵成进修养。村西头，有一处空院子是叔叔亲戚的，这户人家的儿子在外地，两年前，接走了年迈独居的母亲。经过叔叔的帮助，老人的女儿同意他们住进去，当下给了钥匙。十月初八这一天，苏青云领着儿子,带着赵成进住了进去。开始的日子是平静的,他似乎很享受这种安静,他再强大也会累的。

转眼是深冬了,有一天早上,赵成进双眼放毒光。苏青云心上又犯了愁,悄悄吩咐儿子说:"今天一定要乖。"儿子说:"行,明天才可以不乖。"她说:"应该是天天乖。"儿子说:"也行。"她看着儿子,禁不住想笑,只是没能笑出来。终于,黄昏的时候,他无缘无故愤怒起来,指着苏青云的脸说:"你以为这就找到福地洞天了,要安心享福了,对今后的日子也不做打算,猪一样吃了睡,睡了吃。家珍那样一个人也懂得寻出路,你怎么一点进取心也没有?"她说:"出路还得慢慢找。"他说:"这还不够慢吗?你说说要慢到什么时候。给个期限。"青云知道他一心想去西安,只得说:"去了西安,怕是更加生活不下去。人们常说'好出门不如赖在家'。"青云何尝不想找一条出路活出去,可是能吗?赵成进看见与她说不出个所以然来,就再也按捺不住他的愤怒,大声喊:"这样活着,还不如碰死。"他站起来跑两步,寻着门框碰头去了。青云过去劝阻,被他推倒在地,头正好磕在一条榆木板凳上,磕出一个鸡蛋大的血包。而他依然不停地疯狂地碰撞。

苏青云无奈至极,跑到她娘那里求叔叔出面相劝。在娘家生活的日子里,叔叔代替赵、苏两家父亲给了他们无尽的关怀,特别是给予赵成进更多。只有面对叔叔的宽厚和仁慈,他才暂时地收敛他的行为。叔叔来家给他点上一支烟,他吸起来,就平静下来。漫漫一个冬天,叔叔隔一天就肩扛一化肥袋子炭送过来,娘做好馒头、花卷送过来,白菜和土豆送过来,花椒粉和胡椒粉也送过来。他面对两位长辈有时候感激得哭起来,他活到人生的这一境地,有谁能够做到雪中送炭?尽管这样他仍然不能安心生活,他耐不住这种生活的寂寞和平淡。想进县城逛逛去,要她陪伴。这一天,他俩坐上公交车进了壶关城,走在城里的街道上。现在的县城苏青云已经很熟悉了,回想自己一次一次来到这座城市,使她慢慢走出绝境,想起那么一些人,她就感到温暖起来,尽管已经是时过境迁。

走着走着,赵成进突然停下来,信用社敞开的玻璃门,他望着出神。他说:"只要能够贷出款来就能东山再起,只有弄到钱,我才能好好活下去。"他问她说:"你说是不是？"她说:"弄钱难,找到赚钱的门路也难。"他说:"赚钱的项目我来找,你只找贷款的门路,叔叔和你娘可以帮助贷一部分,你小姨也可以贷一部分,你西安姑姑不是很有办法吗?她一定也能帮一把。我想如果你肯开口,一定不会扑空。"他眨眨眼睛,继续说,"咱们那里有一个人,赌博输了十九万,全是他老婆找娘家人借了钱,才帮他渡过那关。现在那人过得可不错了,又买车,又买房。"苏青云不说话了,他说:"不要不说话,不说话解决不了问题。"她想只有钱可以救他的命,就说:"我试试看。"他说:"至少也得十万元,才可以启动。"她叹了气说:"数目不小。"人命关天,钱和人命比起来,钱微不足道。

不知不觉已经是这个冬天的四九天了,在一个风大的黄昏,赵成进坐着乡村公交车,回到了现在的家里。家里已经开了一盏昏黄的灯,他告诉灯下的苏青云,古槐巷里的刘七,现在给一个人开车,那人还要买一辆新车,正要找一个合作伙伴。赵成进今天见到了那人,并且已经做了很多商讨。他问苏青云说:"十万元的款子什么时候能拿到手。"苏青云犹豫着说:"我只当你一说,你也知道款不是那么好贷的,也不是没有贷过。"他说:"那你当时为什么不说款子贷不来,拿我开心呢?我们一家人住在这个陌生地方是为什么,你怎么就这样糊涂。"她说:"我们住在这里为什么?我真的不知道。"他说:"过去的环境里我们的能量源泉已经枯竭,你在庸城就是借上半年,也借不出钱来了。环境一改变一切就不一样了,你的亲戚们有几家有点实力,只要你肯开口。我在县城信用社的门口不是给你分析过了么。"她说:"叔叔和娘跟前我怎么能开得了口,他们为我们已经付出不少了。小姨那里,因为木材场的事,我怎么好意思再开口。姑妈与我二十年不相见,我实在开不了口。"他听她说完,眉毛眼睛都倒立起来,说:"为什么永远是做不成情投意合的夫妻,不就是因为我没钱。我没钱就夫妻不成夫妻,家不成家。我凭什么活下去?"他气愤地站起来,用脚踹地,一下又一下。这半年来,只要一生气,马上就犯起糊涂来,走路就跌跌撞撞。赵成进推开门,朝着已经是深夜的黑暗里走去。颜照刚刚睡着,青云顾不上儿子。在漆黑的狂风大作的夜里追赶他,他走在异地他乡寒彻骨的风里,摇摇摆摆走不稳。她跟在他身后说:"回去了,外面冷。"他不说话,继续走,她跟着走。风呼啸着,看不见荡起的黄尘,却能感受到一下又一下的尘土和沙粒袭在脸上，眼里、嘴里、耳朵里全都是沙土。他走，她跟着，她求他说："回家了。"他不想让她跟着，就停下来，握着拳头击打一户人家的院墙。她怕他打她，就和他拉开一点距离。他走，她再跟着走，眼前是一望无际的黑夜。她一着急就拦住他的去路。他真是太有才了，蹲下身子摸着一块砖头，照着她砸过来。她撒腿就跑，被什么东西绊了脚，摔倒了，爬起来再跑，发现丢了一只拖鞋。这时他又跑，她赤脚站着，她感觉到与他相处好像滚刀山一样，面对他，她只有无奈。当然如果她有足够多的钱就能够天下太平，今晚不就是因为没钱。

现在是一年中最寒冷的四九天的夜，丢了他，哪里去找？他掉进一个沟坎里一夜就冻死了。心一急又想求叔叔来帮忙，想到这里撒腿狂奔在风里。进了娘的家门，她大声说："他又跑了，朝着村外的公路跑了。"叔叔拿了手电筒去寻，青云穿了她娘提来的鞋，再回到黑的夜里去找他。

黑暗里，青云看见叔叔手里的光明，听见叔叔和他说话的声音才放下心来。

91

赵成进大闹后的第二天，苏青云找她的娘述说了她心里的苦。她再一次明明白白发现拖着赵成进生活不下去是无情的现实，或者他有一天会改变，但是那一天遥不可及是肯定的。经历了这么多的波折还是看不见他的改变，已经是四十多岁朝着五十岁奔的人了。她不怕贫穷，不怕艰苦，她好怕他，怕极了。十万元钱就是他活着的希望，他活下去全凭十万元钱。钱并不是微不足道，它和赵成进一样有威力，一样地难面对。赵成进要的十万元要从哪里来，苏青云拍着胸脯哭着，整整一个上午，眼泪不停地流。她娘看着她心痛起来，说："一双眼睛里能有多少泪，这样一直哭下去，会哭瞎眼的。"娘给她出了一个主意，说："你一定得求你姑妈去。"她说："姑妈她会帮我？"娘说："你姑妈不是一个小气人，她又疼你，又有钱。"青云犹豫了。

两天后的早晨，苏青云起身去了西安。

两个礼拜后,苏青云从西安回来了,这多灾多难的一年就快要结束了。最主要的是她带回来了赵成进的希望。这一天,他非常高兴,手拿她带回来的一张银行卡,说:"我拿什么感激你?你是我的福星,我永远不忘记你的功德。"她说:"该感谢的人是姑妈,在咱最困难的时候给了这样的帮助。还有青山,他拿出他十来年的积蓄,贵云也没有骂他。最想不到的是姐姐家珍,她也帮助了咱们。"他说:"青云,姑姑给拿了五万元,青山拿了两万,家珍一万,还是不够。"她说:"还有叔叔和娘呢。"

苏青云差不多每天都要来她娘家一趟,她娘问她说:"成进如果无休无止地不明白事理,你要怎么办?"她说:"我想过上百回了,不管结果是什么样,我都认,十万元钱挽救一个人,值得。再说我和他还有颜如和颜照。他拿了这些钱,就算三年不赚,也够他度日子。我坚信三年后的生活肯定是一个新局面,因为我也要搏一回。"

这一年的最后几天里,娘和叔叔从银行和信用社两处拿出他们存着的辛苦钱。整整凑够十万元钱。

天黑前,颜照背着一个小书包,歪戴着他的帽子,小脸上满是用小脏手擦过的泪痕。青云问他:"儿呀,你哭过了?"儿子举起一只手,说:"哭过。"青云看见儿子的一只手被什么东西重击了,血迹斑斑的小手上布满伤口。她问说:"这是怎么了?"儿子说:"中午外婆给了我一个核桃,我拿在手里被人抢了,他们要拿石头把它砸碎。我伸手去拿,手就被砸成这样了。"儿子的手破了,她的心碎了,那些孩子们的力气傻大,打破皮肉不要紧,伤了筋骨可怎么是好。她强忍了泪,怕被赵成进看见。没想到的是,他也看见儿子的手被砸破了,更没有想到的是,他笑着说:"男子汉,那点小伤算得了什么!"赵成进是人逢喜事心情爽,苏青云却是不能不痛惜儿子。似乎有多少委屈和伤痛都想在这时哭出来,她想找一个清静的地方,从家里出来,朝着村边走去。眼看孩子们的爸爸要奔着希望去了,人生所有的阴霾似乎也正在悄悄消失,她反而很想流泪。她哭着,背靠着一棵大树,她穿一件黑棉袄,泪水擦在袖口上。"妈,是你在那棵大树下吗?我听见你的声音了。"是儿子找来了。她答应儿子说:"儿呀,是妈在这儿。"儿子问她:"妈,你为什么哭?我都这么乖了。"她说:"妈哭,是因为想趁着今儿把今年的泪流尽了,不想带到明年去。"

这天夜里,儿子画了一幅画,画上有四只鸟儿。一只最大的飞得不高,鸟儿身边写着两个字"爸爸"。一只睫毛弯弯的鸟儿飞得最高,身边一只挨得很近的是一只最小的小鸟,写着"妈妈""儿子"。还有一只半大鸟儿,身边写两个字"女儿"。画的一边写着一行字:妈妈你不要伤心,我们虽然离开了家,可我们不是没有家的流浪汉。青云看了儿子的画,画上的一行字里有几个是拼音,她的脸上痒痒的,心里暖暖的。带着这种感受过了这个年。

年前,赵成进就为买新车奔走。过了年,正月十六赵成进离开家,开始了他忙碌的生活。

苏青云抓耳挠腮,有一种想要流露一些感情的欲望,有无尽的话语想要讲述。这种欲望在她身体里转来转去,她用心捕捉,用真心触摸这种情结。她似乎看见她内心平静的水面,波光淋漓。有时,又像有千军万马奔腾,怀有各种不同的心境。

苏青云觉得想写了,要怎样写,似乎不需要思考。有一天夜里,夜深人静她不能入睡,过去的纷纷扰扰都在眼前,挥之不去。她披衣起床,拿了纸和笔,写了整整一夜,她的文思如急流一样奔涌而来。接下来,开始了她真正的创作。青云可以确定她找到了新的自己,活在过去岁月中的是一个旧的自己。

苏青云在创作过程中没有得到过任何人的指点,没有技巧和经验,凭得只有她对生活的感受和领悟。她要求自己写出来的东西要纯正,要有骨气,有血肉。捕捉不到灵感就暂停一下,不勉强,不凑合。她的心灵就像一眼泉,文思就是水,每天写过一阵后,就像有人用勺子舀走旧的水,等待新的泉水涌出。

赵成进正月十六离开家后,因为忙碌,在家的时候很少。离家的日子长了,回了家就有些生疏,再后来回家就有些心不在焉。他的变化苏青云看到了,他也开口告诉她,有一个女人对于他很重要,希望她能够接受。苏青云绞尽脑汁也没有弄明白,怎样才可以达到他的要求,她就试探着问他:"不知道怎样才能算是'接受'?"他说:"首先,你不要插手经济问题,不要说你借了钱,就得要求怎样。还有你们以后还要见面,你一定得以大局为重。因为我不能没有她,在经济上她也给了我很大的支持。如果你上来犟劲不肯,我只得放弃你。"青云沉思了片刻,说:"你给我时间,允许我考虑两天。"他说:"两天后,我给你打电话。"

苏青云背着孩子和父母,整整地哭了半天、大半天,这样的平静日子才有几天,他竟然走了。又寻找到了新人,新人就会那么好?旧人真的这么糟?同甘共苦的日子,不知道他有没有忘,父母的恩情不知道还记不记得一点,可怜儿子,这样幼小就要承受这一切。儿女和他们多少年的婚姻,抵不过新人的魅力。

两天后,苏青云打一个电话给赵成进,说:"我以大局为重,不会破坏你们的好事。你能够找到你喜欢的人,我为你高兴。我想通了,我们离婚吧。新买的车,我一颗螺丝也不要,十万元的债你来还。你觉得怎么样?"他马上表示不理解,说:"我不知道你有什么本钱这么硬气,婚我不会离,和那边也没法断。你知道吗,你又一次置我于两难境地。多少年我们不能相处的有情有义,就是因为你的性格。"她说:"我只能是这样,而且永远也是这样。"她换了一种提问题的口气,说:"你不同意离婚,你要怎样放弃我?"他平静地说:"你的脑筋真的很愚蠢,这样的问题也要问。也不知道争吵二十年,我下不了决心离婚是为什么?"她听他的意思是说,和一个愚蠢的女人生活二十年是多么的令人遗憾,她就说:"我很愚蠢是真的,你的心事我永远不能懂得,后悔和我在一起,现在正式离婚做解脱。"他说:"我没心情和你斗嘴,至于离婚是为了让我还债,你做梦。"这是他留给她的最后一句话。她再打电话过去,他就关闭了手机。再后来换掉了手机号。

这一年,国庆的前两天,苏青云正式起诉离婚。她怀着满是伤痕的心写出小说的下半部,国庆前夕一部长篇小说完稿。

处在婚姻破裂之痛中的青云,用尽全力修改小说,来安慰自己受尽伤害的心。

这一年的腊月里,苏青云投稿一家杂志社。她正处在等待消息的焦虑中,县城实习的颜如回家来,对她说了一些话。意思是,她的爸爸赵成进希望见苏青云一面,她拒绝了。赵成进通过女儿颜如和苏青云在电话里说:"你若同意全家人一起去西安投奔你的姑妈,在那里发展,我们就能和好如初。"苏青云说:"离婚不是儿戏,既然已经走到这一步,不要再来和我说什么和好如初。再说我不准备到西安发展,也就是不具备和你和好如初的条件。"接下来所有人都无言了。

赵成进的和好计划不能实现,颜如的努力付之东流。

过了年的二月中旬,有一天,两个老朋友打电话给苏青云,说:"赵成进用刀子砍伤他现在的女人,正被通缉着。"

半个月后,有人在苏青云的故乡,翰村外发现了赵成进,他服下了大量安眠药,安静地睡在朝阳的避风湾,他大概已经睡了很久。人们发现他时,身边有一只身材窈窕的乌鸦陪伴着他。颜如一个电话打来,苏青云匆匆赶回家乡。看到服了药的赵成进,这一次她感到了撕心裂肺的痛,她双手抽搐身体发僵,颜如一面大声痛哭,一面把她的身体屈起来,掐她的人中穴。苏青云的心没有糊涂,看着赵成进被抬着上了救护车,看着车子走远。一切都已经成了覆水,无法收拾。

他若幸存,法律不会放过他。

苏青云不愿亦不忍再讲述赵成进后来的故事,半生恩怨至此放下。

结 局

苏青云的长篇小说《不肯沉默》有幸得到出版,笔名"书捷"。她知道她没有过人的文采,只有一种独特的对生活的感受。她运用小说这种文学题材展示一些东西给世上男女,使他们在婚姻中得到借鉴,或者是一些警示。

青云接到尚凤的邀请,回到庸城镇。在尚凤那里遇上了她们在乡中读书时的同学,现在在镇上一所中学当校长,他希望苏青云给他的学生们讲一讲,她是怎样树立起一个目标,而且经过二十六年不屈不挠的努力使得愿望实现。一个乡间村妇为了一个目标,经历了怎样的拼搏历程。

这时县城一家报社的记者采访了她,并写了一篇报道,文章中讲述苏青云这个平凡女人的创作和她的人生历程。

青云回了故乡,时值这一年阳春三月。

云山脚下的村庄里,村口这户人家青砖青瓦的矮瓦房。墙外是一片树林,六年前栽种的桃树,现在已经成林。林间引出山涧里一股清细的水,向东袅袅摆摆流去。一切都是新的,新的绿,今年新来的鸟儿。这个村子依着村后远远的山峦,风到这里变得和煦了,没有带来尘沙,风放轻了脚步。雨到这里没有了暴戾,只有风清明月。

村边的桃林,烂漫的桃花盛开不久,偶尔有青青的如豆子大小的一两颗果实,藏在枝叶的间隙中。

这户人家院中也有几棵桃树。花朵竟然如一个小孩子的拳头那么大,花瓣如美女微笑时的唇,这样的花朵定要结出不凡的果实来。院中这些桃树,高一点的,矮一点的,长在窗前,长在院角。只要一开家门,就会看见,艳丽无比,少见的粉色锦团。

回家乡看望父亲的苏青云,站在院子里父亲栽种的桃树下,看着桃花在这个时节尽情地开放。

眼前的风光像极了三十多年前,那个依在土梁上的桃花屯。那时村上有一个来外婆家的小女孩,弱小的生命怀着对未来人生神秘的幻想。无尽的幻想中有未来人生的模样,走过三十多年的路,回头看,一切都是少时没有想象到的画面。

多像做了一个长长的梦,三十多年的梦,现在的她已经生出一缕白发,是一个四十岁的女人了。

苏青云站在故乡的高原上,看见乡野里的粉桃花,一株和一株相映衬,使得它们看起来更加艳丽。望远山,她的眼睛不再迷失。透过眼前烟云,苏青云看见文学殿堂的大门正向她敞开,殿堂里金色的宝座放射出耀眼的光芒,光环向她飞来。